WILLIBALDSRUH

Richard Auer, Jahrgang 1965, studierte Diplom-Journalistik an der Katholischen Universität Eichstätt und hielt der Stadt auch danach die Treue. Mit seiner Frau und drei Söhnen sowie Kater Lorenzo wohnt er mitten in der barocken Altstadt. Seit über fünfundzwanzig Jahren arbeitet er als Tageszeitungsredakteur im Altmühltal.
www.autorenwerkstatt-auer.de

RICHARD AUER

WILLIBALDSRUH

Kriminalroman

emons:

© Emons Verlag GmbH
Cäcilienstraße 48, 50667 Köln
info@emons-verlag.de
Alle Rechte vorbehalten
Umschlagmotiv: time./photocase.de
Umschlaggestaltung: Nina Schäfer, nach einem Konzept
von Leonardo Magrelli und Nina Schäfer
Umsetzung: Tobias Doetsch
Gestaltung Innenteil: César Satz & Grafik GmbH, Köln
Lektorat: Hilla Czinczoll
Druck und Bindung: Books on Demand GmbH, Norderstedt
Printed in Germany
Erstausgabe 2018
ISBN 978-3-7408-0452-7
Originalausgabe
4. Auflage

Unser Newsletter informiert Sie
regelmäßig über Neues von emons:
Kostenlos bestellen unter
www.emons-verlag.de

EINS

Mike Morgenstern stand auf der Bierbank und sang aus voller Kehle »Ein Prosit der Gemütlichkeit«. Neben ihm stand ähnlich enthemmt sein Kollege Peter »Spargel« Hecht. Und um sie herum wogte ein ganzes Bierzelt voller schwitzender Leiber. Herbstfest in Ingolstadt, und die beiden Kriminaloberkommissare waren so privat unterwegs, wie man sich das nur vorstellen konnte. Nur sie selbst hätten sich das in dieser Form wenige Stunden vorher noch nicht vorstellen können.

Im Polizeipräsidium Oberbayern Nord, das unmittelbar an den riesigen Festplatz angrenzte, war an diesem Tag wenig los gewesen. Und irgendwann hatten die zwei Kollegen beschlossen, den langweiligen Tag auf dem Festplatz ausklingen zu lassen, so wie das Tausende anderer Menschen aus Ingolstadt und dem Umland auch taten.

Zuerst waren sie über den Platz geschlendert, hatten die Fahrgeschäfte bestaunt und sich sogar zu einer Fahrt mit der »Wilden Maus« hinreißen lassen. Als eine Art Achterbahn ohne Achter schien sie ihnen ein ausreichend harmloses Vergnügen zu sein. Es stellte sich allerdings heraus, dass die kleinen Wägelchen, in denen die Passagiere in luftiger Höhe eingeklemmt waren, mit rasender Geschwindigkeit auf Neunzig-Grad-Kurven zuschossen, wobei die Fahrgäste für eine Nanosekunde befürchten mussten, über einen Abgrund in die Tiefe zu stürzen, zerschmettert auf dem Asphalt des Ingolstädter Festplatzes. Morgenstern hatte hinterher einen flauen Magen, und deswegen hatte er es für eine gute Idee gehalten, dieses Problem im Bierzelt der Brauerei Herrnbräu zu beheben. Hecht, der der »Wilden Maus« ebenfalls mit ziemlich fahlem Gesicht entstiegen war, schloss sich an.

Das Festzelt war allerdings schon am frühen Abend bestens gefüllt gewesen, mit Mühe hatten sie zwei freie Plätze an einem Tisch etwa in der Zeltmitte ergattert, umgeben von rotgesichtigen jungen Männern in Lederhosen und rot-weiß karierten Hemden sowie deren Begleiterinnen, die allesamt Dirndl trugen und aussahen, als kämen sie gerade eben vom Friseur – was ziemlich sicher der Fall war.

Die jungen Leute, so stellte sich heraus, stammten aus Kösching, einer aufstrebenden Marktgemeinde zehn Kilometer nordöstlich von Ingolstadt, und sie waren wild entschlossen, sich an diesem Abend zu amüsieren. Zwei aus der Gruppe hätten den Tisch schon seit dem Mittag reserviert, damit die anderen jetzt am frühen Abend auch ordentliche Plätze hätten, erfuhren die Kommissare beiläufig. Denn heute sei schließlich »Showabend« mit der Joe-Williams-Band, ein Höhepunkt des Herbstfestes, den man sich als junger Mensch aus dem Ingolstädter Umland unter keinen Umständen entgehen lassen dürfe.

Hecht und Morgenstern hatten das, während sie eine Maß Bier tranken und ein Grillhendl (Morgenstern) beziehungsweise ein Schaschlik (Hecht) verzehrten, für überzogen gehalten. Zu diesem Zeitpunkt hatte die Band eher gesetzte Stücke aus der Vorhölle der deutschen Schlagerlandschaft gespielt. Aber wenig später zogen die Musiker die Zügel straffer, Rolling Stones, AC/DC, und schon tanzte die Köschinger Landjugend auf den Tischen – und mit ihnen die gesamte vordere Zelthälfte.

Peter Hecht, wie immer mit Cordsakko sehr korrekt gekleidet, wandte sich seinem Kollegen zu, um ihn kopfschüttelnd auf diese grassierende Verrücktheit hinzuweisen – nur um zu bemerken, dass Mike Morgenstern, in Jeansjacke und Cowboystiefeln, seinerseits begann, die orangefarbene Bierbank zu erklimmen. Offenbar hatte eines der Dirndl-Mädchen ihn nicht lange bitten müssen. »Living next door to Alice«, grölte Morgenstern mit, und zwei Lieder später stand auch Peter Hecht auf der Bank und wunderte sich sehr über sich selbst. Da hatten sie längst die zweite Maß geordert, der dann eine dritte folgte.

»Ich kann heute nicht mehr heimfahren«, verkündete Hecht schließlich. »Ich übernachte im Büro.«

»Dann mache ich das auch so«, schloss sich Morgenstern

an, zückte sein Handy, um sich daheim in Eichstätt bei seiner Frau und den beiden Söhnen abzumelden. Und damit waren endgültig alle Dämme gebrochen.

»Mögt ihr noch was?«, rief der zuständige Kellner, der zu diesem Zeitpunkt mit der Versorgung seiner Gäste kaum noch nachkam.

»Zwei Maß!«, orderte Morgenstern mit einem seligen Grinsen.

Draußen war es dunkel geworden, und die Band hatte offenkundig eine genaue Vorstellung davon, was ihr Publikum erwartete. Längst hatten die beiden Kommissare das »Fliegerlied« mit der dazugehörigen Choreografie absolviert, in der man so »stark wie ein Tiger« und so »groß wie eine Giraffe« sein durfte – und schon kam der nächste Knaller aus der langen Reihe der Oktoberfest-Wiesn-Hits. Hubert von Goiserns »Brenna tuats«. Morgenstern kannte das Lied bis dato nur aus dem Radio, und Peter Hecht musste völlig passen. Aber die Köschinger Tischgemeinschaft erwies sich als textsicher und grölte den rasend schnellen Refrain mit: »A jeder woaß, dass des Göd net auf da Wiesn wochst, und essen ka ma's a net, oba brenna tuats guat.«

Dass das Geld nicht auf der Wiese wächst, das konnte Morgenstern gut nachvollziehen, das konnte er auch noch mitsingen, aber den Rest verstand der gebürtige Nürnberger gerade noch so, da war irgendwas mit »Hoazen und Woazen und Ruabn und …«, Heizen mit Weizen und Rüben und was auch immer? Ein seltsamer, anscheinend gesellschaftskritischer Wiesn-Hit – sehr weit weg von Helene Fischer.

Es folgte wieder einmal ein »Prosit der Gemütlichkeit« und damit die Chance auf eine kurze Verschnaufpause im Bierzelt, das inzwischen die Luftfeuchtigkeit eines holländischen Tomatentreibhauses erreicht hatte – das Wasser tropfte innen vom Zeltdach. Die Band legte eine kurze Pause ein. Ein guter Moment auch für ihn selbst, sich zu erleichtern, dachte Morgenstern und stieg mit wackligen Knien von seiner Bank. Die Köschinger taten es ihm wie auf ein geheimes Zeichen gleich.

Morgenstern war schon am Anfang aufgefallen, dass es zwischen seinen Banknachbarn und der Besatzung mehrerer Nachbartische kleine Nickligkeiten gegeben hatte, bis hin zu scheinbar zufälligen Rempeleien, wahrscheinlich unvermeidbar, wenn man da Lederhose an Lederhose auf den Bierbänken stand. Aber in den letzten Minuten hatte sogar er gespürt, wie sich der Raum zwischen den Tischen quasi elektrostatisch aufgeladen hatte. Aggression lag in der Luft. Und als die Köschinger nun von ihren Bänken stiegen, zurück auf den harten Holzboden, waren sie leider nicht wie Morgenstern auf dem Weg zur öffentlichen Bedürfnisanstalt, sondern wandten sich geradewegs zwei Nachbartischen zu.

Anführer war ein kurz gewachsener, verkniffen wirkender dicker Bursche, etwas über dreißig Jahre alt, flankiert von zwei deutlich jüngeren Freunden. Er baute sich im breiten Mittelgang des Herrnbräu-Zelts vor den beiden Nachbarbänken auf. Und gerade als Hecht und Morgenstern sich in Richtung Toilette entfernen wollten, griff der Dicke in die rechte Tasche seiner Lederhose. Morgenstern fürchtete eine Schrecksekunde lang, der Mann könnte ein Messer ziehen, den Hirschfänger vielleicht, der bei vielen Lederhosenträgern als unverzichtbares modisches Accessoire galt. Doch als der Bursche die Faust aus der Tasche nahm, präsentierte er seinen Kontrahenten nichts anderes als ein kleines Häufchen Körner, dargeboten auf der hingestreckten Handfläche. Dazu setzte er ein maliziöses Grinsen auf.

Alle hatten sich erhoben, Morgenstern hielt den Atem an und spürte noch, wie Hecht ihn an der Jacke zupfte und damit aufforderte, schleunigst zu verschwinden. Doch Morgenstern war außerstande, sich zu bewegen, wie im Bann dieser unfassbaren Gewitterstimmung, die nun ihren Höhepunkt erreichte.

»Gaimersheimer! – Linsenpuffer!«, rief der Bursche nur. Dann warf er die Handvoll Körner, es handelte sich also um Linsen, mit einer lässigen Bewegung direkt vor die jungen Leute auf den Boden, wie eine Bäuerin, die ihre Hühner füttert.

Das war genau der verheerende Blitzschlag, der sich in der

vergangenen Stunde angekündigt hatte. Die Jugendlichen von den Nachbartischen waren also aus dem Markt Gaimersheim, noch so eine prosperierende Vorstadtgemeinde von Ingolstadt. Und nun sprangen die Gaimersheimer Burschen auf und stürzten sich mit dem Schmähruf »Mantelflicker!« auf die Köschinger. Es gab erst Gerangel, dann Fausthiebe. Hecht und Morgenstern, alkoholbedingt nicht so reaktionsschnell, wie es die Situation erfordert hätte, befanden sich von einer Sekunde auf die andere mitten in dieser Auseinandersetzung zwischen zwei Marktgemeinden, von denen ihnen die eine so gleichgültig war wie die andere.

Die Provokation war wohl kalkuliert gewesen, denn kein Mensch im Deutschland des dritten Jahrtausends füllte sich vor einem Bierzeltbesuch die Hosentasche zufällig mit altmodischen beziehungsweise im Zeitalter der Superfood-Bewegung fast schon wieder neumodischen Hülsenfrüchten. Und ausgesprochen seltsam war auch, dass die uralten »Necknamen« eines bayerischen Dorfes immer noch Auslöser für eine Schlägerei sein konnten. Dass die Kommissare sich nun im Auge des Sturms befanden, war ein Missverständnis, ganz klar – aber es galt das uralte Prinzip: Mitgefangen – mitgehangen.

Morgenstern erhielt einen Faustschlag ins Gesicht und schlug instinktiv zurück, unmittelbar danach landete ein unbekannter Kontrahent einen Leberhaken. Morgenstern knickte zusammen, die Luft blieb ihm weg. Als er wieder zu Atem kam, stürzte er sich in blinder Wut umso mehr ins Getümmel. Mit einem Mal spürte er einen starken Arm, der ihn nach hinten wegzerrte. Er drehte sich mit erhobener Faust um: Ein schwarz gekleideter bulliger Securitymann zog ihn in Richtung Zeltausgang, ein weiterer eskortierte Peter Hecht aus der heiligen Halle der Brauerei Herrnbräu.

»Schauts, dass's euch schleichts, bsuffene Waagscheitl!«, hörte Morgenstern. Er hakte sich bei seinem Kollegen unter und wankte auf mäandernden Wegen gemeinsam mit ihm über den Festplatz Richtung Ausgang, ein Bild des Jammers.

»Mein Sakko hat einen Riss«, klagte Hecht. Dass sein rechtes

Auge veilchenviolett angelaufen war, hatte er anscheinend noch gar nicht bemerkt.

Von Ferne hörten sie, dass die Joe-Williams-Band zum musikalischen Endspurt dieses Abends ansetzte: »Atemlos durch die Nacht«.

Die beiden Kommissare erwachten am nächsten Morgen in ihrem gemeinsamen Büro auf dem harten Linoleumboden liegend. Hecht hatte sich notdürftig mit seiner Jacke zugedeckt und als Unterlage für seinen Kopf das dicke Telefonbuch der Region Ingolstadt verwendet. Morgenstern hatte sich auf seine Jeansjacke gebettet. Sein Kopf pochte im Takt seines Pulses wie das Metronom eines Klavierspielers. Sein Mund: trocken wie nach einem Dreitagesritt durch die Wüste Gobi.

Mühsam rappelte er sich auf und trat vor das kleine Waschbecken mit Spiegel, das sich in der Ecke des Büros neben der Tür befand. Was er zu sehen bekam, übertraf alle Befürchtungen: Er hatte Nasenbluten gehabt und sah aus wie ein Zombie, die Unterlippe leicht angeschwollen, die Haare wirr und klebrig von Bier, das irgendeine junge Frau bei der gestrigen Kontroverse arglistig über die Gegner geschüttet hatte.

Von Hechts Schlafplatz war ein leises Stöhnen zu hören.

»Wir sind zu alt für so was«, sagte Morgenstern. Dann begann er, sich mit viel kaltem Wasser in Form zu bringen.

»Ich kenn dich nicht, aber ich wasch dich«, sagte er zu seinem Spiegelbild und dann in Richtung Hecht: »Vielleicht könnten wir erst einmal ein paar Überstunden abbauen. Ich glaube nicht, dass wir heute Vormittag in der Abteilung eine große Hilfe sind.«

»Du bist schuld«, nuschelte der Kollege, als er sich langsam aufrappelte. »Ich wollte bloß eine Radlermaß trinken.«

»Das behaupten hinterher alle.«

Hechts Telefon schlug Alarm. »Jetzt kommt der vernichtende Anpfiff«, sagte er nach einem Blick aufs Display. »Das ist der Schneidt.«

»Oje!«, seufzte Morgenstern. Kriminaldirektor Adam

Schneidt, ihr gestrenger Vorgesetzter, hatte bestimmt schon läuten hören, in welch indiskutablem Zustand seine beiden Oberkommissare zu später Stunde ins Präsidium eingerückt waren. Mindestens der Pförtner, dieses Plappermaul, hatte sie gesehen, wahrscheinlich aber auch noch etliche andere Kollegen von der Nachtschicht.

Morgenstern fiel jetzt wieder ein, dass er vor dem Schlafen anlässlich einer Heißhungerattacke den Gemeinschaftskühlschrank in der kleinen Teeküche geplündert hatte und dabei ertappt worden war, wie er ein Paar uralte, eingehutzelte Cabanossi-Würstchen in sich hineingestopft und mit dem Inhalt einer schon seit Wochen offenen Flasche Apfelschorle hinuntergespült hatte.

Besorgt ging Hecht ran: »Ja?« Dann nickte er eifrig. »Wir kommen sofort.«

»Was gibt's?«, fragte Morgenstern.

»Ein tödlicher Unfall auf einem Bauernhof. Wir sollen uns das mal ansehen.«

»Ausgerechnet wir zwei – in unserem Zustand?«

»Fang ja nicht an, mit Schneidt drüber zu diskutieren.« Hecht hob warnend den Zeigefinger. Dann ging er zum Waschbecken und spritzte sich kaltes Wasser ins Gesicht.

Morgenstern sah bei sich nun ebenfalls noch Handlungsbedarf und schob dieses Mal sogar den ganzen Kopf unter den Wasserhahn, um sich provisorisch die Haare zu waschen. Er wischte sich sorgfältig das Gesicht ab, betupfte seine Lippe. »Das muss reichen«, sagte er und summte eine kleine Melodie: »Auf in den Kampf, Tore-hehe-hero …« Dann traten sie auf den Flur.

Adam Schneidt sah sich die zwei Helden schweigend an, dann schüttelte er missbilligend den Kopf. »Ich will gar nicht wissen, was Sie beide angestellt haben. Aber eines sind Sie ganz sicher nicht: eine Zierde für den Verein. Wir werden ein andermal drüber sprechen, verlassen Sie sich drauf. Jetzt wird Ihnen ein bisschen frische Landluft guttun. Wir haben einen Toten in Kösching. Ein junger Bauer. Der ist gerade eben erst gefunden worden. Ist in seine Biogasanlage geraten. Muss eine ziemlich unschöne Sache sein. Sie fahren raus und kümmern sich drum, dass das alles seine Ordnung hat.«

»Ein Arbeitsunfall?«, fragte Morgenstern.

»Ein Unfall, genau. Und jetzt ab mit Ihnen. Wo waren Sie denn überhaupt gestern Nacht?«

»Herbstfest«, brummelte Morgenstern.

»Wird nicht wieder vorkommen«, versprach Hecht.

»Ich hätte Sie beide für vernünftiger gehalten. Sie sind doch keine zwanzig mehr.«

»Das haben wir auch gemerkt«, räumte Hecht zerknirscht ein.

»Man muss wissen, wann man aufhören soll«, dozierte Schneidt.

Hecht nickte. »Wenn's am schönsten ist.«

Sie zogen ab, und Morgenstern war heilfroh, dass Hecht sich bereit erklärte, den Fahrer zu machen, seinem sicher noch beachtlichen Restalkoholspiegel zum Trotz.

***

Der Markt Kösching war eine dieser Gemeinden im Umland von Ingolstadt, die am meisten vom nahezu ungebremsten Wachstum der Großstadt profitiert hatten. »Speckgürtel« nannte man diesen Ring von ehemals bäuerlich geprägten Ortschaften, die im Laufe weniger Jahrzehnte ihre Einwohnerzahl glatt verdoppelt hatten.

Es war überall dasselbe: Eine Wohnsiedlung nach der anderen war an die metastasenhaft wuchernden Dorfränder geklebt worden. Und die Neubürger hatten sich auf ihre knapp bemessenen, sündteuren Grundstücke schicke Häuser mit Doppelgarage gebaut und sich dabei bis über beide Ohren verschuldet, ohne dabei eine emotionale Nähe zu ihrer neuen Heimat aufzubauen. Die Zugezogenen und ihre Familien orientierten sich zum großen Teil nach Ingolstadt. Die Siedlungen konnten jederzeit als Schlafstädte durchgehen. Deshalb waren die

Neubaugebiete jetzt im Herbst das bevorzugte Ziel osteuropäischer Einbrecherbanden, die in der frühen Dämmerung blitzartig über Terrassentüren eindrangen, während die Hausherren noch rechtschaffen ihren Arbeitspflichten in der Ingolstädter Automobilfabrik oder bei einem ihrer zahlreichen Zulieferunternehmen nachkamen, um sich von dem vielen Geld Dinge leisten zu können, die sie nicht brauchten.

Die Ortskerne hatten vom Zuzug indessen nur wenig profitieren können und litten unter denselben Strukturproblemen, wie es sie überall auf dem Land gab: Einzelhandel und Gastronomie hielten sich mehr schlecht als recht über Wasser, der Pfarrer klagte in jeder seiner Predigten über schwachen sonntäglichen Kirchenbesuch – und vergraulte mit seinem Geschimpfe auch noch die letzten Getreuen.

In Kösching gab es mitten im Dorf, an der Hauptstraße, noch einige Bauernhöfe. Aber der Hof, den Hecht und Morgenstern nun suchten, war schon vor vielen Jahren an den Ortsrand ausgesiedelt. Die Landwirtsfamilie hatte wohl früh die Zeichen der Zeit erkannt und sich im Norden der Ortschaft eine ebenso praktische wie schmucklose Betriebsstätte samt Bungalow inmitten ihrer eigenen Äcker und Felder errichtet. Allein: Der Abstand zum Dorf hatte nicht ganz gereicht. Die Wohnbebauung war im Laufe der Zeit nachgerückt, sodass der Aussiedlerhof bereits an eines der Neubaugebiete grenzte, das er mit einem zwei Meter hohen grünen Maschendrahtzaun mühsam auf Abstand hielt.

Hecht und Morgenstern, die von Ingolstadt aus über die B 16 nach Kösching gefahren waren, sahen schon von Weitem, dass sie richtig waren. Die Biogasanlage stand etwas abgesetzt am südlichen Ende der Hofanlage, und hier waren die vereinigten Hilfsdienste bereits versammelt. Die Feuerwehr war mit ihrer Drehleiter ausgerückt, ein Rettungswagen vom Roten Kreuz, ein Streifenwagen der Polizeiinspektion Ingolstadt und ein Malteser-Fahrzeug des Kriseninterventionsteams standen neben dem kreisrunden Gärtank und den gewaltigen Betonwänden der Fahrsilos, in denen die Maissilage gelagert wurde.

Die Kommissare stiegen aus und sahen sich um. Von frischer Landluft konnte hier keine Rede sein, stellten sie fest. Es roch intensiv nach dem angegorenen Silomais, und Morgenstern nahm zudem noch das süßsaure, scharfwürzige Ammoniak-Aroma einer Schweinemastanlage wahr. Zwei riesige Güllefässer standen auf dem grob geschotterten Platz zwischen einer Maschinenhalle und dem einfach gebauten Bungalow der Bauernfamilie, dazu ein gigantischer grüner Traktor – wohl der PS-protzende Stolz des modernen Landmanns.

Langsam näherten sich die Kommissare der Menschengruppe, die sie zunächst gar nicht registrierte. Die Männer – es handelte sich ausschließlich um Männer – umstanden einen rechteckigen dunkelgrünen Stahlkasten, etwa in der Größe eines Lkw-Aufliegers, der direkt an den runden Gärtank angrenzte und mit ihm durch eine stählerne Röhre verbunden war. An der rechten Schmalseite war der Kasten abgeflacht, und davor stand ein gelber Radlader mit gesenkter Schaufel. Langsam näherten sich Hecht und Morgenstern, beide mit mulmigem Gefühl.

Ein Feuerwehrmann war gerade dabei, die Anlage rundherum mit einem Trassenband abzusperren, für den Fall, dass sich Schaulustige aus dem Dorf zu nahe heranwagen sollten. Davon konnte aber zu diesem Zeitpunkt noch keine Rede sein, die Helfer in ihren Uniformen waren unter sich. Mit drei Ausnahmen: ein Herr im Anzug, möglicherweise der eilig herbeigerufene Bürgermeister, der Pfarrer, erkennbar an seiner schwarzen Kleidung und dem Priesterkragen, und ein Rentner in blauer Latzhose und mit schwarzen Gummistiefeln.

Der Feuerwehrmann hielt kurz inne und sah die beiden neuen Besucher skeptisch an. Morgenstern erinnerte sich an seine geschwollene Unterlippe und kramte nach seinem Ausweis: »Kripo«, sagte er.

»Scheußliche Sache«, warnte sie der Feuerwehrler und deutete mit dem Daumen über seine Schulter in Richtung Gärtank. »In dem Kasten sind die zwei Förderschnecken, die schaufeln den Mais in die Anlage. Er ist irgendwie in die Schnecke reingekommen. Es sind nur noch einzelne Teile von ihm drin. Anscheinend ist das meiste schon im Gärbehälter.«

Er schüttelte den Kopf. »Also ich für meine Person habe für heute genug gesehen. Und ich kann euch garantieren, dass ich schon vieles erlebt habe. Wir Köschinger Feuerwehrler müssen oft raus auf die Autobahn.« Der Mann rollte weiter sein Trassenband ab, in sicherer Entfernung von der »Kammer des Schreckens«.

Morgenstern war also nicht unvorbereitet, als er sich dem Kasten mit den Förderschnecken näherte, und doch packte ihn ein furchtbares Grauen, als er sich schließlich hineinbeugte: Er blickte direkt auf einen abgetrennten Arm, der aus der gelbbraunen Maissilage herausragte. »Verdammt«, sagte er und wandte sich entsetzt ab.

Der Einsatzleiter der Feuerwehr trat heran, begleitet von zwei uniformierten Beamten der Polizeiinspektion Ingolstadt. »Wir haben alles so gelassen, wie es war«, sagte er wie zur Entschuldigung. »Was will man da noch machen?«

Morgenstern schloss die Augen und versuchte, das Bild von dem blutigen blassen Arm zu verdrängen. »Der Staatsanwalt kommt bestimmt auch gleich. Dann sehen wir weiter. Weiß man schon, wer der Mann ist?«

»Da gibt es keinen Zweifel«, sagte der Kommandant. »Es ist der Junior hier vom Hof. Der Willibald. Sein Vater ist da drüben. Der Simon. Er hat ihn vorhin entdeckt.« Er deutete mit einer kurzen Kopfbewegung zu dem Rentner in Latzhose, der sich inzwischen auf einen umgedrehten leeren Bierkasten gesetzt hatte und starr in die Ferne blickte.

Der Kommandant sprach weiter: »Der Willi hat heute früh erst die Schweine versorgt und hinterher die Biogasanlage neu befüllt. Er hat mit dem Radlader Silage hier ins Zwischendepot gekippt. Und dann ist er irgendwie in die Förderschnecken gekommen. Da kannst du nichts mehr machen. Die Dinger haben eine unglaubliche Kraft.«

»Ein Arbeitsunfall«, sagte Hecht, der den Arm ebenfalls gesehen hatte und noch bleicher wurde, als er an diesem Morgen ohnehin schon war. »Da brauchen wir nicht bloß den Staatsanwalt, sondern auch noch die landwirtschaftliche Berufsgenossenschaft und einen Sachverständigen vom TÜV oder der Dekra. Das kann doch nicht sein, dass die Förderschnecken in Betrieb sind, während daneben einer rumwerkelt.«

Der Kommandant nickte. »Die Schnecken waren sogar noch in Betrieb, als der Vater dazugekommen ist. Er hat dann da drüben den Not-Aus-Knopf gedrückt. Aber da war schon alles zu spät.«

»Kann man mit ihm sprechen?«, fragte Morgenstern vorsichtig.

»Versuchen Sie's. Der Herr Bieber ist noch einer vom ganz alten Schlag. Hart im Nehmen. Der hat die Leute vom Kriseninterventionsteam mitsamt dem Herrn Pfarrer weitergeschickt. Der macht das alles mit sich selbst aus.«

Morgenstern sah sich um und versuchte, sich die Szenerie einzuprägen. Was gar nicht so einfach war, denn sein Kopf dröhnte. Er sah den Radlader direkt am stählernen Rand des Depots, sah eine breite Schneeschaufel aus Aluminium mit hölzernem Stiel auf dem Boden liegen. Gut möglich, dass der Jungbauer damit verstreute Silagereste per Hand in die stählernen Schnecken befördert hatte. War es denkbar, dass er dabei ins Stolpern gekommen und nach vorne in den Behälter gekippt war?

An einem Morgen wie diesem konnte sich Morgenstern eine solche folgenschwere Koordinationsschwäche sehr gut ausmalen. Er selbst war heute schließlich ebenfalls nicht gut auf den Beinen. Da konnte es schon passieren, dass man mal kurz ins Straucheln geriet. Er sah, dass die Fläche rund um das Zwischendepot von platt gefahrener Maissilage glänzte: Bestimmt war das eine gefährliche Schmierschicht.

Morgenstern wollte gerade zu dem Bauern gehen, als ihn der Feuerwehrkommandant am Ärmel zupfte und auf die Seite zog, als wolle er ihn ins Vertrauen ziehen.

»Was gibt's denn?«

Hecht gesellte sich mit dazu, und der Kommandant sagte leise: »Da ist eine Sache, die komisch ist.«

»Was denn?«, fragten die Kommissare wie aus einem Munde.

»Die Stahlstangen im Maisacker. Sie haben doch bestimmt davon gehört.«

Morgenstern verneinte, aber Hecht konnte sich erinnern. Er sah den Kommandanten an und zog die Augenbrauen hoch. »War das hier? War das dieser Hof?«

»Dieser Hof und noch zwei andere.«

Morgenstern verstand nur Bahnhof. »Was ist da los mit Stahlstangen?«

Hecht erklärte es ihm. Seit einigen Jahren kam es an verschiedenen Orten in Deutschland vor, dass Metallstangen aus Edelstahl auf Maisfeldern deponiert wurden. Ein klarer Fall von Sabotage – denn wenn die großen Maishäcksler kamen, um die Felder abzuernten, zerstörten die Stahlstücke das gesamte Dreschwerk. Der Schaden ging inzwischen in die Hunderttausende. Und genau das war auch hier in Kösching geschehen. Erst vor wenigen Wochen.

»Das war hier ganz in der Nähe«, erklärte der Kommandant und deutete in Richtung Norden. »Mehrere Äcker dahinten waren präpariert. Jemand hat Stahlstücke direkt in die Maisstängel gebunden, in Höhe der Kolben. Die Lohndrescher vom Maschinenring haben sich danach geweigert, noch weiterzumachen, weil sie um ihre teuren Geräte gefürchtet haben. Deswegen haben dann wir von der Feuerwehr Trupps zusammengestellt, die die Äcker durchstreift haben. Wir haben aber nichts mehr gefunden.«

Hecht nickte. »Die Kollegen von der Kripo waren draußen. Logisch. Aber sie haben bisher noch keine heiße Spur.«

Jetzt erinnerte sich auch Morgenstern wieder. Die Attacken im Maisfeld hatten Schlagzeilen gemacht, aber das war während seines Urlaubs gewesen. Deswegen wirkte er nun gar so unterbelichtet.

»Erst eine Sabotage im Maisfeld – und dann stirbt der Sohn bei einem Unfall.« Morgenstern seufzte. »Danke für den Hinweis, Herr Kommandant.«

»Nichts zu danken. Ich war der Meinung, das sollten Sie

wissen, bevor Sie mit dem Simon Bieber reden, mit dem Vater.« Und damit wandte sich der Kommandant wieder seinen Leuten zu, die rat- und hilflos um die mit Blut verschmierten Förderschnecken herumstanden und hofften, dass nicht sie es sein würden, die die Leichenteile schließlich einsammeln mussten.

Die Ermittler wandten sich endgültig dem Bauern zu, der nach wie vor auf seinem Bierkasten saß und sie nun mit glasigen Augen anblickte.

»Können wir kurz mit Ihnen sprechen?«, fragte Hecht.

Der Mann in der blauen Latzhose nickte.

»Der Tote ist Ihr Sohn?«

»Ja. Der Willi.«

»Wie alt war Ihr Sohn?«

»Er ist sechsunddreißig. Der Hoferbe. Ich habe ihm den Hof vor drei Jahren übergeben. Zu seinem dreiunddreißigsten Geburtstag. Seitdem gehört das alles ihm.«

»Und Ihre Frau?«, fragte Morgenstern so einfühlsam wie möglich. »Wo ist die jetzt gerade?«

Der Mann sah zum Himmel, wischte sich über die Augen, und Morgenstern ahnte, dass er einen Fehler gemacht hatte. Er hätte besser zuerst den Feuerwehrkommandanten oder den Bürgermeister gefragt.

»Meine Rosa ist auf dem Friedhof. Schon seit fünf Jahren.«

»Das tut mir leid«, sagte Morgenstern und reichte dem Mann die Hand. »Mein Beileid.«

Der Bauer ergriff seine Hand und drückte sie ohne besonders großen Druck. Morgenstern spürte die schwieligen, an harte Arbeit gewöhnten Finger.

»Haben Sie noch weitere Kinder?«

»Gott sei Dank«, sagte der Bauer. »Ich habe noch eine ältere Tochter. Die Marga. Sie ist in der Nähe von Donauwörth verheiratet, auf einem großen Bauernhof, viel größer als unserer. Und es gibt noch den Konrad, der ist jünger als der Willibald. Der wohnt mit seiner Lebensgefährtin in Rieshofen bei Walting, drunten im Altmühltal.«

»Hat Ihr Sohn, der Willibald, Familie?«

Bieber schüttelte den Kopf. »Nein. Er war mit mir auf dem Hof allein.« Er schlug wieder die Hände vors Gesicht.

Hecht rückte näher an ihn heran und ging in die Hocke, um auf Augenhöhe zu sein. »Können Sie uns schildern, was da heute genau passiert ist?«

Der Mann schniefte, nickte, zog ein Stofftaschentuch aus der Hosentasche und schnäuzte sich. »Ich habe es auch Ihren Kollegen schon erzählt. Wir beide, ich und der Willi, sind um Viertel vor sieben aufgestanden. Mein Sohn hat Kaffee gekocht, den haben wir getrunken, einen Hefezopf mit Marmelade gegessen und dazu die Zeitung gelesen. Den ›Donaukurier‹. Dann sind wir in den Stall und haben uns um die Schweine gekümmert. Sie müssen wissen: Wir haben dahinten ungefähr tausend Mastschweine. Ich war noch eine Zeit lang im Stall und habe überprüft, ob alle Viecher gesund sind. Da kann man nämlich gar nicht genug aufpassen. Und der Willi ist rüber zur Biogasanlage. Ich habe nicht weiter nach ihm geschaut. Weil bei uns zweien macht halt jeder, was gerade ansteht. Wir stehen uns da nicht gegenseitig im Weg rum.«

»Und dann?«, fragte Morgenstern.

»Kurz vor acht habe ich dann doch mal nachgeschaut, wo er bleibt. Ein paar von den Schweinen waren krank, und die wollte ich ihm zeigen. Also habe ich ihn gerufen. Das war ziemlich genau um acht Uhr. Wir haben nämlich ein Radio im Stall, und ich hatte mir gerade noch den Wetterbericht angehört.«

»Und dann haben Sie den Willibald gesucht?«, wollte Hecht wissen, der immer noch in seiner unbequemen Hockposition verharrte.

»Ich habe mir immer noch nichts dabei gedacht, als er nicht geantwortet hat. Das Gelände ist ja groß. Als ich ihn dann endlich gefunden habe, war es schon passiert.« Er stöhnte auf. »Wenn ich doch nur eher rausgegangen wäre!«

»Machen Sie sich keine Vorwürfe«, sagte Morgenstern. Und wusste gleichzeitig, dass wohl das ganze restliche Leben des Rentners, der um die siebzig Jahre alt war, von Selbstvorwürfen überschattet sein würde. Hätte ich doch dies getan, hätte ich doch jenes gelassen. So erging es allen Menschen, die mit einem schicksalhaften Unglück konfrontiert waren und einfach nicht fassen konnten, dass da wie aus dem Nichts eine höhere, grausame Macht zugeschlagen hatte. Dass das eine Leben zerstört und das andere für immer aus der Bahn geworfen worden war. Es gab da keinen Trost, das wusste Morgenstern von den vielen Kriminalfällen, bei denen er schon der Überbringer schlechter Nachrichten hatte sein müssen.

»Wir brauchen das alles später auch noch genau fürs Protokoll«, erklärte Hecht. »Ich habe mir aber das Wesentliche schon aufgeschrieben, Herr Bieber. Sie wissen ja, wie das ist. Sie werden bestimmt auch für die Unfallversicherung und die Berufsgenossenschaft noch viele Fragen beantworten müssen.«

Der Bauer nickte apathisch. »Ich weiß selbst noch nicht auf alles eine Antwort.«

»Welchen Eindruck hat denn Ihr Sohn heute früh auf Sie gemacht?«, wollte Morgenstern wissen.

Der Bauer überlegte. »Ehrlich gesagt keinen besonders guten. Wissen Sie, er ist gestern Abend unterwegs gewesen und erst spät heimgekommen. Sie waren zu mehreren in Ingolstadt.«

»Mehrere aus Kösching?«

»Genau. Zu fünft. Ein ganzes Auto voll. Und der Willibald hat seine Hirschlederhose angezogen und sein Trachtenhemd und seinen Walkjanker.«

Hecht und Morgenstern warfen sich vielsagende Blicke zu. »Waren die auf dem Herbstfest?«

»Genauso wie alle Jahre. Das gehört einfach zum Bauernjahr dazu. Gerade wenn der Großteil der Ernte schon drin ist. Es steht bloß noch ein wenig Mais draußen und natürlich die Zuckerrüben. Das hat er feiern wollen, auch wenn er dafür allmählich schon zu alt ist. Die anderen waren alle jünger. Aber er ist gerne mit denen zusammen. Bei denen hat er Respekt. Er ist halt ein richtiger Köschinger.«

Die beiden Kommissare schauten sich erneut an. »Herr Bieber, haben Sie vielleicht ein Bild von Ihrem Sohn für uns? Ein Foto?«

»Wofür brauchen Sie denn das?«, fragte der Bauer. Aber dann stand er, ohne eine Antwort abzuwarten, schwerfällig auf, ging langsam zum Haus und kam erst nach einer Weile wieder zurück. In der Hand hielt er ein gerahmtes Foto, das er wohl direkt von einem Nagel im Wohnzimmer genommen hatte. »Das hat der Willi erst vor einem Dreivierteljahr hier beim Fotografen machen lassen«, sagte der Vater bekümmert. »Er hat es mir zu Weihnachten geschenkt.«

Ein Blick genügte, dass Hecht und Morgenstern ihre Befürchtungen in vollem Umfang bestätigt sahen: Auf dem Foto war ein kurz gewachsener, korpulenter Bursche mit dicken schwarzen Augenbrauen und fleischiger Nase zu sehen, in kariertem Hemd und Lederhose. Wäre er nicht Bauer gewesen, hätte er jederzeit auch als klassischer Metzger durchgehen können.

Morgenstern nickte Hecht zu, und der griff sich an sein malträtiertes Auge. Der Mann auf dem Bild, Willibald Bieber, war niemand anderes als der Provokateur vom Herbstfest, der Mann, der eigens eine Hosentasche voll Linsen mit ins Festzelt gebracht hatte, um die Gaimersheimer Burschen mit voller Absicht bis aufs Blut zu triezen.

Morgenstern atmete tief durch. Dann streckte er die Hand aus: »Können wir das Foto bitte für eine Weile bekommen?«

Zögernd gab ihm der Vater das Bild im modischen Aluminiumrahmen. »Genau mit diesem Gewand ist er gestern auf dem Herbstfest gewesen. Er hat vielleicht ein bisschen viel Bier erwischt, das habe ich ihm heute früh schon angemerkt. Und außerdem hat er ein paar Schrammen gehabt. Ich möchte gar nicht wissen, was da wieder passiert ist.«

»Wir auch nicht«, sagte Morgenstern ins Ungefähre hinein. »Aber es wäre auf jeden Fall besser für ihn gewesen, wenn er gestern daheim auf dem Sofa geblieben wäre.«

Hecht steckte das Bild in seine braune Lederaktentasche.

Ein dunkelblauer BMW fuhr vor. »Der Staatsanwalt«, sagte

Morgenstern und wirkte dabei erleichtert. »Der muss jetzt entscheiden, wie es weitergeht.«

Alle Blicke richteten sich auf den Mann, der schwerfällig aus dem Wagen kletterte und sich nun auf das Silo mit den stählernen Förderschnecken zubewegte. Er warf einen einzigen kurzen Blick auf die Anlage, kam dann bleich auf Hecht und Morgenstern zu und winkte sie zur Seite. »Was halten Sie davon? Und wie sehen Sie beide denn überhaupt aus?«

Morgenstern räusperte sich und rückte dann mit der Sprache heraus. Es würde sich ohnehin nicht geheim halten lassen, was da gestern im Herrnbräu-Festzelt geschehen war.

»Wir waren im Bierzelt. Und sind dann versehentlich in eine Rauferei geraten. Wir waren der sogenannte Kollateralschaden.«

»Geschieht Ihnen ganz recht«, sagte der Staatsanwalt. »Wie heißt es in der Bibel: Wer sich in Gefahr begibt, kommt darin um. Und mit wem haben Sie sich angelegt?«

Morgenstern deutete mit dem Daumen zur Biogasanlage. »Mit ihm. Ausgerechnet.«

Fast gleichzeitig mit dem Staatsanwalt war auch die Spurensicherung gekommen, zwei Kollegen, die mit großer Selbstverständlichkeit begannen, den Unfallort zu fotografieren und zu vermessen. Einer ließ sich sogar im Rettungskorb der Feuerwehrdrehleiter direkt über den Unglücksort hieven, um eine perfekte Darstellung der Situation aus der Vogelperspektive zu erhalten. Dieselbe Möglichkeit nutzten wenig später auch Morgenstern und Hecht, wobei sie allerdings unterschätzt hatten, in welche Schwingungen der ausgefahrene Rettungskorb geraten würde. Für einen Augenblick war es wie am Abend zuvor in der »Wilden Maus«, und Morgenstern musste die Augen schließen. Aber er riss sich zusammen und sah sich die gesamte Situation von oben an. Er entdeckte nichts Auffälliges.

Schließlich gab der Staatsanwalt die Unglücksstelle frei, und nach kurzer Beratschlagung wurden zwei Rettungssanitäter gebeten, die sterblichen Überreste von Willibald Bieber so weit wie nur irgend möglich zu bergen. Zur Sicherheit war auf dem ganzen Hof der Strom abgestellt worden, damit sich die tödlichen Förderschnecken unter keinen Umständen noch einmal in Bewegung setzen konnten. Das war eine unverhandelbare Bedingung der Sanitäter gewesen, mit denen alle Anwesenden aufrichtiges Mitleid hatten.

Morgenstern wandte sich ab, als die beiden in das Silo stiegen und ihrer traurigen Pflicht nachkamen. Andere hatten da weniger Bedenken, ein Pressefotograf, der direkt hinter Morgenstern stand, machte keinerlei Anstalten, seine Nikon aus Pietätsgründen zur Seite zu legen. Morgenstern zischte ihn an: »Wenn Sie noch ein einziges Bild machen, dann müssen Sie sich eine neue Kamera kaufen. Darauf können Sie Gift nehmen.«

Mehrere umstehende Feuerwehrleute nickten zustimmend und sahen den Fotografen grimmig an.

»Leichenfledderer!«, rief ihm einer der Sanitäter aus dem Silo zu.

Der Fotograf, der merkte, wie sich die angespannte Grundstimmung auf ihn fokussierte, so wie eine finstere Gewitterwolke sich in einem Talkessel festsetzt, trollte sich unter fadenscheinigem Entschuldigungsgemurmel und hob dabei beschwichtigend die Hände. Er mache hier bloß seinen Job, für die Münchner Redaktion der »Bild«-Zeitung, hörte Morgenstern ihn noch sagen. Ihn packte mit einem Mal ein heiliger Zorn.

Er ging dem Fotografen nach, packte ihn von hinten rüde an der Schulter und drehte ihn zu sich herum. »Sie sehen sich also gerne tote Menschen an? Sie finden das spannend? Dann kommen Sie mal mit.« Und ehe sich's der Mann aus München versah, schubste ihn Morgenstern in Richtung der Förderschnecken zurück. »Haben Sie überhaupt eine Ahnung, was die Leute hier leisten, was die sich zumuten? Die können jede Hilfe brauchen. Sie steigen jetzt hier rein und machen sich nützlich.«

Der Fotograf grinste ungläubig. »Das ist nicht Ihr Ernst«, sagte er. »Das können Sie nicht von mir verlangen.«

Doch von allen Seiten kam zustimmendes Gebrumme, Morgenstern hörte sogar ein paar Bravorufe. Und ein kurzer

Blick auf den Staatsanwalt zeigte ihm, dass dieser nichts einzuwenden hatte oder zumindest demonstrativ zur Seite sah. Irgendwer von der Feuerwehr zauberte wie aus dem Nichts ein Paar Gummihandschuhe hervor, wie sie auch die Sanitäter trugen, und hielt es dem Fotografen zusammen mit einem dicken schwarzen Plastiksack vor die Nase, während ein anderer ihm die Kamera von der Schulter streifte. »Ich passe gut auf Ihren Apparat auf, keine Sorge«, sagte er mit finsterem Blick.

»Wenn wir hier fertig sind, dürfen Sie so viele Bilder machen, wie Sie wollen«, versprach Morgenstern. »Von mir aus auch ein Selfie.«

Als der Mann zögernd – aber immerhin freiwillig – zwischen die Förderschnecken stieg, brandete Beifall auf. In diesem Moment fand die gesamte beklemmende Anspannung der vergangenen zwanzig Minuten endlich ein Ventil.

»Das machen wir in Zukunft immer so«, sagte der Feuerwehrkommandant. Und der Staatsanwalt fügte hinzu: »Hart an der Grenze zur Selbstjustiz. Aber ich würde sagen, gerade noch im grünen Bereich. Der Zweck heiligt die Mittel. Bei uns in Bayern auf jeden Fall.«

Morgenstern sah sich nach dem Bürgermeister um. Der hatte als Mann der Tat kurz zuvor eigenhändig den Radlader von der Silo-Einfahrt weggefahren, damit der nicht länger im Weg stand. Jetzt unterhielt er sich ein Stück abseits mit gedämpfter Stimme mit den Leuten vom Kriseninterventionsteam.

»Können wir kurz mit Ihnen sprechen, unter sechs Augen?«, fragte Morgenstern und stellte sich und Hecht vor.

»Aber sicher doch.« Er gab den beiden nacheinander die Hand. »Franz Eichler, CSU«, stellte er sich vor.

Die Malteser gingen diskret ein Stück zur Seite und hielten Ausschau, ob eventuell der Fotograf oder jemand anderes ihren psychologischen Beistand benötigte.

»Ein schrecklicher Unfall«, sagte der Bürgermeister. »Eine Tragödie. Ich kenne die Familie Bieber gut. Das ist eine Katastrophe.«

»Erzählen Sie uns etwas über die Familie«, sagte Hecht.

»Und über diese Stahlstangen im Maisfeld wüssten wir auch gerne Näheres«, fügte Morgenstern hinzu.

»Was die Stahlstangen angeht, fragen Sie am besten Ihre Kollegen von der Polizei«, gab Eichler zurück. Er zog sich seine Anzugjacke aus und hängte sie sich locker über die Schultern. »Das war schon eine hinterfotzige Sache. Es hat sich in letzter Zeit kaum noch ein Bauer mit seinem Maishäcksler ins Feld getraut. Wir haben sogar Suchtrupps zusammengestellt.«

»Das haben wir schon gehört«, sagte Hecht.

»Ein Bauer hier aus dem Dorf hat aus Angst seinen uralten einreihigen Häcksler wieder aus dem Stadel geholt, den ›Maisblitz‹ von Mengele, weil der Lohndrescher nicht mehr hat kommen wollen.«

»Maisblitz«, wiederholte Morgenstern. »Ein starker Name. Den merke ich mir.«

»Auf jeden Fall waren mehrere Bauern betroffen, die ihre Felder alle nebeneinander haben. Und keiner weiß, was dahintersteckt. Vielleicht irgendwelche ökologischen Spinner. Leute, die etwas dagegen haben, dass hier immer mehr Mais wächst.« Der Bürgermeister tippte sich an die Stirn.

»Ist es denn so schlimm?«, fragte Hecht.

»Ach was. Bei uns gibt es viele Zuckerrüben und auch viel Weizen. Bloß das Vieh auf den Höfen wird immer weniger. Milchbauern gibt es fast gar keine mehr. Und solche wie der Bieber, die auf Schweinemast setzen, werden auch immer weniger. Das ist halt der Strukturwandel«, sagte der Bürgermeister. »Da kannst du nichts machen.«

Morgenstern sah sich das Gemeindeoberhaupt näher an. Der Mann war von kleiner Statur und etwa vierzig Jahre alt, schien aber auf den ersten Blick älter, weil er einen markanten Schnauzbart trug.

»Gibt es in der Gemeinde irgendeinen Verdacht, was diese Stahlstangen angeht? Kursieren Gerüchte?«

»Das haben mich Ihre Kollegen natürlich als Erstes gefragt. Hat der Willibald Bieber Feinde?«

»Und? Hatte er welche?«

Bürgermeister Eichler wiegte nachdenklich den Kopf. »Im Vertrauen gesagt: Er hat sich das Leben nicht leicht gemacht. Er war stur.«

»Aber er hatte auch Freunde«, gab Morgenstern zu bedenken. Er dachte an den feierfreudigen Bauern, der da neben ihm auf der Bierbank getanzt und voll Begeisterung bei »Skandal im Sperrbezirk« der Spider Murphy Gang mitgegrölt hatte – und dabei als Sangespartner von Mike Morgenstern begleitet worden war.

»Freilich hatte der Willi Freunde. Er hatte aber keine Freundin, soweit ich das weiß. Früher mal, aber da ist dann nichts draus geworden.«

»Haben Sie eine Idee, warum die Beziehung zerbrochen ist?«

»Ich glaube, dass die aus Ingolstadt war. Aus der Stadt. Ich kann mir nicht vorstellen, dass die irgendwann zu ihm auf den Hof gezogen wäre. Wer tut sich denn heutzutage so etwas an?«

»Ach«, machte Peter Hecht. »Meine Schwester hat in einen Spargelhof in Waidhofen eingeheiratet. Wo die Liebe halt hinfällt. Und sie macht die Arbeit gerne.«

»Da hat Ihr Schwager aber Glück gehabt«, meinte Eichler. »Ausnahmen bestätigen die Regel. Früher hat man immer gesagt: Schönheit vergeht – Hektar besteht. Aber das ist Schnee von gestern. Heute macht keiner mehr den Rücken krumm und stellt sich fünfzehn Stunden am Tag in einen stinkenden Saustall.« Er hielt sich die Hand vor den Mund und schaute erschrocken um sich, ob ihm jemand zuhörte. Aber anscheinend hatte niemand seine despektierliche Bemerkung über die Haupteinkommensquelle von Vater und Sohn Bieber aufgeschnappt. Leise fügte er hinzu: »Man soll im Haus des Gehängten nicht vom Strick reden.«

»Das war jetzt auch nicht besser«, tadelte ihn Morgenstern.

»Jedenfalls hatte der Willibald schon etliche Leute, die mit ihm nicht gut klargekommen sind. Seit er den Hof übernommen hat, ist mit ihm nicht gut Kirschen essen gewesen.«

»Wie meinen Sie das?«

»Na ja, er war halt unglaublich störrisch. Es gibt Ärger mit mehreren Nachbarn. Wenn der Wind ungünstig steht, dann bekommen die die ganze Ladung ab.« Der Bürgermeister hielt sich die Nase zu, um zu zeigen, was er meinte.

»Aber Sie selbst haben doch das Bauland da drüben ausgewiesen, nicht wahr?«, gab Hecht zu bedenken.

»Das war mein Vorgänger. Aber ich hätte es genauso gemacht. Irgendwohin muss sich die Gemeinde doch entwickeln. Wenn Sie wüssten, wie viele Bauinteressenten wir hier auf der Warteliste haben – Einheimische und Auswärtige. Unser Gewerbegebiet platzt auch aus allen Nähten. Und dann sitzen hier in bester Lage die Biebers mit ihrem Hof und halten die Entwicklung einer ganzen Gemeinde auf.«

Morgenstern hob den Kopf und sah Franz Eichler skeptisch an. »Dann hatten Sie also auch Ärger mit ihm?«

»Ärger? Was heißt schon Ärger? Man hat halt verhandelt, ein ums andere Mal. Über den Verkauf von Äckern. Wissen Sie, was Politik ist? Politik ist das Bohren dicker Bretter. Das ist nicht von mir, sondern von Max Weber.«

»Und wer soll das sein, dieser Weber?«, fragte Morgenstern.

Er erwischte den Bürgermeister damit genau auf dem falschen Fuß. Der errötete für einen Moment. Dann musste er zugeben, dass er es selbst nicht wusste. »Das haben Sie uns auf dem Bürgermeister-Seminar der Hanns-Seidel-Stiftung beigebracht, und ich habe es mir gemerkt, weil es so überzeugend klingt. Dicke Bretter bohren: Das hat was von rechtschaffenem, solidem Handwerk.«

Peter Hecht, der es mit seinem rechtschaffenen, soliden bayerischen Realschulabschluss zu einem geradezu enzyklopädischen Wissen gebracht hatte, wusste wieder einmal Rat: »Max Weber war der bekannteste deutsche Gesellschaftsforscher. Ein Soziologe, nach dem der Max-Weber-Platz in München benannt ist. Aber um auf Ihre Gemeinde zurückzukommen: Wer kommt denn nun für den Stahl im Maisfeld in Frage?«

»Irgendwelche Spinner. Ich glaube nicht, dass sie es konkret auf den Bieber-Hof abgesehen hatten. Das war mehr was allgemein Gesellschaftskritisches, meiner Meinung nach.«

»Oder eine offene alte Rechnung?«, schlug Hecht vor. »Das hatten wir schon öfter.«

»Alles ist möglich«, meinte der Bürgermeister. »Die ganze Gemeinde beteiligt sich am Rätselraten. Sie hätten die letzten Sonntage beim Frühschoppen im Amberger-Bräu dabei sein sollen. Da haben sich die Leute die Köpfe heiß diskutiert, der junge Bieber war mittendrin. Und was ist dabei rausgekommen? Nichts, rein gar nichts. Außer, dass keiner mehr dem anderen traut. Am Ende ist jeder verdächtig. Glauben Sie mir: So eine Sache ist pures Gift für eine Dorfgemeinschaft.«

»Ich denke, da müssen wir mal hin. Zum Stammtisch«, sagte Morgenstern mehr zu Hecht als zum Bürgermeister.

»Da werden Sie nichts anderes erfahren als dummes Gewäsch.« Eichler machte eine wegwerfende Handbewegung. »Aber lassen Sie sich von mir nicht aufhalten.«

Eine wichtige Frage hatte Morgenstern noch: »Was ist das eigentlich für eine sonderbare Rivalität hier zwischen den Gemeinden? Mein Kollege und ich, wir haben zufällig miterlebt, wie es auf dem Ingolstädter Herbstfest zu einer handfesten Auseinandersetzung zwischen Burschen aus Kösching und Gaimersheim gekommen ist. Das war eine richtige Schlägerei.«

»Ach das«, winkte der Bürgermeister ab. »Das gibt es wahrscheinlich schon seit Jahrhunderten, früher war das noch viel schlimmer, vor allem zwischen den Burschen aus Kösching und Kasing. Die jungen Kerle haben einfach zu viel Kraft, und wenn das Testosteron überschießt, dann stürzen die sich in den Kampf. Am liebsten mit den Leuten aus der Nachbarschaft, weil man die schon ein bisschen kennt und einschätzen kann. Das ist nichts Ernstes. Mehr so die Rubrik: Was sich liebt, das neckt sich. Die kennen sich alle, heute mehr denn je, wo sie doch alle miteinander Seite an Seite bei Audi arbeiten.«

»Nach Necken sah mir das nicht aus«, sagte Hecht und rieb sich sein Auge.

»Unsere Burschen sind manchmal halt ein wenig rustikal,

vor allem, wenn sie zu tief in den Maßkrug geschaut haben. Aber eigentlich sind das alles recht umgängliche Menschen. Wir sind hier ein freundlicher Menschenschlag.«

»Na dann«, sagte Morgenstern und sah hinüber zur Silagekammer. Die Bergungsarbeiten, wenn man das so nennen wollte, wurden gerade beendet. Mit blassen Gesichtern stiegen die Helfer aus dem Silo.

Den dreien, auch dem Fotografen, wurde von allen Seiten respektvoll auf die Schulter geklopft. Mit zitternden Fingern zündete sich der Mann von der Boulevardpresse eine Zigarette an und nahm einen tiefen Zug. Wenig später aber hatte er sich bereits wieder so weit regeneriert, dass er sich seine Kamera zurückholte und erneut Fotos schoss. Jetzt auch von den schwarzen Säcken, die er zuvor selbst gefüllt hatte.

Die Feuerwehr packte ihre Siebensachen zusammen, fuhr die Drehleiter ein und rückte ab, gefolgt vom Wagen des Kriseninterventionsteams. Morgenstern wusste, dass die Männer sich nun noch im Feuerwehrhaus zusammensetzen würden, um die Erlebnisse gemeinsam zu rekapitulieren. Auch in ländlichen Gegenden wusste man inzwischen, was ein posttraumatisches Belastungssyndrom war. Mit solchen Dingen war nicht zu spaßen.

Morgenstern selbst allerdings wehrte sich mit Händen und Füßen, wenn ihm dienstlich psychologischer Rat angeboten wurde, wie es bei der Polizei ebenfalls längst gang und gäbe war. Und so würde er es auch dieses Mal halten, nahm er sich vor. Ein Indianer kennt keinen Schmerz.

Der Krankenwagen des Roten Kreuzes fuhr gleichfalls davon. Es wurde still auf dem Bieber-Hof. Nur aus dem Stall war das Grunzen und Quieken der Schweine zu hören, die sich ums Futter stritten oder sich aus quälender Langeweile gegenseitig in die Schwänze bissen. Morgenstern fragte sich, was der alte Bieber jetzt wohl mit seinem Hof anstellen würde. Wo, wenn nicht hier, galt schließlich die Devise: Das Leben geht weiter, irgendwie und sowieso.

Simon Bieber war aufgestanden und ging mit schlurfenden

Schritten Richtung Haus, gefolgt vom Pfarrer und vom Bürgermeister, den maßgeblichen Autoritäten jeder Gemeinde. Die Ermittler wollten sich nach kurzem Zögern anschließen, aber Bieber wollte sie im Haus nicht mit dabeihaben. »Sie können später wiederkommen. Ein andermal«, sagte er. Und es blieb ihnen nicht viel mehr übrig, als das in diesem Moment zu akzeptieren.

Immerhin brachten sie den Mann noch dazu, ihnen die Telefonnummern seiner Kinder Konrad und Marga zu holen. Dann drehte Bieber sich schweigend um und schritt durch die Tür ins Innere des Bungalows. Die Tür schloss sich hinter ihm. Im Stall schrie ein Schwein, als ginge es um sein Leben. Morgenstern wurde klar, dass in diesem Umfeld niemand Willibald Biebers Todesschreie wahrgenommen haben würde. Ein einsamer, unbemerkter Tod – nicht gut für Ermittlungen aller Art.

ZWEI

Die beiden Kriminaloberkommissare waren froh, als sie wieder in ihrem Auto saßen.

»Ich brauche dringend einen Kaffee«, sagte Morgenstern. In Kriminalfilmen hatte er oft gesehen, dass noch am entlegensten Tatort mitten im Wald plötzlich eine gute Seele in Gestalt eines Streifenbeamten ein paar Pappbecher mit Milchkaffee aus dem Nichts gezaubert hatte. Aber da blieb ihnen hier in der Köschinger Realität der Schnabel sauber.

So steuerte Hecht den Wagen als Erstes in die Ortsmitte der Marktgemeinde, auf der Suche nach einer Bäckerei mit Imbiss. Er stellte das Auto in der zentralen Marktstraße ab, und sie schauten sich um. Obwohl es später Vormittag war, war wenig los.

»Sind wohl alle beim Arbeiten«, sagte Hecht. »Da hat an einem gewöhnlichen Werktag keiner Zeit zum Spazierengehen.«

»Und zum Shoppen auch nicht«, gab Morgenstern zurück. »Ist sowieso nicht das geborene Einkaufsparadies. Mit Ausnahme von dem Modegeschäft da drüben.«

Es war unübersehbar: Die einstmals noch vorhandene Funktion als halbwegs zentraler Einkaufsort hatte der Ortskern von Kösching schon lange eingebüßt. Das war auch den etwas größeren Orten in der Region so ergangen. Der ehemalige Mittelpunkt der Gemeinden hatte seine Bedeutung schleichend an großflächige Gewerbegebiete auf der grünen Wiese abgegeben, auf denen sich die großen Lebensmittelfilialisten ihre monströsen Verkaufshallen errichtet hatten. Und als wäre das nicht schon genug, mussten die kleinen Einzelhändler auch noch gegen die übermächtige Konkurrenz der Großstadt kämpfen, vom krakenartigen Online-Handel ganz zu schweigen. Morgenstern wusste von seinem Wohnort Eichstätt, wohin es ihn von Nürnberg aus verschlagen hatte, wie schwer das war, und in Hechts Heimatstadt Schrobenhausen sah die Situation nicht besser aus.

Die Ingolstädter hatten sich im Westen ihrer Stadt ein gewaltiges Einkaufszentrum genehmigt, um das sich im Laufe der Jahre weitere riesige Läden und ein Kinocenter geschart hatten. Und im Osten der Stadt, nur einen Steinwurf von Kösching entfernt, hatte sich direkt neben einer Erdölraffinerie und in Sichtweite zur Autobahn ein Fabrikverkaufszentrum angesiedelt, das »Ingolstadt Village«. Sie waren eben erst direkt daran vorbeigefahren.

Morgenstern war mit seiner Frau Fiona und seinen Söhnen Marius und Bastian ein einziges Mal dort gewesen und konnte beim besten Willen nicht nachvollziehen, warum ausgerechnet dieser künstliche Ort zur mit Abstand meistbesuchten Attraktion im gesamten Naturpark Altmühltal samt Ingolstädter Umland geworden war. Über eine Million Besucher jährlich drängten sich in den Straßen dieses durch und durch artifiziellen Dorfes, das zuckerbäckerartig im Neuengland-Stil auf irgendeine Industriebrache gezirkelt worden war, mit Läden und Lokalen, die alle so taten, als stammten sie aus dem 18. Jahrhundert. Sogar ganze arabische Familien auf Europa-Shoppingtour hatte Morgenstern hier entdeckt und sich vergebens die Frage gestellt: Gibt's hier was umsonst?

All diese Entwicklungen hatten für Ortskerne vom Kaliber Köschings bestenfalls die undankbare Rolle des kommerziellen Sidekicks gelassen. Der Platz, an dem man noch eilig überraschende Notkäufe tätigte für das, was man anderswo zu erwerben vergessen hatte. Und das war an diesem Vormittag deutlich zu spüren. Der Amberger-Bräu, an dem die Kommissare auf der Suche nach einer Bäckerei vorbeikamen, verkündete prompt auf einem Schild an der Tür, dass er erst am Spätnachmittag zu öffnen gedenke.

Die Grundversorgung sicherte derweil die Filiale einer regionalen Bäckereikette, die sich in bester Marktlage eingemietet hatte, um den Menschen im Ortskern frische Semmeln und Brezen, Brot und Zuckerzeug zu offerieren, dazu Sandwiches für die kleine Mahlzeit zwischendurch und – selbstverständlich – den unvermeidlichen Mitnehm-Kaffee im isolierenden Pappbecher mit Plastikdeckel, der dem Käufer hier wie überall als »Coffee to go« New Yorker Weltläufigkeit, Mobilität und hektische Dringlichkeit bescheinigte.

Morgenstern hatte es allerdings definitiv nicht eilig, sondern nahm an einem der schmalen Tischchen Platz, die gegenüber dem langen Verkaufstresen aufgestellt waren. Hecht bestellte schwarzen Kaffee für Morgenstern und ein Glas Kamillentee für sich selbst. Dazu für jeden fettiges Schmalzgebäck in Gestalt eines Apfelkücherls, gewälzt in Zimtzucker.

»Was machen wir jetzt mit dieser Sache?«, fragte Hecht, als sie sich schließlich gegenübersaßen.

»Aufessen«, sagte Morgenstern.

»Quatsch. Ich meine dieses Unglück oder was immer das war. Was hältst du davon? Das war ein Unfall, oder nicht?«

Morgenstern führte nachdenklich die Kaffeetasse zum Mund und zuckte zurück, als das heiße Porzellan seine angeschlagene Unterlippe berührte. Es war, als hätte er einen kleinen Stromschlag abbekommen.

»Unfall oder nicht«, wiederholte er. »Für mich ist die ganze Geschichte nicht koscher.« Er blies sorgfältig in seinen dampfenden Kaffee. »Erst diese Sache mit den Stangen im Mais, jetzt ist der junge Bieber tot. Das können wir nicht so stehen lassen.«

»Und wenn es Zufall war? Es scheint doch so, als ob die Stangen nicht speziell dem Bieber-Hof gegolten haben.«

»Dann müssen wir das trotzdem irgendwie klären«, beharrte Morgenstern. »Zwei unglückliche Zufälle nacheinander – das ist für mich mindestens einer zu viel.«

Hecht trank vorsichtig von seinem Kamillentee – und spülte mit dem Schluck sorgfältig seinen Mund aus.

»Aber zu gurgeln fängst du jetzt nicht an«, moserte Morgenstern. »Ist ja widerlich.«

»Mir geht's nicht besser als dir. Und in der Bäckerei gibt es halt mal kein Aspirin.«

»Oh doch«, meldete sich eine Stimme von der anderen Seite des Tresens. »Das ist eine unserer leichtesten Übungen. Sie glauben gar nicht, wie oft wir das hier in der Früh verkaufen. Ein Aspirin mit einem kleinen Glas Wasser und dazu gleich einen doppelten Expresso.«

»Espresso«, korrigierte Hecht kühl.

»Ich sag immer schon Expresso«, erklärte die Verkäuferin, eine resolute, stämmige Frau von etwa fünfundzwanzig Jahren. »Mögen Sie jetzt ein Aspirin oder nicht?«

»Zwei«, sagte Morgenstern. »Für mich nämlich auch.«

Die Verkäuferin hatte gerade keine weitere Kundschaft zu betreuen und kam mit den beiden Wassergläsern, in denen schon – als Service des Hauses – die Kopfschmerztabletten sprudelten, leutselig an das Tischchen der Kommissare.

»Sie waren gestern wohl auf dem Ingolstädter Herbstfest?«, fragte die Bäckereifachkraft mit mütterlich-neugierigem Ton, der gar nicht recht zu ihrem jugendlichen Alter passen wollte.

»Wie kommen Sie denn darauf?«, fragte Morgenstern sicherheitshalber zurück, ohne sich zu weit aus dem Fenster zu lehnen.

»Weil mein Freund heute früh auch so ausgesehen hat wie Sie. Der war mit seinen Kumpels dort.«

»Ist er hier aus Kösching?«, fragte Hecht.

»Nein, drüben aus Gaimersheim. Aber sie sind mit den Köschingern aneinandergeraten. Und da hat es dann halt gescheppert. Heute Abend will er gleich wieder hin. So schlimm kann es also nicht gewesen sein. Das gehört halt dazu. Das ist wie Maibaum-Stehlen.«

Morgenstern zwinkerte Hecht zu. Das war doch schon einmal ein schöner Ansatz. Aber es kam noch besser: Denn die Verkäuferin hatte mangels anderer Aufgaben beschlossen, sich den unbekannten Gästen nun gänzlich zu widmen. Sie zog einen dritten Stuhl heran, ließ sich daraufplumpsen und seufzte. »Das tut mal gut, wenn man sonst den ganzen Tag lang steht.« Sie sah ihre Kunden ungeniert an. »Sie sind aber nicht von hier, oder?«

Morgenstern dachte kurz nach, dann gab er sich einen Ruck, entschied für sich, dass die junge Frau als Ortskundige eine Hilfe sein könnte, und ließ die Katze aus dem Sack. »Wir beide sind von der Kripo in Ingolstadt. Wir waren bis gerade eben draußen auf dem Bieber-Hof. Vielleicht haben Sie davon schon gehört.«

Die Verkäuferin machte große Augen. »Von der Kripo? Da wäre ich nie im Leben draufgekommen.«

»Wir sehen nicht immer so, so … mitgenommen aus«, wandte Morgenstern ein. »Vor allem mein Kollege ist meistens wie aus dem Ei gepellt, nicht wahr, Spargel?«

Hecht warf ihm einen verärgerten Blick zu.

»Das war heute hier in der Bäckerei den ganzen Vormittag das große Thema«, sagte die junge Frau. »Der Bieber-Willi ist in seine Biogasanlage gefallen und ist tot. Das geht hier rum wie ein Lauffeuer, weil ihn natürlich jeder kennt.

»Kannten Sie ihn auch?«

»Freilich. Hier kennt man sich schon noch, außer es sind die Leute aus der Siedlung. Da wird's dann manchmal schwierig. Aber besser als den Willi kenne ich den Konrad, seinen jüngeren Bruder.«

Sie lächelte einen Moment, und Morgenstern fragte sich, ob da gerade eine besonders erfreuliche Erinnerung aufgeblitzt war.

»Der Conny war mit mir in der Schule. Und später habe ich ihn auch immer wieder mal getroffen. Zuletzt, glaube ich, bei der Beerdigung seiner Mutter.« Sie fügte ein »leider« hinzu.

»Wie alt ist der Konrad?«, fragte Hecht.

»Siebenundzwanzig. Er war, wie man so sagt, ein Nachzügler. Das Nesthäkchen. Ich war sogar bei seinem achtzehnten Geburtstag. Den hat er groß auf dem Hof gefeiert, und die Musik hat er selbst aufgelegt. Techno, er war schon ganz früh Discjockey und hat in den Clubs in Ingolstadt aufgelegt. Da hat er sich MC Conan genannt.«

»MC?«, fragte Hecht, der sich unauffällig sein Notizbuch aus der Tasche gefischt hatte und ein wenig mitstenografierte.

»MC – Master of Ceremony Conan. Wie Conan der Barbar.«
Morgenstern erinnerte sich vage an diesen Kinohit seiner
Jugend, der den jungen Arnold Schwarzenegger in Hollywood
ganz nach oben gespült und ihm letztlich sogar das Gouver-
neursamt von Kalifornien beschert hatte. »Conan der Barbar«,
wiederholte er. »War er gut, der Conny?«

»In jeder Hinsicht«, sagte die Verkäuferin und hatte gleich
wieder dieses seltsame Leuchten in den Augen. »Aber dann ist
er weggegangen von Kösching. Erst nach München – da haben
wir ihn noch ein paarmal besucht, wenn er im P1 aufgelegt hat.
Dann ist er nach Berlin, und weg war er, der Conny. Leider.
Wir haben immer gesagt: Der Conny ist der DJ Hell von Kösching.«

Morgenstern verstand nur Bahnhof, versuchte aber, sich
nichts anmerken zu lassen. Für Techno-Musik war er definitiv
zu alt. Umgekehrt brauchte er der jungen Bäckereiverkäuferin
wohl auch nichts von Lemmy Kilmister von Motörhead vor-
zuschwärmen oder von AC/DC, deren Tour-T-Shirt von anno
dazumal er immer noch in seinem Kleiderschrank hütete, auch
wenn es heute unerfreulich am Bauch spannte.

Eine Kundin kam zur Tür herein und verlangte einen halben Laib Altmühltaler Bauernbrot. Die redselige Verkäuferin
verschwand hinter ihrem Tresen (»Soll ich's Ihnen aufschnei-
den, Frau Müller?« – »Wie immer, Martina«) und brachte den
automatischen Scheibenschneider in Position.

Während die Maschine das Bauernbrot in genormte Scheiben guillotinierte – was Morgenstern makabererweise an den
Tod von Willibald Bieber erinnerte –, blieb ein Moment Zeit,
sich über die gruseligen Nachrichten des Tages auszutauschen.
Die Kundin wusste natürlich schon Bescheid und steuerte ihr
Mitleid mit dem armen Bieber-Bauern bei, der nun schauen
müsse, wie er allein über die Runden komme.

»Der wird den Stall nicht mehr lange machen können, der
Simon«, spekulierte sie. »Am Anfang kommt da für ein paar
Wochen ein Dorfhelfer, aber das geht ja nicht ewig. Du wirst
sehen, der verkauft das Vieh und verpachtet sein ganzes Feld.

Für wen soll er denn die Arbeit noch machen? Und das Alter für die Rente hat er ja, sonst hätte er den Hof nicht übergeben.«

Die Schneidemaschine hatte ihr eiliges Werk beendet, und Verkäuferin Martina steckte die Scheiben in eine Papiertüte.

»Vielleicht macht's ja der Konrad?«, mutmaßte die Kundin. »Es heißt, dass der jetzt wieder in der Gegend ist.«

»Der Conny? Nie im Leben«, sagte Martina, »der ist drüben in Rieshofen, im Altmühltal bei Walting. Da hat er zusammen mit seiner Freundin einen Pferdehof. Hat sich so ein altes Sach gekauft, ein altes Glump. Und sie macht da mit Kindern therapeutisches Reiten. Ich habe mir das mal im Internet angeschaut. Die haben eine Homepage.«

»Immer dieses neumoderne Zeug«, sagte die alte Dame missbilligend, und es blieb unklar, ob sie damit das therapeutische Reiten, das Internet oder den Trend zum nostalgischen Landleben meinte. Dann ging sie ihrer Wege, nicht ohne zuvor ihre Rabattkarte abstempeln zu lassen.

Martina kehrte an den kleinen Tisch zurück. »So geht das heute schon den ganzen Vormittag«, sagte sie. »Jeder gibt seinen Senf dazu.«

Morgenstern griff auf, was die Verkäuferin gesagt hatte. »Und der MC Conan ist jetzt also unter die Pferdeflüsterer gegangen?«

»Nicht er, seine Freundin oder was immer sie ist. Die macht das hauptsächlich. Er ist immer noch Discjockey, aber nach allem, was ich gehört habe, ist da nicht viel verdient. Drum ist er ja aus Berlin zurückgekommen.«

»Der verlorene Sohn ist zurückgekehrt«, fasste Peter Hecht bibelfest zusammen.

»Nicht ganz«, sagte die Frau. »Nur bis Rieshofen. Gerade weit genug weg vom Willi. Die beiden haben sich nicht besonders gut verstanden. Die sind sehr unterschiedlich.«

»Und die Schwester?«, fragte Morgenstern. »Da gibt's doch auch noch eine Schwester.«

»Die kenne ich praktisch nicht.«

Erneut kamen Kunden, und zwar gleich drei hintereinander,

und damit war klar, dass die Verkäuferin nicht mehr zur Verfügung stand. Die Kommissare tranken aus und gingen hinaus auf die Marktstraße. Zeit, in die Zentrale zurückzufahren.

Auf dem Rückweg nach Ingolstadt sahen sie auf verschiedensten Äckern Bauern bei der Maisernte. An einer Stelle hielt Hecht sogar an, damit sie das Spektakel näher verfolgen konnten. Ein Monstrum von Maschine fraß sich durch die endlosen Maisfelder und nahm sich dabei acht Reihen gleichzeitig vor. Ein Traktor mit einem sehr hohen Anhänger fuhr direkt neben dem Häcksler her, über ein Rohr wurden die fein geschredderten Stängel, Blätter und Kolben auf den Wagen geblasen. Ein zweiter Traktor mit Wagen wartete bereits am Feldrand auf seinen Einsatz – es war offensichtlich, dass hier alles schnell gehen musste. Wehe, wenn die Erntemaschine ausfiel!

***

Die Kollegin, die sich bei der Kripo Ingolstadt mit der Sabotage in den Köschinger Maisfeldern befasst hatte, war glücklicherweise da, als Hecht und Morgenstern an ihre Bürotür klopften. Kommissarin Antonia Grabsky, eine junge Beamtin, die blonden Haare zum Pferdeschwanz gebunden, hatte bereits von den Vorgängen auf dem Bieber-Hof gehört (»Das war schon im Radio«) und sich in weiser Voraussicht ihre Unterlagen zusammengesucht. Auch ein Beweismittel hatte sie aus dem Labor geholt: einen ramponierten, zehn Zentimeter langen Stahlbolzen.

Mit spitzen Fingern zog sie das Metallteil aus einer durchsichtigen Plastiktüte und hielt es den Kollegen vor die Nase: »Das ist der Übeltäter. Wir haben noch ein paar kleinere Trümmer, aber das ist der schönste, wenn man so will.«

»Was ist das?«, fragte Morgenstern.

»V2A-Stahl. Antimagnetisch. Diese modernen Großhäcksler haben Metalldetektoren eingebaut. Das Schneid-und-Häcksel-Werk stoppt sofort, wenn der Detektor anschlägt. Aber bei diesem Ding hier funktioniert das nicht.« Sie drehte den Bolzen zwischen den Fingern.

»Keine Sorge«, sagte sie, als sie Morgensterns kritischen Blick sah. »Wir haben ihn natürlich längst auf Fingerabdrücke und das ganze Pipapo überprüfen lassen – war leider Fehlanzeige. Wer immer sich da auf den Äckern zu schaffen gemacht hat, hat sich Mühe gegeben.«

Morgenstern nahm die kurze Stange nun seinerseits in die Hand. Er fühlte den schweren, kalten Stahl.

»Achtzehn Millimeter«, sagte die Kollegin.

»Und was soll dieses Loch, das da in der Mitte durchgebohrt ist?«

»Das zeigt, wie viel Aufwand unser Mann in sein kleines Zerstörungswerk investiert hat. Er hat praktisch eine Öse durch den Stab gebohrt. Wie ein Nadelöhr.«

»Wofür das denn?«

»Ich gehe davon aus, dass er seinen Metallstab genau in Höhe der Maiskolben an einen Stängel gebunden hat. Mit einer Schnur, und damit das alles hält, hat er die Öse gebohrt.«

»Ein fleißiger Heimwerker also«, sagte Morgenstern. »Ein Obi-Biber.«

»Ein Bastl-Wastl«, bestätigte Hecht.

Den kannte sogar Morgenstern. Der Bastl-Wastl war einst der allzeit hilfreiche Handwerker in einer Heimwerker-Serie des Bayerischen Fernsehens gewesen.

Kollegin Grabsky forderte ihr wertvolles Beweisstück zurück, zückte einen Kugelschreiber und deutete mit dessen Spitze auf die Öse. »Es ist nicht besonders professionell gemacht. Er hat ein paarmal ansetzen müssen, bis er durch war. Es sieht so aus, als ob ihm sogar einer seiner Bohrer abgebrochen ist. V2A-Stahl ist nicht ohne. Das bohrst du nicht wie Butter. Deswegen gehe ich davon aus, dass jemand die Dinger zu Hause in seiner Werkstatt oder Garage gebastelt hat – und zwar gleich in Serie.«

»Und diese blöde Stahlstange ist auch bloß so ein Allerweltsding«, meinte Hecht.

»Eben nicht. Die Werkstoffprüfer vom Landeskriminalamt in München haben sich in die Materie reingefieselt. Jedes

Stahlwerk verarbeitet sein eigenes Material und hat seine ganz speziellen Legierungen. Du kannst rauskriegen, aus welchem Stahlwerk diese Stange hier kommt.«

»Und? Wo ist sie her?«

»Aus Saarbrücken«, sagte Grabsky triumphierend. »Ein Hersteller von einigermaßen überschaubarer Größe. Wir haben eine Liste aller Abnehmer ihrer Achtzehn-Millimeter-V2A-Stangen rund um Ingolstadt bekommen, in einem Radius von fünfzig Kilometern.«

»Und?«

»Nichts Auffälliges. Leider. Ein paar Maschinenbauer der Region, diverse Zulieferer für Audi, zwei lokale Firmen, die Treppengeländer und solche Sachen herstellen. Aber keiner aus Kösching selbst. Wir treten auf der Stelle. Ich kann euch die Liste gerne geben. Vielleicht habt ihr ja eine Idee. Denn ich habe in diesem Fall inzwischen mein Pulver verschossen.«

»Hatte denn eigentlich unser Willibald Bieber eine Idee?«, fragte Morgenstern.

»Nichts, was er mir sagen wollte. Ich hatte das dumpfe Gefühl, dass er einen leisen Verdacht hat. Aber er ist nicht damit herausgerückt. Ist auch irgendwie nachvollziehbar. Denn wenn nichts dran ist an der Sache, ist der Teufel los. Üble Nachrede, lebenslange Feindschaft. Da sind die Leute in den Dörfern vorsichtig.«

»Und jetzt ist er tot«, sagte Morgenstern ungerührt. »Da hätte er es lieber auf die lebenslange Feindschaft ankommen lassen.«

»Hinterher ist man immer klüger.«

»Hinterher ist man immer tot«, beharrte Morgenstern.

Und dann ließ er sich erklären, was Kollegin Grabsky sonst noch alles unternommen hatte – und das war nicht wenig. Sie hatte sich die Schuhsohlen abgelaufen, um den Mais-Attentäter zu ermitteln, und alles säuberlich in einem Schnellhefter dokumentiert. Sie hatte mit den drei betroffenen Landwirten und deren Familienmitgliedern gesprochen, mit den beiden Lohndreschern, deren Maschinen zerstört worden waren, mit dem

Geschäftsführer des Maschinenrings, mit dem Bürgermeister und mit dem Jäger, in dessen Revier die »verminten« Maisfelder lagen. Und obwohl die Medien, allen voran der »Donaukurier«, fleißig berichtet und auch den Zeugenaufruf einschließlich Antonia Grabskys Diensttelefonnummer abgedruckt hatten, hatte sich niemand gemeldet. Grabsky hatte inzwischen kaum noch Hoffnung, dass sich das ändern würde.

Morgenstern sah sich die junge Kollegin genauer an. Ihre Hartnäckigkeit gefiel ihm – und er musste sich eingestehen, dass sie ihm auch ansonsten gefiel mit ihrer spitzen Nase und ihrem Pferdeschwanz. Deswegen holte er sie kurzerhand ins Boot: »Kollegin Grabsky, ich glaube nicht, dass Adam Schneidt etwas dagegen hat, wenn Sie sich mir und Peter Hecht anschließen. Sie wissen schon so viel über die ganze Sache, dass wir ab sofort als Dreierteam arbeiten. Was halten Sie davon?«

Peter Hecht wirkte überrascht und schaute Morgenstern etwas gequält an. »Ich weiß nicht recht«, brummelte er. »Das schaffen wir doch gut zu zweit, als bewährtes Duo und so.« Er verknotete die Finger, öffnete sie wieder. »Wir haben doch alle Unterlagen von der Kollegin, hervorragende Arbeit, wirklich, ganz hervorragend. Aber dieser Willibald Bieber ist unser Fall. Unser Unfall, meine ich. Das hat sich bald erledigt. Und die Frau Grabsky kümmert sich um den Mais.« Hecht rang sich ein bemühtes Lächeln ab. »Wie sage ich immer: getrennt marschieren – vereint schlagen.«

»So, sagst du das immer?«, fragte Morgenstern mit ironischem Unterton.

»Fragt mich vielleicht auch mal jemand?«, klinkte sich die Kollegin ein. »Ich sage euch jetzt, wie wir das machen: Ich erledige hier einfach meinen eigenen Kram, und wenn es Neuigkeiten gibt, lasse ich es euch wissen. Basta!«

Und damit komplimentierte sie die beiden Oberkommissare aus ihrem Büro hinaus.

Als Morgenstern gegen achtzehn Uhr mit seinem uralten roten Landrover nach Hause röhrte, freute er sich auf einen geruhsamen Feierabend im, wie er sich ausmalte, »Kreise seiner Lieben«. Es war ein harter, ein knallharter Tag gewesen, und jetzt hatte er keinen sehnlicheren Wunsch, als die Beine hochzulegen, sich von seiner Frau Fiona mit einer leichten, magenschonenden warmen Mahlzeit verwöhnen zu lassen, anschließend ein wenig durchs Fernsehprogramm zu zappen, dabei einen großen Bogen um Nachrichtensendungen aller Art zu machen und dann früh zu Bett zu gehen – aber nicht vor den Kindern.

Natürlich trat nichts von alledem ein. Denn Morgenstern hatte einen maßgeblichen Termin nicht auf der Rechnung: die im Frühjahr bevorstehende Erstkommunion seines Sohnes Marius. Und weil Familie Morgenstern nun einmal nicht mehr in der halbwegs anonymen Großstadt Nürnberg lebte, sondern im äußerst überschaubaren Bischofsstädtchen Eichstätt und zudem noch im Sprengel der Dompfarrei, war an ein unbemerktes Wegtauchen nicht zu denken.

Familie Morgenstern hatte bereits zum Beginn von Marius' drittem Schuljahr ein Schreiben der Pfarrei erhalten, das keinen Zweifel daran gelassen hatte, dass das Fest der ersten heiligen Kommunion eine Sache war, die die gesamte Familie betreffe und allerhand Vorkehrungen erfordere. Der erste Termin: Mindestens ein Elternteil habe sich zu einem Vorbereitungsabend im Dompfarrheim St. Marien einzufinden. Fiona hatte diese Aufgabe umgehend auf ihren Gatten übertragen, und der hatte dazu nur unkonzentriert genickt, die Sache aber noch im selben Augenblick vergessen. Nun denn: Die Vorbesprechung war heute.

Mürrisch trottete Morgenstern zu dem Elternabend im Pfarrsaal, der direkt neben dem Dom am kleinen Pater-Philipp-Jeningen-Platz lag. Er hatte sich zuvor ganz kurz mit Fiona deswegen gestritten, dabei aber den Kürzeren gezogen, denn »versprochen ist versprochen und wird auch nicht gebrochen« – oder, wie Franz Josef Strauß, der bayerische Nationalheilige, gesagt hätte: »Pacta sunt servanda« – Verträge sind einzuhalten. Außerdem war Morgenstern wegen der Eskapaden der vergangenen Nacht in einer, gelinde gesagt, etwas ungünstigen

Verhandlungsposition, und er konnte von Glück reden, dass Fiona ihm vor seinem Abmarsch zwei Käsebrote gemacht hatte. So viel zum Thema magenschonende warme Mahlzeit.

Vor dem Pfarrheim standen schon grüppchenweise andere Eltern, etliche Väter nutzten die Gelegenheit für eine letzte Zigarette. Auf Morgenstern wirkte es, als bereiteten sie sich auf ihre Hinrichtung vor.

Von drinnen war schon babylonisches Stimmengewirr zu hören: Es sah so aus, als ginge in diesem Jahr im ohnehin sehr kinderreichen Eichstätt ein besonders starker Jahrgang erstmals »an den Tisch des Herrn«, wie es in der Einladung geheißen hatte. Morgenstern kannte so gut wie niemanden, als er im Saal dezent an der Seite Platz nahm, mit Blick auf einen riesigen, aus Holz geschnitzten gekreuzigten Jesus.

Gehorsam trug er sich in eine von Platz zu Platz weitergereichte Anwesenheitsliste ein. Und dann ging es auch schon los. Der Pfarrer entzündete auf einem Tisch feierlich eine Kerze und verlas einen als »Impuls« angekündigten Einstimmungstext, in dem es darum ging, wie aus vielen Körnern das Brot werde und aus vielen Trauben der Wein.

Unglücklicherweise wurde zu diesem kleinen besinnlichen Vortrag das Licht im Saal gedimmt, und Morgenstern fühlte, wie sich in seinem Körper eine wohlige Schwere ausbreitete. Die monotone Stimme klang nun wie aus weiter Ferne, und sie sprach vom guten Hirten, der keines seiner Schafe verloren gebe, und habe es sich noch so sehr verirrt und im Dornengebüsch verheddert, und vom barmherzigen Vater, der für den verlorenen Sohn ein Freudenmahl veranstalte, Mastkalb inklusive, und Morgensterns Gedanken schweiften ab nach Kösching, wo an diesem Tag ein Sohn gestorben war auf eine ganz und gar unbarmherzige Weise und was das denn wohl für ein Gott sein möge, der einem leibhaftigen Vater wie dem alten Bieber so unermessliches Leid und Unglück aufbürdete, als wäre er Hiob, der Schmerzensmann aus dem Alten Testament.

Und er dachte an die Schafe, die da über die Hangflanken des Altmühltals getrieben wurden, und ein Schaf ums andere zog vor seinem inneren Auge vorbei, denn längst waren ihm die Lider schwer geworden, und Morgenstern konnte nicht anders, als mitzuzählen, sieben, acht, neun, zehn Schafe … und dann war er eingeschlafen. Er träumte von Schafen und von Schäfern, von grunzenden Schweinen und endlosen Maisfeldern, und er selbst, Morgenstern, sah sich im Traum durch eines dieser Felder laufen, durch ein Labyrinth aus Maisstängeln, die ihm mit ihren scharfen Blättern in Gesicht und Hände schnitten, wenn er versuchte, sich seinen Weg durch die dicht gepflanzten, übermannshohen Reihen zu bahnen. Und er hörte hinter sich ein lärmendes Geräusch und wusste: Das musste der monströse Maishäcksler sein, der ihn nun verfolgte mit seinen rotierenden stählernen Messern und gefräßigen Förderschnecken, und er geriet ins Stolpern und stürzte, stürzte, stürzte, bis die Todesmaschine ihn mit ihren eisernen Klauen erfasste und seine rechte Schulter packte …

Entsetzt stöhnte Morgenstern auf – und öffnete die Augen. Sein Sitznachbar rüttelte ihn immer noch sanft an der rechten Schulter. Alle Blicke im Pfarrsaal waren auf ihn gerichtet. Die meisten anderen Eltern grinsten, etliche wirkten aber auch besorgt – und der Pfarrer schien alles andere als amused. Missbilligend schüttelte er den Kopf, räusperte sich dann und beendete seinen meditativen Text.

Alles Weitere wäre kaum der Rede wert gewesen, wenn nicht der Pfarrer zum einen angekündigt hätte, er werde jeder einzelnen Familie persönlich einen Besuch zu Hause abstatten, um sich in einem kleinen Gespräch einen Eindruck von den privaten und religiösen Verhältnissen zu verschaffen – und wenn er nicht ganz zum Schluss einen Freiwilligen für den Lektorendienst am großen Tag der Erstkommunion gesucht hätte. Der liege zwar noch in weiter Ferne, aber man könne mit solchen organisatorischen Dingen erfahrungsgemäß nicht früh genug anfangen.

Es zeigte sich, dass der Geistliche ein Meister der Pädagogik war, der schwarzen Pädagogik. Deswegen pickte er sich, als sich nicht ein einziger Finger heben wollte, Mike Morgenstern heraus: Ob nicht er sich dieser Herausforderung stellen wolle, fragte er, denn durch seine unübersehbare (und wegen des lauten Schnarchens auch unüberhörbare) Fähigkeit zur »Tiefenentspannung« sei er geradezu prädestiniert.

Während Morgenstern noch ein bisschen herumstotterte, war der Pfarrer bereits an seinen Platz gekommen, um ihm den Text der Lesung zu präsentieren. Für ein ordentliches Gegenargument war Morgenstern zu überrascht.

DREI

Am nächsten Morgen machten sich Hecht und Morgenstern auf den Weg nach Kösching. Ihr Plan war, dem unmittelbaren Nachbarn des Hofs einen Besuch abzustatten – den Menschen jenseits des grünen Maschendrahtzauns, der die Demarkationslinie zwischen dem darstellte, was im Bürokratendeutsch auf der einen Seite »reines Wohngebiet« und auf der anderen »Außenbereich mit privilegierter Nutzung« hieß.

Die »privilegierte Nutzung«, das waren die Gebäude und Hallen und Ställe und Silos der Landwirtschaft – in Morgensterns Augen ein Sammelsurium von lieblos hingestellten Zweckbauten, die man in dieser Form eher auf einer Kolchose in sowjetischen Zeiten vermutet hätte, durchsetzt von kreuz und quer abgestellten Maschinen und Gerümpel aller Art. Im »reinen Wohngebiet« hingegen war der Rasen perfekt gestutzt, die Terrasse gewienert und die Architektur entweder italophil in Gestalt eines sogenannten Toskanahauses in warmen Ockertönen oder im Bauhaus-Design mit der typischen Farbkombination Weiß-Grau-Anthrazit.

Der unmittelbare Nachbar des Bieber-Hofs hatte sich für die südländische Lebensform entschieden, freilich in der XXL-Variante. Die Kommissare standen somit nicht etwa vor einer Art Bauernhaus, sondern vielmehr vor einer altrömischen Villa Rustica. Morgenstern hatte so etwas Ähnliches vor einigen Monaten schon einmal in rekonstruierter Form gesehen, als Römermuseum am Ortsrand des Dorfes Möckenlohe.

Der Hausherr in Kösching hatte auf seinem Grundstück ein hufeisenförmiges Gebäude errichten lassen, dessen drei Seiten einen kleinen Hof mit quadratischem Teich umrahmten. Das einzige Zugeständnis an die Moderne: eine Doppel-, nein, eine Dreifachgarage, alles in zartem Orangeocker gestrichen. An einem der Garagentore prangte ein professionell von einer Firma für Werbetechnik gefertigtes Transparent mit der großen Aufschrift: »Keine Schweinequal im Naturpark Altmühltal!«

Hecht stellte den dunkelblauen Dienst-Audi vor das Garagentor mit dem Transparent, sie stiegen aus und läuteten. »Familie Professor Dr. Stiller« stand auf dem Namensschild.

»Ein ziemlicher Palast«, sagte Morgenstern, während sie warteten.

»Wie von Kaiser Nero«, bestätigte Hecht.

Morgenstern schnupperte und fragte sich, welcher Geruch ihm schon beim Aussteigen in die Nase gestiegen war. Die Antwort fiel ihm umgehend ein: Der Schweinemaststall, nur einen Steinwurf entfernt, machte auf seine ganz spezielle Art auf sich aufmerksam.

Endlich öffnete eine Frau von knapp vierzig Jahren die Tür, gut aussehend, sportlich, in Laufkleidung. »Ich wollte gerade zum Joggen«, sagte sie zur Erklärung und sah ihre beiden Besucher fragend an.

Morgenstern stellte sich und Hecht vor. Als die Frau das Wort »Polizei« hörte, zögerte sie nicht einen Moment. »Ich denke, da sollte mein Mann dabei sein.«

Sie zog ihr Handy aus der Tasche und hatte im Nu ihren Gatten dran. Sie zog sich für das Gespräch kurz ins Haus zurück, dann war sie wieder da. »Mein Mann kommt sofort, dauert höchstens fünf Minuten. Er ist in der Klinik.«

»Ist er krank?«, fragte Morgenstern.

»Nein, er ist Chefarzt.«

»Im Klinikum, in Ingolstadt?«

»Nein, hier in Kösching, gleich da drüben.« Sie deutete schräg nach Südosten.

»Kösching hat eine Klinik?« Morgenstern konnte kaum glauben, dass ein solch überschaubarer Ort ein eigenes Krankenhaus haben könnte.

»Aber sicher doch«, sagte die Gattin und bedachte Morgenstern mit einem skeptischen Blick. »Sie sind wirklich von der Kripo Ingolstadt?«

Morgenstern zeigte ihr zwangsweise seinen Ausweis, und

Hecht tat es ihm gleich, zischte ihm aber zu, es wäre vielleicht besser, wenn er *ihm* als passablem Kenner der Region die Konversation überlasse.

Frau Stiller sah sich die Ausweise gründlich an und bequemte sich daraufhin, die beiden Besucher ins Haus zu bitten. »Wasser?«, fragte sie, nachdem sie die Gäste im Wohnzimmer auf eine braune Ledercouch platziert hatte.

»Gerne doch.«

»Mein Mann ist Chefarzt hier in Kösching, manchmal ist er auch in Eichstätt. Die beiden ›Kliniken im Naturpark Altmühltal‹ gehören zusammen. Sie haben Glück: Er hat gerade keine Operation, und die Visite ist erst um zehn Uhr.«

»Wir hätten durchaus auch mit Ihnen gesprochen«, stellte Morgenstern klar.

»Nein, solche offiziellen Dinge regelt grundsätzlich mein Gatte.«

Ein familiärer Maulkorberlass, dachte Morgenstern. Mit so etwas müsste er mal seiner eigenen Frau kommen. Aber es war wohl so, dass in einer Ehe meistens der passende Deckel zum Topf fand, und die Chefarztgattin schien zufrieden damit, wenn sie vormittags ihre Joggingrunde drehen konnte und sich später die fünfte Staffel von »Desperate Housewives« ansah.

Unmittelbar danach hörten sie draußen ein Auto vorfahren. Morgenstern sah aus dem Fenster: ein silbern glänzender Mercedes, was auch sonst?

Die Tür ging auf – und herein kam der leibhaftige Halbgott in Weiß: Professor Dr. Carsten Stiller, Experte für Nierenheilkunde. Er trug zum Beweis seiner Profession allen Ernstes einen Arztkittel, darunter seinen Anzug. Immerhin hatte er die branchenüblichen weißen Birkenstock-Latschen gegen makellose, rahmengenähte hellbraune Budapester getauscht. Dass er den Kittel angelassen hatte, war folglich mit Absicht geschehen.

Morgenstern erinnerte sich an seine seligen Kinderzeiten, als im Fernsehprogramm die »Schwarzwaldklinik« ein Straßenfeger gewesen war. Klausjürgen Wussow, Hoffnung aller Patienten und Freund aller Frauen, hatte seiner Erinnerung nach den Arztkittel auch noch nachts im Bett getragen, damit keine Missverständnisse aufkommen konnten, dass da jemand seinen Beruf als Berufung sah und folglich zu jeder Tages- und Nachtzeit im Dienst am Mitmenschen stand.

Stiller drückte den Kommissaren die Hand und fing ungefragt zu reden an, während seine Gattin bewundernd zuhörte. Eine ganz schreckliche Sache sei das mit dem Nachbarn, dem Willibald Bieber, sagte er. Er habe natürlich gestern in der Klinik sofort davon erfahren, »es sind ja auch unsere BRK-Sanitäter losgefahren«. Tragisch, ganz tragisch sei das, so jung aus dem Leben scheiden zu müssen, und solch ein grausamer Tod. Man könne nur hoffen, dass es schnell gegangen sei.

Die Kommissare nickten, und Morgenstern musste wieder einmal an den einsamen Arm denken, der aus der Maissilage geragt hatte.

Stiller sprach noch ein Weilchen in diesem Sinne weiter, reihte Plattitüde an Plattitüde (»der arme Vater!«), bis Morgenstern die Bremse zog: »War eigentlich unsere Kollegin, die Kommissarin Grabsky, neulich hier bei Ihnen? Wegen dieser Stahlstangen im Maisacker?«

Stiller schaute überrascht auf. »Ja, äh. Ja, die war hier. Ich erinnere mich, ich hatte gerade meinen freien Nachmittag und habe hinten im Garten mit meinen Kindern Fußball gespielt.«

»Die beiden sind jetzt gerade im Kindergarten, Emil und Pauline«, fügte die Gattin hinzu. Das Thema Kinder fiel anscheinend in ihr Ressort.

»Ich konnte Ihrer Kollegin nicht weiterhelfen«, merkte der Chefarzt an. »Ich weiß, dass ganz Kösching spekuliert, wer es gewesen sein könnte. Aber ich beteilige mich natürlich nicht daran.«

»Sie sind kein großer Freund des Bieber-Hofs, nicht wahr?«, fragte Morgenstern. »Wir haben draußen das Transparent gesehen. ›Schweinequal im Altmühltal‹. Das bezieht sich wohl auf den Stall hier in Ihrer Nachbarschaft?«

»Wie kommen Sie darauf?«, gab Chefarzt Stiller unerwartet scharf zurück.

»Das liegt doch auf der Hand.«

»Sie unterstellen mir also, dass ich mich hier ausschließlich gegen die Herren Bieber wende. Das kann ich nicht akzeptieren.«

»Wie meinen Sie es denn dann?«

»Allgemein, ganz allgemein«, sagte Stiller. »Wie ich es geschrieben habe: Ich möchte, dass es die Schweine im Altmühltal gut haben, überall. Es geht mir um Tierschutz, um das Tierwohl. Um das Tier als Mitgeschöpf. Mit unveräußerlichen Rechten.«

»Aha«, sagte Morgenstern. »Und dass Herr Bieber da drüben im großen Stil Schweine mästet, hat damit rein gar nichts zu tun.«

»Sie können sich Ihren ironischen Unterton gerne sparen, Herr Kommissar.«

»Kriminaloberkommissar. So viel Zeit muss sein.« Morgenstern war unter normalen Umständen der Letzte, der auf Dienstgrade Wert legte. Aber hier im Gespräch mit dem Professor, dem erkennbar arroganten Weißkittel, ging es ums Prinzip.

»Kriminaloberkommissar also«, wiederholte Stiller langsam, und man konnte sehen, wie es in seinem Hirn ratterte – welchen Status denn wohl ein Oberkommissar bei der Kripo habe. War das überhaupt etwas von Bedeutung?

»Was hat denn der junge Herr Bieber zu Ihrem Plakat gesagt?«

Der Arzt kniff missmutig die Lippen zusammen. »Wir sind manchmal hinterm Haus, am Zaun, aufeinandergestoßen. Was er mir da gesagt hat, ist nicht zitierfähig. Ich hatte leider keinen Zeugen dabei, sonst hätte ich selbstverständlich Anzeige gegen ihn erstattet.«

»Und der alte Herr?«

Stiller blickte nachdenklich. »Der tut mir wirklich leid. Sie dürfen mir glauben, mit dem Alten bin ich immer einigermaßen zurechtgekommen. Er war auch mein Patient hier in der Klinik, aber darüber darf ich Ihnen natürlich nichts sagen, ärztliche Schweigepflicht.« Er legte sich den rechten Zeigefinger vor den Mund für den Fall, seine Gäste wären etwas schwer von Begriff.

»Nur so viel: Das Verhältnis zwischen Arzt und Patient ist etwas Einmaliges. Das geht weit über das hinaus, was man aus dem Alltag kennt. Ich habe darüber sogar schon eine Vorlesung gehalten. Drüben in Eichstätt, an der Katholischen Universität. Ich habe einen Lehrauftrag, für den Studiengang Soziale Arbeit.«

»Aber mit dem jungen Bieber, mit Willibald Bieber, hatten Sie kein so einmaliges Verhältnis?«, legte Hecht nach, der wie immer ein bisschen mitschrieb.

»Nun ja, äh, nein. Das habe ich Ihnen doch schon angedeutet. Da muss ich nicht um den heißen Brei herumreden. Das können Sie auch schnell von den Menschen hier, von den Einheimischen, erfahren. Oder auch von Ihren Kollegen von der Polizeiinspektion in Ingolstadt. Ich habe ihn ein paarmal angezeigt. Er hat Gülle ausgefahren, wenn im Winter der Boden noch tiefgefroren war. Ich habe mich in diese Materie reingelesen: Das hat mit ordnungsgemäßer Landwirtschaft nichts zu tun. Ein ökologischer Frevel, damit hat sich der Bieber an unserem guten Grundwasser versündigt. So etwas ist hier bei uns im Karstgebiet kein Kavaliersdelikt.«

»Sonst noch was?«, hakte Morgenstern nach.

»Er hat auch gerne mal am Sonntag mit schwerem Gerät gearbeitet, hat gepflügt oder in seiner Werkstatt irgendwas geflext. Ein ständiger Lärm.«

»Und dann haben Sie ihn angezeigt? Weil er den Sabbat schändet?«, fragte Morgenstern.

»Genau. Verstoß gegen das Feiertagsgesetz. An einem einzigen Tag in der Woche muss doch mal Ruhe sein.« Stiller hob im Stil des Lehrer Lämpel mahnend den Finger. »Gegen den Gestank kann man wenig machen, aber gegen Lärm muss man sich wehren. Lärm macht krank.«

Morgenstern erhob sich schwer vom Sofa und nahm einen letzten Schluck von dem stillen, sündteuren isländischen Gletscherwasser, das ihm Frau Stiller kredenzt hatte. »Ich würde gerne mal in den Garten gehen und mir einen Eindruck verschaffen.«

»Ganz wie Sie wollen.« Stiller stand ebenfalls auf. Dann dämmerte es ihm. »Sie glauben doch nicht etwa, dass ich etwas mit dieser Sache zu tun haben könnte? Das ist nicht Ihr Ernst?«

»Wer hat denn so etwas behauptet? Das ist eine Unterstellung, die ich nicht akzeptieren kann.« Morgenstern hatte sich Stillers Formulierung von vorhin genau gemerkt und hatte nun eine diebische Freude daran, den Mann für einen Moment sprachlos zu sehen. Er konnte allerdings nur hoffen, dass er in absehbarer Zeit nicht die medizinische Hilfe eines ortsansässigen Nephrologen benötigte. Es war überdeutlich, dass das einmalige Arzt-Patienten-Verhältnis in diesem Fall bereits von Anfang an etwas eingetrübt wäre.

»Ich will nur mal sehen, Herr Stiller, was man von Ihrer Seite des Zauns aus sehen kann. Vielleicht haben Sie oder Ihre Gattin ja gestern früh durch Zufall etwas mitbekommen, sozusagen als Zaungäste.«

»Ach so«, sagte Stiller nur, als sie in den Garten hinaustraten. Ein großes Trampolin mit blauer Bespannung stand in einer Ecke auf dem perfekt getrimmten Rasen, daneben ein Klettergerüst. Und vor dem Maschendrahtzaun war ein kleines Fußballtor aufgestellt. Keine fünfzig Meter dahinter ragte die kreisrunde Biogasanlage mit ihrer dunkelgrünen halbrunden Abdeckung in die Höhe, direkt davor der Maisbunker mit den Förderschnecken.

»Von hier aus hätte man alles sehen können«, stellte Morgenstern fest. »Waren Sie denn gestern früh gegen acht Uhr daheim? Oder Sie, Frau Stiller?«

Carsten Stiller schüttelte den Kopf. »Da war ich schon in der Klinik.«

Seine Frau hingegen nickte. »Ich war daheim und habe die Kinder für den Kindergarten fertig gemacht. Aber ich schaue natürlich nicht ständig beim Fenster raus. Und im Garten habe ich morgens auch nichts zu tun.«

Ihr Gatte pflichtete ihr bei: »Nicht einmal den Kompost

muss man mehr rausbringen, seit der Landkreis flächendeckend die Biotonne eingeführt hat.«

»Dann haben Sie die ganze Aufregung hier also verpasst?«, fragte Morgenstern ihn.

»Ich habe es Ihnen doch schon am Anfang gesagt: Ich war in der Klinik, als der Notruf einging. Solange ich hier zu Hause war, war alles still.«

»Totenstill«, sagte Morgenstern. »Und Sie haben nicht zufällig einen Schrei gehört?«, fragte er die Gattin.

Frau Stiller legte die Hand sinnend ans Kinn, nahm den Kommissaren zuliebe die Denkerpose ein. »Hmm, es kann schon sein, dass da ein Schrei war«, meinte sie schließlich. »Aber das kann genauso eines von den armen Schweinen gewesen sein, die der Herr Bieber mästet. Was da manchmal für Geräusche aus dem Stall dringen, davon macht sich ein Außenstehender keine Vorstellung. Gruselig.«

»Aber es ist doch wohl ein Unterschied, ob da ein Mann in Todesangst schreit oder ob ein Schwein quiekt«, vermutete Hecht.

Der Professor übernahm die Antwort für beide. »Annika und ich kennen uns da nicht so aus«, räumte er unerwartet bescheiden ein. »Was mich betrifft: Meine Patienten sind immer unter Vollnarkose.«

Morgenstern sah sich noch ein wenig im Garten um. Irgendetwas war ihm schon beim Herausgehen aufgefallen, irgendwie im Augenwinkel. Aber er kam nicht drauf, was es gewesen war.

Er sah den Zaun an der Grundstücksgrenze, die Grenze zwischen dem, was Chefarzt Professor Dr. Carsten Stiller wohl für seinen persönlichen Garten Eden hielt, und dem Land, das jenseits von Eden lag. Dem Territorium, wo Vater und Sohn Bieber herrschten. Zwei Meter hoch war die Barriere aus grünem Plastikdrahtgeflecht, bewachsen mit etlichen mageren Büschen und Knallerbsensträuchern, deren Beeren jetzt weißbeige in der Sonne glänzten.

Morgenstern sah sich die Einfriedung genau an. »Wachsen wohl nicht sehr gut, Ihre Büsche.«

Stiller hatte ihn argwöhnisch beobachtet. »Nein«, knurrte er. »Ich habe schon mal eine Hainbuchenhecke anpflanzen lassen, aber die Bäumchen sind alle eingegangen. Vielleicht hat der Willibald Bieber da irgendwas angestellt. Mit Glyphosat oder was weiß ich. Ich hatte ja den Verdacht, dass er nachts irgendein Zeug hingespritzt hat, aus lauter Bosheit. Dann wächst da kein Kraut mehr.«

Unter diesen Vorzeichen wunderte sich Morgenstern nicht, dass eine Verbindung zwischen den beiden Welten, eine Gartentür, in diesem Zaun nicht vorgesehen war. Aber dann entdeckte er, dass es eben doch einen Durchlass gab. So wie es zwischen Nord- und Südkorea am achtunddreißigsten Breitengrad den Grenzort Panmunjom gab und im Berlin des Kalten Krieges den Checkpoint Charlie, so war zwischen Stiller und Bieber der Zaun in Höhe eines Knallerbsenstrauchs nicht im Boden verankert. Und bei genauerem Hinsehen waren Schleifspuren zu erkennen.

Morgenstern trat an den Zaun, bückte sich und zog ihn ohne jegliche Mühe ein Stück in die Höhe. Es schien einfach, unten durchzukriechen. Hecht sah das ähnlich und hob nun seinerseits das Drahtgeflecht so weit wie möglich nach oben, woraufhin Morgenstern sich – nach einem vielsagenden Blick zu Carsten Stiller – in lässiger Selbstverständlichkeit flach auf den Boden legte und nach drüben robbte, wobei er sich allerdings Jeansjacke und Hose mit der feuchten Erde ziemlich einsaute. So gelenkig war er nun doch nicht, dass er wie unter einer Limbostange zur Musik von Harry Belafonte unter dem Zaun hätte hindurchtänzeln können.

Der Oberkommissar richtete sich auf der Bieber'schen Seite zu ganzer Größe auf, drückte den Rücken durch und machte ein paar Gymnastikbewegungen, um die verspannten Schultern wieder in Form zu bringen. Das alles natürlich hauptsächlich, um Carsten Stiller auf der anderen Seite zu irritieren.

»So«, sagte er schließlich, »das war ja einfach.« Er machte eine kleine Pause, von der er hoffte, dass sie psychologisch wirksam war. »Und, Herr Professor, was sagen Sie zu diesem kleinen Grenzverkehr? Sie und Ihre Nachbarn haben hier ja eine regelrechte ›grüne Grenze‹.«

Stiller wirkte nun deutlich verunsichert. Er sah seine Frau hilflos an. Schließlich sagte er: »Das müssen wir sofort reparieren lassen, nicht wahr?«

»Vielleicht war es der Willibald Bieber«, meinte die Gattin. Stiller räusperte sich. »Also gut. Reden wir Klartext. Das war ich.«

»Und was wollten Sie hier drüben beim Bieber?«, fragte Morgenstern von seiner Seite aus. »Bei dem Verhältnis, das Sie und Ihr Nachbar hatten, ist das auf jeden Fall Hausfriedensbruch, da beißt die Maus keinen Faden ab. Und das weiß keiner besser als Sie, der anscheinend in der Vergangenheit diesen Bauern hier bei jeder sich bietenden Gelegenheit angezeigt hat. Sie sind doch ein richtiger Prozesshansl.«

Hecht auf der anderen Seite grinste und gab eine Schote zum Besten. »Da gab's diesen legendären Witz über Franz Josef Strauß: ›Ich bin kein Prozesshansl, ich war nie ein Prozesshansl, und ich werde nie ein Prozesshansl sein – und wer etwas anderes behauptet, den verklage ich!‹«

Der Weißkittel verzog das Gesicht zu einem gequälten Lächeln. »Ich gebe es zu, ich war ein paarmal drüben. Aber nur ganz kurz. Und es war jedes Mal derselbe Grund. Meine Kinder haben einen Ball über den Zaun geschossen, ihren guten, teuren WM-Ball. Das Original. Und es war immer klar, dass der Willibald Bieber den nicht zurückgibt. Wenn er einen Ball gefunden hat, hat er ihn konfisziert, beschlagnahmt. Ich habe mich einmal fürchterlich mit ihm deswegen gestritten.«

»Also haben Sie den Zaun hier manipuliert?«, bohrte Morgenstern nach.

»Ja, wegen der Kinder.«

Hecht zog eine kleine Kamera aus seiner Aktentasche und machte ein paar Fotos von der Lücke im Maschendrahtzaun. In diesem Moment kam auf der anderen Seite Leben auf den Hof: Erst fuhren zwei große Viehlaster an, dann noch ein dritter. »Was ist jetzt da los?«

Morgenstern zuckte mit den Schultern. Aber es dauerte nicht lange, bis sie die Antwort erhielten. Simon Bieber, der alte Bauer, hatte Morgenstern und die anderen Zaungäste entdeckt, umrundete die Maissilos der Biogasanlage, einen derben Haselnussstecken in der Hand.

Einen Augenblick befürchtete Morgenstern, jetzt könnte er Schläge bekommen. Hatte er nicht eben erst dem Professor die Grundregeln des Hausfriedensbruchs erläutert? Aber Simon Bieber war nicht auf Streit aus. Er erkannte Morgenstern und Hecht sofort und grüßte sie knapp, dem Nachbarsehepaar nickte er vage zu.

»Heute holen sie das Vieh«, sagte er, und es war nicht ganz klar, ob er nicht mit sich selbst sprach. »Die Schweine kommen alle weg. Heute Abend ist der Stall leer. Restlos leer.« Er schüttelte den Kopf, dann blickte er Carsten Stiller direkt in die Augen. »Dann haben Sie endlich, was Sie wollen.«

Morgenstern erfasste ein leiser Schauer. »Sie geben alle Schweine weg? Von einem Tag auf den anderen? Das muss doch nicht sein, Sie können doch bestimmt Hilfe auf dem Hof bekommen, über den Bauernverband.«

»Haben Sie noch keinen Betriebshelfer?«, fragte Hecht ähnlich erstaunt.

»Ich brauche niemanden«, sagte der Bauer und stützte sich auf seinen Stock. »Das Vieh kommt weg. Aus den Augen, aus dem Sinn. Die kommen alle nach Ingolstadt in den Schlachthof. Ob sie groß sind oder klein, ist mir völlig wurst.« Er zog sich die flache Hand über die Kehle. »Danach sehen wir weiter. Aber das mit den Schweinen hat jetzt ein Ende, auf der Stelle.«

»Keine Schweinequal im Altmühltal«, deklamierte Hecht den holprig gereimten Spruch, der auf Carsten Stillers Dreifachgarage prangte.

»So ist es«, sagte der Bauer. Dann wandte er sich um und stapfte davon. Auf halbem Weg drehte er sich noch einmal um. »He, Sie beide!«

»Meinen Sie uns?«, rief Morgenstern zurück.

»Ja. Sie meine ich, die Kriminaler! Können Sie uns vielleicht kurz helfen?«

»Wir?« Morgenstern deutete erst auf sich, dann auf Hecht. »Ihnen helfen? Wie denn?«

»Als Sautreiber«, sagte der Bauer trocken. »Je mehr Leute wir sind, desto schneller geht das.«

Hecht nickte und flüsterte Morgenstern zu: »Kann vielleicht nichts schaden, wenn wir uns kurz mal auf dem Hof umschauen.« Und zum Professor gewandt: »Halten Sie mir mal den Zaun hoch.« Und schon drückte sich Hecht unten durch, nicht ohne mit seinem braunen Sakko hängen zu bleiben und dabei ein hässliches, triangelförmiges Loch in den Stoff zu reißen.

»Melden Sie sich bei uns, wenn Ihnen noch was einfällt«, rief Morgenstern dem irritierten Ehepaar Stiller zu. »Und, Frau Stiller, gehen Sie in sich, ob Sie gestern früh vielleicht doch irgendetwas Verdächtiges gesehen haben.«

»Sie können auf uns zählen, versprochen«, versprach der Doktor, und er hörte sich dabei überraschend eifrig an. Der Halbgott in Weiß – er war vor ihren Augen auf Normalgröße geschrumpft. Und das alles nur wegen eines Lochs im Zaun?

Morgenstern als ein Mann, der wohl generell ein Problem mit Autoritäten hatte, fragte sich, ob dieser Mann ihnen etwas verschwieg.

Die Kommissare schlossen sich Simon Bieber an, der mit seinem Treiberstock in Richtung Schweinestall marschierte. Dort warteten bereits die drei Lkw-Fahrer, die ihre Viehtransporter dicht an dicht rückwärts vor das große, doppelflügelige Stalltor gefahren hatten. Die Rückwände ihrer Lastwagen hatten sie nach unten geklappt, sodass sie eine perfekte, nicht zu steile Rampe für die Schweine bildeten. So eng nebeneinander, dass es in der Mitte kein Durchschlüpfen gab.

Morgenstern und Hecht erhielten vom Bauern je einen hölzernen Stock und den Auftrag, sich rechts und links von der Rampenphalanx aufzustellen. Simon Bieber und die drei

Viehhändler, allesamt in graue knielange Stoffkittel gekleidet, würden die Schweine nach und nach aus ihren Boxen im Stall treiben. Den Tieren bleibe gar nichts anderes übrig, als geradewegs in die Transporter zu rennen.

»Rennen?«, fragte Morgenstern, aber da war der Bauer schon im Stall verschwunden. Die Kommissare tauschten besorgte Blicke und hielten sich an ihren Haselnussstöcken fest.

Im Stall setzte wenig später ein markerschütterndes Quieken und Kreischen ein, vermischt mit lauten Rufen – »Huraxdax, pack's bei der Hax!« – und Hufgetrampel, als befände sich im Wilden Westen eine Herde von Longhornrindern im Ansturm auf Dodge City. Morgenstern hatte den unguten Verdacht, dass die ganze Veranstaltung hier kein wirklich geordnetes, sorgfältig choreografiertes Unternehmen war, bei dem in schöner Reihenfolge eine Schweinegruppe nach der anderen ins Freie geleitet wurde, sondern vielmehr eine überhastete Evakuierungsaktion ohne Rücksicht auf Verluste.

Das Quieken nahm nun fast ohrenbetäubende Ausmaße an – und dann kam die Herde auch schon durch die Tür. Die ersten Tiere zögerten, als sie die Rampen der Lkws vor sich sahen, und verharrten kurz. Vielleicht lag das auch am für sie völlig ungewohnten direkten, prallen Sonnenlicht – das war in ihrem Schweineleben im vollklimatisierten Stall nicht vorgesehen. Argwöhnisch schnuppernd hielten die »Vorreiter« der Stampede inne, doch der Druck der nachrückenden Tiere wurde immer größer. Morgenstern hatte einmal gelesen, welch unglaublich intelligente Tiere die Hausschweine waren. Schlauer noch als die vom Menschen so hochgepriesenen Hunde.

Morgenstern hatte als Kind seinen »Michel aus Lönneberga« gelesen und natürlich auch im Fernsehen gesehen und begeistert mitverfolgt, wie Michel sich sein fröhliches »Knirpsschweinchen« als treuen Begleiter gezähmt und dressiert hatte. Da durfte man sich nicht wundern, wenn die Mastschweine des Bauern Bieber nun fast buchstäblich den Braten rochen, die tödliche Falle witterten und nach einem Ausweg suchten. Nach einer Schwachstelle in diesem teuflischen Menschenplan.

Es dauerte ziemlich genau drei Sekunden, dann hatten die klugen Tiere die Sollbruchstelle ausgemacht: die beiden seltsamen Herren in Jeansjacke beziehungsweise Cordsakko, die zur Rechten wie zur Linken die Wacht hielten und offensichtlich mit nichts anderem bewaffnet waren als einem lächerlichen Stück Holz. Nun ja, Morgenstern und Hecht hatten – sicher ist sicher – durchaus ihre Dienstpistolen mit dabei, aber die waren bei diesem unerwarteten Einsatz definitiv nicht gefragt. Außerdem ging nun alles rasend schnell.

Morgenstern sah, wie eine besonders große Sau, die wie ein Leittier vorneweg lief, ihn kurz ansah und ohne jeden Zweifel seine instinktiv aufkommende Angst riechen konnte. Das Schwein senkte den Kopf und stürmte geradewegs auf den als Torero gänzlich ungeeigneten Oberkommissar zu. Morgenstern entfuhr noch ein verzweifeltes »Huraxdax«, dann schob ihn die Sau mit ihrem Schädel zur Seite und stieß ihn seitlich zu Boden. Es wäre Morgenstern kein Trost gewesen, wenn er gesehen hätte, dass es seinem Kollegen Peter Hecht auf der anderen Seite in exakt demselben Moment ganz genauso erging. Etliche Schweine rannten zwar durchaus wie vorgesehen die Rampen der Lastwagen hinauf, aber mindestens hundert Tiere schafften es, sich fürs Erste in eine unbekannte, abenteuerliche Freiheit zu retten. Gefährlich, aber garantiert nicht gefährlicher als das, was im EU-zertifizierten Ingolstädter Schlachthof für sie vorgesehen war.

Simon Bieber und die drei Viehhändler waren entsetzt, als sie aus dem Stall kamen und das Malheur sahen. Der Bauer schüttelte fassungslos den Kopf und machte den Eindruck, als ob ihm jetzt irgendwie alles gleichgültig sei. Er bellte die anderen an, sie sollten sich gefälligst allein um die Schweine kümmern. Hecht und Morgenstern forderte er mit einer mürrischen Handbewegung auf, sich vom Boden aufzurappeln und ihm ins Haus zu folgen.

Die entflohenen Tiere verbreiteten sich währenddessen großflächig auf dem Gelände des Hofs, und kurz darauf tauchten die ersten bereits in den Straßen von Kösching auf, wo sie arglose

Passanten zu Tode erschreckten, weil diese allesamt das Schwein ausschließlich in seiner Erscheinungsform als Schnitzel kannten, nicht aber als quicklebendiges, über zwei Zentner schweres und noch dazu überraschend agiles, allesfressendes Säugetier.

Die beiden Kommissare hatten das Gefecht wie durch ein Wunder einigermaßen unbeschadet überstanden. Ein paar blaue Flecken waren der Preis, den sie für ihre misslungenen Viehhüterdienste zu bezahlen hatten. Morgenstern fasste sich vorsichtig an seine Nase, ob noch alles heil war. Gott sei Dank war nichts gebrochen.

Bieber schickte die beiden Kommissare erst einmal ins Badezimmer, um sich den Schweinekot abzuwaschen – die Tiere hatten das Kunststück fertiggebracht, gleichzeitig zu galoppieren und sich zu erleichtern. Entsprechend rochen die Kommissare nun. Anschließend bot der Bauer ihnen in seinem Esszimmer ein Weißbier an und schenkte sich auch selbst eines ein. Gutmann-Weizen aus Titting. Ganz gegen ihre Art, immerhin waren sie im Dienst, nahmen die Ermittler das Bier an. Alle drei nahmen einen großen Schluck aus ihren Gläsern. Durchs Fenster sahen sie, wie sich die anderen mit den Schweinen abmühten.

»Ich bin froh, wenn ich die Viecher nicht mehr sehen muss«, sagte Bieber.

»Das ist nicht zu übersehen«, pflichtete Hecht bei. »Warum hat das jetzt so schnell gehen müssen?«

»Weil ich nicht mehr mag.« Bieber nahm einen zweiten Schluck und wischte sich dann den sämigen, hefigen Schaum vom Mund. »Keinen Tag länger«, sagte er. »Ich habe sie nie gemocht.«

»Die Schweine?«, fragte Morgenstern.

»Die Schweine. Sie waren die Idee vom Willibald.«

»Und jetzt, wo er tot ist, machen Sie dem ein Ende«, stellte Morgenstern fest. »Gleich am nächsten Tag.«

»Heute. Morgen. In einem Monat. In einem Jahr. Was spielt das für eine Rolle? Der Willibald ist nicht mehr, und wenn ich in seinem Sinne weiterwirtschafte, macht ihn das auch nicht wieder lebendig. Verstehen Sie mich?«

Morgenstern nickte, auch wenn er den rigorosen Ansatz des alten Bauern nicht wirklich nachvollziehen konnte. »Und wie wollen Sie jetzt weitermachen?«

»Ich weiß es noch nicht. Ich muss mich erst beraten. Mit der Familie. Mit meinen Kindern.« Er blickte die Kommissare an. »Der Gemeinde wäre es bestimmt am liebsten, wenn wir hier das Feld räumen. Wenn wir alles verkaufen, dann knallen drunten im Rathaus die Sektkorken.«

Morgenstern deutete in die Richtung, in der er das italienische Villen-Anwesen von Professor Dr. Carsten Stiller vermutete. »Und bei Ihren Nachbarn bestimmt auch.«

»Aber da bleibt denen der Schnabel sauber«, sagte Bieber. »Ich bleibe hier. Bloß ohne Schweine.« Und ein zweites Mal sagte er: »Ich habe sie nie gemocht.«

»Und trotzdem haben Sie sie jeden Tag gefüttert und betreut.«

»Das meiste hat der Willibald gemacht. Der war der Chef auf dem Hof. So ist das, wenn der Bauer sein Sach übergibt. Es gibt einen uralten Spruch, kennen Sie den? ›Übergeben – nimmer leben!‹«

»Ach was«, schaltete sich Hecht ein. »Man darf halt bloß nicht zu stur sein. Also meine Schwester ist auf einem Hof, und da kommen die alle recht gut miteinander aus.«

Morgenstern verdrehte die Augen. Wie oft hatte er jetzt schon die Geschichte von der anscheinend glücklichen Spargelbäuerin aus dem Schrobenhausener Land hören dürfen? Man konnte nur hoffen, dass das auch alles stimmte, was sich Kollege »Spargel« da in rosaroten Farben ausmalte.

»Der Willibald und ich sind auch ausgekommen«, stellte Bieber klar. »Meistens jedenfalls. Aber das letzte Wort hat er gehabt, das war ganz klar. Welche Maschinen gekauft werden. Dass die Biogasanlage gebaut wird. Dass wir die Milchkühe aufgeben und auf Schweinemast umstellen. Einfach alles.«

»Sie haben früher Kühe gehabt?«, fragte Morgenstern interessiert.

»Ja. Solange meine Frau noch gelebt hat. Aber als die Rosa

gestorben ist, war das vorbei. Kühe sind anspruchsvoll. Die machen viel Arbeit. Viel mehr als die Schweine. Und als die Frage kam, ob wir einen Melkroboter kaufen oder ganz was Neues anfangen, hat der Willibald sich gegen die Kühe entschieden.«

»Und für Biogas«, sagte Morgenstern.

»Das ist alles nicht mehr meine Welt«, meinte Bieber versonnen. »Alles ist computergesteuert, die Fütterung ist vollautomatisiert. Ich habe mich zwar schon eingearbeitet in die moderne Technik, da lasse ich mir nichts nachsagen. Aber die Landwirtschaft, so wie ich sie noch gelernt habe, die schaut anders aus.«

»Idyllischer?«, fragte Morgenstern.

»Idyll?« Der Bauer trank von seinem Weizenbier. »Wer redet heute von Idyll? Davon kann keiner leben. Fürs Idyll bezahlen die Leute den Bauern nicht. Das soll immer alles gratis sein. Umsonst ist nur der Tod – aber der kostet das Leben.« Bieber wirkte verbittert.

Morgenstern dachte einen Moment lang, dass der Bauer wahrscheinlich recht hatte. Auch die Familie Morgenstern kaufte ihre Milch beim Discounter, ohne sich um den Preis zu scheren, machte um Bio-Gemüse preisbedingt einen Bogen und kaufte das Fleisch zwar beim Metzger ihres Vertrauens, aber ohne sich wirklich Gedanken über dessen Herkunft zu machen. Regional – das hieß gerade, dass die Entfernung zwischen Bauer und Verbraucher die Distanz einer mittleren Fahrradtour nicht überstieg. Aber wie die Tiere da gehalten wurden, das wollte auch die Familie Morgenstern lieber nicht so genau wissen.

Andererseits sollte das nun wirklich nicht Morgensterns Problem sein. Er war hier nicht als landwirtschaftlicher Familienberater im Dienst, sondern als Ermittler in einem zumindest erklärungsbedürftigen Todesfall. Willibald Bieber, auf alle Fälle ein Mann ohne großes Sensorium fürs Idyll, lebte nicht mehr. Und angesichts der vorherigen Maisfeld-Sabotage konnte man die Sache nicht ohne Weiteres als bedauerlichen Arbeitsunfall zu den Akten legen. Rund um diesen Hof, seine Bewohner, seine Äcker und Wiesen musste es Menschen mit handfesten

Interessen geben. Menschen, die davon profitierten, wenn sich hier etwas änderte. Im Speckgürtel von Ingolstadt, so überlegte Morgenstern, während er an seinem Weißbier nippte, gab es gewiss genug Profiteure. Es fiel ihm das Bild von der »Made im Speck« ein, und bei dieser Vorstellung kam ihm beinahe sein Bier wieder hoch.

»Was wird sich jetzt ändern?«, fragte er laut.

Es dauerte lange, bis die Antwort von Simon Bieber kam. Ganz leise. Aber doch deutlich vernehmbar. Denn es war nur ein einziges Wort: »Alles.« Nach einem weiteren Moment des gemeinsamen Schweigens sagte der Bauer einen Satz, den Morgenstern nicht einordnen konnte. »Wenn alles bleiben soll, wie es ist, muss sich alles ändern.«

Morgenstern sah erst den Bauern, dann seinen Kollegen Hecht fragend an. »Das ist mir zu hoch«, sagte er schließlich. »Ich glaub, das war jetzt ein Schmarrn.« Und dabei beließen sie es.

∗∗∗

Es war früher Nachmittag, als die Kommissare zurück ins Büro kamen. Verdreckt und stinkend von ihrem schweinischen Einsatz, war ihnen der Spott der Kollegen und das Naserümpfen der Kolleginnen sicher.

Antonia Grabsky, die Stahlstangen-Expertin, machte da keine Ausnahme. »Was ist denn mit Ihnen beiden passiert?«, fragte sie und konnte sich ein Lachen nicht verkneifen. »Jetzt bin ich aber echt froh, dass ich nicht mitgefahren bin.«

Morgenstern erklärte ihr in dürren Worten, was passiert war, und daraufhin lachte sie sich geradezu schlapp. »Hahaha …«, äffte Morgenstern sie beleidigt nach, und Hecht schaute finster wie Lord Voldemort, während er den Schaden an seinem Sakko überprüfte.

»Das ist hin«, sagte er. »Und ich war sicher, das ist für die Ewigkeit. Das habe ich mal direkt in Schottland gekauft. Vor Jahren, bei einem Urlaub mit meiner Ex-Frau.«

»Dann wird's ja höchste Zeit, dass du mal was Neues bekommst«, meinte Morgenstern ungnädig. »Aber wie ich dich einschätze, kaufst du dir genau dasselbe noch einmal.«

»So eine gute Qualität bekomme ich nie wieder«, jammerte Hecht. »Und außerdem hängen da so viele Erinnerungen dran.«

»Zum Glück ist meine Jeansjacke heil geblieben«, sagte Morgenstern und merkte zu spät, dass das in den Ohren seines Kollegen ziemlich egozentrisch klingen musste.

Grabsky verdrehte die Augen. Modisch war bei diesen beiden Herren Hopfen und Malz verloren, signalisierte sie damit. Dann wurde sie ernst: »Ich habe heute meine ganzen Unterlagen noch einmal gründlich durchgesehen. Was nicht heißen soll, dass ich zuvor schlampig gewesen wäre.«

»Und?«, fragte Hecht, der immer noch seine lädierte Jacke über dem Arm trug, als könne er sich in dieser Stunde der Not nicht von ihr trennen.

»Ich wollte sichergehen, dass dieses Stahlwerk im Saarland mir wirklich sämtliche Kunden aus seiner Datei geschickt hat. Also habe ich vorhin noch einmal da angerufen.« Sie wedelte mit einem Blatt Papier. »Ich hatte diesmal einen anderen Mitarbeiter aus dem Büro dran, genauer gesagt eine Mitarbeiterin. Eine Sekretärin. Und wir sind das noch mal durchgegangen. Von Frau zu Frau sozusagen.«

»Die ganze Liste?«, fragte Morgenstern.

»Nein. Eben nicht die Liste, die ich schon hatte. Die Sekretärin, die ich jetzt am Telefon hatte, steht kurz vor der Rente. Die arbeitet bloß noch zwei Tage die Woche, als guter Geist im Büro oder so. Und sie hat mich auf die Idee gebracht, dass wir doch mal in den alten Karteikästen nachschauen könnten. Die Sachen von anno dazumal.«

»Zurück ins analoge Zeitalter«, sagte Hecht und schnalzte mit der Zunge. »In die Steinzeit des Bürobetriebs, als die Karteikarten noch mit der guten alten Olympia-Schreibmaschine beschriftet wurden.«

»So ungefähr. Die Frau hat gleich gewusst, wo sie hingreifen muss. In den Computer eingepflegt sind jedenfalls bloß die

Kunden, die nach der Umstellung ihres EDV-Systems beliefert worden sind.«

»Alle anderen sind Karteileichen«, sagte Morgenstern. Dann ging ihm die seltsame Doppeldeutigkeit dieses Begriffs erst auf. »Karteileichen«, wiederholte er.

Antonia Grabsky wedelte erneut mit ihrem Blatt Papier. »Sie hat mir die Karteikarte eingescannt und per E-Mail geschickt. Ist gerade eben angekommen. Es gibt noch ein paar andere Kunden aus alten Tagen, aber diesen hier – den wollte ich sofort haben.«

»Wer ist es?«, fragte Hecht und warf seine Jacke endlich in die Ecke, als Fall für die Altkleidersammlung des Bayerischen Roten Kreuzes, Kreisverband Neuburg-Schrobenhausen (was dann aber letztlich doch nicht eintrat, weil Antonia Grabsky sich der Sache annahm und auf eigene Faust und Kosten eine Änderungsschneiderei mit der Restaurierung der unersetzlichen textilen Antiquität beauftragte).

»Die letzte Lieferung ging vor fünfzehn Jahren raus. V2A-Stahlstangen in genau unserer Stärke. Und es ist der einzige Abnehmer direkt in der Marktgemeinde Kösching einschließlich sämtlicher Ortsteile von Kasing bis Bettbrunn.«

»Wer ist es?«, wiederholte Hecht ungeduldig, und Morgenstern versuchte sogar, der jungen Kollegin das Blatt zu entreißen. Antonia Grabsky hatte anscheinend einen skurrilen Sinn für Spannungsbogen. Die sollte besser zum Film gehen, als weiterhin niedere Dienste bei der Kripo in Ingolstadt leisten zu müssen, dachte er.

»Wir müssen das natürlich sorgfältig prüfen«, sagte sie. »Es ist die Firma Hirmer Bau. Ein Bauunternehmen mit Baumaterialienhandel in Kipfenberg im Altmühltal. Alteingesessen. Ich habe mich vorhin schon unauffällig schlaugemacht. Ich kenne einen Kollegen von der Verkehrspolizeiinspektion, der direkt aus Kipfenberg kommt und den Laden kennt. Er schätzt, dass der Hirmer an die zehn Mitarbeiter hat. Aber man hört und sieht nicht viel von ihm in Kipfenberg und Umgebung. Er macht Altbausanierung. Ein paar neue Häuser hat er auch gebaut. Aber bei den großen Sachen kommt er einfach nicht zum Zug.«

Grabsky tippte auf ihrem Computer herum, und im Nu hatte sie die Homepage der »Hirmer Bau GmbH« auf dem Schirm. Wie Morgenstern auf einen Blick sah, war die Hirmer'sche Internetpräsenz auf nur unwesentlich aktuellerem Stand als die gelbstichige Karteikarte aus dem Stahlwerk in Saarbrücken. Diese Seite war eindeutig nicht das Werk eines hippen urbanen Medien- oder Grafikdesigners, sondern eine handgedengelte, mit viel gutem Willen immerhin als zweckdienlich zu bezeichnende Online-Werbetafel, deren vornehmste Aufgabe darin bestand, auf die Festnetz-Telefonnummer im Hause Hirmer zu verweisen. Eine Festnetznummer, die nach der Vorwahl mit gerade mal drei Ziffern auskam und somit in die Anfangszeiten des Kipfenberger Fernsprechwesens zurückwies.

Und diese Nummer samt Straßennamen und Hausnummer war auch das Einzige, was Morgenstern wirklich interessierte. Kipfenberg? Ziemlich weit weg von Kösching, wenn er es sich genau überlegte. Gut zwanzig Kilometer nördlich, im Altmühltal. »Was hat ein Bauunternehmer aus Kipfenberg mit einem Maisfeld bei Kösching zu tun?«, fragte er in die Runde. »Das macht doch keinen Sinn.«

»Aber er ist nun mal der Einzige in der ganzen Gegend, der diese Stahlstangen bekommen hat.«

»Vor fünfzehn Jahren«, gab Morgenstern zu bedenken und zog die Stirne kraus. »Die sind doch längst verbaut.«

»Das wäre eine Überprüfung wert«, sagte Hecht. »Und dieses Mal kommen Sie mit, Frau Grabsky. Sie haben sich schließlich in diesen Stoff schon eingearbeitet.« Er schenkte ihr ein Lächeln.

VIER

Die drei Ermittler machten sich auf schnellstem Weg über die A 9 auf in Richtung Kipfenberg, fuhren an der Ausfahrt Denkendorf ab und über ein langes, bewaldetes Tal hinab Richtung Altmühltal. Schon von Weitem sahen sie die Burg auf der linken Hangkante thronen.

Das Bauunternehmen Hirmer lag altmühlaufwärts am westlichen Ortsrand, in der Nähe einer BayWa-Tankstelle. Das Firmengelände war nicht zu übersehen, denn überall stapelte sich Baumaterial aller Art. Große Abwasserrohre, Paletten mit Ziegelsteinen, aufgestapelte Hohlblock-Betonsteine. In einer Ecke türmte sich eine Halde mit Kies, in einer anderen ein rot in der Sonne glänzender, kegelförmiger Sandhaufen. Ein älteres Wohn- und Geschäftshaus mit großem Schaufenster und ein daran anschließendes Warenlager bildeten die Zentrale der Baufirma.

Über dem Eingang des Hauses stand in altdeutscher Frakturschrift: »Hirmer Bau GmbH, Kipfenberg«, daneben waren eine Maurerkelle und ein Senklot gemalt. Angesichts dieser Umstände schien es Morgenstern nun tatsächlich ein Wunder, dass es das Unternehmen zu einer Homepage gebracht hatte. Aber vielleicht hatte es hier vor einiger Zeit einen halbwegs pfiffigen Lehrling gegeben, der in den Schlechtwetter-Monaten nicht zum »Stempeln« geschickt werden konnte und deswegen mit dem Erstellen eines Internetauftritts beauftragt worden war, weil er sich als Einziger im Laden mit Computern auskannte.

Hecht öffnete die Tür des Geschäftshauses, und zu dritt traten sie in einen breiten, mit Juramarmor gefliesten Flur. Die Wände links und rechts waren mit gerahmten Fotografien verschiedener Bauwerke geschmückt. Es handelte sich zweifellos um Objekte, die die Maurer in den vergangenen Jahren oder Jahrzehnten realisiert hatten. Morgenstern war sich nicht sicher, ob alle diese Gebäude heute noch standen oder nicht schon längst dem Abrissbagger zum Opfer gefallen waren. Die Halbwertszeit von ehemals topmodernen Gebäuden war im Altmühltal wie überall, wo die Menschen gutes Geld verdienten, dramatisch kurz. Kaum ein Haus, das den Generationenwechsel unbeschadet überstand.

Immerhin hatte die Hirmer GmbH, wie einem Foto zu entnehmen war, vor einigen Jahren an einem Neubautrakt der Klinik Kipfenberg teilhaben dürfen, einer weitum bekannten neurologischen Klinik. Ein Wunder, dachte Morgenstern, dass eine Klitsche wie die Hirmer GmbH, und das war sie ohne Zweifel, hier einen Auftrag hatte ergattern können, wahrscheinlich als lokaler Sub-Sub-Subunternehmer eines europaweit tätigen Bauunternehmens.

Eine Tür stand offen – das Büro. Morgenstern klopfte dennoch laut an den hölzernen Türrahmen. Zwei Mitarbeiter saßen an ihren Schreibtischen: eine Frau, die sich rasch als Sekretärin und Faktotum der Firma entpuppte, und die andere Person, ein dickbackiger, klein gewachsener Mann kurz vor dem Pensionsalter, war kein Geringerer als Berthold Hirmer, der Chef.

Hirmer hob kurz den Kopf, nickte den Besuchern zu und notierte sich dann auf einem Block mit wichtiger Miene einige offenbar unaufschiebbare Dinge. Morgenstern erkannte die Taktik auf den ersten Blick: Der Unternehmer simulierte rege Geschäftigkeit, und wenn diese drei Besucher einen Auftrag zu vergeben hatten, sollten sie bloß nicht den Eindruck bekommen, dass Berthold Hirmer, Baustoffhändler und Maurermeister in dritter Generation, gerade in diesem Moment däumchendrehend darauf gewartet hätte und dafür alles liegen und stehen lassen würde.

Erst nach einer halben Minute war der Meister so weit, erhob sich schwer von seinem Schreibtischstuhl und fragte: »Womit kann ich dienen?«

Morgenstern, Hecht und Grabsky zeigten synchron ihre Dienstausweise – und Hirmers eben noch freundlich-servile Miene verfinsterte sich.

»Wir würden Ihnen gerne ein paar Fragen stellen«, sagte

Morgenstern und stellte sich und die Seinen vor. Es gehe um die allseits bekannten Manipulationen in einem Maisacker in Kösching, der Herr Maurermeister habe gewiss schon davon gehört. Das sei ja neulich durch Funk und Fernsehen ausgiebig verbreitet worden, von der umfangreichen Zeitungsberichterstattung ganz zu schweigen.

Hirmer schaute unsicher seine Sekretärin an, die durch eifriges Nicken bestätigte, dass das nun wirklich jeder im weiten Umkreis gehört habe.

»Und was wollen Sie da konkret von mir wissen?«, fragte Hirmer und zog dabei seinen dicken Kopf ein wie eine Schildkröte, die Schutz in ihrem hornigen Panzer sucht.

Morgenstern deutete auf Antonia Grabsky, die den Plastikbeutel mit dem stählernen Corpus Delicti hervorzauberte, das Reden aber weiter dem Kollegen überließ. »Dieses Stahlding hier stammt aus dem Maisfeld in Kösching. Das Landeskriminalamt in München, das LKA, hat es untersucht. Im Labor. Sehr gründlich.«

»Kann ich mir vorstellen«, sagte die Schildkröte. »Und? Was hat man da herausgefunden?«

»Interessante Dinge«, sagte Morgenstern bedeutungsschwer. »Und deswegen würden wir uns gerne ein wenig in Ihrem Betrieb umsehen. Sie haben doch hoffentlich nichts dagegen.«

Hirmer schob den Kopf vorsichtig wieder nach oben. »Wenn Sie meinen«, sagte er langsam. »Aber ich muss Sie warnen. Bei uns ist gerade ein ziemliches Durcheinander.«

»Das macht nichts, wir werden uns schon zurechtfinden.«

Hecht fragte: »Haben Sie zufällig eine Schublehre im Haus? Die haben wir glatt vergessen.«

Hirmer brummte, da werde sich in der Werkstatt wohl eine finden lassen. Dann trat er vors Haus, im Gänsemarsch gefolgt von den Ermittlern.

»Was wollen Sie jetzt genau finden?«, fragte er, als sie im angrenzenden Lager standen, von uralten Neonlampen befunzelt, von denen eine nur noch ein nervtötendes irrlichterndes Flackern zustande brachte.

Wie aus dem Nichts tauchten zwei Angestellte auf, die sich im hinteren Bereich aufgehalten hatten. Lageristen, vermutete Morgenstern, oder Maurer, für die Hirmer gerade keine Arbeit hatte und die sich hier die Zeit mit Kartenspiel und Biertrinken vertrieben.

Antonia Grabsky, gar nicht eingeschüchtert von der erdrückenden Männer-Übermacht, zog noch einmal ihr Stahlstangen-Fragment hervor und dazu auch noch den Ausdruck der Hirmer'schen Karteikarte aus dem fernen Saarland, der Heimat feinster Edelstahlprodukte. »Achtzehn Millimeter«, sagte sie. »Runde Stangen. Edelstahl. Laut Lieferschein drei Meter lang. Hundert Stück. Geliefert vor fünfzehn Jahren.«

»Oh mei«, sagte Hirmer. »Vor fünfzehn Jahren? Da hat ja sogar der Vater noch gelebt. Die sind bestimmt schon längst irgendwo verbaut. Also ich kann mir nicht vorstellen, dass da noch was da ist.«

Er deutete in die finsteren Winkel der Halle. Da türmten sich Zement- und Kalksäcke auf Paletten und rostige Stahlmatten für die Armierung von Betondecken. An den Wänden waren improvisierte Regale aufgestellt, aus Ziegelsteinen und breiten Brettern, in denen Krimskrams aller Art gelagert war: Schellen und Muffen, Schrauben und Eisenwinkel, Plastikrohre und Regenrinnen.

Einer der beiden Mitarbeiter meldete sich ungefragt zu Wort: »Aber Chef, da drüben im Eck, ganz unterm Dach, da liegen die doch, wenn ich mich nicht täusche. Die haben wir damals für den Auftrag im Kipfenberger Terrassenbad gebraucht. Und dann hat es sich der Architekt anders überlegt, und die sind alle übrig geblieben. Ich weiß doch noch genau, wie Sie sich damals darüber aufgeregt haben. Achtzehner V2A-Stahl. Den brauchen wir in Zeit und Ewigkeit nicht mehr.«

Morgenstern roch eine leichte Bierfahne aus dem Mund des Mitarbeiters, der da in seinem karierten Hemd und der blauen Latzhose mit dem Aufdruck »Hirmer Bau« vor ihm stand und voll Freude war, dass er sich hier in seinem Lager so gut auskannte.

Der Chef allerdings reagierte erneut schildkrötenartig, indem er seinen ohnehin kaum vorhandenen dicken Hals völlig verschwinden ließ. »Ach so«, sagte er schließlich. »Da hätte ich nicht mehr dran gedacht. Also wirklich nicht.« Er versuchte sich an einem Lächeln in Richtung Morgenstern. »Dafür hat man ja seine Lageristen. Dann schauen wir doch mal gleich da rüber.«

Die kleine Prozession setzte sich in Richtung hinterste Ecke in Bewegung, ganz in die Nähe der flackernden Neonlampe. Tatsächlich: Direkt unter dem asbesthaltigen Eternit-Dach der vor Jahrzehnten billig gebauten Halle waren silbern schimmernde Stangen in die zwei Trapezfelder der Balkenkonstruktion eingelegt. Stange neben Stange. In dreieinhalb Metern Höhe vor vielen Jahren deponiert für jenen Sankt-Nimmerleins-Tag, an dem irgendein Bauherr genau für diese Dinger noch Verwendung haben würde.

»Haben Sie jetzt eine Schublehre?«, fragte Hecht. »Und eine Leiter bräuchten wir auch.«

Die beiden Lageristen schwärmten aus, wobei einer im Vorbeigehen noch unauffällig zwei Bierflaschen und ein Päckchen Schafkopfkarten von einer Ziegelsteinpalette verschwinden ließ, wie Morgenstern sah.

Während der eine von ihnen eine museumsreife hölzerne Klappleiter anschleppte, machte sich der andere, eifrigere, auf die Suche nach der Schublehre, jenem Werkzeug, mit dem sie den exakten Durchmesser der Stangen messen würden – sicher war sicher. Morgenstern behielt den Mann im Auge und sah, wie er durch eine Tür in einem Nebenraum verschwand und gleich darauf zurückkehrte, das Millimetermessding triumphierend in die Höhe haltend.

Der Kollege turnte derweil auf der wurmstichigen Klappleiter nach oben. Der Chef hielt sicherheitshalber auf der einen Seite, Hecht auf der anderen. Ein Arbeitsunfall hätte jetzt gerade noch gefehlt. Doch mit vereinten Kräften bugsierte der Mann schließlich eine der Stangen mit den Worten »Kennst du eine, kennst du alle« aus dem Dachgebälk.

Antonia Grabsky ließ es sich nicht nehmen, zum Lohn für ihre Recherchemühen die Dicke des Stahls persönlich auszumessen. Es dauerte im Flackern der Lampe ein bisschen, weil das Messgerät abgenutzt und ölverschmiert war. Aber schließlich meldete sie den offiziellen Endstand: »Achtzehn Millimeter!«

Die drei Kommissare sahen sich bedeutungsschwer an. Dann deutete Morgenstern zu der Tür, durch die kurz zuvor der Lagerist verschwunden war. »Da drüben haben Sie eine Werkstatt, Herr Hirmer, nicht wahr?«

»Bloß eine ganz kleine. Nichts Besonderes«, wiegelte der Chef ab. »Wir sind ein Maurerbetrieb und keine Klempnerei. Das ist nicht der Rede wert.«

»Wir würden trotzdem gern mal einen Blick reinwerfen, wenn wir dürfen. Dürfen wir?«

Der Maurermeister wand sich. Aber was blieb ihm schon anderes übrig? »Wenn Sie darauf bestehen. Aber wundern Sie sich nicht, wie es da drin aussieht. Erzählen Sie es nicht weiter. Da ist bestimmt nicht aufgeräumt.«

»Hoffentlich«, sagte Morgenstern. Und er meinte es ernst. Unaufgeräumte Orte, Tatorte im Urzustand, waren ihm die allerliebsten.

Berthold Hirmer scheuchte seine Lageristen mit einer wedelnden Handbewegung weg. »Habt ihr zwei eigentlich nichts zu tun?« Dann öffnete er die Tür zur Werkstatt.

Dahinter herrschte tatsächlich auf sechs Quadratmetern das angekündigte Tohuwabohu. Es gab eine große Werkbank mit einem wuchtigen stählernen Schraubstock und einer fest im Holz verankerten Bohrmaschine, die Wand dahinter hing voll mit Zangen, Schraubenschlüsseln, Eisensägen und Wasserwaagen – und einem in diesem Umfeld wohl unvermeidbaren Pin-up-Poster einer barbusigen Blondine. Der Boden war übersät mit Müll aller Art: Sägemehl, Holzreste, Eisenspäne, Brotzeitpapiere, »Bild«-Zeitungsseiten, abgebrochene Schaufelstiele und reparaturbedürftige Spatenbleche. In einer Ecke lehnte ein monströser Bolzenschneider. Auf einem wackligen Stuhl lag eine riesige Flex.

Morgenstern sah sich in dem schier unglaublichen Durcheinander um, Hecht desgleichen. Aber es war Antonia Grabsky, die entdeckte, wonach sie alle suchten: In einer Ecke der Werkstatt, hinter der Tür, lehnte das nur noch einen Meter kurze Reststück einer Metallstange, silbern schimmernd, wie es sich für Edelstahl gehört. Hecht nahm den Messschieber, klemmte die Stange zwischen die beiden Wangen des Geräts und nickte: »Achtzehn Millimeter.«

»Reiner Zufall«, sagte Berthold Hirmer, wirkte dabei aber nicht sehr glücklich.

Morgenstern begann, den Boden abzusuchen. Er schob mit seinen Cowboystiefeln leere Bierflaschen und ölverschmierte Putzlumpen zur Seite, zuletzt nahm er sich einen groben Straßenbesen, der an der Wand lehnte und in dieser Werkstatt wohl nur selten zum Einsatz kam, und kehrte damit den Abfall unter der Werkbank vor. Es staubte ein wenig, irgendetwas kullerte ihm mit metallenem Klackern direkt vor die Stiefel. Ein zwanzig Zentimeter langes Stück massiven Edelstahls.

Morgenstern bückte sich und hob das Ding auf, hielt es in die Höhe wie Parzival, der den Heiligen Gral gefunden hat. Und ein zufriedenes, vielleicht etwas gemeines Lächeln stand in seinem Gesicht.

Das Stangenstück war auf beiden Seiten offenbar mit großer Mühe von Hand abgesägt worden, wie an den ziemlich unsauberen Schnittkanten zu erkennen war. Vor allem aber hatte es einige Schrammen an der Seite, an denen unzweifelhaft ein Metallbohrer abgerutscht oder abgebrochen war. Wer auch immer an diesem Stück Stahl gewerkelt hatte: Er hatte irgendwann die Lust verloren, noch weiter mit unzulänglichem Gerät daran herumzubohren, um eine Öffnung durch den Stahl zu treiben.

Jetzt bückte sich auch Peter Hecht zu Boden. Er förderte ein kurzes, abgebrochenes Stück eines Bohrers zutage – und das passte zu den Spuren an der Stahlstange wie der Deckel auf den Topf.

Antonia Grabsky zog einen kleinen Plastikbeutel aus einer Tasche, hielt ihn den Kollegen vor die Nase, und beide ließen ihre Beweismittel, oder was immer das nun war, in die Tüte gleiten, Morgenstern immer noch mit dem fiesen Lächeln, das eines Jack Nicholson als »Joker« in Gotham City würdig gewesen wäre.

Berthold Hirmer gab sich einen Ruck und fragte in die Runde: »Was soll das jetzt eigentlich werden?«

»Ganz einfach«, sagte Morgenstern und versuchte, den »Joker« in sich loszuwerden. »Was wir hier gefunden haben, entspricht genau den Stangen, mit denen die Maisfelder von Kösching bestückt worden sind. Die Dinger stammen aus dieser Werkstatt. Aus Ihrer Werkstatt.«

»Aha«, sagte Hirmer matt.

»Und wir geben dieses Stahlstück jetzt ins Labor und suchen nach Fingerabdrücken. Und dann werden wir sehen, wer da so dilettantisch mit Säge und Bohrmaschine hantiert hat.«

Hirmer hob seine schwieligen Hände, unklar, ob zum Zeichen seiner Unschuld oder der Bereitschaft zur Kapitulation.

»Haben Sie uns etwas zu sagen, Herr Hirmer?«, fragte Morgenstern.

»Nein, nein. Ich weiß von nichts.«

»Mein Name ist Hase«, sagte Hecht. »Das hören wir oft. Aber das wird sich schon zeigen.«

Sie kehrten im Gänsemarsch in das Büro im Hauptgebäude zurück. Und Berthold Hirmer listete ihnen sämtliche Mitarbeiter auf, die Gelegenheit hatten, sich in der Werkstatt aufzuhalten und dort herumzuwerkeln. Es waren so gut wie alle. Einzig die Sekretärin schloss der Chef aus – und provozierte damit den Protest von Antonia Grabsky.

Selbstverständlich, so argumentierte sie, könne auch eine Frau hier hantiert haben, warum denn nicht? Das sei ja wieder mal typisch für Männer, dass sie den Frauen nichts zutrauten, sobald es um vermeintlich maskuline Berufe gehe. Dabei gebe es in Ingolstadt bei Audi längst jede Menge Mechatronikerinnen, und bei Airbus in Manching sei es ihres Wissens auch so mit den Fluggerätemechanikerinnen.

Also nahm Morgenstern um des lieben Friedens willen auch

die altgediente Sekretärin der Hirmer Bau GmbH mit auf die Liste – die Dame wusste nicht, wie ihr geschah, und beteuerte immer wieder, sie habe in den letzten Jahren keinen Fuß in diese Werkstatt gesetzt.

»Wo sind die anderen denn gerade alle?«, fragte Morgenstern.

»Hier und dort«, sagte Hirmer. »Wir haben gerade ein paar kleinere Baustellen in der näheren Umgebung, da sind die im Einsatz. In Kinding drunten zum Beispiel wird ein altes Jurahaus renoviert, da räumen wir gerade das alte Kalkplattendach ab.«

»Das klingt nicht nach Maurerarbeit«, gab Hecht zu bedenken.

»Man nimmt, was man kriegt«, stellte Hirmer klar. »Solange die Bezahlung stimmt. Kleinvieh macht auch Mist. Sie können sich nicht vorstellen, wie dankbar die Leute heutzutage sind, wenn sie überhaupt noch einen Handwerker bekommen, der die Kleinaufträge übernimmt. Wir haben da unsere Nische gefunden. Hirmer Bau – Ihre Allround-Handwerker aus dem Altmühltal.«

Für Morgenstern klang das eher nach Hausmeisterdiensten aller Art, neudeutsch mit viel gutem Willen zum »Facility Management« hochgejubelt. Aber einem Bauunternehmer vom alten Schlag, und das war Berthold Hirmer ganz gewiss, konnte das nicht recht sein. Seine Vorfahren, so vermutete Morgenstern, drehten sich im Grab um, wenn sie wüssten, mit welch niederen Diensten ihr Nachfolger die Firma über Wasser hielt.

»Und was ist mit Großaufträgen?«, fragte Hecht.

»Schwierig«, knurrte Hirmer, der längst wieder an seinem Schreibtisch Platz genommen hatte und kryptisches Gekrakel auf ein Blatt Papier malte. »Die Konkurrenz ist uns da immer einen Schritt voraus.«

Er schaute missmutig aus dem Fenster. »Die haben Maurer aus Polen und was weiß ich woher, weil die dieselbe Arbeit billiger machen. Aber wir setzen immer noch auf die Einheimischen. Solange ich hier was zu sagen habe, bleibt das auch so – und solange wird bei mir auch keiner entlassen. Wer beim Hirmer einsteigt, der hat eine Jobgarantie bis zum Ende.«

Bis zum bitteren Ende, dachte Morgenstern, denn für ihn rundete sich immer mehr das Bild eines störrischen alten Unternehmers ab, der sich weigerte, die Zeichen der Zeit zu erkennen. Das Altmühltal war zwar in mancher Hinsicht altmodisch und traditionsverhaftet, aber die Globalisierung machte auch vor dieser gemütlichen Weltecke nicht halt. Das galt für ein kleines, eindeutig miserabel gemanagtes Bauunternehmen in Kipfenberg genauso wie für einen Bauernhof am Ortsrand von Kösching.

Letzterer hatte die Kurve gekriegt mit einer Millioneninvestition in Biogas und Schweinemast. Aber wann hatte wohl Berthold Hirmer zuletzt eine größere Summe Geld in die Hand genommen? Morgenstern stellte genau diese Frage nun laut – und Hirmer musste kleinlaut eingestehen, dass er immerhin im Frühjahr dem Eichstätter städtischen Bauhof einen ausrangierten Lastwagen abgekauft habe. »Für viertausend Mark«, sagte er – und es dauerte einen Moment, bis er die Summe in Euro umwidmete. Morgenstern schüttelte ungläubig den Kopf. Dass es so etwas noch gab.

»Haben Sie für Ihre Firma eigentlich einen Nachfolger?«, wollte er noch wissen.

Hirmer druckste ein wenig herum. »Nun ja, äh, also – momentan nicht«, sagte er. Er selbst habe zwar zwei Kinder im passenden Alter. Aber die hätten sich anderweitig orientiert. Der Sohn sei, Morgenstern wunderte sich keine Sekunde, »bei der Union«, also bei Audi, untergekommen und sitze da jetzt den ganzen Tag im Büro, ohne sich auch nur einmal die Finger schmutzig machen zu müssen. Die Tochter wiederum sei sowieso nie fürs Baugeschäft vorgesehen gewesen (Antonia Grabsky zog die Augenbrauen hoch), sondern betreibe inzwischen in Kipfenberg ihren eigenen kleinen Friseursalon namens »Vier Haareszeiten«. Er selbst hoffe, das Bauunternehmen eines Tages an einen Mitarbeiter übergeben zu können, der sich gerade nebenher mit viel Mühe auf seine Meisterprüfung vorbereite. Er helfe dem jungen Gesellen dabei, so gut es eben gehe, denn der Kollege tue sich vor allem mit der vermaledeiten Buchführung schwer.

Morgenstern hatte unter diesen Vorzeichen gewisse Bedenken, dass der Hirmer Bau GmbH damit in der Wirtschaftsregion Ingolstadt der ganz große Durchbruch gelingen würde, aber er behielt seine Zweifel für sich. Stattdessen kündigte er an, er werde gemeinsam mit den beiden Kripo-Kollegen nun das Stahlstück zur Spurensicherung im Polizeipräsidium bringen, noch einmal genau mit dem bereits vorhandenen Exemplar aus dem Bieber'schen Maisfeld abgleichen und insbesondere auf Fingerabdrücke überprüfen lassen. Anschließend würde man hier im Unternehmen die Abdrücke der möglichen Werkstattnutzer einholen.

»Falls Sie allerdings wissen, Herr Hirmer, wessen Fingerabdrücke drauf sind, dann könnten wir uns die Sache erheblich erleichtern«, stellte er fest.

Er habe keine Idee, behauptete Hirmer. Und dabei mussten sie es vorerst bewenden lassen – die Stimmung war ohnehin schon etwas eingetrübt.

Hirmer geleitete die Kommissare zur Tür. Und als Zeichen der Verbundenheit überreichte er Morgenstern zum Abschied einen der gelben Zollstöcke, die als Werbegeschenke mit Aufdruck stapelweise im Flur auf einem Tischchen lagen. Morgenstern hatte – peinlicherweise – darum gebeten, wie ein ordinärer Schnorrer. »Hirmer Bau – gefällt auch deiner Frau«, lautete der Slogan, den sich ganz gewiss der Firmenchef höchstpersönlich hatte einfallen lassen. Und Morgenstern war für so viel Kreativität voll des Lobes.

»Einen Meterstab kann man immer brauchen«, sagte Hirmer großzügig, während Hecht und erst recht Grabsky die Augen verdrehten und sich für ihren Kollegen fremdschämten.

Erst als sie aus dem Firmenhof rollten, klärte Morgenstern die Sache auf: »Frau Grabsky, den blöden Meterstab dürfen Sie gleich mit in Ihre Asservatentüten stecken. Jetzt haben wir nämlich auf jeden Fall schon mal die Fingerabdrücke vom Hirmer. Ich habe das Gefühl, dass wir uns die Reihenuntersuchung vom Lehrbuben bis zur Sekretärin sparen können.«

»Aber was hat der Hirmer mit dem Bieber zu tun?«, fragte Hecht.

Niemand im Wagen hatte darauf eine Antwort.

※※※

Nun waren alle drei voller Tatendrang – und wenn sie doch schon mal im Altmühltal waren, entschied Morgenstern, dann könnten Sie doch gleich talaufwärts bis Rieshofen fahren, zu Simon Biebers jüngstem Sohn.

Hecht tippte mühsam die maßgeblichen Informationen ins Navigationsgerät, einen Apparat, mit dem er immer noch seine liebe Not hatte. Die Adresse hatte er schon tags zuvor herausgefunden und in sein Moleskin-Notizbuch mit schwarzem Umschlag geschrieben.

»Ein Pferdehof?«, fragte Antonia Grabsky und klang begeistert. »Wussten Sie, dass ich reiten kann?«

»Es wundert mich jedenfalls nicht«, brummte Morgenstern.

»Ich habe mich sogar schon mal für die Polizei-Reiterstaffel in München beworben«, plauderte Grabsky fröhlich drauflos. »Die reiten auf zwei Pferden Patrouille durch den Englischen Garten. Und neulich habe ich welche gesehen, die vom Odeonsplatz zum Marienplatz geritten sind. Mitten durch die Fußgängerzone. Das war vielleicht toll!«

»Weniger toll ist es, wenn Sie bei irgendeiner doofen Demo mit dem Gaul für Ordnung sorgen müssen«, sagte Morgenstern, der Realist, ungnädig.

»Ich meine ja bloß – ist ja sowieso nichts draus geworden.« Grabsky klang verschnupft. Ihr war wohl selbst klar, dass der Dienst als berittene Polizeibeamtin nicht ganz so idyllisch war, wie man sich das als junge Frau vorstellte.

Morgenstern spürte die Verstimmung, und als kleine Gegenleistung rückte er damit heraus, dass er selbst seit Jahren davon träume, den Motorradführerschein zu machen. Dann, so seine Idee, könnte er eines Tages mit einer der grün-weißen Dienst-BMWs der Polizei durch das Altmühltal »cruisen«, so seine Formulierung. Im Übrigen sei sein größter Wunsch, eines Tages durch die USA zu reisen, das Land der unbegrenzten Möglichkeiten. Und da wäre ein schweres Motorrad in Gestalt einer Harley-Davidson selbstverständlich seine erste Wahl.

Hecht grinste, denn die Geschichte hatte er schon zu oft gehört, um auch nur einen Pfifferling darauf zu geben, dass der finanziell immer klamme Kollege eines Tages wirklich in den Wilden Westen reisen würde. Hier im Altmühltal war es schließlich auch nicht schlecht, stellte Hecht fest, und eine Weile war es fast so, als würde das Trio einen Ausflug machen.

Das Tal beschrieb einen weiten Bogen, die Straße führte an einem von Felsen durchsetzten Steilhang vorbei, der Arnsberger Leite, auf der sich Schafe und Ziegen tummelten. Das Dorf Arnsberg selbst, durch das ihr Weg führte, lag zu Füßen einer Bergflanke, die von einer Burg gekrönt war. Weiter ging es über Gungolding nach Pfalzpaint, und dank Navi fanden sie den kürzesten Weg über das Dörfchen Isenbrunn auf einem schmalen Sträßchen nach Rieshofen.

Rieshofen war ein etwa dreihundert Einwohner zählendes Bauerndorf auf der linken Seite der Altmühl. Die Höfe lagen zu beiden Seiten der Durchfahrtsstraße. An der kleinen Kirche befand sich ein gepflasterter Dorfplatz mit weiß-blau lackiertem Maibaum, einem von jener Sorte, die mehrere Jahre überdauert. Am westlichen Ende der Ortschaft, direkt an der Altmühl, stand ortsbildprägend ein mächtiger quadratischer Turm: der Bergfried einer ehemaligen Wasserburg, von der aus die Herren von Rieshofen oder wer auch immer das umliegende Land bewacht hatten. Eine riesige Eiche stand daneben. Dohlen umkreisten den Turm.

»Schön hier«, sagte Morgenstern.

Hecht erinnerte daran, dass er schon am Ortsschild den Hinweis »Golddorf« gelesen habe: Rieshofen habe also beim bundesweiten Wettbewerb »Unser Dorf soll schöner werden« irgendwann einmal eine Goldmedaille gewonnen, folgerte er, und das sei nun wirklich eine Auszeichnung, die man sich verdienen müsse.

Morgenstern als Großstädter verstand nur Bahnhof, und so erläuterte sein Kollege, dass es sich dabei um eine Art Schönheitswettbewerb handle, früher hätten die Zeitungen auch gern von der »Blumenolympiade« geschrieben. Aber heute gehe es darum, dass eine Ortschaft nicht bloß schön und gepflegt, sondern auch noch mit einer intakten, rührigen Dorfgemeinschaft gesegnet sein müsse. Reges Vereinsleben, funktionierende Gastronomie und solche Dinge, sodass die Einwohner also nichts lieber täten, als ihr gesamtes Leben von der Wiege bis zur Bahre in genau diesem Umfeld zu verbringen.

»Bullerbü im Altmühltal«, sagte Antonia Grabsky etwas abschätzig. »Und in die Wirtschaft zum Sonntagsfrühschoppen dürfen nur die Männer.«

»Wer sagt denn so was?«, fragte Hecht.

Es stellte sich heraus, dass Kollegin Grabsky selbst auf einem bayerischen Dorf aufgewachsen war, irgendwo zwischen Freising und Pfaffenhofen, und wie aus ihrem Familiennamen unschwer zu folgern war, gehörten die Grabskys nicht der uralten, allerersten bajuwarischen Gründergeneration an. Vielmehr hatte es die Grabskys nach dem Krieg als Flüchtlinge aus Breslau nach Oberbayern verschlagen. Und bloß weil das inzwischen zwei Generationen her war, hatte man das in besagtem Dorf noch lange nicht vergessen. Jedenfalls kannte sich Antonia Grabsky aus mit den Gepflogenheiten auf dem Land – und falls es da irgendwelche Abgründe geben sollte, dann hatte sie davon schon mal gehört.

»Bullerbü«, wiederholte sie, »pah!« Aber dann war sie doch hin und weg, als sie den winzigen Reiterhof von Konrad »Conny« Bieber sah, der wunderbarerweise gleich neben der alten Wasserburg lag.

Der jüngere Bieber-Bruder und seine Lebensgefährtin hatten sich da mit viel Glück ein kleines Paradies kaufen können, stellten die drei Ermittler fest, als sie an das Anwesen kamen. Ein kleines, geducktes, mit hellen Kalkplatten gedecktes Jurahaus, ockerfarben, mit ochsenblutroten hölzernen Fensterläden. Davor ein winziger Gemüsegarten mit einem hölzernen Staketenzaun. Eine große Scheune mit zwei ebenfalls blutroten hölzernen Schwingtoren, beide weit geöffnet, bildete die Rückseite des Ensembles. Der Hof war geschottert. Und vor dem Haus stand, Morgenstern wurde grün vor Neid, eine Harley-Davidson, schwarz und chromglänzend.

Jetzt erinnerte er sich wieder daran, wie die Bäckereifachkraft in Kösching vom »Conny« geschwärmt hatte, dem »MC Conan«, der es hinaus in die weite, weite Welt geschafft hatte – nach New York oder zumindest nach Berlin, aber das machte aus Köschinger Sicht wohl keinen Unterschied. Conny war cool.

Hecht parkte den Dienst-BMW neben Connys Motorrad. »Jedenfalls ist er daheim«, folgerte er mit Blick auf das dicke Zweirad.

Sie läuteten an der Haustür, aber niemand öffnete. So gingen sie nach einer Weile in die offene Scheune.

»Herr Bieber!«, rief Morgenstern.

Auf der rückwärtigen Seite des Stadels befand sich ein weiteres Holztor mit einer integrierten kleinen Tür, und als sie die öffneten, waren sie in einem kleinen Obstgarten mit uralten Zwetschgen- und Apfelbäumen, der nahtlos in eine große, als Pferdekoppel genutzte Wiese überging. Den Abschluss bildete als natürliche Grenze die Altmühl.

»Ich glaube, jetzt stoßen wir gleich auf die ganze Redaktion von ›Landlust‹«, sagte Morgenstern. Aber so war es natürlich nicht: An der grob gezimmerten Pferdekoppel stand vielmehr, allen Ernstes mit einem schwarzen Stetson-Cowboyhut auf dem Kopf, ein junger Mann. Und in der Koppel ritt eine junge Frau auf einem weiß-braun gescheckten, nicht besonders großen, aber äußerst eleganten Pferd.

»Hallo, Herr Bieber!«, rief Morgenstern erneut.

Der Cowboy drehte sich um, und Morgenstern wunderte sich, dass der Mann nicht auch noch eine Marlboro im Mundwinkel hatte. Er spürte ein unangenehmes Ziehen irgendwo im

Bauch, im Gedärm, und nach minimaler Innenschau wusste Morgenstern, was dieses Symptom bedeutete: Neid, der blanke, böse Neid. Eine der sieben Hauptsünden, und gewiss keine von den harmloseren.

Bieber schwang sich vom Gatter und kam auf die drei Gäste zu. Morgenstern reichte ihm die Hand.

»Mein aufrichtiges Beileid zum Tod Ihres Bruders«, sagte er.

»Danke«, erwiderte der junge Mann. Die beiden anderen nickten ihm bestätigend zu.

»Wir sind von der Kripo in Ingolstadt«, erklärte Morgenstern und stellte sie vor. »Wir ermitteln in der Sache, das haben Sie bestimmt schon von Ihrem Vater gehört.«

»Ja. Ich war gestern drüben in Kösching. Ist ja klar. Das ist alles unheimlich tragisch.«

»Tragisch«, bestätigte Morgenstern. »Aber auch etwas mysteriös. Sie wissen schon, wegen dieser Maisgeschichte im Vorfeld. Ihr Bruder war ein Mann, der sich leicht Feinde gemacht hat. Wir haben zum Beispiel mit seinem Nachbarn gesprochen.«

»Mit dem Doktor?«

»Genau. Was halten Sie von dem?«

»Ein aufgeblasener Geck. Aber mein Bruder hat es ihm auch nicht leicht gemacht. Eine Schweinemast direkt nebenan, das will echt keiner haben. Haben Sie das Plakat beim Doktor gesehen?«

»Ja. Und jetzt hat Ihr Vater die Schweine komplett weggegeben.«

»Ich weiß«, sagte der Cowboy. »Aber fragen Sie mich nicht, was da in ihn gefahren ist.«

»Haben Sie nicht zuvor mit ihm darüber gesprochen? Ihr alter Herr macht Nägel mit Köpfen.«

Konrad Bieber nahm den Hut ab und knetete ihn mit beiden Händen. »Er hat mir nichts davon gesagt.«

Ein Augenblick der Stille kehrte ein, und das bot Morgenstern Gelegenheit, sich Konrad Bieber näher anzusehen. Jetzt, ohne Hut, wirkte er plötzlich viel jünger. Er war schlank, geradezu mager, hatte einen modischen Dreitagebart (der bei Morgensterns mickrigem Bartwuchs eher ein Zweiwochenbart wäre), lange blonde Haare und kleine Fältchen um die Augen. Die Augen waren bei näherer Betrachtung ein wenig wässrig. Gut möglich, dass das Nesthäkchen der Familie Bieber in seinem wilden Leben als »MC Conan« einen etwas barbarischen Lebensstil gepflegt hatte und zum Teil noch immer pflegte. Sex & Drugs & Rock 'n' Roll, dachte Morgenstern, und schon wieder spürte er das hässliche Ziehen in der Magengrube.

Es kam ihm seltsam vor, dass dieser coole Conny der Bruder des rotbackigen Hoferben Willibald Bieber war. Die beiden schienen so gegensätzlich, wie man nur sein konnte. Conny Bieber konnte man sich nur schwerlich mit bayerischer Lederhose und rot-weiß kariertem Hemd vorstellen – und schon gar nicht als Betreiber einer Biogasanlage.

»Schönes Anwesen haben Sie hier«, sagte schließlich Peter Hecht in die Stille hinein.

»Finden wir auch. Meine Freundin, Jessica, hat genau so etwas gesucht.« Er deutete zu der Reiterin, die auf ihrem Pferd immer noch ihre Runden oder vielmehr Achter drehte. »Wir kennen uns aus Berlin, und sie ist nur unter der Bedingung mit zu mir nach Bayern gekommen, dass sie Platz für ihr Pferd hat. Und dann haben wir das hier gefunden. Für Jessica ist es das Paradies.« Er zögerte einen Moment. »Für mich auch.«

Er lächelte. »Dabei kann ich nicht mal reiten. Bei uns auf dem Hof in Kösching gab es nie Pferde. Immer bloß Kühe und Schweine und Hühner – und dann irgendwann bloß noch Schweine, aber die dann gleich massenhaft. Das ist nicht mehr meine Welt. Verrückt, finden Sie nicht auch?«

»Sie haben hier ja Ihre Alternative gefunden«, sagte Hecht. »Ihre Frau bietet therapeutisches Reiten an?«

»Sie haben sich schon über uns erkundigt?«, fragte Bieber zurück. »Gehört zu Ihrem Job, verstehe ich. Immer neugierig sein. Stimmt schon. Meine Frau hat eine Ausbildung als Psychologin. Sie arbeitet freiberuflich mit Kindern, die irgendwelche Probleme haben. ADHS, Zappelphilipp-Syndrom, Autismus und was es da alles gibt. Die Jessica ist ein Geheimtipp. Und hier in Rieshofen passt für uns einfach alles. Schauen Sie sich doch einmal um.«

Morgenstern hatte schon wieder das dringende Gefühl, in der Redaktion von »Landlust« anzurufen, um die Kunde von diesem erstaunlichen Idyll unters Volk zu bringen. In einer besonders heimtückischen Ecke seines Hirns machte sich gleichzeitig der Wunsch breit, der Cowboy, diese jüngere und erheblich lässigere Ausgabe des Mike Morgenstern, möge in seinem kleinen Garten Eden demnächst von einem Jahrhunderthochwasser der Altmühl heimgesucht werden, von der alles zerstörenden Sintflut.

»Und Ihnen geht Berlin gar nicht ab?«, fragte er. »Oder München?«

»Im Augenblick nicht, danke der Nachfrage. Ich habe hier gut zu tun.«

»Was machen Sie denn so?«

»Ich halte meiner Frau den Rücken frei.«

Morgenstern warf einen Blick auf seine feministisch bewegte Kollegin Antonia Grabsky. Sie wirkte – gelinde gesagt – hingerissen von so viel moderner Männlichkeit.

»Und ab und zu schnitze ich moderne Kunst. Ich modelliere Holzfiguren mit der Motorsäge. Er wies in Richtung der knorrigen Apfelbäume. »Sehen Sie da drüben den großen hölzernen Weißkopfseeadler? Der ist von mir.«

Morgenstern sah eine gar nicht mal so übel gelungene Skulptur, einen Vogel mit weit gebreiteten Schwingen. Was er aber ebenfalls sah, war Kommissarin Grabsky, die gerade in Schnappatmung verfiel. Und nun wusste er endgültig, dass er diesen Bieber junior nicht leiden konnte. In keiner einzigen seiner Erscheinungsformen: nicht als Konrad, nicht als Conny und schon gar nicht als Conan.

Und deswegen stellte Mike Morgenstern jetzt die verbotenste aller Fragen. In scheinbar freundlicher Arglosigkeit, aus schierem mitmenschlichem Interesse und ehrlicher Anteilnahme, wollte er wissen: »Und? Kann man davon leben?«

Konrad-Conny-Conan schluckte, dann steckte er sich umständlich eine Zigarette an, albernerweise tatsächlich eine Marlboro, und es war ein Wunder, dass er dazu nicht etwa ein Streichholz an der Sohle seiner Stiefel anriss, sondern ein stinknormales Plastikfeuerzeug verwendete. Er nahm einen tiefen Zug, dann sagte er: »Eigentlich geht Sie das nichts an.«

»Ich würde es halt gerne wissen«, beharrte Morgenstern mit einem fies-freundlichen Lächeln.

»Wir kommen über die Runden. So einigermaßen. Die Krankenkassen weigern sich meistens, die Kosten für die Reittherapie zu übernehmen, und dann macht die Jessi den Leuten einen Freundschaftspreis. Wir haben viele Freunde.«

Er nahm noch einen Zug. »Das Haus hier mit allem Drumherum war auch nicht ganz billig. Das Haus war schon renoviert, aber den Stadel haben wir selbst hergerichtet und die Koppel auch. Das geht alles ins Geld.«

»Hat Ihnen denn nicht Ihr Vater geholfen?«, fragte Morgenstern. »Ich meine, finanziell.«

»Nur ein bisschen. So gut er halt konnte«, gestand Konrad Bieber. »Als ich damals nach Berlin gegangen bin, da habe ich mich auszahlen lassen. Das war ein ziemlicher Batzen. Damit hat sich das dann eigentlich erledigt.«

»Aber davon ist kaum noch etwas da?«, wühlte Morgenstern unnachgiebig weiter.

Der Marlboro-Mann machte eine säuerliche Miene, als habe er in eine Zitronenscheibe gebissen.

»Sie haben alles verblitzt, und dann hat's keinen Nachschlag mehr gegeben?«, fragte Morgenstern, jetzt endgültig im Ton eines strengen Kapuzinerpaters, der im muffigen, finsteren Separee eines Beichtstuhls einen armen Sünder zusammenfaltet.

»Das geht schnell in Berlin, wenn man mit den entsprechenden Leuten zusammen ist. Aber jetzt bin ich ja wieder hier. Zu Hause. Alles im grünen Bereich. Wir haben alles im Griff.«

Nervös spielte Bieber mit seinem Feuerzeug, drehte das gelbe Plastikding mit dem Flüssiggas wieder und wieder zwischen den Fingern der rechten Hand – eine alte Taschenspielernummer –, so lange, bis es ihm zu Boden fiel. Morgenstern beugte sich hinunter ins Gras und hob das Feuerzeug auf. Er wollte es dem Cowboy gerade reichen, als ihm etwas auffiel. Eine kleine Aufschrift, die ihm sehr bekannt vorkam: »Hirmer Bau – gefällt auch deiner Frau«.

»Das ist ja eine Überraschung«, sagte er und ließ Bieber vergeblich die Hand nach dem Feuerzeug ausstrecken. Statt es zurückzugeben, zeigte er es erst Hecht und dann, mit einer gewissen Genugtuung, Antonia Grabsky. Beide runzelten die Stirn.

»Überraschung? Was für eine Überraschung?«, fragte Bieber. »Das ist ein ganz gewöhnliches Feuerzeug. Nichts anderes.«

»Ein Werbegeschenk vom Bauunternehmen Hirmer«, präzisierte Morgenstern. »Hirmer aus Kipfenberg.«

Er ließ Grabsky den Plastikbeutel mit dem Meterstab hervorkramen und hielt dem Cowboy die Tüte vor die Nase. »Sehen Sie mal, wo wir gerade eben waren, erst vor einer halben Stunde.«

»Na und?«

»Wir waren bei Ihrem Freund Berthold Hirmer.«

»Der Herr Hirmer ist nicht mein Freund«, sagte Bieber. »Nun geben Sie mir schon mein Feuerzeug zurück. Oder von mir aus behalten Sie das Ding, wenn es für Sie so wichtig ist.«

»Woher kennen Sie Berthold Hirmer?«, fragte Morgenstern. »Wie kommen Sie zu dem Feuerzeug?«

Bieber lehnte sich an den Zaun der Pferdekoppel, und er wirkte nun ziemlich irritiert. Er wandte sich der Reiterin zu, die tatsächlich bis zu diesem Augenblick ihre Runden gedreht und von den Gästen kaum Notiz genommen hatte, und rief: »Jessi, kannst du bitte mal herkommen?«

Das Cowgirl kam gehorsam angeritten, schwang sich lässig vom Pferderücken, wand sich zwischen den dicken, geschälten Fichtenstangen der Koppel durch und stellte sich mit verschränkten Armen neben ihren Freund.

»Was gibt's denn?«, fragte sie und sah die Besucher skeptisch an.

»Grüß Gott erst mal«, sagte Hecht, um den Grundformen der Höflichkeit zumindest rudimentäre Geltung zu verschaffen.

»Grüß Gott«, gab die junge Frau in schönstem Hochdeutsch zurück, wirkte aber weiterhin wachsam. »Darf man fragen, wer Sie sind?«

Konrad Bieber übernahm das: »Jessi, die drei Herrschaften sind von der Polizei, die kümmern sich um den Tod vom Willi.«

»Ach so«, sagte die Pferdefrau. »Und was wollen Sie da von uns wissen? Wir haben zum Willibald so gut wie keinen Kontakt gehabt. Also ich schon gar nicht. Ich glaube, ich war insgesamt bloß zwei Mal drüben in Kösching. Ich bin nicht so der Verwandtschaftstyp.«

Das »Ich« sprach sie dabei als »Ick« aus, und überhaupt wirkte diese Jessica exakt so schnoddrig, wie sich Mike Morgenstern eine »Berliner Schnauze« vorstellte. Frech, vielleicht sogar unverschämt, geradeheraus – und irgendwie dann doch sympathisch. Raue Schale, weicher Kern, dachte er. »Sie stammen aus Berlin – Ost oder West?«, fragte er und versuchte, warmherzig zu wirken.

»Bielefeld«, sagte die junge Frau zu Morgensterns Enttäuschung. »In Berlin habe ich bloß ein paar Jahre gewohnt.«

»Kreuzberg oder Prenzlauer Berg?«, gab Morgenstern sich den Anstrich eines Metropolen-Kenners.

»Wilmersdorf«, lautete die Antwort, und da musste Morgenstern dann passen. Cool und alternativ klang das jedenfalls nicht.

»Also, um was geht's?«, beharrte sie.

»Um das hier!« Morgenstern hielt ihr das Feuerzeug unter die Nase. »Was haben Sie beide für eine Beziehung zu Herrn Hirmer?«

Die Frau machte große Augen. »Das ist ganz einfach. Die Firma Hirmer hat den Ausbau unserer Scheune gemacht, der hat mir die Pferdeboxen reingemauert und alles, was so dazugehört. Und den alten Stall da drüben haben sie auf Vordermann gebracht. Für die Esel und für die Schweine. Erst in diesem

Frühling. Es ist nicht einfach, Leute für so eine kleine Baustelle zu bekommen, ich habe mit Hinz und Kunz telefoniert, bis mir überhaupt mal jemand einen Kostenvoranschlag gemacht hat. Typisch Altmühltal, die sind alle ausgebucht bis übernächstes Jahr Weihnachten. Wegen Reichtum geschlossen.«

»Bis auf die Firma Hirmer«, sagte Morgenstern gedehnt. »Das Unternehmen für die ganz speziellen Aufträge. Für die Jobs, die sonst keiner machen will.« Und während er das noch sagte, fiel ihm die zunächst gar nicht so gewollte Doppeldeutigkeit auf.

Jessica bemerkte sie nicht oder tat zumindest so. »Genau so ist es. Ich habe den Hirmer im Internet gefunden und war heilfroh, als die mir am Ende einen Maurermeister und einen Gesellen geschickt haben. Nach drei Wochen war alles erledigt.«

»Und? Waren Sie zufrieden? Haben Sie sich gut verstanden?«

»Ja, doch. Ich weiß jetzt wirklich nicht, worauf Sie hinauswollen.« Die Frau stemmte beide Hände in die Hüften und schob das Kinn vor. Irgendwie keck, dachte Morgenstern, diese Bielefelder Berlinerin.

Hinter ihr schnaubte das weiß-braun gescheckte Pferd, und die Reiterin wandte sich zu dem Tier um, tätschelte kurz dessen Kopf, griff in eine Tasche ihrer eng anliegenden dunkelbraunen Reithose und holte ein Stück Würfelzucker heraus. Auf der flach hingestreckten Hand bot sie dem Tier die Süßigkeit an, und ganz vorsichtig griff sich das Pferd den winzigen Würfel.

Die kleine Szene war so zärtlich, so einvernehmlich, dass sich Morgenstern einen Moment lang fragte, ob er auf seiner persönlichen »To-do-Liste« das Reiten aufnehmen sollte. Zusätzlich zum Motorradführerschein, der Amerika-Reise und, nicht zu vergessen, der beruflichen wie privaten Rückkehr in die Frankenmetropole Nürnberg. Das Reiten, das könnte er doch gleich hier lernen, bei dieser burschikosen Jessica mit ihrem blonden Klischee-Pferdeschwanz und ihrer engen Reithose und der Jeansjacke. Das wurde ihm erst jetzt bewusst: Die Frau trug wie er selbst eine ausgewaschene Jeansjacke.

Mit Mühe riss er sich von seinen sonderbaren Gedanken los und versetzte sich in professionelle Distanz zurück. Für die nächste Zeit zumindest. Peter Hecht, der Kollege, sah ihn schon seltsam von der Seite an.

Zur Professionalität gehörte nun aber auch, dass sie den Biebers aus Rieshofen schlecht erzählen konnten, dass sie erst vor Kurzem im Depot der Hirmer Bau GmbH überdeutliche Hinweise gefunden hatten, dass die Köschinger Maisfeld-Attacken ihren Ursprung in Kipfenberg hatten – aus welchen Gründen auch immer – und dass es schon ein grandioser Zufall war, dass dieselbe GmbH ausgerechnet bei einem Mitglied der Familie Bieber ein und aus ging und freundschaftlich mit Feuerzeugen um sich warf. Also schwieg Mike Morgenstern und schaute lieber ein bisschen in der Gegend herum. »Was ist das da drüben eigentlich für ein Turm?«, fragte er schließlich.

Konrad Bieber klinkte sich unter diesen harmlosen Vorzeichen wieder ins Gespräch ein und übernahm die Erklärung. »Das ist der Hungerturm. Wir können gerne rübergehen.«

Morgenstern nickte. Es konnte nicht schaden, wenn sie alle noch ein wenig Zeit miteinander verbrachten und versuchten, auseinander schlau zu werden.

Zu fünft marschierten sie über die frisch gemähte Wiese, die zwischen der Pferdekoppel und dem Turm lag. Ein Taubenschwarm umrundete das knapp zwanzig Meter hohe Bauwerk wieder und wieder und ließ sich dann auf der Mauerkrone nieder. Antonia Grabsky holte ihr Handy heraus und machte ein Foto von dem malerischen Ensemble von Turm, Uralt-Eiche und Wassergraben. Ein hölzerner Steg führte über den versumpften Graben, auf der anderen Seite war ein Tisch mit zwei wuchtigen hölzernen Bänken aufgestellt.

»Das ist der Hungerturm«, wiederholte Bieber. »Ich habe ihn früher auch nicht gekannt. Von Kösching aus kommt man nicht so oft ins Altmühltal. Wir haben uns immer nach Ingolstadt orientiert.« Er wies auf eine Informationstafel, die wohl die Naturpark-Verwaltung aufgestellt hatte. »Das war hier mal eine Burg, die aber schon vor Jahrhunderten zerstört worden ist. Die Bauern aus dem Dorf haben sich die Steine geholt, aber den Turm haben sie stehen gelassen.«

»Und warum heißt er Hungerturm?«, fragte Morgenstern.

»Da haben Sie vor ein paar hundert Jahren einen Mann eingemauert und verhungern lassen. Der hatte angeblich aus einer Kirche einen goldenen Kelch gestohlen.«

»Gruselige Geschichte«, sagte Morgenstern, und sein Kollege Hecht, heimatkundlich immer besonders interessiert, stürzte sich sofort auf die Infotafel, um das Kleingedruckte zu lesen.

»Trotzdem, schön hier«, sagte Grabsky. »Ich meine, auch wenn hier mal einer gestorben ist.«

Auf der Südseite des Turms war eine Öffnung wie eine Bresche in das Gemäuer geschlagen worden, man konnte hineinblicken, alles war übersät mit Vogelkot, sei er von den Dohlen, die nun gleichfalls um Turm und Eiche flatterten, oder den unzähligen Tauben.

Grabsky gab sich philosophisch: »Ich meine, wahrscheinlich ist überall, fast an jeder Ecke, schon einmal ein Mensch gestorben im Laufe der Geschichte. Das kann doch gar nicht anders sein.«

Morgenstern wollte da nicht zurückstehen. »Ich denke schon, dass es einen Unterschied macht, ob einer zu Hause in seinem Bett stirbt, friedlich und mit sich im Reinen, umringt von der liebenden Verwandtschaft, oder ob da einer mit Gewalt zu Tode gebracht wird, langsam und schleichend wie hier oder …« Er machte eine bedeutungsschwere Pause. »Oder schnell und unvorbereitet wie drüben in Kösching.«

Beim letzten Satz hatte er sich ganz bewusst Konrad Bieber zugewandt, um dessen Reaktion zu verfolgen.

Bieber zuckte tatsächlich kurz zusammen. »Wie meinen Sie das?«, fragte er.

Seine Lebensgefährtin sprang ihm bei. »Das würde mich auch interessieren. Was wollen Sie damit andeuten?«

»Das liegt doch auf der Hand«, sagte Morgenstern. »Wir müssen davon ausgehen, dass Ihr Bruder nicht durch einen dummen Zufall in die Biogasanlage geraten ist. Sondern dass jemand nachgeholfen hat. Und erzählen Sie mir bloß nicht, dass Ihnen nicht schon derselbe Gedanke gekommen ist.«

Konrad Bieber nickte langsam und blickte versonnen in die dicken Äste der riesigen Eiche, wohl, um Morgenstern nicht weiterhin in die Augen sehen zu müssen.

»Ich habe mit unserem Vater darüber gesprochen, soweit das bisher möglich war. Er glaubt tatsächlich, dass es ein Unfall war. Er will das glauben. Wahrscheinlich ist dann alles etwas leichter für ihn zu verarbeiten. Aber ich habe darüber nachgedacht. Inzwischen glaube ich: Das ist nicht mit rechten Dingen zugegangen.«

Er redet mir nach dem Mund, dachte Morgenstern argwöhnisch. »Und was glauben Sie stattdessen?«

»Dasselbe wie Sie.«

Da haben wir's, dachte Morgenstern. »Also, dass jemand nachgeholfen hat.«

»Genau das denke ich. Und Jessi übrigens auch.«

Jessica blickte finster. »Wir wollen aber mit der ganzen Sache nichts zu tun haben. Wir sind hier zum Glück weit genug weg von allem. Wir kümmern uns um unseren eigenen Kram, das ist mehr als genug, nicht wahr, Conny?«

Konrad Bieber sah sie überrascht an. »Jessi, so darfst du das nicht sagen. Wir sind schon in Kontakt, und wir sind tief betroffen. Er ist immerhin mein Bruder, ich will, dass der Polizei klar ist, dass uns das alles nicht egal ist.« Feierlich sagte er: »Ich kann Ihnen allen hier versichern, dass ich großen Anteil nehme. Sehr großen Anteil. Wir können das alles noch gar nicht richtig realisieren, stimmt's nicht, Jessi?«

Morgenstern hatte den Eindruck, hier zu Füßen des Hungerturms in ein billiges Schmierentheater geraten zu sein. Mit einem Laienschauspieler, der seinen Text vortrug und dabei versuchte, beim Publikum halbwegs glaubwürdig zu wirken. Er, Mike Morgenstern, aber glaubte diesem seltsamen Cowboy mit Berliner Migrationshintergrund, Köschinger Discjockey-Vergangenheit und Rieshofener Schöner-Wohnen-Gegenwart kein Wort. Jedenfalls beschloss er, Konrad Bieber die Krokodilstränen nicht abzunehmen. Willibald war seinem Bruder, soweit er das erkennen konnte, schnurzpiepegal gewesen, mit seinen Schweinen, seinen Maisfeldern und seinem ganzen langweiligen, trostlosen Lebensentwurf.

Nun gut, die Schweine waren inzwischen weg und hatten wahrscheinlich gerade eben im Ingolstädter Schlachthof ihren letzten Quieker getan, bei der Betäubung durch einen nicht zu knappen Stromstoß, dem dann der finale Stich ins Herz gefolgt war. »Das Leben ist kein Ponyhof«, murmelte Morgenstern den lächerlichen Slogan, ohne recht zu wissen, warum.

Das war nun wirklich das Dämlichste, was in dieser Situation zu sagen war, und entsprechend verwundert sahen ihn die Kollegen an. Auch Konrad Bieber wusste erkennbar nicht, was er mit dieser großen Kriminaler-Weisheit anfangen sollte. Es war seine Lebensgefährtin Jessica, die die wunderliche Erkenntnis aufgriff.

»Glauben Sie bloß nicht, dass es auf dem Pferdehof immer friedlich zugeht. Wussten Sie, dass hier in der Region seit einiger Zeit ein Irrer unterwegs ist – ein Psychopath, der nachts Pferde quält? Zuletzt war er in Mainburg.«

Morgenstern wusste das nicht, allerdings hatte er schon manchmal von solchen seltsamen Dingen gelesen. »Echt?«, fragte er. »Und was macht der?«

»Er hat es immer auf Stuten abgesehen«, erklärte Jessica. »Wenn die nachts draußen auf der Koppel stehen, schleicht er sich hin und sticht mit einem Messer an ihnen herum. So hinten, Sie wissen schon. Am Hinterteil. Mit einem langen Messer. Das ist ein Perverser.«

Jetzt erinnerte sich Hecht wieder. »Das war in diesem Sommer. Die Kollegen sind an der Sache dran, soweit ich weiß.«

»Aber es ist nichts rausgekommen, soweit ich weiß«, sagte Jessica spitz. Und dann zeigte sie ins Geäst eines mageren Zwetschgenbaums. »Ich weiß jedenfalls, was ich zu tun habe. Wenn der Irre hier bei uns auftaucht, dann soll er sein blaues Wunder erleben.«

Morgenstern war etwas schwer von Begriff, vor allem aber

ignorierte er seit Langem die Tatsache, dass er dringend eine ordentliche Brille bräuchte. Also linste er weiterhin in die Äste des Baumes, ohne etwas Nennenswertes zu entdecken – von einer überreichen Pflaumenernte abgesehen.

Anscheinend hatte im Hause Bieber keiner Lust gehabt, wochenlang Zwetschgendatschi mit Schlagsahne zu essen oder Dutzende Weckgläser mit Früchten zu füllen, die noch Jahre später im Keller einstaubten. Man könnte die Früchte zermanschen und die Maische in einer Tonne vergären und dann irgendwo zu Schnaps brennen lassen, dachte Morgenstern. Aber wer sollte dann hinterher literweise Sliwowitz trinken? Man konnte es drehen und wenden, wie man wollte, eine übermäßige Ernte war kein paradiesischer Segen, sondern in erster Linie ein ernsthaftes Entsorgungsproblem. Also ließ man die Früchte am besten einfach hängen und überließ das Problem Mutter Natur – die hatte es schließlich auch verursacht.

Er war mit seinen Gedanken ein wenig abgeschweift, wie er überhaupt gerade etwas unkonzentriert war. »Was haben Sie da im Baum?«, fragte er also geradeheraus. »Eine Selbstschussanlage?«

»Beinahe«, sagte die Pferdefrau. »Wir haben uns eine Wildkamera zugelegt und die in den Baum gehängt. Mit Kabelbindern festgemacht.«

Morgenstern ging auf den Baum zu, um sich die Sache näher zu betrachten. Er konnte nichts entdecken. Vielleicht war die Sache mit der Brille noch drängender, als er wahrhaben wollte.

»Die Kamera ist gut getarnt«, sagte Jessica. »Wir sind ja nicht blöd. Sehen Sie.«

Das Quintett stand nun direkt vor dem alten, von dunkelbraunen samtigen Baumpilzen befallenen Stamm. Auf halber Höhe hing ein Nistkasten für Meisen – oder eher für Stare, denn das Einflugloch war ziemlich überdimensioniert. Es stellte sich heraus, dass Jessica genau in dieses Vogelhäuschen eine bei Aldi (oder war es Lidl?) äußerst preiswert erstandene Wildkamera eingebaut hatte.

»Ich dachte, so was brauchen bloß Jäger«, sagte Hecht.

»Früher schon, aber viele Leute sind draufgekommen, dass man das auch für die eigenen vier Wände hernehmen kann. Wo sich heutzutage überall Gesindel rumtreibt! Ich rede da noch gar nicht von diesem verrückten Pferdestecher. Jetzt im Herbst gibt es hier in der Gegend die Einbrüche, das müssen Sie als Polizisten doch wissen.«

»Wissen wir, wissen wir«, wiegelte Antonia Grabsky ab. »Ich war schon mit einem Kollegen draußen auf den Dörfern unterwegs. »Wir machen Vorträge bei Seniorennachmittagen. Oder beim Haus- und Grundbesitzerverein. Aber wir haben noch keinem geraten, dass er eine Wildkamera aufhängen soll. Außerdem ist das rechtlich gar nicht so einfach. Wenn Sie das Nachbargrundstück mit drauf haben oder eine öffentliche Straße oder auch bloß den Fußweg zum Briefkasten auf Ihrem Grundstück, dann ist das verboten. Datenschutz und so. Recht am eigenen Bild. Da machen Sie sich strafbar.«

Die Pferdefrau drehte sich einmal um die eigene Achse. »Sehen Sie hier vielleicht irgendwo einen Briefkasten? Oder eine öffentliche Straße? Oder einen Fußweg?«

Grabsky musste verneinen.

»Na also«, sagte Jessica und wirkte dabei sehr zufrieden. »Wenn also dieser Pferdeschlitzer bei uns auftauchen sollte, dann registriert das der Bewegungsmelder in unserem Starenkasten, und unser kleiner Fotoapparat macht klick-klick.«

»Und das Ding funktioniert wirklich?«, fragte Morgenstern.

»Wenn ich's Ihnen sage. Wir haben hier in der Koppel schon mal ein paar Schwäne gehabt, die von der Altmühl rübergekommen sind. Die hat die Kamera astrein erwischt. Und einmal hatten wir einen Biber drauf. Sooo ein Kaliber.« Sie beschrieb mit beiden Armen die Dimension eines mittelgroßen Spanferkels.

»Die Altmühl ist von oben bis unten mit Bibern besiedelt. Das ist gar nicht so einfach. Die graben ihre Gänge bis unter unsere Koppel – wenn da mal ein Pferd einbricht und sich das Bein verknackst, das darf man sich gar nicht ausmalen. Aber man darf nichts dagegen unternehmen. Die Biber stehen unter strengem Naturschutz.«

»Leider«, fügte Konrad Bieber hinzu, den die Namensähnlichkeit nicht zu besonderer Nachsicht animierte.

Morgenstern schmunzelte. »Ein Starenkasten mit Fotoapparat, wie die guten alten fest montierten Blitzer der Polizei.« Und während er das noch sagte, kam ihm ein Gedanke, der ihn nicht mehr losließ.

»Sagen Sie mal, Herr Bieber, war Ihr Bruder, der Willibald, in letzter Zeit mal bei Ihnen auf dem Hof? War er hier im Garten?«

Konrad Bieber musste sich ein Weilchen besinnen, und damit war klar, dass der ältere Bruder in diesem Sommer auf keinen Fall ein Dauergast oder gar ein gelegentlicher Baustellenhelfer gewesen war. Das passte ins Bild.

Der Mann schüttelte den Kopf, aber seine Freundin wusste es besser: »Doch, Conny. Das habe ich dir doch erzählt. Er war einmal da, das muss im Juli gewesen sein, ganz kurz nur, auf einen Sprung. Da hat er mit ein paar Freunden von der Köschinger Feuerwehr eine Kanutour auf der Altmühl gemacht, ab Eichstätt.«

»Ach, jetzt erinnere ich mich wieder. Da war ich nicht da.«

Jessica erzählte munter weiter, froh, etwas Konstruktives zum Gespräch beisteuern zu können: »Sie waren drüben am Rastplatz beim Hungerturm, und ich habe sie durch Zufall gesehen – und der Willi mich dann auch. Also ist er kurz zu mir hergekommen. Er konnte ja nicht anders, vor seinen Freunden. Alles andere wäre für ihn megapeinlich gewesen.«

Sie sah Morgenstern entschuldigend an, es war ihr sichtbar unangenehm. »Wir haben keinen besonders guten Draht zueinander. Da kann man nichts machen. Aber an diesem Tag habe ich für die ganze Truppe schnell ein paar Flaschen Bier geholt – war eigentlich überflüssig, weil sich herausgestellt hat, dass sie selbst zwei Kästen Augustiner Edelstoff an Bord hatten. Dann habe ich ihnen kurz das Anwesen gezeigt. Die Baustelle und die Koppel und vor allem meine zwei Pferde und die zwei Esel. Und er wollte sehen, was aus den beiden Schweinen geworden ist.«

Morgensterns Gedanken kreisten immer noch um die Kamera. »Haben Sie ihm Ihre Fotofalle gezeigt? Ihren Starenkasten?«

Jessica überlegte. »Ja, jetzt fällt es mir wieder ein. Typisch Männer: Dafür haben sie sich alle interessiert, soweit sie noch einigermaßen nüchtern waren. Die wollten wissen, wie das funktioniert und ob die Wildkamera auch wirklich ordentliche Aufnahmen macht. Die haben sich alle davorgestellt und mit den Armen gewedelt.«

»Und dann?«

»Dann sind sie weitergepaddelt. Ich denke aber, dass sie nicht mehr sehr weit gefahren sind, in ihrem Zustand. Die hatten alle schon einen Sonnenstich. ›Wir lagen vor Madagaskar und hatten die Pest an Bord‹, das haben sie die ganze Zeit gesungen.«

Morgenstern dachte an die feierfreudige Tischgesellschaft beim Ingolstädter Herbstfest. Da dürfte es sich wohl um dieselbe fröhliche Matrosentruppe gehandelt haben – eine inoffizielle Abordnung der Freiwilligen Feuerwehr Kösching unter dem ehrenvollen Motto »Retten – Bergen – Löschen«. Bei heiteren Freizeitveranstaltungen lag die Betonung wohl auf dem »Löschen«, hahaha! Da hatte die schlanke, westfälisch-strenge Jessica gewiss über ihren Schatten springen müssen, als sie diese hunnenartige Horde kurz bei sich beherbergte. Aber was sollte man machen, Blut ist dicker als Wasser, dachte Morgenstern.

Und nun wusste er, wonach er suchen musste. In Kösching, auf dem Bieber-Hof, war ihm irgendetwas aufgefallen, und sosehr er auch versucht hatte herauszufinden, was es gewesen war – er war nicht darauf gekommen. Jetzt eben, hier an diesem altersschwachen Zwetschgenbaum, hatte er das Gefühl, sich zu erinnern. An der glatten hässlichen Betonwand des Maissilos war in drei Metern Höhe ein Nistkasten montiert gewesen, in Sichtweite zum grünen Maschendrahtzaun des Nephrologen und Nachbarn Professor Dr. Carsten Stiller.

Ein Nistkasten als denkbar unerwartetes Zeichen der Fürsorge für die gefiederten Freunde in einem Umfeld, das ansonsten von gleichgültiger Zweckmäßigkeit geprägt war. Hier wurden üblicherweise, so sah Morgenstern das, Vögel nicht gehätschelt, sondern eher mit der hofeigenen Kleinkaliberpistole geschossen – Spatzen, die sich scharenweise über den Silomais hermachten, Krähen, die auf dem Acker an jungen Rübenpflanzen zupften. Höchste Zeit, sich diesen Nistkasten näher zu betrachten. Es war nur zu hoffen, dass im Innern das steckte, was er sich erhoffte – und nicht ein von Milben bevölkertes, gammliges Vogelnest mit ein paar zerbrochenen, stinkenden Eierschalen.

Keiner von den anderen konnte recht verstehen, warum Mike Morgenstern es mit einem Mal so eilig hatte, von Rieshofen wegzukommen. Daraus wurde auch erst einmal nichts, denn Peter Hecht verfiel auf die Idee, sich das Anwesen genauer zeigen zu lassen – als Privatführung quasi.

Jessica, ganz die stolze Bauherrin, die ihrem Bielefeld-Berliner Leben eine gänzlich unerwartete Wende verpasst hatte, ließ sich nicht lange bitten.

Es gab in den neu gebauten Boxen im Stadel ein zweites Pferd, das den Kommissaren am Anfang gar nicht aufgefallen war. Ein brauner Wallach, der nun neugierig auf die Besucher blickte. Und dann war da noch der erwähnte Stall, aus dem urplötzlich ein lautes »I-ah« schallte, gefolgt von einem erschreckten Grunzen. Jessica öffnete die Tür: Der ehemalige Kuhstall des Rieshofener Kleinbauernhofs hatte noch ein uraltes Deckengewölbe, getragen von mehreren Säulen. Zwei graue Esel standen auf einer Seite des Stalls, in die andere war mit dicken, grob gehobelten Eichenbrettern ein Verschlag gezimmert worden. »Da haben wir unsere Schweine«, sagte die Hobbybäuerin stolz. »Molly und Freddy.«

Die beiden Schweine steckten neugierig ihre Schnauzen zwischen den Brettern durch, schnuppernd und schmatzend. Anscheinend rechneten sie mit einer antizyklischen Fütterung.

»Ach, sind die süß!«, rief Antonia Grabsky. »Wann hat man schon mal die Gelegenheit, ein richtiges Schwein zu sehen?«

Morgenstern blickte säuerlich, denn die Frage erinnerte ihn an die missglückte »Operation Viehtransport« in Kösching mit ihren unschönen Folgen. »Was wollen Sie denn hier mit Schweinen?«, fragte er denn auch ungnädig.

»Wir haben sie von meinem Schwiegervater. Vom Simon«, sagte Jessica. »Er hat sie uns im Frühjahr geschenkt. Da waren sie noch ganz klein, ganz kümmerlich. Die hätten drüben in Kösching nicht überlebt, hat er gemeint. Dann haben wir gleich diesen Verschlag gebaut. Ich hätte nicht gedacht, dass die so schnell wachsen.«

»Und wofür haben Sie die Viecher?«, beharrte Morgenstern.

»Die fressen unsere Küchenabfälle, und die Kinder haben was zu gucken, wenn sie zum Reiten kommen. Außerdem mag ich sie einfach.«

Sie strich Molly – oder war es Freddy? – liebevoll über die empfindliche Schnauze, dann bückte sie sich nach einem Korb, der in einer Ecke stand, und holte eine weißgraue Zuckerrübe heraus. »Da hab ich was Feines für euch«, flötete sie und warf die süße Kalorienbombe in den dick mit Stroh eingestreuten Koben. Sie erntete für diese Freigiebigkeit begeistertes Grunzen.

»Ist natürlich bloß ein Hobby«, sagte sie wie zur Entschuldigung, »aber es macht mir Spaß und unseren Gastkindern auch.«

»Mir auch«, schloss sich Konrad Bieber an, bevor die Gäste glauben mochten, die Tierhaltung auf diesem Hof habe nichts mit ihm, dem Landwirtssohn, zu tun. »Ist doch lustig, oder?«

»Wie man's nimmt«, sagte Morgenstern, der Mann aus der Großstadt. Und er dachte bei sich: Wenn ich Kindern Tiere zeigen will, gehen wir in den Zoo. Am liebsten nach Nürnberg, aber von mir aus auch in den Ingolstädter Kleintierzoo Wasserstern. Seltsam, was sich manche Menschen freiwillig aufbürdeten: Schweine! Und er fragte sich, ob nicht auch in diesem Garten Eden der Tag kommen würde, an dem Molly und Freddy ihren letzten Gang antreten müssten.

Jetzt drängte er endgültig zum Aufbruch, denn er wollte den Kollegen unbedingt erklären, was er da vorhin im Garten für einen Geistesblitz gehabt hatte.

Konnte es tatsächlich sein, fragte er die beiden wenig später im Auto, dass sich Willibald Bieber eine Fotofalle montiert hatte, um im Streit mit seinem Nachbarn Munition zu sammeln? Und falls das so war: Hatte die Kamera vielleicht am Morgen, als der junge Bauer in die Förderschnecke geraten war, Dinge registriert, die niemand sehen sollte?

Hecht hielt das nach einiger Bedenkzeit für völlig unwahrscheinlich, und Grabsky schloss sich diesen Zweifeln an. Nur Mike Morgenstern klammerte sich unverdrossen an diesen Strohhalm und nötigte Hecht, aufs Gas zu drücken.

Antonia Grabsky, technisch voll auf der Höhe, googelte sich derweil durchs Internet, um sich über Wildkameras und deren Funktion schlauzumachen. Die Dinger gebe es für einen Apfel und ein Ei zu kaufen, sagte sie. YouTube sei voll mit kleinen Filmchen von süßen Tieren, die in Wald und Flur, in Hinterhof und Hofgarten ihr neckisches Unwesen trieben: Waschbären, die sich in der Winterzeit ungeniert am Futterhäuschen der Vögel bedienten, eine Wildschweinrotte, die gerade einen Fußballplatz umpflügte, oder ein Fuchs, der die Mülltonne in einem Vorgarten inspizierte.

»Die Dinger funktionieren tadellos«, sagte sie schließlich, nachdem sie angesichts der ach so »süßen« Tiervideos zu Morgensterns Verdruss unablässig vor sich hin gekichert hatte. »Die machen sogar in der Nacht richtig brauchbare Bilder, weiß der Kuckuck, wie sie das technisch hinkriegen.«

»Mir völlig egal«, sagte Morgenstern ungnädig. »Wir wissen, dass Willibald Bieber am helllichten Morgen umgekommen ist. Da reicht das Licht so oder so. Da kannst du mit dem Schuhkarton fotografieren.«

Kollegin Grabsky wusste nicht, was Morgenstern damit meinte, und so bemühte erst er, dann aber der historisch wesentlich beschlagenere Peter Hecht sich, ihr die Grundzüge der Fotografie zu erläutern, wonach man tatsächlich mit einer Art Schachtel, einer Lochkamera … In Höhe Gungolding war Mike Morgenstern auf dem Beifahrersitz bereits eingeschlafen und schnarchte.

Natürlich ging es geradewegs nach Kösching zum Bieber-Hof, schon wieder. Und sie konnten nur hoffen, dass es mittlerweile gelungen war, sämtliche flüchtigen Schweine einzufangen und sie ihrem vorbestimmten Schicksal zuzuführen.

Diese Frage musste aber vorerst unbeantwortet bleiben, denn der alte Herr Bieber war nicht da, als sie an der Tür seines Bungalows klingelten. Von Simon Bieber fehlte jede Spur, und das änderte sich auch nicht, als Morgenstern Sturm läutete. Eine fast gespenstische Ruhe lag über dem ganzen Anwesen, jetzt, wo es keine Tiere mehr gab.

»Sollen wir uns einfach auf eigene Faust umsehen?«, fragte Morgenstern. »Der Herr Bieber wird's uns schon nicht verübeln.«

»Warum sollte er?«, fragte Hecht zurück. »Ist doch für einen guten Zweck.«

»Aber rein formal wäre es Hausfriedensbruch«, gab Antonia Grabsky zu bedenken.

»Oje, bei Ihnen ist die Ausbildung noch ziemlich frisch«, sagte Morgenstern schnippisch. »Der Einzige, der hier auf diesem Hof auf solche formalen Dinge Wert gelegt hat, ist nicht mehr unter den Lebenden. Und genau deswegen sind wir da. Es ist also genau genommen in seinem Sinne.«

Und damit stapfte er los in Richtung Biogasanlage.

Heureka! Es war genau, wie er vermutet hatte: Willibald Bieber hatte tatsächlich nach seinem Bootsfahrer-Blitzbesuch in Rieshofen einen hölzernen Nistkasten geschreinert, genauer gesagt, eine grobschlächtige Bretterkiste zusammengenagelt, mit einem völlig überdimensionierten Einflugschacht versehen und dahinter, das stand für Morgenstern nun außer Zweifel, eine Kamera montiert – ausgerichtet auf die Grundstücksgrenze. Das vermeintliche Piepmatz-Domizil hatte er mit einem dicken Draht als Aufhängung versehen und in luftiger Höhe an die Wand des Betonsilos gehängt. Hoch genug, dass niemand ohne Weiteres herankam. Und das galt auch für Interessierte der Kriminalpolizei Ingolstadt.

Wie der Fuchs aus der Fabel, dem die Trauben zu hoch hängen, stand Morgenstern vor dem Fake-Vogelhäuschen, das entschieden zu weit oben war, als dass man es auf die Schnelle herunterpflücken konnten. Mindestens drei Meter. Eine Leiter war nirgends zu sehen, und auch ansonsten war keine Steighilfe in Sicht. Da half nur eines: die gute alte Räuberleiter.

Morgenstern lehnte sich breitbeinig mit dem Rücken an die Silowand, verschränkte die Hände vor dem Bauch und forderte Peter Hecht auf, hochzuklettern. Der hätte sehr viel lieber noch ein bisschen nach einer Leiter gesucht, aber Morgenstern drängte, sie hätten hier nicht ewig Zeit, während Hecht zurückmaulte, für solche Zirkusnummern sei er entschieden zu alt. Antonia Grabsky wiederum wusste nichts Besseres zu tun, als schon einmal ihr Handy bereitzuhalten, um diese grandiose Beweissicherungsaktion für die Nachwelt festzuhalten.

Wacklig stellte sich Hecht auf Morgensterns Hände-Podest, aber es zeigte sich gleich, dass er von dort aus den Nistkasten nicht einmal ansatzweise erreichen konnte. Also stieg er mit zittrigen Knien auch noch auf die Schultern seines Kollegen, der unter der Last beinahe zusammenknickte.

»Sag mal, wie schwer bist du denn eigentlich?«, keuchte Morgenstern, während Hecht auf seinen Schultern stand, gerade eben hoch genug, um an der Aufhängung der Holzkiste herumfummeln zu können.

Grabsky machte kichernd eine Videoaufnahme.

Morgenstern roch, dass Hechts Schuhe nach Schweinemist stanken, und machte sich ernste Sorgen um seine geliebte Jeansjacke. Noch mehr bekümmerte ihn allerdings, dass Hecht den Pseudo-Nistkasten einfach nicht abbekam. Er pfriemelte und pfriemelte.

»Brauchst du etwa auch noch einen Bolzenschneider?«, stöhnte Morgenstern. Und in diesem Moment kam ihm zu allem Überfluss eine kleine Melodie in den Sinn – eine Filmmusik von Ennio Morricone: Sie begann mit einer Mundharmonika, und vor seinem inneren Auge sah er Charles »Mundharmonika« Bronson als Jungen, auf dessen Schultern der ältere Bruder stand, mit der Schlinge um den Hals, umgeben von feixenden Banditen: »Spiel mir das Lied vom Tod«.

Und wie im Finale dieses überlangen Sergio-Leone-Schinkens versagten nun ihm, Mike Morgenstern, die Beine den Dienst – oder war es vielmehr so, dass seine verflixt glatten Cowboystiefel auf dem Beton keinen rechten Halt fanden? Jedenfalls kam Morgenstern ins Straucheln, rutschte zur Seite und ging zu Boden. Peter Hecht aber schaffte es irgendwie mit großer Not, sich am Nistkasten festzuklammern, wo er nun mit zappelnden Beinen hing.

Das ging jedoch nicht lange gut, denn endlich löste sich der Draht von Willibald Biebers sorgfältig eingedübelter Achterschraube. Und gemäß dem alten Fliegerspruch »Runter kommen sie alle« krachte Kriminaloberkommissar Peter Hecht mitsamt Vogelhaus und integrierter Wildkamera auf den harten Boden der Tatsachen.

Beide, Hecht wie Morgenstern, rieben sich den Hintern und überprüften, ob alles heil geblieben war. Es schien so.

»Jetzt legen Sie endlich das blöde Handy weg«, schimpfte Morgenstern, als er sah, dass Antonia Grabsky gnadenlos draufgehalten hatte.

Die Kollegin gluckste. »Das war jetzt einfach zu komisch!«

»Ich hätte mir den Hals brechen können«, gab Hecht beleidigt zu bedenken.

»Jedenfalls war das voller Einsatz für die gute Sache«, sagte die junge Kollegin. »Hauptsache, die Wildkamera ist nicht kaputt gegangen. Aber soweit ich das vorhin gelesen habe, sind die Dinger unverwüstlich.«

»Das will ich hoffen«, sagte Morgenstern. »Jetzt bin ich gespannt, was wir da zu sehen bekommen.«

Er hob den Kasten auf, der beim Sturz aus drei Metern Höhe seinen hölzernen, mit einem rostigen Scharnier versehenen Deckel verloren hatte und nun sein geheimes Innenleben preisgab. Auf der Innenseite des Einflugschachts war eine olivgrüne rechteckige Kamera mit ein paar dicken, gebogenen Nägeln befestigt. Morgenstern bog zwei der Nägel zur Seite und konnte den Apparat leicht herausziehen. Er wog die Kamera bedächtig in der Hand und sah sie dann an, als könnte es sich dabei um den Stein der Weisen handeln.

»Enttäusch uns nicht«, sagte er zu dem Ding in seinen Händen. Dann fummelte er ein wenig daran herum, musste aber schnell einsehen, dass er ohne Gebrauchsanleitung hoffnungslos überfordert war.

»Gib's mir!«, forderte Hecht mit ausgestreckter Hand.

Morgenstern reichte ihm das Gerät und verfolgte dann grinsend, wie sich Hecht abmühte und dabei um keinen Deut geschickter anstellte als er selbst.

Kollegin Grabsky, die inzwischen endlich ihr Handy weggesteckt hatte (zuvor hatte sie das Video schnell einigen Freundinnen beim Polizeipräsidium Oberbayern Nord geschickt), nahm sich schließlich der Sache an – aber nur insoweit, als sie das Gerät einsackte und die naheliegende Devise ausgab, das sei hier wohl nicht der richtige Ort, um sich mit so wichtigen Dingen auseinanderzusetzen. Die Wildkamera sei ganz eindeutig ein Fall für die Leute von der EDV-Abteilung, die von Berufs wegen weniger grobmotorisch als die gewöhnlichen Kriminalbeamten seien – und da gäbe es praktischerweise auch die Möglichkeit, gleich ordentliche Ausdrucke etwaiger Bilder anzufertigen. Im Übrigen befänden sie sich alle drei nach wie vor auf fremdem Grund und Boden.

Dem war wenig hinzuzufügen, und so trollte sich das Trio mitsamt Kamera und dem zerbrochenen Starenkasten im Kofferraum Richtung Ingolstadt.

FÜNF

In der EDV-Abteilung des Polizeipräsidiums fanden sich rasch mehrere Computerexperten ein, die sich der Kamera annehmen wollten. Am Ende taten sie es mehr oder weniger gemeinsam.

Üblicherweise, so berichteten sie, hatten sie sich mit den Alltagstücken der Kripo-Datenverarbeitung herumzuschlagen, also mit den tagtäglichen Computerabstürzen, den ratlosen Anfragen von technophoben Beamten, die mit ihrem Laptop im Clinch lagen und am liebsten noch mit Faxgerät und Schreibmaschine hantieren würden. Und am kniffligsten sei es, die Zugangssperren von beschlagnahmten Computern zu dechiffrieren, ein mühsames, langwieriges und oft nicht von Erfolg gekröntes Geschäft. Vor diesem Hintergrund kam die Wildkamera von Willibald Bieber aus Kösching gerade recht – eine leichte Beute.

Im Nu hatten die EDV-Leute den Chip herausgenommen und die Daten in einem der hauseigenen Computer eingelesen. »Hoffentlich holen wir uns da keine Viren«, sagte einer, aber die Sorge war unnötig. Der Chip war sauber. Vor allem aber: Er war randvoll mit Bildern. Ganz langsam klickten sich die Techniker durch die Fotos, hinter ihnen, wie gebannt, standen Morgenstern, Hecht und Grabsky.

Die ältesten Aufnahmen waren etwa eine Woche alt. Immer wieder zeigten sie niemand anderen als den Hoferben höchstpersönlich, Willibald Bieber, der seinen landwirtschaftlichen Verpflichtungen nachkam und mal mit dem Radlader durch die Kulisse ratterte, mal mit einer Schaufel zugange war. Einmal hatte er morgens an den Zaun des Nachbarn gepinkelt, was jetzt im Polizeipräsidium für ganz und gar pietätlose Heiterkeit sorgte – der Mann war schließlich tot.

Morgenstern bedauerte, dass man die direkte Öffnung des Zwischensilos mit den Förderschnecken nicht sehen konnte. Das Weitwinkelobjektiv der Kamera hatte dafür nicht ausgereicht, und darum war es Willibald Bieber, dem Fallensteller, ja auch nicht gegangen. Er wollte eindeutig seinen Nachbarn Carsten Stiller überwachen.

Der war in der Tat immer wieder von Ferne zu sehen. Mal machte er auf dem Rasen Dehnübungen oder eine Freistil-Version des chinesischen Schattenboxens, ein andermal spielte er mit seinen Kindern Fußball im Garten, genauso wie er es bereits im Gespräch mit den Kriminalbeamten geschildert hatte. Besonders geschickt stellte er sich dabei allerdings nicht an, und mit Genugtuung sah Morgenstern, dass es der Vater gewesen war, der den sündteuren WM-Ball über den Gartenzaun geballert und somit neuen Brennstoff für den Dauerstreit zwischen den Nachbarn geliefert hatte.

All diese Bilder waren aber nur das Vorgeplänkel für die Fotos von jenem verhängnisvollen Morgen, als das Unheil über den Bieber-Hof hereingebrochen war. Ganz langsam klickte sich der EDV-Mann, ein junger Bursche mit modischem Vollbart und rot-schwarz kariertem Flanellhemd, von Bild zu Bild.

In der Nacht hatte die Kamera zweimal ausgelöst. Der Bewegungsmelder hatte auch in der Dunkelheit tadellos funktioniert. Schemenhaft war zu sehen, wer sich hier zwischen Silo und Zaun herumgetrieben hatte: ein Fuchs auf seinem routinemäßigen Patrouillengang durchs Dorf. Wie die automatisch ins Bild integrierte Datums- und Zeitangabe zeigte, war es drei Uhr sechzehn gewesen. Alle lachten, wohl auch, um die steigende Beklemmung ein wenig abzubauen. Was würde auf den nächsten Fotos zu sehen sein? Würde überhaupt irgendetwas Nennenswertes geschehen, außer dass Willibald Bieber kreuz und quer durchs Blickfeld marschierte, von niemandem behelligt außer seinen höllischen Kopfschmerzen, die vom Herbstfest rührten?

Ganz vorsichtig klickte der EDV-Hipster weiter. Beim nächsten Bild war es schon heller Tag, sieben Uhr fünfunddreißig. Das Foto zeigte: eine Frau, schon in Joggingkleidung, die die Lücke unter dem Maschendrahtzaun nutzte, unten durchschlüpfte, sich vorsichtig in alle Richtungen umsah und dann aus dem Blickwinkel der Wildkamera verschwand. Alle hielten den Atem an.

»Kennt man die Frau?«, fragte der Techniker und zog das Gesicht so groß heraus, bis nur noch grobe Pixelpunkte zu erkennen waren.

»Wir kennen sie«, sagte Morgenstern.

»Ich kenne sie auch«, pflichtete Antonia Grabsky bei. »Annika Stiller. Die unauffällige Frau an der Seite vom Doktor.«

»Und was macht sie da drüben?«, fragte Hecht.

Morgenstern zuckte mit den Schultern. »Bin ich Jesus? Man kann nichts sehen. Klick mal weiter!«

Das nächste Foto zeigte, wie Annika Stiller auf demselben Weg wieder auf ihr Grundstück zurückkehrte, um sieben Uhr zweiundvierzig. Klick, klick – sie verschwand im Haus, ohne sich noch einmal umzusehen.

»Das könnte zeitlich genau hinkommen«, sagte Hecht. »Ich fasse es nicht. Dieses Hascherl!« Er imitierte ihre Stimme: »Da muss ich erst meinen Mann holen. Nein, da kann ich Ihnen gar nichts dazu sagen.«

Morgenstern schüttelte den Kopf. »Das ist jetzt echt der Hammer.«

Dann legte sich Schweigen über den Raum. Alle hingen ihren Gedanken nach. Der Techniker sagte schließlich: »Schauen wir mal, was sonst noch passiert ist. Da müsste jetzt ja ziemlich schnell der Teufel los gewesen sein. Wann hat der Vater ihn entdeckt?«

»Etwa um fünf nach acht«, sagte Morgenstern. »Mach mal einfach weiter.«

Alle erwarteten, dass das nächste Bild bereits das Gewimmel der Rettungskräfte zeigen würde. Doch die geheime Kamera war noch ein zweites Mal für eine Überraschung gut: Um sieben Uhr dreiundfünfzig hatte sie erneut ausgelöst, leider nur ein einziges Mal. Es musste wohl alles sehr schnell gegangen sein. Und wer auch immer unterwegs gewesen war, er oder sie hatte sich dicht an der Silowand bewegt und so der Fotofalle keine großen Möglichkeiten gegeben. Nur so viel war zu erkennen: Sieben Minuten vor acht war ein Mensch mit einem dicken Parka, die Kapuze über den Kopf gezogen, auf dem Grundstück der Biebers unterwegs gewesen.

Ein alter Bundeswehr-Parka? Das schien das Wahrscheinlichste. Mann oder Frau? Nicht auszumachen. Hose, Schuhe? Vorerst nicht zu erkennen.

Morgenstern appellierte an die Berufsehre des EDV-Menschen, dieses Bild nach allen Regeln der Kunst zu ertüchtigen, mit Filtern und Kontrastschärfern und was es da noch alles geben mochte. »Sie haben das doch gelernt!«, herrschte er den Hipster an.

Aber da gab es keine große Hoffnung. Der Techniker werkelte zwar noch eine ganze Weile herum, drückte mal diese, mal jene Taste, doch mehr war aus diesem Bild nicht rauszuholen. »Ich kann ja schlecht ein Gesicht reinmalen«, fauchte er schließlich Morgenstern an, als dessen Quengelei gar nicht mehr enden wollte.

Die Fotos mit der gut erkennbaren Annika Stiller druckte er den Kollegen dafür gleich im Dutzend und in allen Größen aus, quasi als Entschuldigung dafür, dass der Parka-Mensch bis auf Weiteres anonym bleiben musste.

»Wir sollten mit niemandem über diese Kamera und ihre Bilder sprechen«, meinte Morgenstern schließlich. »Wahrscheinlich war der Einzige, der etwas von diesem Ding gewusst hat, Willibald Bieber. Der hat sie aufgehängt und hat ab und zu mal kontrolliert, was sich da am Zaun rührt.«

»Bestimmt mit einer Leiter«, sagte Hecht, den immer noch sein Steißbein vom bösen Sturz schmerzte.

»Jedenfalls sind diese Fotos das tollste Insiderwissen, das man als Ermittler haben kann«, fügte Grabsky hinzu. »Und zu allem Überfluss haben wir auch noch eine Stahlstange. Die bringe ich gleich mal ins Labor.«

»Vergessen Sie den Meterstab nicht«, sagte Morgenstern. Dann griff er in seine Hosentasche und zog das Feuerzeug heraus, das er am Reiterhof in Rieshofen eingesackt hatte. »Und das lassen Sie für alle Fälle auch gleich mit überprüfen. Da sind die Fingerabdrücke von Konrad Bieber drauf. Ich traue dem Burschen nicht über den Weg.«

»Wie sollte denn der Conny in die Werkstatt von Hirmer Bau gekommen sein?«, fragte Grabsky, und Morgenstern wunderte sich, dass sie den Spitznamen verwendete. Der Harley-Fahrer hatte tatsächlich Eindruck bei der jungen Frau hinterlassen.

»Mir egal«, schnodderte er. »Wir haben seine Fingerabdrücke, und die kommen in die Datei. Basta. Und jetzt habe ich Hunger.«

»Ich auch«, stellte Hecht fest. »Ich habe schon eine Idee, wo wir was essen könnten.«

»Wo denn?«

»Drüben auf dem Herbstfest.«

»Aber diesmal ohne Bier«, stellte Morgenstern klar.

»Sowieso. Und ohne ›Wilde Maus‹.« Hecht grinste Grabsky an. »Und damit meine ich nicht Sie.«

»Auf die Idee wäre ich beim besten Willen nicht gekommen, Kollege«, sagte Grabsky und ging erhobenen Hauptes ihrer Wege.

✳✳✳

Am nächsten Morgen fanden Hecht und Morgenstern auf ihren Computern den Befund der Rechtsmedizin aus München, auf den sie schon sehnlichst gewartet hatten. Sie waren beide heilfroh, dass sie nicht selbst nach München hatten fahren müssen, um in irgendeiner Form aus den Resten von Willibald Biebers sterblicher Hülle Rückschlüsse zu ziehen.

Sie hatten ohnehin keine hohen Erwartungen gehegt, dass es Hinweise auf die Todesart geben könnte, die mehr besagten, als dass da ein armer Mensch unvermittelt zwischen zwei langsam rotierende stählerne Walzen geraten war, und man mochte sich nicht ausmalen, wie grausam dieses Ende gewesen war. Ein bösartiger Henkersknecht im Mittelalter oder der amerikanische Horrordichter Edgar Alan Poe hätten sich nichts Gruseligeres ausdenken können.

Hecht hatte allerdings erklärt, dass es in der Landwirtschaft schon immer besonders »groteske« Unfälle, wie er es formulierte, gegeben habe. Der Todessturz vom Heustock durch eine offen stehende Luke hinab auf die betonierte Tenne sei früher ein »Klassiker« gewesen, das Gleiche gelte für den unbedachten Fehltritt, der in den Schacht der Gülle- respektive Odelgrube geführt hatte. Riesige lederne Antriebsriemen für Häckselmaschinen aller Art, offen durch einen Stadel geführt, hatten lange als bewährter Stand der Technik gegolten. Und erst die langen, dicken Starkstromkabel, die bei Bedarf quer über den Hof gelegt wurden und zu allem Überfluss auch noch immer wieder mittels Schraubenzieher umgepolt werden mussten, damit sich etwa ein Heugebläse auch in die vorgesehene Richtung drehte! Wie gut, wenn man da nicht versäumte, das Kabel zuvor von der Steckdose zu trennen.

Hechts Schwester auf ihrem Spargelhof im Schrobenhausener Land hatte ihm schon mehrfach geschildert, was da alles passieren konnte – und im Dorf auch schon passiert war. Und einmal war Hecht bei seiner Schwester eine uralte Mitgliederzeitschrift der Landwirtschaftschaftlichen Berufsgenossenschaft in die Finger gekommen. In Erinnerung war ihm dabei die heitere Rubrik »Obacht geben – länger leben« geblieben, die in fröhlichen Versen und Zeichnungen besonders bemerkenswerte Unglücke in Haus und Hof »aufspießte«, was nicht selten genug wörtlich zu nehmen war. Man denke nur an das Hornvieh in den Ställen und dessen Möglichkeit, mit einer einzigen ungeschickten Bewegung seinen Herrn und Meister beziehungsweise die mit dem Melkeimer hantierende Meisterin ins bayernweit renommierte Unfallkrankenhaus von Murnau am schönen Staffelsee zu befördern; für den betroffenen Menschen in der Regel der erste Hubschrauberflug seines Lebens – und oft auch der letzte.

Die Kontrollen waren freilich in den letzten Jahren immer schärfer geworden, um zumindest den haarsträubendsten Fahrlässigkeiten auf den bayerischen Ökonomiebetrieben einen Riegel vorzuschieben. Und auch der Fall Bieber würde gewiss

Einzug in die einschlägige Fachliteratur finden – sogar über »Obacht geben – länger leben« hinaus.

Die Mediziner in München hatten tatsächlich nichts Auffälliges gefunden, als sie den Inhalt der dicken schwarzen Plastiksäcke auf ihren Labortischen aus Edelstahl ausgebreitet hatten. Wie Morgenstern wusste, war ein beträchtlicher Teil des Leichnams ohnehin unrettbar in den Gärbehälter der Biogasanlage befördert worden. Und bei dem, was man hatte bergen können, war nun beim besten Willen nicht zu entscheiden, ob es da unmittelbar vor dem tödlichen Sturz den berüchtigten »Schlag mit einem stumpfen Gegenstand auf den Hinterkopf« gegeben hatte oder nicht.

Eines immerhin hatte die Gerichtsmedizin festgestellt und penibel festgehalten: Willibald Andreas Bieber, so der vollständige amtliche Name, hatte in der Nacht vor seinem Tod noch – falls das jemanden interessierte – Geschlechtsverkehr gehabt … frische Spuren und so. Morgenstern war peinlich berührt – und merkte genau in diesem Augenblick, dass das eine Spur war, mit der er nicht gerechnet hatte. Willibald Bieber hatte aktuell keine Partnerin – und es überraschte ihn, dass sich ausgerechnet in dieser Nacht ein sexuelles Abenteuer ergeben hatte. Mit wem denn? Zumal Bieber so voll gewesen war wie die sprichwörtliche Strandhaubitze.

Und dann gab es noch eine Sache: Willibald Biebers Armbanduhr. Die Uhr, ein ziemlich edles Ding, sei unter all den Teilen gelegen, mit zerrissenem Metallarmband, was angesichts der Gesamtumstände niemanden wundern dürfe. Offenbar hatte der unglückliche Fotograf beim Durchsuchen des Zwischendepots irgendwo im Mais die Uhr entdeckt und mit in den Sack gesteckt. Der diensthabende Mediziner hatte die Uhr sogar fotografiert.

Morgenstern sah sich zum Vergleich seine eigene Uhr an: einen zwiebelartigen Zeitmesser, den er vor Jahrzehnten zur Firmung erhalten hatte und seither in Ehren hielt. Der war zwar alles andere als edel – aber bloß in materieller Hinsicht. Ansonsten zählte er für Morgenstern aus nostalgischen Gründen zu den »immateriellen Kulturgütern«, für die der Schutz der UNESCO gerade gut genug war.

Aus einer sentimentalen Anwandlung heraus entschied Morgenstern, sich Biebers Uhr umgehend ins Polizeipräsidium schicken zu lassen und letztlich ebenso persönlich wie feierlich beim Vater in Kösching abzugeben. Und diese Bitte mailte er denn auch nach München.

Die Antwort kam umgehend: »Geht heute noch per Kurier nach Ingolstadt.«

In diesem Moment läutete das Telefon: Das Labor war dran, die Ergebnisse in Sachen Edelstahlstange lagen vor.

Morgenstern hielt die Luft an. »Und wie schaut's aus?«

»Es ist eindeutig dasselbe Material. Die Stangen vom Maisfeld sind dieselben wie die, die ihr mir gebracht habt.«

»Und die Fingerabdrücke? Habt ihr brauchbare Fingerabdrücke?« Morgenstern war ungeduldig wie ein Kind vor dem Weihnachtsbaum.

»Ja, haben wir. Vor allem deine.« Der Mann vom Labor lachte. »Du hast deine Pfoten wirklich überall dran, oder?«

»Ging nicht anders.«

»Spaß beiseite: Dieser Meterstab oder Zollstock hat alle möglichen Abdrücke drauf. Aber der einzige, der dich interessieren dürfte, der findet sich auch auf der V2A-Stahlstange.«

Morgenstern atmete auf.

»Kannst von Glück reden, dass da einer nicht mit Handschuhen gearbeitet hat.«

»Berthold Hirmer«, sagte Morgenstern mehr zu sich selbst als zu dem Kollegen am Telefon.

»Ist das der Chef von dieser Baufirma, die auf dem Meterstab steht?«

»Genau. Hirmer Bau – gefällt auch deiner Frau.«

»Na, wenn ihr das alles wasserdicht bekommt, wird es seiner Frau ganz bestimmt nicht gefallen.«

»Darauf kannst du Gift nehmen. Danke, Kollege.« Morgenstern legte auf und strahlte übers ganze Gesicht. »Die Sache nimmt Fahrt auf.«

Antonia Grabsky war so begeistert, dass sie Morgenstern kurz an sich drückte, was Peter Hecht wiederum mit einem strengen »Na, na, na!« quittierte. Aber dann kriegte er selbst sogar ein Küsschen auf die Backe und wurde richtig rot dabei.

»Wir sind ein tolles Team«, jubilierte Grabsky. »Ehrlich gesagt hätte ich nie geglaubt, dass bei diesen Stahlstangen noch was rauskommt. Diese Karteikarte war der Knüller.«

Hecht konnte sein Dauergrinsen eine ganze Weile nicht mehr abstellen. Schließlich entschied er: »Jetzt gehen wir zu Adam Schneidt und sagen ihm Bescheid.«

Sie brauchten zu dritt die ganze Breite des Flurs, als sie nebeneinander im High-Noon-Westernstil zum Büro des Kriminaldirektors marschierten. Morgenstern klopfte energisch dreimal an die Tür.

Adam Schneidt wirkte nicht sehr begeistert, als sich das Trio vor seinem breiten Schreibtisch aufbaute. »An Sie habe ich gerade gedacht«, sagte er streng.

Hechts Dauerlächeln erlosch wie ausgeknipst.

»Frau Grabsky, mit Ihnen muss ich ein ernstes Wort reden: Sie machen uns zum Gespött.«

»Wie bitte?«

»Dann kommen Sie doch mal bitte alle drei kurz an meinen Computer und sehen Sie sich das an.«

Gehorsam scharten sich die Untergebenen um Schneidts durchgesessenen, abgewetzten schwarzen Chef-Ledersessel und harrten der Dinge. Schneidt drückte eine Taste – und ein winziges Filmchen erschien auf dem extragroßen Chef-Bildschirm. Zu sehen waren zwei Männer mittleren Alters, die irgendwo an einer Mauer standen und mittels Spitzbubenleiter versuchten, einen Nistkasten in drei Metern Höhe zu erreichen.

Das Finale furioso des Filmchens war bekannt. Ähnlich lächerliche Szenen gab es nur, wenn Max und Moritz in ihrem sechsten Streich versuchten, in der Bäckerei an die zu hoch gelagerten Brezen zu gelangen. Oder wenn Laurel und Hardy alias »Dick & Doof« (ein Name, den sich ein selten dämlicher deutscher Übersetzer hatte einfallen lassen, wie Morgenstern dachte) sich in einer Slapstick-Nummer zu Vollidioten machten.

»Dieses Video hier«, schäumte Schneidt, »dieses Machwerk ist inzwischen ein Schenkelklopfer in der gesamten bayerischen Polizei. Ist Ihnen das klar?«

Hecht und Morgenstern schüttelten den Kopf.

»Wer hat das überhaupt gefilmt und dann in unser Intranet gestellt?«

Antonia Grabsky druckste kleinlaut herum. »Das war ich«, sagte sie schließlich tapfer. »Eine ganz blöde Idee. Ich wollte es eigentlich bloß ein paar Freundinnen hier im Haus schicken. Ich konnte ja nicht ahnen, dass das Video viral geht.«

»Was soll das heißen, viral gehen? Ist das wie ein Schnupfen, oder was? Ich bin stocksauer auf Sie, Grabsky.«

Morgenstern sah, wie die Unterlippe der jungen Kollegin zitterte. Gleich muss sie weinen, dachte er bekümmert. Und dann geschah etwas ganz und gar Unerwartetes.

Eine klare, deutliche Stimme sagte: »Ich war's, das war meine Idee.«

Es war Peter Hecht, der Mann, der sich eben noch in einem albernen Video bei einer missglückten Kletteraktion auf der Jagd nach einem Nistkasten zum Affen gemacht hatte. Denn es sah auf dem Film ja wirklich so aus, als wollten da zwei durchaus erwachsene Lausbuben ein Vogelnest ausnehmen und seien dabei spektakulär gescheitert. Es war nur zu hoffen, dass dieses Video nicht jenseits des Polizei-Netzes in die weite Welt hinausfinden würde – auf YouTube etwa, wo solche Missgeschicke auch mal millionenfach angeklickt und weiterverbreitet wurden.

»Ich war's«, wiederholte Hecht.

»Aber Sie haben das doch nicht gefilmt«, stellte Adam Schneidt fest. »Sie stehen hier auf den Schultern von Herrn Morgenstern, der übrigens alles andere als bella figura macht.«

Hecht drückte den Rücken gerade und erklärte seine Version der Dinge: Er, Kriminaloberkommissar Peter Hecht, habe in einem Anflug von geistiger Umnachtung die Kollegin Grabsky aufgefordert, die Bergung des besagten Nistkastens, übrigens eines bedeutenden Beweismittels, medial zu begleiten. Er habe das für einen großen Spaß gehalten und Grabsky anschließend aufgefordert, habe ihr geradezu aufgetragen, diesen Film weiterzuleiten.

»Das war nicht sehr klug von Ihnen, Frau Grabsky«, sagte Schneidt und klang nun gar nicht mehr empört. »Sie sollten nicht auf alles hören, was Ihnen diese beiden Kandidaten hier einflüstern.« Und dabei machte er eine abschätzige Kopfbewegung hin zu Hecht und Morgenstern. Altväterlich fügte er hinzu: »Ein wohlgemeinter Rat: Diese beiden Herren sind nicht zu jedem Zeitpunkt ein guter Umgang für Sie.«

»Ich werde es mir merken«, nuschelte Antonia Grabsky – und Morgenstern wusste, dass sie dabei das exakte Gegenteil dachte.

Peter Hecht, der bildungsbürgerliche Biedermann im Cordsakko, war im Notfall bereit, jede fehlgeleitete Kugel mit seinem eigenen Körper abzufangen, wenn er dabei nur einen Freund schützen konnte – oder eine Freundin. Peter Hecht, die Mutter Teresa von Schrobenhausen, der Robin Hood vom Spargelland, Rächer der Witwen und Enterbten und Retter von allzu naiven Jungfrauen. Auf dem höchst unwahrscheinlichen Weg, ein Märchenprinz zu werden, hatte Hecht in diesem Moment eine beachtliche Etappe zurückgelegt.

Schließlich fragte Schneidt: »Was war das überhaupt für eine sonderbare Aktion? Und wieso rücken Sie hier in Kompaniestärke bei mir an?« Er deutete auf sein enges, durchgesessenes Ikea-Sofa, das seinem Schreibtisch gegenüberstand und unter den Kriminalbeamten berüchtigt war: Wer hier Platz nahm, versank so unvorteilhaft in den Polstern, dass er praktisch am Boden saß und zwangsweise eine unterwürfige Position einnehmen musste.

Die drei quetschten sich nebeneinander auf die speckige Couch, auf der Schneidt auch hie und da ein entspannendes Mittagsschläfchen zu halten pflegte. Die beiden Männer nahmen die Kollegin dabei in die Mitte, wobei Morgenstern im

Unterschied zu Hecht das Unmögliche versuchte – nämlich direkten Körperkontakt zu vermeiden.

Dann erklärte Morgenstern, was sie in den letzten Stunden alles entdeckt hatten. Von den Stahlstangen bis zur Wildkamera, vom Maurermeister bis zur Chefarztgattin, vom kleinen Bruder auf dem Pferdehof bis zum Unbekannten mit dem Bundeswehrparka.

Ihr Vorgesetzter hörte mit offenem Mund zu. Am Ende sagte er zu Antonia Grabsky: »Von diesen beiden Herren können Sie noch was lernen. Gute Arbeit.« Und im nur halb ironisch gemeinten Befehlshaberton endete er mit einem zackigen: »Weitermachen!«

»Ja, wie denn?«, fragte Morgenstern.

»Mit dem Bauunternehmer aus Kipfenberg natürlich. Wir müssen dringend sehen, dass in dieser Sache etwas vorangeht. Ich habe eben erst mit dem Köschinger Bürgermeister telefoniert.«

»Sie haben ihn angerufen?«, fragte Hecht erstaunt.

»Nein, er hat bei mir angerufen. Wir kennen uns aus verschiedenen Gremien im politischen und vorpolitischen Bereich, das ist ganz normal. Ich sage nur: Hanns-Seidel-Stiftung.«

»Normal in Bayern«, brummelte Morgenstern so leise, dass Schneidt ihn kaum verstehen konnte.

»Wir haben uns erst letzte Woche getroffen, bei einer regionalen Planungskonferenz im Ingolstädter Rathaus. Da ging es um Regionalentwicklung, aber auch um die Unterbesetzung der hiesigen Polizeidienststellen – das kennen Sie selbst ja alles aus eigener leidvoller Erfahrung. Da müssen alle Beteiligten an einem Strang ziehen. Vernetzung ist das Gebot der Stunde. Stadt und Land – Hand in Hand.«

»Und was wollte er jetzt gerade mit seinem Anruf?«, kürzte Morgenstern die salbungsvollen Ausführungen seines Chefs ab, bevor dieser auch noch etwas über das Prinzip der Achtsamkeit im politischen Tagesgeschäft erzählen konnte.

»Er wollte, dass wir die Sache hier möglichst rasch zu einem Ende bringen, damit es in der Gemeinde klare Verhältnisse gibt.«

»Wie darf ich das verstehen, ›klare Verhältnisse‹?«, bohrte Morgenstern nach.

»Nun ja …« Schneidt druckste ein wenig herum. »Es sieht so aus, als ob die Gemeinde in ihren Entwicklungsmöglichkeiten aktuell etwas eingeschnürt, äh, eingeschränkt ist. So hat mir der Bürgermeister das berichtet, und ich habe keinen Grund, daran zu zweifeln. Die Gemeinde, ach, die ganze Gegend um Ingolstadt, braucht dringend Bauland. Bei der Hanns-Seidel-Stiftung hieß es neulich, das sei in Zukunft ein noch größeres Problem als der Fachkräftemangel. Die Region boomt, aber es zwickt an allen Ecken und Enden. Es fehlt an Bauland, es fehlt an Gewerbegebieten – und wenn eine Kommune dann endlich Flächen gefunden hat, dann muss sie noch endlos ökologische Ausgleichsflächen bereitstellen, die sie von den sturen Bauern aber auch nicht bekommt. Da beißt sich die Katze andauernd in den Schwanz.«

»Das hat Ihnen der Bürgermeister gesagt?«, fragte Hecht. »Und was hat das mit uns zu tun?«

Schneidt schaute ihn mit einem tadelnden Blick an. »Nun seien Sie doch nicht so begriffsstutzig, Herr Hecht. Das muss man doch nicht immer alles so direkt beim Namen nennen.«

»Was muss man nicht beim Namen nennen?«, klinkte sich Morgenstern ein und versuchte, die Situation zu genießen. Der Chef stand mit seiner perfekten politischen »Vernetzung« gerade in der Ecke des Rings, das wollte ausgekostet sein. Grabsky erkannte die Situation gleichfalls und schaute auf dem Sofa mal nach rechts und mal nach links.

»Also bitte schön: Der Bürgermeister sagt mir, je eher die neuen Eigentumsverhältnisse auf dem Bieber-Hof geklärt werden können, und zwar rechtsverbindlich, umso eher kann die Marktgemeinde Kösching tätig werden – zum Wohle der Bürger, der Region, der Allgemeinheit …«

»… und des ganzen Universums«, fügte Morgenstern an, doch Schneidt ignorierte diese Spitze.

»Heißt das, der Bürgermeister will jetzt schon das Fell des Bären verteilen, noch ehe er erlegt ist?«, fragte Hecht.

»Was heißt hier ›noch ehe er erlegt ist‹? Der junge Bauer ist tot, und die politische Gemeinde muss sich frühzeitig in Position bringen. Was denken Sie, wer da alles jetzt schnurstracks seinen Hut in den Ring wirft?«

»Das klingt alles hochinteressant«, sagte Morgenstern und stemmte sich mühsam vom tiefergelegten Sofa hoch, wobei er sich sogar auf Grabskys schmaler Schulter abstützen musste. »Ich denke fast, wir sollten mal direkt mit dem Herrn Bürgermeister reden. Mich würde schon interessieren, wer da gerade alles, wie Sie es formulieren, ›seinen Hut in den Ring wirft‹.«

»Das war doch nur so ein Bild«, wiegelte Schneidt ab. »Jetzt machen Sie mir mal die Pferde nicht scheu. So etwas kommt in der Politik gar nicht gut an.«

»Das Leben ist kein Ponyhof«, sagte Morgenstern, und er wunderte sich, dass er diese seltsam modische Formulierung jetzt schon mehrmals verwendet hatte. Ein blödes Bild, wenn man es genau betrachtete. Er hatte einmal gehört, dass Ponys ganz und gar nicht die süßen Mini-Pferdchen seien, als die sie der Laie betrachtete, sondern dass viele von ihnen ein durchaus heimtückisches Naturell hätten. Wer einem Pony zu nahe trat, tat gut daran, auf der Hut zu sein, um keinen überraschenden Tritt vom Hinterhuf abzubekommen. Ein blauer Fleck war dabei noch die geringste Folge.

Sie waren gerade in der Tür, Adam Schneidt hatte sich wieder seinem Computerbildschirm zugewandt, da hörten sie vom Schreibtisch einen gemurmelten Fluch, irgendwas wie »Himmelherrgottsakrament«, ganz untypisch für ihren Chef. Morgenstern drehte sich besorgt um: »Gibt's noch was, Herr Schneidt?«

»Ach, nichts. Nein. Passt schon. Danke.«

»Nun sagen Sie schon!«

»Es ist dieses Video. Ihr Video. Ich glaube beinahe, dass ich da jetzt einen kleinen Fehler gemacht habe.«

Morgenstern wurde stutzig. »Was für einen Fehler denn?«

»Nun denn: Ich habe es an meine Frau weitergeschickt. Und die hat es jetzt auf Facebook gestellt, wie ich gerade sehe.«

»Sie sind auf Facebook, Herr Schneidt? Was machen Sie denn da?«

»Man muss mit der Zeit gehen, Herr Morgenstern. In den sozialen Netzwerken spielt die Musik, wussten Sie das nicht? Das müssen auch wir, äh, wir von der Polizei immer gut im Auge behalten.«

Morgenstern hatte Zweifel, dass er selbst in der Vergangenheit auf dieser Spielwiese etwas von Bedeutung verpasst hatte, einschließlich Katzenvideos und den wild zusammengewürfelten Flohmarkt-Angeboten bei den »Eichstätter Kleinanzeigen«.

Grabsky wandte sich nun ebenfalls um und trat beherzt an Schneidts Bildschirm, wo immer noch die Facebook-Seite zu sehen war. »Au Backe«, sagte sie nur.

»Was ist los, Frau Grabsky?« Schneidt wirkte nun kleinlaut.

»Schon dreizehn Mal geteilt! Das ist jetzt kein Schneeball mehr – das ist eine Lawine.«

»Herzliche Grüße an die Frau Gemahlin«, sagte Morgenstern. »Sie sollte mal dringend über die Persönlichkeitsrechte im Internet nachdenken.«

Damit ließen sie den besorgten Kriminaldirektor Adam Schneidt allein.

SECHS

Das Rathaus von Kösching befand sich in der Ortsmitte der Marktgemeinde, an der unteren Hauptstraße, gleich neben der Kirche. Peter Hecht, der Allwissende, hatte zusammen mit der Adresse auch gleich die Historie von Rathaus und Umgebung recherchiert und auf der Fahrt doziert, dass das heutige Kösching genau auf einem ehemaligen Römerkastell liege, konkret auf dem Legionärskastell »Germanicum«. Deswegen befinde sich gleich neben dem Rathaus auch ein kleines Museum mit Exponaten aus der Römerzeit.

»Mich interessiert viel eher die Gegenwart, von mir aus auch die Zukunft von Kösching«, sagte Morgenstern. »Zukunft, darum geht es doch hier die ganze Zeit, wenn ich unseren Adam Schneidt richtig verstanden habe.«

»Nur wer seine Vergangenheit kennt, hat eine Zukunft«, sagte Peter Hecht weise.

»Warst du etwa auch auf einem Hanns-Seidel-Seminar, wie unser Kriminaldirektor?«, fragte Morgenstern spitz.

»Blödmann!«

Sie hatten sich telefonisch bei Bürgermeister Franz Eichler angemeldet, und sie hatten Glück, dass er gerade Zeit hatte. Er müsse heute noch zum Verwaltungsgericht nach München, ließ er wissen. Keine große Sache, aber natürlich lästig. »Verpflichtungen ohne Ende.«

Das Gemeindeoberhaupt empfing die beiden in seinem Büro im dritten Stockwerk, fragte leutselig nach Getränkewünschen – Kaffee für Morgenstern, Kamillentee für Hecht – und ließ sie in bequemen Ledersesseln Platz nehmen.

Morgenstern fackelte nicht lange: »Kriminaldirektor Schneidt hat uns wissen lassen, dass es Ihnen in der Sache Bieber-Hof pressiert. Da sind wir uns dann schon mal einig. Wir dürfen natürlich hier keine Interna ausplaudern, aber wir sind, wie man in der Politik sagen würde, auf einem guten Weg.«

»Das freut mich, das freut mich.« Bürgermeister Eichler schien Morgenstern kurz davor, sich die Hände zu reiben. »Ich meine natürlich, weil es dann im Markt keine Unruhe mehr gibt. Das ist für die Leute schon eine große Belastung, wenn es solche, wie soll ich sagen, Vorkommnisse gibt.«

»Erst diese Mais-Geschichte, und dann ein Todesfall«, assistierte Hecht.

»Genau. Wir möchten alle, dass wieder Ruhe und Frieden einkehren. Stellen Sie sich vor: Sogar ein Team von diesem unverschämten Fernsehmagazin ›quer‹ war schon da, als diese Mais-Geschichte passiert ist. So etwas können wir hier überhaupt nicht brauchen.«

Morgenstern grinste. Ein mysteriöser Attentäter im Maisfeld passte exakt ins Beuteschema dieser respektlosen journalistischen Freigeister von »quer«, die sich hartnäckig weigerten, wöchentlich die schönen und tourismusträchtigen Facetten des weiß-blauen Freistaats ins rechte Licht zu rücken. Und jetzt machten sie sich über Biogasanlagen und Maismonokulturen lustig, auch mit endlosen Zuckerrübenäckern war da kein Staat zu machen.

»Wir haben gehört, dass die Gemeinde jetzt dringender denn je an den Grundstücken des Bieber-Hofs interessiert ist«, sagte Hecht.

»Wie der Teufel an der armen Seele«, präzisierte Morgenstern.

»Das halte ich für übertrieben«, behauptete Eichler. »Aber selbstverständlich habe ich, hat unser Marktgemeinderat im Sinne einer gesunden und dynamischen Kommunalentwicklung, ähm, immer Bedarf an landwirtschaftlichen Flächen in attraktiver Ortsrandlage. Der Siedlungsdruck ist da, wo es nur ein Katzensprung nach Ingolstadt ist, gewaltig. Meinen Kollegen in der ganzen Umgebung geht es da übrigens nicht anders: Sie können gerne mal südlich von Ingolstadt in Manching nachfragen oder drüben in Gaimersheim, Wettstetten oder Großmehring, in Münchsmünster oder Vohburg.«

Der Bürgermeister lehnte sich zurück und nahm einen

Schluck Kaffee. »Aber in diesen Tagen will keiner Grund und Boden verkaufen. Was wollen die Leute auch mit so viel Bargeld anfangen? Kriegen ja kaum Zinsen dafür. Jeder klammert sich an sein Hab und Gut.«

»Und jetzt könnte auf einmal Bewegung in diesen Markt kommen«, stellte Morgenstern fest. »Wie viel Hektar hat denn die Familie Bieber?«

»Ungefähr hundert«, sagte Eichler. Dann stand er auf und ging kurz aus dem Zimmer. Ein paar Augenblicke später kam er mit einer großen Papierrolle zurück.

»Hier habe ich die Flurkarte.« Er räumte ein Stück seines Schreibtisches frei und rollte das Papier aus. Auf der Karte waren sämtliche Grundstücke durchnummeriert, und offenbar hatte sich der Bürgermeister schon oft mit diesem Werk auseinandergesetzt – denn er deutete ohne großes Nachsinnen nacheinander auf verschiedenste Flächen, die wie ein Flickenteppich rund ums Dorf lagen. »Hier, hier und da auch noch«, murmelte er dazu. »Und natürlich vor allem hier rund um den Hof. Dahinten hat der Bieber auch noch mehrere Waldflächen, aber die spielen gerade keine Rolle.«

»Sie kennen sich aber gut aus«, sagte Hecht weniger bewundernd als vielmehr argwöhnisch.

»Finden Sie? Ich weiß gar nicht, wie oft ich schon über dieser Karte gesessen bin. Sie müssen wissen, was los ist in der Gemeinde. Wem gehört was? Wer könnte eines Tages verkaufen wollen? Mit wem müssen Sie in Kontakt bleiben, ob Sie wollen oder nicht? Sie müssen als Bürgermeister immer am Ball bleiben.« Eichler lächelte. »Der frühe Vogel fängt den Wurm.«

»Den frühen Vogel fängt die Katze«, erwiderte Morgenstern, ohne sich recht im Klaren zu sein, was er damit überhaupt meinte. Es war ihm einfach so eingefallen.

Der Bürgermeister nahm den Faden auf. »Dieses Risiko muss man eingehen. Man kann sich auch unbeliebt machen, wenn man die Leute zu sehr drängt. Solche Gespräche muss man mit Bedacht angehen. Wie heißt es bei uns in Bayern: Durchs Reden kommen d' Leut zam!«

Morgenstern warf noch einmal einen Blick auf die Karte. Er hatte sich einigermaßen gemerkt, wo die wichtigsten Latifundien der Biebers lagen, und jetzt umkreiste er mit dem Zeigefinger dieses Gebiet. »Das hätten Sie wohl gerne«, sagte er.

»Ja«, bestätigte Eichler. »Wenn ich das kriegen könnte, wäre das der Sechser im Lotto.«

Hecht beugte sich über die Karte und las den Flurnamen: »Graugarten«, und dann wiederholte er ihn nochmals: »Graugarten. Klingt nicht gerade wohnlich.«

»Finden Sie?«, fragte Eichler. »Das war wohl früher der allgemeine Krautgarten der Bauern, und daraus ist dann ›Grau‹ geworden.«

Der Bürgermeister wirkte einen Moment besorgt. »Gefällt Ihnen der Name nicht für eine Siedlung? Dann lassen wir uns, wenn es so weit ist, was anderes einfallen. Da sind wir im Köschinger Marktrat kreativ.« Und schon begann er zu überlegen: »Wie wär's mit … äh … Römerberg? Wir hatten hier in Kösching ja ein Legionärslager. Das klingt dann schön historisch. Oder lieber Bajuwarenberg? Jedenfalls was, das Tradition verspricht. Alt und neu – Geschichte und Zukunft.« Er stutzte. »Ach, jetzt klinge ich schon wie ein Werbeprospekt. Wohnen, wo andere Urlaub machen, und so. Bayerns goldene Mitte. Ein Katzensprung ins Altmühltal, ein Katzensprung in die aufstrebende Großstadt Ingolstadt.«

»Also nichts Halbes und nichts Ganzes«, sagte Morgenstern, dem nun immer klarer wurde, dass dieser Gemeindechef einen ziemlichen Sprung in der Schüssel haben musste, wenn er angesichts des Todes von Willibald Bieber so ungeniert eine leuchtende Zukunft vorhersah. »Wie wär's mit Eichlerberg als Namen?«, fragte er.

Der Bürgermeister hörte nicht auf die Lästerei und schwärmte weiter. »Da drüben würde sich ein zusätzliches Gewerbegebiet anbieten, klein, aber fein. Ich könnte mir da Ingenieurbüros vorstellen.« Er nahm sich von seinem Schreibtisch einen weißen Porzellanlöwen und stellte ihn auf die Karte, genau an der Stelle, wo momentan noch Mais- und Rübenäcker lagen. Jetzt wirkte er endgültig wie ein kleiner bayerischer Napoleon, der sein Reich mit starker Hand strukturierte.

»Und wenn das alles nichts wird?«, fragte Morgenstern und pflückte demonstrativ den Löwen von der Karte.

»Passen Sie bloß auf den Löwen auf – den habe ich vom Ministerpräsidenten persönlich«, warnte Eichler. »Der ist von der Nymphenburger Porzellanmanufaktur. Verliehen für langjährige Verdienste in der Kommunalpolitik.«

Morgenstern stellt das wertvolle Präsent wieder auf die Karte, jetzt aber mitten ins Zentrum des Marktes. »Was, wenn Sie von niemandem Flächen kaufen können, und vor allem nicht von Simon Bieber? Dann wachsen im Graugarten weiterhin die Zuckerrüben.«

»Wir haben schon noch ein paar Pfeile im Köcher.« Eichler klang trotzig. »Was soll das hier überhaupt werden? Warum stellen Sie diese ganzen sonderbaren Fragen? Und warum fummeln Sie hier mit meinem Löwen rum? Glauben Sie nicht, dass ich es nicht schon schwer genug habe?« Er lief rot an. »Mir sitzt die Opposition im Nacken. Sie müssen nicht denken, dass man es hier leicht hat als CSU-Bürgermeister.«

Morgenstern blickte den Mann überrascht an. »Seit wann hat es die CSU irgendwo in Bayern schwer?«

»Wir sind hier nicht irgendwo in Bayern. Das hier ist Kösching. Die legendäre rote Hochburg. Eine der wenigen Gemeinden, in der die Sozis was zu melden haben. Da ist es nicht einfach, als Schwarzer die Wahl zu gewinnen.«

»Ach, deswegen haben Sie den Löwen bekommen«, stellte Morgenstern fest. »Sie haben die rote Insel im Schwarzen Meer erobert.«

»Sie sagen es. Das war ein hartes Stück Arbeit. Ich war aber, das muss ich zugeben, nicht der erste Schwarze, dem das gelungen ist. Und ich werde auch nicht der letzte sein. Diese Festung ist geschleift. In Kösching gehen die Uhren jetzt anders, auch wenn ab und zu noch ein SPD-Bundesminister zu Besuch kommt.«

Morgenstern wurde den Verdacht nicht los, dass die letzten Sätze eher das Pfeifen im Walde gewesen waren. Der Herr Bürgermeister, so war sein Eindruck, bewegte sich politisch auf dünnem Eis und versuchte, Zweckoptimismus zu verbreiten. »Wann sind eigentlich wieder Wahlen?«, fragte er deshalb spontan.

»Schon bald, in einem Jahr«, brummte sein Gegenüber. »Noch ist alles ruhig.«

»Aber das wird nicht so bleiben«, vermutete Hecht. »Noch ein paar Monate und die Opposition bläst ins Horn. Die Trompeten von Jericho.«

»Haben die Roten denn schon einen Kandidaten, den sie in die Schlacht schicken wollen?«, fragte Morgenstern.

»Oh ja, den Oppositionsführer im Marktgemeinderat.«

»Und der sägt bereits eifrig an Ihrem Stuhl?«

»Unablässig«, bekannte der Amtsinhaber. Aber wenn Sie mich fragen, dann droht bei der nächsten Wahl die größte Gefahr von den Freien Wählern.«

»Aha«, sagte Hecht. »Und gibt es bei denen schon Anwärter auf den Köschinger Königsthron?«

»Man weiß nichts Genaues, man munkelt nur«, sagte Eichler, und er klang besorgt. Er trank seinen Kaffee aus. Und blickte nachdenklich aus dem Fenster. »Sie kennen ihn übrigens schon.«

»Wir?«, fragte Morgenstern überrascht. »Wen kennen wir denn hier in der Gemeinde?«

»Professor Dr. Carsten Stiller, Chefarzt in der Klinik Kösching, Marktgemeinderatsmitglied der Freien Wähler und seit einiger Zeit ihr Hoffnungsträger.«

Das ganze Gespräch über hatte immer wieder einmal das Telefon am Schreibtisch des Bürgermeisters geklingelt, und jedes Mal hatte dann eine Sekretärin im Büro nebenan abgenommen – als es nun aber erneut läutete, kam die Frau herein. »Herr Eichler, ich störe nur ungern.«

»Sie tun es aber trotzdem«, sagte Eichler unwirsch. Der Gedanke an all die politischen Konkurrenten, die ihn aus seinem schönen Büro drängen wollten, machte ihm anscheinend nervlich zu schaffen. »Was ist denn so dringend?«

»Ein Herr will Sie unbedingt sprechen, er hat mir seinen Namen nicht gesagt. Er ist drüben in der Leitung.«

Seufzend entschuldigte sich der Bürgermeister und ging ins Nachbarbüro. Er nahm den Hörer in die Hand, und einen Augenblick später schloss er die Bürotür. Hecht, Morgenstern und die Sekretärin blieben zurück. Sie hörten seine gedämpfte, leise Stimme, und das Einzige, was Morgenstern dann verstehen konnte, war ein scharf gezischtes »Spinnst du?«.

Es dauerte etwa vier Minuten, dann kehrte Eichler unter vielfachen Entschuldigungsworten zurück. Verlegen sagte er: »So geht's bei mir immer zu. Ständig will jemand was von einem. Und natürlich muss es immer gleich der Chef sein. Nicht der Schmiedl, sondern der Schmied.«

Er lächelte gequält. »Aber jetzt haben wir noch fast gar nicht über Ihre Ermittlungen gesprochen. Was haben Sie denn inzwischen herausgefunden?«

Hecht wollte gerade zum Reden ansetzen, aber Morgenstern warf ihm einen warnenden Blick zu und übernahm die Antwort selbst. In dieser Phase könnten sie leider noch nichts Konkretes verlauten lassen. Sie seien aber »auf einem guten Weg«, derzeit füge sich eines zum anderen.

Jetzt konnte sich auch Hecht einklinken: »Ermittlungen sind eben immer auch ein Stück Sisyphusarbeit«, erklärte er. »Wir wälzen den schweren Stein den Berg hinauf.« Das entsprach ungefähr der Bildsprache vom »Bohren dicker Bretter«, die der Bürgermeister so gern verwendete.

»Und Sie haben bei diesen unsäglichen Mais-Angriffen noch keine Fortschritte gemacht?«, wollte Eichler wissen.

»Wir sehen einen Silberstreif am Horizont.« Morgenstern blieb bewusst vage. »Aber da müssen Sie sich gedulden wie alle anderen auch.«

»Schade«, sagte Eichler. »Aber wenn Sie meine Hilfe brauchen, ich meine, bei Ihren Recherchen oder überhaupt, dann können Sie mich jederzeit anrufen. Sie haben ja eben gesehen, dass ich für jeden erreichbar bin.«

Er kramte kurz in einer Schreibtischschublade und gab sowohl Hecht als auch Morgenstern eine Visitenkarte. »Scheuen Sie sich nicht, sich bei mir zu melden«, sagte er. Dann druckste er noch ein wenig herum, als müsse er erst mit sich selbst ringen, ehe er sich schließlich umständlich räusperte, die Tür zur Sekretärin schloss und die beiden mit einer Bewegung des Zeigefingers dicht zu sich herlockte – wie die Hexe, die Hänsel und Gretel in ihr Lebkuchenhaus einlud, kam es Morgenstern vor.

In verschwörerischem Ton sagte Eichler: »Ich will Ihnen eine kleine Empfehlung geben, was diese Stangen im Mais angeht. Haben Sie schon einmal daran gedacht, die Garage von Dr. Stiller unter die Lupe zu nehmen? Nur so ein kleiner Tipp von mir.«

»Und natürlich völlig uneigennützig«, sagte Morgenstern mit einem ironischen Unterton, der beim Gemeindeoberhaupt allerdings jegliche Wirkung verfehlte. »Glauben Sie denn, dass wir da etwas von Bedeutung finden könnten? Ausgerechnet bei Ihrem künftigen politischen Mitbewerber?«

»Möglich wäre es doch«, sagte Eichler. »Aber«, und jetzt war er endgültig im Verschwörer-Modus angekommen, »warten Sie nicht zu lange. Und von mir haben Sie diese Empfehlung nicht.«

»Ehrensache«, sagte Hecht. »Da halten wir uns ans Beichtgeheimnis.«

***

Die Kommissare standen wenig später ratlos auf der Straße und versuchten, aus alldem schlau zu werden. Sie setzten sich in eine Pizzeria an der Unteren Marktstraße, denn inzwischen war es allerbeste Mittagszeit.

Es war wenig los, nur ein paar Angestellte der örtlichen Sparkassenfiliale saßen an einem Tisch, erkennbar an ihren tadellosen Anzügen und kreuzbraven Haarschnitten. Hecht, der Sparsame, bestellte sich eine Pizza Margherita und eine Cola-Mix, Morgenstern entschied sich für ein Risotto mit Meeresfrüchten und, nach einem kurzen Blick auf seine Firmungsuhr, ein Helles.

»Was war jetzt das?«, fragte er, als sie beide ihre Getränke hatten und anstießen.

»Was war was?«

»Dieser seltsame Tipp von unserem Herrn Bürgermeister. Der spinnt doch!«

Hecht trank versonnen an seiner Cola-Mix. Dann fischte er die halbe Zitronenscheibe heraus, die obenauf schwamm, und fieselte sie sorgfältig ab, wobei er immer wieder das Gesicht verzog. »Der spinnt doch«, wiederholte er. »Das war auch das, was er am Telefon gesagt hat. Ich habe das Gefühl, das hätten wir nicht hören sollen, dieses ›Du spinnst doch‹.«

Morgenstern trank von seinem Bier, Ingolstädter Herrnbräu, und wischte sich mit dem Ärmel seiner Jeansjacke genüsslich den süßlich-bitteren Schaum vom Mund. »Und hinterher hat er es plötzlich eilig gehabt, den Herrn Professor bei uns anzuschwärzen. Als ob wir den nicht sowieso schon längst auf dem Schirm gehabt hätten.«

»Und neuerdings vor allem seine Frau«, sagte Hecht nachdenklich. »Annika Stiller, die frühmorgens den Zaun unterquert hat. Wir wissen, dass sie drüben war. Sie weiß nicht, dass wir es wissen.«

»Aber die Stahlstücke stammen aus Kipfenberg«, gab Morgenstern zu bedenken. »Was haben die mit der Garage der Stillers zu tun? Ich blicke da nicht ganz durch.«

Der Kellner kam mit dem Essen, ein schmaler junger Italiener mit gegeltem schwarzen Haar.

Hecht begann sich seine Pizza zurechtzuschneiden. »Wir essen jetzt, und dann statten wir der Frau Doktor einen Überraschungsbesuch ab. Wenn der Hausherr nicht da ist, umso besser. Ich wette, dass sie uns auch ganz ohne Hausdurchsuchungsbeschluss zumindest einen Blick in die Garage werfen lässt. Bin gespannt, was wir da finden.«

»Einen dicken Mercedes, einen schicken Audi und einen süßen Fiat 500«, schlug Morgenstern vor.

Eine halbe Stunde später läuteten die Kommissare an der Stiller'schen Römervilla. Annika Stiller öffnete, von hinten war das lautstarke Streiten von zwei Kindern zu hören. Frau

Stiller trug dieses Mal eine modische Jeans mit irgendwelchen im Blumenmuster applizierten Glitzersteinchen, darüber eine bunte Tunika. Die Haare hatte sie nach oben zu einem Knoten gebunden.

Sie wollte jugendlicher wirken, als sie war, stellte Morgenstern fest, aber es gelang ihr nur zum Teil. Eine Frau von vierzig Jahren war ebenso wenig ein Mädchen, wie Mike Morgenstern, seinerseits nur ein paar Jahre älter, noch als jung-dynamischer Bursche durchgehen konnte.

Er hätte sich ohrfeigen können für diese kleine Gedankenkette, die ihm hier an der Tür spontan durch den Kopf gegangen war.

»Ja?«, fragte die Frau irritiert. »Sie schon wieder?«

»Ja, wir schon wieder.« Morgenstern bemühte sich um ein Lächeln.

»Sie wollen bestimmt meinen Mann sprechen, aber der ist in der Klinik.«

Annika Stiller drehte sich um, um schleunigst das Telefon zu holen, ihren Gatten zu alarmieren und der eigenen Verantwortung für diesen problematischen Besuch zu entfliehen. Aber Morgenstern stoppte sie mit einem einzigen kurzen Satz: »Es geht um Sie selbst, Frau Stiller.«

Ganz langsam wandte sie sich ihnen im Flur wieder zu – hinten stritten nach wie vor die Kinder – und kehrte an die Tür zurück. »Es geht um mich?«, fragte sie leise. »Warum denn um mich?«

»Können wir kurz reinkommen?«

»Wenn Sie darauf bestehen.« Die Arztgattin wies den Kommissaren den bereits bekannten Weg zum Wohnzimmer. Morgenstern hatte kurz den Eindruck, dass ihre Hand dabei leicht zitterte, er konnte sich aber auch täuschen.

»Im Wohnzimmer ist allerdings ziemliches Durcheinander, da spielen gerade Emil und Pauline, unsere Kinder. Ich habe sie erst vorhin vom Kindergarten abgeholt, und jetzt sind sie ganz überdreht.«

Die Kommissare sahen, dass der Boden des Wohnzimmers

übersät war mit Playmobil-Spielzeug. Die beiden Kinder konnten sich bei ihrem Bauprojekt offenbar nicht einigen. Sie versuchten, mit vielerlei Tieren und den immer fröhlich lachenden Plastikmenschen einen Bauernhof einzurichten, mit Koppeln und Scheune, Strohballen, Traktor und Wagen und allem, was dazugehört. Morgenstern kannte das von seinen eigenen Söhnen. Sein jüngster, Bastian, spielte allerdings am liebsten mit der Playmobil-Polizeiwache – zum namenlosen Stolz des Vaters.

Die Kinder sahen die fremden Besucher erstaunt an, dann scheuchte die Mutter sie in ihre Zimmer. »Lasst uns mal einen Augenblick alleine.«

Morgenstern zweifelte, dass ein Augenblick reichen würde, und Hecht, der sich bereits auf die braune Ledercouch platziert hatte, holte Notizbuch und Montblanc-Füllfederhalter hervor.

Sie hatten zuvor vereinbart, Annika Stiller nichts von dem Foto zu erzählen, das sie zur Tatzeit auf dem Bieber-Hof zeigte, und so tischte ihr Morgenstern nur die halbe Wahrheit auf. »Frau Stiller, wir haben einen Hinweis, dass sie am Morgen, als Willibald Bieber gestorben ist, auf seinem Grundstück waren. Man hat sie gesehen.«

Die Hände der Frau zitterten nun eindeutig, ihre Wangen wurden rot. Sie setzte sich neben Hecht aufs Sofa, Morgenstern blieb stehen und redete weiter. »Wir wissen auch die Uhrzeit, unser Zeuge ist sehr gut.«

»Wer?«, fragte Annika Stiller. »Wer behauptet das?«

Morgenstern schüttelte den Kopf. »Das können wir Ihnen jetzt natürlich nicht sagen, aber Sie wissen selbst, dass Sie Nachbarn haben, die auch mal aus dem Fenster schauen, die genau wie Sie und Ihr Mann mal im Garten herumspazieren, Yoga machen, was weiß ich.«

»Die fahren doch zur Arbeit, das sind alles Doppelverdiener«, sagte Annika Stiller. »Da macht keiner Yoga.«

»Ich habe das jetzt auch eher als Beispiel gesagt, Frau Stiller«, stellte Morgenstern klar.

Annika Stiller senkte kurz den Kopf und sammelte sich. Dann sagte sie trotzig: »Ich war nicht drüben.«

»Waren Sie eben doch!« Morgensterns Stimme donnerte. »Lügen Sie uns nicht an. Wir wissen, dass Sie unter dem Zaun durchgekrochen sind. Um sieben Uhr fünfunddreißig. Und keine zehn Minuten später sind Sie wieder zurückgekehrt. Halten Sie uns also nicht für blöd.«

»Ich war nicht drüben«, wiederholte Stiller, dieses Mal nicht mehr ganz so trotzig, sondern eher matt. »Da muss sich jemand getäuscht haben.«

»Das lassen Sie mal unsere Sorge sein«, beharrte Morgenstern. »Unser Zeuge – oder unsere Zeugin – sagt, dass Sie einen Jogginganzug anhatten. Man hat Sie erkannt. Wer sonst sollte von Ihrem Grundstück aus unter dem Zaun durchkriechen?«

Die Frau zuckte hilflos mit den Schultern. »Ich weiß es auch nicht.«

Hecht stenografierte die Aussagen mit flotter Feder mit. Sie würden Annika Stiller später im Präsidium gewiss noch ein zweites Mal befragen, dann mit einem Aufnahmegerät, als offizielle Vernehmung. Das hier war erst das Vorspiel.

Die Lippen der Frau bebten. »Ich glaube, ich brauche jetzt was zu trinken«, sagte sie, stand auf und ging in die Küche. Die Kommissare hörten sie mit Gläsern klappern, eine Kühlschranktür klackte, irgendetwas klackerte auf Glas. Annika Stiller kam – am helllichten Tag – mit einem Drink zurück, Gin Tonic auf Eis in einem edlen Bleikristallglas. Auch unter den gegebenen unerfreulichen Umständen hatte sie ihre Rolle als Gastgeberin nicht ganz aus den Augen verloren und auf ihrem kleinen Tablett in japanischer Lackarbeit zusätzlich zwei Gläser Mineralwasser aus den Gletschern der fernen nordischen Insel Island mitgebracht.

Morgenstern wertete den Drink als Signal, dass nun endlich ernst zu nehmende Antworten bevorstanden. Er selbst war allerdings etwas weniger ernsthaft. In der kleinen Pause, in der Annika Stiller in der Küche hantiert hatte, hatte er die Playmobil-Menagerie der Kinder in Augenschein genommen und passend zum Thema einen Pferch mit einem halben Dutzend Schweinen entdeckt. Den hatte er vom Boden auf den Wohnzimmertisch verfrachtet, zusammen mit ein paar Strohballen aus Plastik. Albernerweise spielte er damit, als die Hausherrin hereinkam.

Sie stellte das Tablett neben dem Schweinegehege ab und konnte dabei nicht vermeiden, dass mehrere der rosafarbenen Plastiktierchen umpurzelten.

»Schweinequal im Altmühltal«, sagte Morgenstern aufs Geratewohl und brachte seinen Stall mit entnervender Geruhsamkeit wieder in Ordnung.

»Sie wirken so, als hätten Sie uns etwas zu sagen, Frau Stiller«, sagte er schließlich. »Und kommen Sie uns bloß nicht wieder mit Ihrem ›Ich war nicht drüben‹. Damit bringen Sie sich in Teufels Küche. Sie stecken ohnehin schon bis zum Hals im Dreck, wenn ich das mal so sagen darf.«

Annika Stiller nahm einen großen Schluck von ihrem modischen Gin Tonic. Und Morgenstern hatte plötzlich große Lust, selbst einen Drink vor sich zu haben.

»Also, geben Sie sich einen Ruck«, sagte er.

Die Frau stöhnte auf. Dann begann sie zu erzählen, und Mike Morgenstern und Peter Hecht hatten zunehmend das Gefühl, in eine oberbayerische Version von »Desperate Housewives« geraten zu sein, jener amerikanischen Vorstadt-Serie, von der sie gleich zu Beginn angenommen hatten, die Arztgattin könnte ein Fan sein. Nun war sie selbst mittendrin – als Hauptdarstellerin. Immer vorausgesetzt, dass alles stimmte, was sie da erzählte.

Annika Stiller, vierzig Jahre alt, Mutter von zwei süßen, wenn auch hyperaktiven Kindergartenkindern, Hausfrau, begnadete Gastgeberin von Society-Treffen unter Mediziner- und Audi-Abteilungsleiter-Ehepaaren, Expertin für Rasenmäher-Roboter, Kuchenbäckerin für Kindertagesstätten-Feste, Verfechterin einer sorgsamen, nachhaltigen Ernährung, konsequente Mülltrennerin, Teilnehmerin an langwierigen Erziehungsseminaren nach dem Konzept des Prager Eltern-Kind-Programms »Pekip«, mittelmäßig erfolgreiche Absolventin des Masterstudiengangs für Kunstgeschichte an der Universität Münster in Westfalen, ehemals schlecht bezahlte freie Mitarbeiterin im Stadtmuseum Ingolstadt sowie im Museum für Konkrete Kunst ebenda, inzwischen ausschließlich die »Frau an seiner Seite« tief in Bayern, in einem Ort, dessen wichtigster Standortfaktor in ihren Augen die unmittelbare Nähe zur Autobahn in die Landeshauptstadt München mit ihrem umfangreichen Kulturprogramm war, wohin sie aber der Kinder wegen viel zu selten kam, weswegen sie mit ihrem Gatten erst neulich notgedrungen die kulturell eher bodenständige Theateraufführung der Katholischen Landjugend im Köschinger Pfarrsaal besucht hatte, einen heiteren Dreiakter mit dem Titel »Die drei Henna und der nasse Gockl« – diese Annika Stiller, eine Frau in ihren, wie man so sagte, besten Jahren, hatte ein groteskes Verhältnis mit dem Nachbarn Willibald Andreas Bieber gehabt.

Hechts rechte Hand mit dem goldenen Füllfederhalter flog übers Papier, Seite um Seite.

Ein lächerliches, erbärmliches, indiskutables, erniedrigendes, der reinen Fleischeslust geschuldetes, aus Not und Langeweile geborenes, verzweifeltes, schäbiges, freudloses, animalisches sexuelles Verhältnis mit einem Schweinemäster von der anderen Seite des Maschendrahtzaunes. Einem Schweinemäster, der viel jünger war, rotbackig, übergewichtig, unsportlich, ein Mann, der schon am Morgen nach Schweinen stank, roch oder vielleicht sogar duftete, da war sich Annika Stiller selbst nicht im Klaren. Ein Mann, mit dem ihr eigener Gatte in einem bitteren Streit lag, ein Mann, dessen formale Bildung sich auf den mit Mühe bestandenen qualifizierenden Hauptschulabschluss der Rudolf-Winterstein-Schule in Kösching beschränkte, ein Mann, dessen Interesse an Druck-Erzeugnissen sich auf das »Bayerische Landwirtschaftliche Wochenblatt« und die Fernsehzeitung »Hörzu« sowie den Lokal- und Sportteil des »Donaukurier« reduzierte. Ein Mann, dessen Hygienestandard dringend der Verbesserung bedurft hatte. Ein Mann! Was für ein Mann!

»Und wie lange ging das schon mit Ihnen?«, fragte Morgenstern schließlich.

»Vielleicht ein halbes Jahr«, sagte Annika Stiller. »Es war natürlich völlig verrückt, das war von Anfang an klar. Es ging immer nur um eine ganz schnelle Nummer.«

»So wie in einem Fahrstuhl«, fügte Morgenstern an, der von derlei Dingen schon mal gelesen hatte, sich aber beim besten Willen nicht vorstellen konnte, wie ein Mann und eine Frau, ein fremdes Paar, zwischen etlichen Stockwerken intim wurden, immer unter der Gefahr, entdeckt zu werden. Nein, dafür reichte seine Phantasie eigentlich nicht aus.

Er warf einen Blick hinüber zu Peter Hecht, der sich auf die Protokollführung konzentrierte oder zumindest so tat – es war eindeutig, dass dem brav-biederen Kollegen diese erotischen Geständnisse aus dem verruchten Leben der Köschinger Suburbia hochnotpeinlich waren.

»Und wie oft haben Sie es … äh …?«

»Sie meinen, wie oft ich drüben war?« Die Frau schloss die Augen und sinnierte. Es schien, als würde sie noch einmal hindurchkriechen unter diesem Zaun, wo dieser vierschrötige Kerl mit seinen Gummistiefeln und seiner grünen Latzhose und dem karierten Flanellhemd an seiner Biogasanlage werkelte, auf dem Radlader saß oder Mais schaufelte.

Das Ergebnis ihrer Überlegung erschütterte Morgenstern, der nämlich, also bei ehrlicher Analyse, nicht weniger bieder war als Hecht – aber wer wollte in solchen Dingen schon ehrlich sein?

»Manchmal war ich zweimal am Tag drüben, manchmal hat es sich bloß alle paar Tage ergeben, das war dann schade. Da habe ich schon immer ein bisschen gelauert, sobald Carsten und die Kinder aus dem Haus waren. Sein Vater hat natürlich auch nicht mitbekommen dürfen, was da los ist hinter der Silomauer. Meistens im Stehen. Das hat immer ganz schnell gehen müssen.«

»Oh Gott«, entfuhr es Morgenstern. Das alles war so erbärmlich, so traurig, so trostlos, dass ihm die Worte fehlten. Da hatte diese Frau eine grundsolide Bildung, eine anscheinend – oder nur scheinbar – intakte Familie. Und dann suchte sie ihr

Heil in einer solchen Affäre, die das Wort »Abenteuer« bei jedem einzelnen Treffen Lügen strafte.

»Was ist an diesem Morgen passiert?«, fragte er schließlich. »Erzählen Sie es uns.« Er war sich ziemlich sicher, dass die Frau jetzt ihrem Herzen gänzlich Luft machen würde, dass sie berichten würde, wie es dazu gekommen war, dass Willibald Bieber in der tödlichen Maschine landete.

»Nichts ist passiert«, sagte Annika Stiller. »Um es präzise zu sagen: Es ist dasselbe passiert wie immer.«

Sie trank ihren Drink mit einem Schluck leer und ließ die Eiswürfel im leeren Glas klackern. »Es war um halb acht, mein Mann war gerade aus dem Haus gegangen. Er hatte an dem Morgen schon früh eine Operation angesetzt. Die Kinder waren noch im Bett, denn ich bringe sie erst um halb neun in den Kindergarten. Emil und Pauline haben einen guten Schlaf, kein Problem. Ich radle manchmal auch morgens zum Bäcker und hole frische Brezen. Sie wundern sich also nicht, wenn ich beim Aufwachen nicht da bin.«

Sie stand vom Sofa auf und ging nun, das leere Glas in der Hand, im Wohnzimmer auf und ab. »Ich habe durchs Fenster gesehen, dass der Willi da war, auf seinem Radlader. Also bin ich rüber auf seine Seite, als ich sicher war, dass er alleine ist.«

»Wie konnten Sie sicher sein?«, fragte Hecht und blickte von seinem Notizbuch auf.

»Ich habe mich sorgfältig umgesehen, und als er mich entdeckt hat, hat er mir ein Signal gegeben, dass die Luft rein ist.«

»Ein Signal?«

»Das Victoryzeichen«, sagte Stiller. »Wir haben das gleich zu Beginn vereinbart. »Eine geballte Faust hätte bedeutet, dass es gerade nicht geht.«

»Und dann?« Morgenstern hatte sich ein paar der Playmobil-Schweinchen aus dem Pferch genommen und baute sie auf seiner flachen Hand auf.

»Und dann war es wie immer. Kurz und heftig. Dann bin ich wieder nach Hause, schnell die Kinder aufwecken. Und Sie sind sicher, dass mich jemand gesehen hat?«

»Wir werden Ihnen dazu nichts sagen«, stellte Morgenstern nochmals klar. »Und wie ging das dann bei Ihnen weiter?«

»Es war zunächst wie immer, wie an jedem einzelnen Werktag. Ich habe die Kinder versorgt, Zähneputzen, Anziehen, Frühstücken, ab in den Kindergarten, mit unserem Audi. Da habe ich mich noch mit ein paar anderen Müttern unterhalten. Und als ich dann wieder zu Hause war, war drüben schon die Hölle los. Da wusste ich, dass irgendwas Schlimmes passiert ist. Ich habe mich aber nicht getraut, mich im Garten an den Zaun zu stellen. Deswegen habe ich in der Klinik angerufen, bei Carsten. Der wusste bereits Bescheid.« Mit Bitterkeit in der Stimme wiederholte sie: »Carsten weiß immer Bescheid.«

»Dann lassen wir das doch einfach mal so stehen, Frau Stiller«, sagte Morgenstern. »Aber es gibt eine Sache, die wir gerne noch überprüfen würden.«

»Was denn?«

»Ihre Garage. Oder hat Ihr Haus auch so etwas wie eine Hobbywerkstatt?«

»Nein«, beeilte sie sich zu sagen. »Da gibt es nichts. Mein Mann hat ein bisschen Werkzeug. Das ist aber alles in der Garage.«

»Dürfen wir einen Blick reinwerfen?«

Sie seufzte. »Ja, natürlich. Aber lassen Sie es meinen Mann nicht wissen. Das würde ihm wahrscheinlich nicht gefallen.«

»Das ist ganz alleine Ihre Entscheidung, Frau Stiller. Aber an Ihrer Stelle würde ich da keine Affäre draus machen«, sagte Morgenstern. Und wunderte sich, dass ihm das Wort »Affäre« ausgerechnet in diesem Zusammenhang eingefallen war.

Vom Flur aus führte eine Tür zum Fuhrpark des Ehepaars Stiller. Die Frau ging vorneweg und knipste mehrere Lampen an, obwohl die Dreifachgarage durch etliche Fenster ausreichend belichtet war. Der silberne Mercedes fehlte, aber ein dicker Audi SUV, mächtig wie ein Schützenpanzer, stand dort geparkt. Der von Morgenstern als putziges »Frauenauto« prognostizierte Fiat 500 fehlte, stattdessen gab es eine Triumph Bonneville T120, ein sündteures Motorrad im Retrostil.

Die Garage war vorbildlich aufgeräumt, der spiegelglatte grausilberne Estrichboden wirkte wie geleckt. An einer Seitenwand, unterhalb von zwei Fenstern, stand eine schmale Werkbank, auf der allerhand Werkzeug griffbereit deponiert war.

Professor Dr. Carsten Stiller war offensichtlich ein Mann, der Sinn für Ordnung hatte – womöglich hatte er sich im professionellen Umfeld der Krankenhaus-Operationssäle Systematik und Disziplin angeeignet, die er auch auf die heimische Bohrmaschine und das restliche Heimwerker-Equipment übertrug. Wer jemals das unsägliche Durcheinander in der Firmenwerkstatt der Hirmer Bau GmbH gesehen hatte, konnte diese Ordnungsliebe nur begrüßen. Eine fast schon klinische Sagrotan-Sauberkeit machte im Übrigen auch kriminalpolizeiliche Ermittlungen äußerst einfach.

»Da ist nix«, sagte Morgenstern, nachdem er einen – gänzlich leeren – Mülleimer aus weißem Blech inspiziert hatte, einen jener altmodischen Behälter aus Krankenhausbeständen, die es inzwischen als Luxusaccessoire in die Manufactum-Kataloge geschafft hatten.

»Doch«, sagte Hecht, »da ist eben schon was.« Und er deutete mit dem Lächeln des erfolgsverwöhnten Fahnders, der sich von Blinden und Einäugigen umgeben sieht, auf das Fensterbrett über der Werkbank. Da lag in stiller Unschuld ein kurzes Stück einer silbermatt glänzenden Stahlstange. An beiden Seiten grob abgeschnitten und an einer Seite mit einer provisorisch gebohrten Öse versehen.

Morgenstern fingerte eine Packung Papiertaschentücher aus der Brusttasche seiner Jeansjacke, Hecht kramte in seiner Aktentasche nach einer Tüte, zog dann aber erst einen kleinen Fotoapparat heraus, um die Szene beweissicher für die Nachwelt festzuhalten.

»Kennen Sie das?«, fragte Morgenstern Annika Stiller, die wohl vergeblich versucht hatte, sich einen Reim auf die plötzlich aufgekommene Aufregung zu machen.

»Dieses Metallding? Ich habe es noch nie gesehen. Aber ich

schau mich in der Garage auch nicht besonders oft um. Hier räumt immer mein Mann auf.«

Morgenstern steckte seine Tempos zurück. »Ich denke, jetzt sollten wir doch Ihren Gatten holen. Ich bin gespannt, was er zu diesem Ding hier zu sagen hat.«

Nichts.

Professor Dr. Carsten Stiller hatte zu der Achtzehn-Millimeter-Stahlstange in seinem Besitz nichts zu sagen, als er keine Viertelstunde später in seiner Garage stand, diesmal ohne weißen Kittel, sondern nur im Sakko.

Der Arzt war schnell von Begriff und hatte sofort erkannt, was es mit dieser Stange auf sich hatte, die mitten in seiner Garage gelegen war. Einer fast allzeit und gut verriegelten Garage wohlgemerkt, denn wer wollte sich schon gern ein wertvolles Auto stehlen lassen. »Ich habe mit diesem Stück Eisen nichts zu tun«, beteuerte er. »Ich sehe das zum ersten Mal.«

»Aber Ihnen ist klar, dass dieses Werkstück exakt zu Ihrer Kampagne gegen den Bieber-Hof passen würde«, insistierte Morgenstern, holte nun erneut sein Tempo-Taschentuch hervor und verpackte das Beweisstück vor Carsten Stillers Augen mit großem Brimborium in einer Plastiktüte. Hecht ließ sie nicht weniger theatralisch in seiner Tasche verschwinden.

»Wollen Sie uns nicht doch noch etwas sagen?«, fragte Morgenstern.

Stiller schüttelte den Kopf. Er wirkte verwirrt, fassungslos.

Morgenstern bohrte nach: »Kennen Sie eine Baufirma drüben im Altmühltal, in Kipfenberg?«

Nein, meinte Stiller, seine Villa hier habe ein Unternehmen aus Pfaffenhofen gebaut, in engster Abstimmung mit einem renommierten Architekturbüro aus München. Da habe keine Firma aus Kipfenberg die Hände im Spiel gehabt, zumindest nicht, soweit er wisse.

»Hirmer GmbH? Berthold Hirmer? Klingelt da nichts bei Ihnen?«

»Hirmer? Nie gehört«, sagte Stiller, nachdem er einen Moment in den hintersten Winkeln seines Gehirns gestöbert hatte. »Was soll mit dem sein?«

»Wir dachten, dass Sie beide sich möglicherweise kennen.« Stiller schüttelte den Kopf. Er sah seine Frau an. »Und das Ding ist von Anfang an da gelegen?«, fragte er sie.

»Wollen Sie uns etwa unterstellen, wir hätten Ihnen da etwas untergeschoben?« Morgenstern erhob die Stimme. »Wir sind hier nicht in einer Bananenrepublik. Das ist der Freistaat Bayern. Da geht alles mit Recht und Ordnung zu.«

Annika Stiller bestätigte das. »Ich war ja dabei, als es dieser Herr entdeckt hat.«

Dieser Herr, Kriminaloberkommissar Peter Hecht, nickte zufrieden. »Wir sind alle drei gemeinsam hier reingegangen, Ihre Frau vorneweg. Wir haben auch nichts angefasst, und wir hatten die Erlaubnis Ihrer Gattin. Aber das spielt jetzt sowieso keine Rolle mehr.«

»Du hättest sie nicht reinlassen müssen«, sagte Stiller bedrohlich leise.

»Ich weiß«, erwiderte seine Frau, und die Kommissare fragten sich, wie es mit den beiden und ihrer Familie enden würde, wenn sorgsam gehütete schmutzige Geheimnisse ans Licht kämen. Das würde sich bei einem Prozess vor dem Landgericht Ingolstadt definitiv nicht vermeiden lassen, egal, in welcher Funktion die Stillers dort auszusagen hätten.

Hier in der Garage aber hatte Carsten Stiller nichts mehr zu sagen. Er massierte sich die Schläfen, als müsse er bohrenden Kopfschmerz vertreiben, dann öffnete er eines der drei Garagentore, damit das helle Sonnenlicht auf den glatt geleckten Boden fluten konnte. Er ging draußen zu Tor Nummer eins, hinter dem üblicherweise der Mercedes zu stehen kam.

Noch immer prangte hier das Transparent. »Keine Schweinequal im Altmühltal«. Stiller, ein Mann mit Bastlertalent, hatte es mit Metallösen versehen lassen, Gummi-Expander daran eingehängt und das Plakat an den Ecken des Garagentors sorgfältig in alle Richtungen gespannt, faltenlos und ohne Gefahr, das wertvolle Tor zu verkratzen. Jetzt, kurz nach dem Tod seines

Nachbarn Willibald Bieber, hakte er seinen flammenden Vorwurf gegen die moderne Schweinemast ab. Sorgfältig rollte er das Transparent zusammen und hielt das Bündel ein Weilchen in den Händen. Schließlich drückte er es Morgenstern in die Hand. »Das können Sie mit nach Ingolstadt nehmen, ins Polizeipräsidium. Ich will damit nichts mehr zu tun haben.«

Morgenstern klemmte sich das Transparent unter den Arm. »Das hätten Sie wohl gern, Herr Stiller. Aber wir sehen uns wieder. Und ich garantiere Ihnen, dass Sie dann auch dieses Plakat wiedersehen werden.«

Und damit verabschiedeten sich die Kommissare. Zurück ließen sie ein gänzlich verwirrt scheinendes Ehepaar. Morgenstern hoffte, dass Carsten Stiller am Nachmittag nicht noch ein paar knifflige Operationen auf dem Programm hatte. Man müsste sich um seine Patienten ernsthafte Sorgen machen.

***

Sorgen machten sich allerdings auch Hecht und Morgenstern, als sie von Kösching wieder nach Hause fuhren. Denn wie sollte es jetzt weitergehen, wo es plötzlich drei Sabotage-Stahlstangen gab? Eine aus dem Acker, eine aus Hirmers Werkstatt und eine aus Stillers Garage.

Hecht kurvte erneut durch die Marktstraße, vorbei am Rathaus, wo ihnen der Bürgermeister die so hilfreiche Empfehlung in Sachen Carsten Stiller gegeben hatte. Dahinter ragte der Turm der Kirche Mariä Himmelfahrt stolz in den Himmel, und nur ein paar hundert Meter weiter begann all das, was zehntausend Köschinger und ihr Umland unter Nahversorgung verstanden: Einkaufsmärkte mit riesigen Parkplätzen, die üblichen Backstuben-Filialen, Textil-Discounter, und bevor das Ganze sich zum Industriegebiet weitete, kam ein riesiger Verkehrskreisel, der für Freund und Feind das moderne Ortseingangstor zum Markt Kösching symbolisierte.

Morgenstern hatte diesen Kreisel in den letzten Tagen schon mehrmals umrundet, aber dieses Mal hatte er endlich Muße, sich das ganz und gar außergewöhnliche Verkehrsleitsystem näher zu betrachten. Denn Hecht hatte entschieden, kurz beim E-Center zu parken, um sich zur Feier des Nachmittags ein Stück Streuselkuchen zu kaufen.

Gemeinsam inspizierten sie nun vom Parkplatz aus das kühne Bauwerk namens Köschinger Tor, das die Marktgemeinde mit großem Sponsoring zu ihren eigenen Ehren inmitten des Kreisverkehrs von Künstlerhand hatte errichten lassen. Da standen turmhoch vier ineinander verschachtelte, L-förmige Winkel aus Metall. Zwei waren offenbar aus glänzendem Zinkblech gefertigt worden, die anderen hingegen aus rostendem Eisen. Und auf jedem der Winkel war in riesigen Lettern etwas geschrieben, was dem Autofahrer bekunden sollte, dass er es hier nicht mit irgendwelchen »Bauernfünfern« zu tun hatte, sondern mit einer selbstbewussten, reich gewordenen Bürgerschaft im Herzen Bayerns.

Zu lesen war also »Kastell Germanicum« – für die römische Geschichte, »Bayerischer Markt« – für all jene, die gern wissen wollten, dass es nach Roms Legionären irgendwie weitergegangen war. Dann war da noch – extragroß – der Name Kösching samt Gemeindewappen zu sehen. Auf dem am höchsten aufragenden Winkel, satte elf Meter hoch, aber stand stolz das Bekenntnis zum Freistaat: »Gott mit dir, du Land der Bayern« – der Auftakt zur Bayernhymne.

Morgenstern fragte sich unter diesen Umständen, ob das Konzept »Verkehrskreisel« besser noch einmal neu überdacht werden sollte, wenn es solche künstlerischen Wunderlichkeiten wie den Koloss von Kösching zur Folge hatte. Das war ihm auch am Stadteingang von Ingolstadt jedes Mal ein Graus – denn dort, am sogenannten »Audi-Kreisel«, hatte man einen riesigen, silbern funkelnden Audi TT, spendiert natürlich vom örtlichen Automobilwerk, aufgestellt – entweder als modernes Götzenbild oder aber als überdeutlichen Hinweis an alle Besucher, wem die Stadt ihren Reichtum zu verdanken und wer hier tatsächlich das Sagen hatte, wenn es hart auf hart kam.

Einmal hatte sich tatsächlich ein kritischer Kopf die Mühe gemacht, ein lebensgroßes »goldenes Kalb« zu basteln, überzogen mit goldenem Bastelpapier, und es in tiefer Nacht mitten auf den Audi-Kreisel, neben das TT-Kunstwerk, gestellt, um den Autofahrern zu verdeutlichen, welchen pseudoreligiösen Fetisch sie hier täglich zu umkreisen hatten. Das goldene Kalb hatte nicht lange überlebt, irgendein humorferner Verkehrsteilnehmer hatte die Provokation mit roher Gewalt aus dem Weg geräumt – mit dem Furor eines Moses, der gerade vom Berg Sinai zurückkehrt.

Wieder im Präsidium hatten Hecht und Morgenstern erst einmal genug damit zu tun, die Nachrichten der letzten Stunden zu verdauen, begleitet von einer Tasse Kaffee, den ihre altersschwache Melitta-Maschine mehr schlecht als recht zustande gebracht hatte. Auch gewissenhaftes Entkalken half hier in der Region nichts, das Trinkwasser war hart wie Marmorstein und führte bei jeder Maschine innerhalb weniger Monate zu unheilbarer Arteriosklerose. Entsprechend bitter war die tiefschwarze Plörre, die sich am Ende in der Kanne sammelte.

Morgenstern war wegen dieses Koffein-Konzentrats schon wiederholt in tiefer Nacht mit pochendem Herzen aus dem Schlaf geschreckt. Aber schon am nächsten Tag ließ er sich dann wieder auf dieses kaffeebedingte kardiologische Experiment ein. Peter Hecht hingegen, deutlich vernünftiger, sattelte von Zeit zu Zeit auf Kamillentee um, ein Getränk, das bei Morgenstern allenfalls als medizinisches Fußbad in Frage kam.

Das Labor mühte sich derweil mit Stahlstange Nummer drei – dem Exemplar aus dem Hause Stiller. Hecht übertrug seine Steno-Notizen in den Computer. Die Fotos aus Stillers Dreifachgarage hatte er bereits ausgedruckt und mit einem Magneten an ein großes metallisches Whiteboard gehängt.

Das Ding hatte ihnen Kriminaldirektor Adam Schneidt erst vor Kurzem spendiert. Hier sollten sie ihre Ermittlungsergebnisse nun mit verschiedenfarbigen Edding-Stiften niederschreiben, mit Fotos versehen und dann die diversen Aspekte und Protagonisten mit Beziehungspfeilen versehen. Schneidt hatte das angeblich bei einer Fortbildung im Landeskriminalamt in München erlebt und für hilfreich befunden. Seine Kommissare kolportierten allerdings, dass er die Tafeln eines Sonntagabends im »Tatort« entdeckt und dabei die feste Überzeugung gewonnen hatte, eine solche buchstäblich mit Händen zu greifende Systematik könne seinen Untergebenen nur guttun. Die, so mutmaßte er, wurschtelten sich viel zu oft aufs Geratewohl durch ihre Fälle, und es sei ein pures Wunder, dass die Kriminalpolizeiinspektion Ingolstadt dennoch eine überwältigende Aufklärungsquote vorweisen konnte.

Also stellte sich nun Peter Hecht an die Tafel und legte so etwas wie ein Organigramm an – oder wie immer das in ihrem Fall heißen mochte. In die Mitte platzierte er Willibald Andreas Bieber, rundherum in unterschiedlichen Abständen und mit verschiedenen Farben all die anderen Menschen, die eine tragende Rolle spielten oder zumindest als Statisten auftauchten. Wenn Schneidt in ihr Büro schneite, dann sollte er etwas zu sehen bekommen für sein Geld – wobei Sparsamkeit trotz aller Innovation Trumpf war: Die teuren Edding-Stifte waren abgezählt und rationiert, eine Nachbestellung galt als logistischer Problemfall und war mit allerhand Bittstellerei verbunden.

Hechts Zeichnung war ein Kunstwerk, voller Kringel und skizzierter Stahlstangen, sogar ein Schweinchen zeichnete er neben den Namen Willibald Bieber. Und weil es ihm so gut gelungen war, bekam die Pferdefrau von Rieshofen neben ihren Namen einen geschecktem Gaul.

Neben Konrad Bieber malte er mit ein paar nicht untalentierten Strichen ein Motorrad, die Harley, wie Morgenstern mit Bitterkeit feststellte. Vater Bieber stand dem Sohn natürlich am nächsten. Die Tochter aus dem weit entfernten Bauernhof bei Donauwörth war hingegen auch grafisch weit entfernt. Und dann kam das Ehepaar Stiller: Carsten Stiller mit Stahlstange, Annika Stiller mit einem liebevoll gemalten roten Herzen, das zwischen ihr und Willibald Bieber stand.

»Also mit Liebe hat das ja nun wirklich gar nichts zu tun, was diese Frau da getrieben hat«, sagte Morgenstern. »Für mich hat die einen Schlag.«

»Ein Herz sagt mehr als tausend Worte«, beharrte Hecht.

»Und wir beide wissen, was da los ist. Animalische Triebe, hormonbedingte mentale Fehlschaltung. Soll ich lieber einen Blitz hinmalen?«

»Nein, Blitz trifft es auch nicht. Ach, lass erst mal das Herz. Aber was ist zwischen Herrn und Frau Stiller?« Morgenstern nahm einen grünen Edding und zog zwischen beiden eine Linie, jeweils am Ende mit einem Pfeil versehen.

Hecht, immer noch den roten Edding in der Hand, malte mit einer raschen Bewegung einen wild gezackten, flammenden Blitz quer über die grüne Linie. »Mal angenommen, Professor Stiller steht nicht völlig auf der Leitung – denn so kommt er mir nicht vor –, wie lange braucht er dann, bis er spitzkriegt, dass da zwischen seiner Frau und dem rustikalen Nachbarn etwas läuft?«

»Ausgerechnet sein Erzfeind«, sinnierte Morgenstern. »Wenn er den beiden auf die Schliche gekommen ist, dann gute Nacht!«

»Zumal ich mir vorstellen könnte, dass dieser Willibald Bieber seine Klappe nicht gehalten hat. Ein bisschen Protzerei unter besoffenen Kumpels, alles unter dem Siegel der Verschwiegenheit, ein paar eindeutige Andeutungen. Und schon kursieren im Dorf die ersten Gerüchte.«

»Von denen aber der Doktor bestimmt nichts erfahren hätte. Glaub mir: Der Betroffene ist immer der Letzte, der merkt, dass alle hinter seinem Rücken schon über ihn reden.«

Morgenstern kringelte den Namen Carsten Stiller extradick in roter Farbe ein. Und dann, nachdem er skeptisch einen Schritt von der Magnettafel zurückgetreten war, verpasste er Annika Stiller einen ebenso dicken Kreis.

»Für sie gilt dasselbe«, sagte er. »Mal angenommen, die Sache wurde ihr zu heiß, zu gefährlich. Ihr Mann hat vielleicht schon seltsame Fragen gestellt. Und wenn ihr dann auch noch Willibald Bieber blöd gekommen wäre? Vielleicht hat er sie unter Druck gesetzt? Dann gäbe es für sie doch nur einen Ausweg: ein mörderisches Finale.«

Die beiden Kommissare hatten zunehmend Spaß an ihrem

Zeichenwerk. Hecht brachte den Bauunternehmer Berthold Hirmer mit einer ikonischen Maurerkelle in Position – und zog von dort die Linie sowohl zu Willibald Bieber und dessen Vater Simon, in deren Maisäckern Stahlstangen deponiert worden waren, als auch zum Bruder Konrad und dessen Frau Jessica in Rieshofen, deren Stall er ausgebaut hatte.

Der Vollständigkeit halber durfte auch der Bürgermeister von Kösching nicht fehlen, Franz Eichler. Für ihn malte Peter Hecht kurz entschlossen einen Sheriffstern, denn irgendwie war das Gemeindeoberhaupt der Vertreter von Recht und Ordnung in Kösching. Auch für ihn gab's eine glatte grüne Verbindung zum Bieber-Hof, eine ziemlich dünne. Eichler profitierte indirekt, wenn die Gemeinde Bauland anbieten konnte.

»Anscheinend hängt ja sogar seine Wiederwahl davon ab«, erinnerte sich Morgenstern. Und zeichnete prompt eine dicke Linie zwischen Bürgermeister Eichler und dessen politischen Herausforderer Carsten Stiller. Auch dafür spendierte Peter Hecht mit seinem Rotstift einen Blitz – wenn auch nur einen kleinen.

Nun standen die beiden Kommissare vor ihrem Kunstwerk – und stellten fest, dass eine Figur auf diesem »Schachbrett« noch fehlte: der Mensch mit dem Bundeswehrparka. Der große Unbekannte, der unmittelbar nach Annika Stiller direkt in Willibald Biebers Nähe gewesen war. Die Frage war: Hatte Willibald Bieber in diesem Moment überhaupt noch gelebt?

Sie nahmen sich vor, Berthold Hirmer, den Kipfenberger Bauunternehmer, am nächsten Morgen in die Mangel zu nehmen. Die Stahlstange mit seinen Fingerabdrücken sprach Bände – das Wichtigste war, dass sie Hirmer irgendwie zum Sprechen brachten.

Doch daraus sollte nichts werden.

SIEBEN

Die Familie Morgenstern saß an diesem Morgen am sparta-
nisch gedeckten Frühstückstisch, Bastian und Marius unausge-
schlafen und fern jeder Begeisterung für die Schule, Fiona hatte
Kaffee und Schokoladenmilch gemacht, die Lokalzeitung war
wie üblich von allen vier Protagonisten zerfleddert worden,
im Hintergrund lief das Programm des regionalen Hörfunk-
senders Radio IN. Wie üblich war die Moderatorin schon zu
dieser Uhrzeit allerbester Laune – oder tat zumindest so. Das
Wetter sei ganz phantastisch – da empfehle sich ein Besuch auf
dem Ingolstädter Herbstfest.

Fiona sah ihren Mann von der Seite an, ihr Blick besagte:
Wehe!

Morgensterns Handy läutete, genauer gesagt meldete sich
das uralte Gerät mit den Klängen von Richard Wagners »Walkürenritt«: Da-da, dadada, da-da! Am Apparat war ein Kollege
von der Kripo.

»Wir haben da vorhin die Meldung hereinbekommen, dass
sich irgendwo im Wald hinter Neuburg ein Mann umgebracht
hat.«

»Und was geht mich das an?«, fragte Morgenstern, der von
Zeit zu Zeit ein furchtbarer Morgenmuffel sein konnte.

»Ein Kollege hat irgendwie aufgeschnappt, einer vom Labor,
dass ihr, also du und der Spargel, mit dem Mann was zu tun
hattet. Da dachte ich mir, ich ruf dich gleich mal an.«

»Mann? Was für ein Mann?«, fragte Morgenstern. »Ich habe
drüben in Neuburg mit keinem was zu tun. Mir fällt jedenfalls
keiner ein.«

»Der Mann heißt … Warte, hier hab ich's.« Ein Zettel ra-
schelte. »Er heißt Hirmer, Berthold Hirmer. Hatte seinen Per-
sonalausweis im Geldbeutel in der Hosentasche. Berthold Hirmer aus Kipfenberg. Er saß in seinem Firmenauto. Ein uralter
VW-Bus.«

Morgenstern hielt für einen Moment die Luft an. »Selbstmord, sagst du?«

»Sieht ganz danach aus. Er hat sich mit Auspuffgasen vergiftet. Aber wenn du Genaueres wissen willst, frag die Kollegen, die draußen sind. Ich gebe dir die Nummer, wenn es dich interessiert.«

»Und ob mich das interessiert.« Kaum hatte Morgenstern die Nummer notiert, schlüpfte er auch schon in seine Stiefel und die Jeansjacke, verzog sich auf den engen Gang und telefonierte mit den Kollegen vor Ort.

Tatsächlich: Berthold Hirmer hatte seinem Leben ein Ende gesetzt, in einem einsamen Waldstück an der Grenze zwischen den Landkreisen Eichstätt und Neuburg-Schrobenhausen, in der Nähe eines Dörfchens mit dem Namen Attenfeld.

»Mitten im Wald?«, fragte Morgenstern erstaunt.

»Es ist im Wald, das ist korrekt, aber es ist eine besondere Stelle. Da ist eine kleine Kapelle, der Ort heißt ›Willibaldsruh‹.«

»Willibaldsruh?«, fragte Morgenstern nach, um ganz sicherzugehen.

»Ja. Da ist aber wirklich nichts anderes als diese Kapelle.«

»Wir kommen sofort. Lasst alles unverändert!«

»Ist ja schon gut. Wir fassen nichts an. Der Notarzt hat sich natürlich um den Mann gekümmert. Aber da war nichts mehr zu machen.«

»Wir kommen«, wiederholte Morgenstern.

Er rief Peter Hecht an und – da saß er schon unten in seinem alten roten Landrover – auch noch Antonia Grabsky.

Sie kamen alle drei kurz nacheinander an der Kapelle an, Morgenstern als Erster. Die Freiwillige Feuerwehr Attenfeld hatte ein paar Männer mobilisiert, die den Autos den Weg zur »Willibaldsruh« wiesen, andernfalls wäre es vielleicht nicht ganz einfach gewesen. Es ging vom Dorf aus über Feldwege nach Westen, vorbei an einem großen Wegkreuz, in den Wald, und dort, nach ein paar hundert Metern, befand sich die kleine Kapelle, jetzt im Halbkreis umringt von mehreren Polizeifahrzeugen und dem Wagen des Notarztes. In der Mitte, direkt neben der Kapelle, stand ein weißer verschrammter VW-Bus mit der schon etwas verblassten Werbeaufschrift »Hirmer Bau« – hier allerdings ohne den missglückten Hinweis auf die Akzeptanz des Unternehmens bei der Gattin des grundsätzlich männlichen Bauherrn.

Berthold Hirmer lag auf einer Trage neben der weiß gestrichenen Außenwand der Kapelle. Morgenstern entdeckte ihn erst, als er unmittelbar davorstand. Der Leichnam war mit einer Wolldecke zugedeckt. Ein Kollege in Uniform, der Leiter der nahe gelegenen Polizeiinspektion Neuburg, stellte sich dazu und zog die Decke ein Stück zur Seite.

Morgenstern sah nicht länger hin, als er unbedingt musste, doch eines sprang ihm gleich ins Auge: Der Tote trug einen alten, abgewetzten olivfarbenen Parka, ein betagtes Ausstattungsstück der Bundeswehr.

Der Inspektionsleiter erläuterte: »Ein Jäger hat ihn heute früh entdeckt, gegen fünf Uhr. Gut für uns, dass der auf die Jagd wollte, wer weiß, wann sonst wieder einer vorbeigekommen wäre. Ist ja nicht sehr belebt hier.« Er deutete rundum auf die Bäume. Buchen, Fichten. Ein vorbildlicher Mischwald.

»Es heißt, dass Herr Hirmer sich mit Auspuffgasen vergiftet hat?«

Der Polizist nickte und zog Morgenstern am Ärmel von dem Leichnam weg. »Ich zeig es Ihnen.«

Inzwischen waren auch Hecht und Grabsky da und ließen sich erklären, auf welche Weise der Bauunternehmer seinem Leben ein Ende gesetzt hatte. Der VW-Transporter war ein uralter Diesel-Selbstzünder, und als der Jäger mit seinem grünen Toyota-Jeep vorbeigefahren war, war der Motor des Busses noch in Betrieb gewesen. Das war ihm sofort aufgefallen und dass der Mann hinter dem Steuer anscheinend ein Nickerchen machte. Der Jäger war ausgestiegen, um den Umweltfrevler, Luftverpester, Wildvergrämer und möglicherweise betrunkenen Autofahrer zur Rede zu stellen, zumal der Forstweg für Unberechtigte gesperrt war. Da hatte er den Qualm im Wageninneren bemerkt.

Der Waidmann war nicht auf den Kopf gefallen und hatte bei näherer Betrachtung sofort den breiten Schlauch entdeckt, der vom Auspuff über die nur einen winzigen Spalt geöffnete Heckklappe ins Wageninnere führte. Er hatte die Fahrertür aufgerissen, Berthold Hirmer aus dem Auto gezerrt, und dann war es ihm trotz des miserablen Mobilfunknetzes gelungen, einen Notruf abzusetzen.

Der Jäger hatte noch versucht, seine eingerosteten Erste-Hilfe-Kenntnisse zu reaktivieren, von Mund-zu-Nase-Beatmung bis hin zur stabilen Seitenlage, hatte dann allerdings rasch den Eindruck gewonnen, Berthold Hirmer sei schon eine ganze Weile tot gewesen. Wie der Neuburger Inspektionsleiter ohne weitere Kommentierung erklärte, habe sich der Mann deswegen einfach still neben die Kapelle gesetzt und gebetet, nachdem er noch – endlich – den Motor des Transporters abgestellt hatte.

»Ihr kennt den Mann?«, fragte der Inspektionsleiter.

»Oh ja«, antwortete Morgenstern stellvertretend für die Kollegen. »Zufälligerweise wollten wir ihn heute früh in Kipfenberg besuchen. Er konnte damit rechnen, dass wir kommen.«

»Um was geht es denn?«

»Die Stahlstangen im Maisfeld bei Kösching. Sie sind von ihm. Aus seiner Werkstatt. Und es sind seine Fingerabdrücke drauf«, erklärte Morgenstern knapp.

»Die Maisfeld-Sabotage? Echt jetzt?« Auch der Neuburger Polizeichef wusste von diesem Fall. »Aber das war doch in Kösching drüben. Weit weg von Kipfenberg und auch weit weg von Attenfeld, von der Willibaldsruh.«

Morgenstern nickte. »Schon klar. Das macht es auch etwas schwierig. Aber so wie das aussieht, hat sich die Sache erledigt. Diese Mais-Geschichte.«

Er dachte an Professor Stiller, und dabei wurde ihm klar, dass doch allerhand Fragen offen waren. Das war hier definitiv noch kein Fall für die Akten. »Wir brauchen die Spurensicherung«, sagte er.

»Die sind schon unterwegs. Und der Staatsanwalt kommt

auch gleich«, sagte der Neuburger. »Ohne Obduktion wird hier nichts gehen.«

»Sowieso. Auch wenn die Sache ziemlich eindeutig aussieht.«

Inzwischen hatte sich ein älterer Mann eingefunden, den die wacheschiebenden Attenfelder Feuerwehrleute problemlos durchgelassen hatten. Er stellte sich als Betreuer der kleinen Kapelle vor und stand nun verlegen neben dem toten Berthold Hirmer.

»Das ist eine kleine Wallfahrtsstätte«, erklärte der Mann schließlich ungefragt. »Hier hat einstmals der heilige Willibald mit seinem Esel Rast gemacht.«

»Aha«, sagte Morgenstern höflich, aber nicht ernsthaft interessiert.

»Es heißt, dass es damals heiß gewesen ist, und die Leute von Attenfeld haben dem Heiligen nichts zu trinken gegeben, obwohl er großen Durst gehabt hat. Und als er dann hier an dieser Stelle war, hat sein Esel mit dem Huf auf den Stein da drüben geschlagen. Im Stein ist eine tiefe Grube entstanden, und die ist seitdem voller Wasser. Auch im heißesten Sommer.«

Der Mann schaute versonnen zu einem kleinen, flachen Felsen, einem Findling, der von Moos überzogen neben der Kapelle lag. »Kommen Sie, ich zeige es Ihnen.«

Die Kommissare und auch der Inspektionsleiter folgten dem Alten. Der brach sich von einem Baum einen dürren Ast ab und stellte sich neben den Stein, der tatsächlich mehrere mit Wasser gefüllte Mulden hatte. Er tauchte den Stock tief in eines der Löcher. Es war anscheinend einen halben Meter tief. »Die Leute aus Attenfeld machen jedes Jahr im Sommer eine Wallfahrt hierher. Das Wasser aus dem Stein gilt als wundertätig«, erklärte er.

»Und wofür hilft's?«, wollte Morgenstern wissen und hoffte umgehend, dass der Mann seinen skeptischen Unterton nicht wahrnahm.

»Für alles Mögliche. Man muss halt daran glauben. So ist es doch immer. Das Wasser soll unter anderem gut sein für die Augen.«

»Aber trinken sollte ich es eher nicht«, vermutete Morgenstern.

»Davon würde ich abraten«, räumte der Alte ein. »Es sei denn, Sie hätten so großen Durst wie einst Sankt Willibald.«

»Das werde ich zu verhindern wissen.«

Dann kam der Staatsanwalt, die Spurensicherung waltete ihres Amtes, und wenig später war der Leichnam von Berthold Hirmer auf dem Weg zur Obduktion nach München. Morgenstern stellte erleichtert fest, dass die Presse dieses Mal nicht vor Ort war, weder aus Eichstätt noch aus Neuburg. Dieser Todesfall war so eindeutig ein Suizid, dass alle auf eine ausführliche Berichterstattung verzichteten. Und weil Hirmers Tod wegen des abgelegenen Ortes kaum für Aufsehen gesorgt hatte, würde dieses Unglück wohl nicht einmal als Kurzmeldung Eingang in die Lokalausgaben finden. Niemand hatte ein Interesse daran, solche Dinge publik zu machen und am Ende auch noch Nachahmungstäter zu ermutigen.

Ein Abschleppunternehmer brachte Berthold Hirmers Transporter bis zur Freigabe zum Polizeipräsidium Oberbayern Nord in Ingolstadt. Der Schlauch, über den die tödlichen Dieselabgase ins Wageninnere gekrochen waren, blieb unverändert. Das Ermittlertrio fuhr dem Abschlepper hinterher. Ins Büro. Zum Nachdenken über die neue Lage.

✳✳✳

Die Münchner Gerichtsmedizin leistete ganze Arbeit – und das in einer Geschwindigkeit, die Morgenstern nur selten erlebt hatte. Die Meldung kam per Telefon, und zwar bereits am späten Vormittag.

»Und es gibt keinen Zweifel?«, fragte Morgenstern, während Hecht und Grabsky mit großen Ohren seinen Schreibtisch umringten.

»Nein«, sagte der Rechtsmediziner am anderen Ende der Leitung. »Dieser Mann war bereits tot, als die Abgase in sein Auto kamen.«

Morgenstern hatte sein Telefon auf laut gestellt, und er sah, wie die anderen um Fassung rangen.

»Wir haben uns seine Lunge ganz genau angesehen. Wie genau, das wollen Sie gar nicht wissen. Und die Sache ist eindeutig: In seiner Lunge ist kein Kohlenmonoxid. Das müsste aber drin sein. So einfach ist das. Der Mann im Auto hat nicht geatmet. Nicht mehr.«

»Aber ... aber ...«, stopselte Morgenstern herum. »Er ist doch im Auto gesessen, hinter dem Steuer. Ein Jäger hat ihn gefunden und aus dem Wagen gezogen. Der Motor lief noch.«

»Was wollen Sie mir damit sagen?«, fragte der Forensiker aus München mit der Abgeklärtheit eines erfahrenen Mannes, dem nichts Menschliches fremd ist.

»Das bedeutet, äh, das bedeutet ...«

Hecht sprang dem Kollegen bei: »Das könnte bedeuten, dass ihn jemand da reingesetzt hat. Als er schon tot war.«

»So könnte ich mir das erklären«, sagte der Forensiker. »Für diese Dinge sind dann wieder Sie zuständig. Aber ich habe noch etwas für Sie.«

»Was denn?«, fragte Hecht.

»Unser Mann hat eine Wunde am Kopf. Er hat einen Schlag auf den Kopf bekommen.«

Alle drei auf dieser Seite der Leitung brauchten einen Moment, bis sich die Nachricht gesetzt hatte. Berthold Hirmer war ermordet worden, irgendwann in der letzten Nacht.

Der Rechtsmediziner vermutete als Todeszeitpunkt etwa zwei Uhr, tiefste Nacht. Was war da passiert? Wo war es passiert? Wie war Berthold Hirmer nach Attenfeld gekommen? Und warum ausgerechnet zur Willibaldsruh? Fragen über Fragen, und das zu einem Zeitpunkt, da sich in ihrem Fall erste Antworten ergeben hatten und niemand anderer als der Bauunternehmer selbst in den Fokus geraten war.

Morgenstern überlegte: Wem hatten sie überhaupt bisher erzählt, dass Berthold Hirmer die Quelle der Stahlstangen in den Köschinger Maisäckern war? Sie waren mit dieser Information vorsichtig umgegangen. Den Köschinger Bürgermeister Franz

Eichler zum Beispiel hatten sie ausdrücklich im Ungewissen gelassen. Aber beim Ehepaar Stiller hatten sie direkt nach Berthold Hirmer gefragt, und die Stillers hatten sich ahnungslos gegeben. Das hatte alles sehr authentisch gewirkt, aber man konnte sich täuschen.

Natürlich hatten Berthold Hirmers Mitarbeiter mitbekommen, was da in der Werkstatt in Kipfenberg vor sich gegangen war. Selbst wenn die beiden Lageristen möglicherweise nicht die hellsten Kerzen am Christbaum waren, so konnten sie doch eins und eins zusammenzählen. Die Kripo im Haus, auf der Suche nach ganz speziellen Stahlstangen – und dann der Moment, als der Chef seine Untergebenen aus der Werkstatt gescheucht hatte: Da musste man kein Sherlock Holmes sein, um die Sache richtig einzuordnen, es reichte schon, wenn man in den vergangenen Wochen die Schlagzeilen der Lokalzeitung überflogen und noch dazu am Sonntagvormittag in einem beliebigen Wirtshaus der näheren Umgebung am Frühschoppen teilgenommen hatte. Der Mais-Attentäter hatte gewiss die Lufthoheit über die Stammtische gewonnen, erst recht nun, nachdem der Jungbauer Willibald Bieber ein so schreckliches Ende gefunden hatte.

Morgenstern, Hecht und Grabsky zermarterten sich die Köpfe, was da in der vergangenen Nacht passiert sein mochte. Bis Antonia Grabsky die naheliegende Frage stellte: Warum fragte eigentlich niemand Frau Hirmer, falls es die überhaupt gab, nach ihrem Gatten?

Morgenstern hatte schon im nächsten Moment den Telefonhörer in der Hand. Ein Blick ins Telefonbuch hatte ihm gezeigt, dass es neben der Firmennummer auch noch einen Privatanschluss unter derselben Adresse gab, angemeldet auf »Berthold u. Gabriele Hirmer«.

Gabriele Hirmer ging bereits nach dem dritten Läuten ran. Morgenstern wusste, dass die Kollegen von der für Kipfenberg zuständigen Polizeiinspektion Beilngries ihr schon am Morgen die Todesnachricht überbracht hatten, und inzwischen war gerade genug Zeit vergangen, um einige sogenannte sachdienliche

Fragen stellen zu können. Was war da gestern Abend los gewesen?

Gabriele Hirmer, umgeben von ihren volljährigen Kindern und möglicherweise noch weiterer Verwandtschaft, vom verständnisvollen Hausarzt mit Beruhigungspillen einigermaßen psychisch ins Lot gebracht, wie sie sagte, gab bereitwillig Auskunft.

Ihr Mann habe sich am Abend wie immer zusammen mit ihr die »Tagesschau« angesehen und anschließend einen Film. Dann aber habe er sich wieder ins Lager zurückgezogen. Er müsse da noch ein paar Sachen sortieren, das könne dauern, sie solle ruhig schon zu Bett gehen. Spät in der Nacht sei sie aufgewacht, und der Platz neben ihr sei leer gewesen. Sie habe – im Nachthemd – nach ihrem Gatten gesucht, sei sogar trotz der bereits empfindlichen Herbstkälte hinaus auf den Hof gegangen. Dort sei ihr aufgefallen, dass der Lieferwagen fehlte, der VW-Bus. »Das ist alles.«

»Und er hat Ihnen nicht gesagt oder wenigstens angedeutet, was er vorhat?«, fragte Morgenstern. »Sie wissen, was wir bei unserem letzten Besuch hier bei Ihrem Mann in der Werkstatt gefunden haben?«

Er hatte den Eindruck, dass die Frau mit der Antwort zögerte. »Ja, ich weiß das«, sagte sie schließlich mit schleppender Stimme. »Ich bin oben im Wohnzimmer gewesen, als Sie unten im Büro und dann auch im Lager waren. Berthold hat es mir erzählt. Wir haben keine Geheimnisse voreinander.«

»Aber gestern Abend, da hat er sie im Ungewissen darüber gelassen, was er vorhat.«

»Ja. Er hat nur gesagt, ich soll mich hinlegen. Und das habe ich dann auch gemacht. Wer hätte denn gedacht, dass er sich etwas antut? Dafür war er überhaupt nicht der Typ.«

Morgensterns Magen krampfte sich kurz zusammen. Es half nichts: Er musste der Frau reinen Wein einschenken, und zwar am besten jetzt gleich.

»Frau Hirmer, wir haben leider eine schlimme Nachricht für Sie.«

Die Frau stöhnte auf. »Noch schlimmer, das geht doch überhaupt nicht.«

»Frau Hirmer«, wiederholte Morgenstern mit möglichst einfühlsamer Stimme. »Wir haben vorhin von der Gerichtsmedizin die Nachricht bekommen, dass Ihr Mann offensichtlich ermordet worden ist. Jemand hat ihn umgebracht und dann versucht, das Ganze wie einen Selbstmord aussehen zu lassen.«

Auf der anderen Seite der Leitung wurde es still. Für eine lange, lange Zeit. Schließlich fragte Morgenstern vorsichtig: »Sind Sie noch dran?«

»Ja«, kam es zurück.

»Verstehen Sie jetzt, warum wir unbedingt wissen müssen, wohin Ihr Mann gefahren ist?«

»Ja.«

»Und Sie wissen es wirklich nicht?«

»Nein. Das habe ich Ihnen doch schon gesagt.« Wieder stöhnte sie auf. »Oh mein Gott! Sagen Sie mir, wie es passiert ist?«

»Das kann ich nicht. Das ist Täterwissen. Das müssen wir für unsere Ermittlungen für uns behalten. Vorerst zumindest.« Morgenstern beschloss, trotz der denkbar widrigen Umstände nachzufassen: »Frau Hirmer, was wissen Sie über diese Stangen im Mais? Was wissen Sie über den Hof von Willibald Bieber in Kösching? Was hat Ihnen Ihr Mann erzählt? Sie sagen, Sie hätten keine Geheimnisse gehabt.«

»Nichts. Ich weiß gar nichts. Außer, dass Sie ein abgesägtes Stück Stahl in der Werkstatt gefunden haben, das genauso aussieht wie die Eisenstangen, die in Kösching einen Maishäcksler kaputt gemacht haben. Aber wenn Sie meine Meinung interessiert: Das kann jedes beliebige Stück Eisen gewesen sein. Mein Mann hatte damit nichts zu tun. Und jetzt ist er tot.«

Die Frau wurde jetzt von einem Weinkrampf geschüttelt, das hörte Morgenstern durchs Telefon, und er spürte, dass vorerst nichts weiter zu machen war. So stellte er am Schluss nur noch eine letzte Frage: »Hatte Ihr Mann Feinde?«

»Nein«, kam schluchzend die Antwort. »Und erst recht

keine Todfeinde. Dafür war er viel zu gutmütig. So ein guter, braver Mann.« Dann legte sie auf.

»Gutmütigkeit ist auch keine Lösung«, sagte Morgenstern, als er sich seinen Kollegen zuwandte.

Es half nichts: Die naheliegende Aktion war, sich in dem Dörfchen Attenfeld die Hacken abzulaufen. Ein Blick auf die Landkarte zeigte, dass es auf dem Weg zur Willibaldsruh kaum zu vermeiden war, komplett durch das Hundertfünfzig-Einwohner-Örtchen zu fahren, und zwar mittendurch, knapp an der Dorfkirche St. Ägidius vorbei.

Hundertfünfzig Einwohner, das war gerade noch die Dimension, die Morgenstern für eine Hausbefragung durch ihr kleines Team für machbar hielt. In einer größeren Gemeinde hätte man wohl die Eichstätter Bereitschaftspolizei dienstverpflichtet – und den jungen Auszubildenden das als psychologisch wertvolle Praxisübung schmackhaft gemacht. Aber da wusste man nie, wie geschickt sich der oder die Einzelne tatsächlich anstellte. Wenn man Pech hatte, verpatzte ein rhetorisch ungeschickter Polizeischüler alles, weil er seinen Zeugen an der Haustür nicht dazu bringen konnte, in aller Ruhe ernsthaft zu überlegen, was er in der vergangenen Nacht alles gehört oder gesehen hatte. Und Morgenstern rechnete sich durchaus Chancen aus, dass jemand etwas gesehen hatte.

Dieses Dorf lag, wenn man es recht besah, etwas ab vom Schuss – was die Einwohner natürlich erfahrungsgemäß immer völlig anders sahen. Tatsache war: Wenn hier in der Nacht zwischen zwei und fünf Uhr ein Auto durch die Straßen fuhr, dann musste es mit dem Teufel zugehen, wenn das niemandem auffiel. Erst recht, wenn das ein röhrender Dieselmotor war, ein alter Lieferwagen mit der Aufschrift eines Bauunternehmens aus dem Nachbarlandkreis.

Irgendjemand hatte den toten Berthold Hirmer in tiefer Nacht durch die Gegend kutschiert, in dessen eigenem Auto, in der Absicht, die Leiche möglichst weit vom Ort des eigentlichen Verbrechens entfernt zu platzieren und der Polizei ein Schnippchen zu schlagen. Aber wer immer den Hirmer-Bus gefahren hatte – er hatte einen Begleiter mit einem zweiten Wagen gebraucht, um wieder nach Hause zu kommen. Er konnte sich ja schlecht zu Fuß oder trampend auf den Rückweg gemacht haben.

Also waren in der Nacht zwei Autos Richtung Willibaldsruh gefahren: Für Attenfelder Verhältnisse konnte das schon als Konvoi gelten. Die Chancen standen also wirklich gut, dass die dörfliche Kontrolle hier griff, erklärte Morgenstern seinen Kollegen. Angefangen bei den Teenagern, die auch zu spätester Stunde die Finger nicht von ihren Computerspielen lassen konnten und dann am nächsten Morgen komatös im Schulbus Richtung Neuburg saßen, mit verheerenden Folgen für den Bildungsstandort Bayern. Und es endete noch lange nicht bei der betagten Witwe, die sich im Doppelbett ihres Schlafzimmers unter einem viel zu schweren, felsenartigen Federbett wälzte, jeden einzelnen Glockenschlag der nahen Kirchturmuhr mitzählte und vergeblich auf die einschläfernde Wirkung einer Extraportion Klosterfrau Melissengeist hoffte. In so einem Umfeld, so hoffte Mike Morgenstern, konnte ein krimineller Leichentransport einschließlich Begleitfahrzeug einfach nicht unbemerkt bleiben, erst recht nicht, wenn die Fahrt aus dem Dorf hinaus in den Wald führte.

Hecht stellte den Dienst-BMW direkt an der Attenfelder Kirche ab, und die drei Ermittler verteilten sich aufs Dorf, was innerhalb kürzester Zeit für allerhand Aufsehen sorgte.

Es war Nachmittag, kurz vor fünfzehn Uhr, und die Frühschicht-Arbeiter von Audi kehrten gerade von ihrem Tagwerk nach Hause. Da stachen Fremde, die durchs Dorf bummelten, sofort ins Auge. Jehovas Zeugen in missionarischer Absicht? Eine Drückerkolonne auf der Jagd nach arglosen Zeitschriftenabonnenten? Mit solchen Vorurteilen mussten klinkenputzende Kriminaler üblicherweise rechnen. Doch die Attenfelder – mit Ausnahme der Audi-Frühschichtler – wussten natürlich alle, was da am Morgen an der Willibaldsruh passiert war, und warteten schon gespannt darauf, dass endlich an ihrer

Tür geklingelt wurde. Die Kriminalpolizei ermittelt – das gab es doch sonst nur im Fernsehen.

Aber es war wie verhext: Niemand hatte etwas gesehen. Zumindest nicht bei den Häusern, an denen Hecht und Morgenstern läuteten. Am Ende war es Antonia Grabsky, die den Joker in ihrem Blatt hatte – oder den »Eichel-Ober«, wenn es ums Schafkopfen ging, oder den »Max«, den Herz-König, falls man ans Kartenspiel »Watten« denken wollte.

An einem neu gebauten Wohnhaus, ziemlich am Dorfende, günstig in Richtung Willibaldsruh gelegen, öffnete ihr eine junge Frau. Sie war im gleichen Alter wie Grabsky und trug ein Baby auf dem Arm. Ihr Mann sei nach dem Mittagessen zur Spätschicht gefahren, deswegen sei sie jetzt allein zu Hause, erzählte sie an der Tür. Eine Katze schnurrte mit steil in die Höhe gestrecktem Schwanz um Grabskys Beine.

Die junge Frau musste nicht lange nachdenken: Ja, natürlich habe sie von der Sache gehört, ihr Mann habe am Morgen schon als Feuerwehrler Einweiserdienste geleistet. Und dann, nachdem Grabsky ihrer Erinnerung ein wenig auf die Sprünge geholfen hatte, kam es wie aus der Pistole geschossen: Sie habe in der Nacht tatsächlich gesehen, wie der Hirmer-Bus an ihrem Haus vorbeigefahren sei, hinaus Richtung Wald.

»Wie denn das?«, fragte Antonia Grabsky.

»Meine kleine Annabelle hat mich auf Trab gehalten. Sie kommt alle vier Stunden.«

Grabsky entdeckte nun auf einmal tiefe Ringe um die Augen der jungen Mutter, die ihr zuvor nicht aufgefallen waren. Die Schlaflosigkeit, so folgerte sie, hatte viele Gesichter, und hier war nun eines davon zu sehen, mit dem der schlaue Kollege Morgenstern nicht gerechnet hatte, als er die möglichen Zeugen aufgezählt hatte. Eine vom immer hungrigen Baby Annabelle aus der Tiefschlafphase mit dem wissenschaftlichen Namen »REM« gerissene Mutter, Heldin der Nacht, hatte Hirmers Wagen zweifelsfrei vom Fenster aus gesehen.

Sie konnte sich sogar noch an die Uhrzeit erinnern: drei Uhr dreißig. Die Zeitung hatte schon im Briefkasten gesteckt, denn in Attenfeld wurde früh geliefert, und die junge Frau las, solange das Kind am Fläschchen nuckelte, nebenbei ein wenig in den Todesanzeigen und, in dieser Reihenfolge, im »Vermischten«. Just in diesem Moment war der Bus an ihrem Fenster vorbeigeröhrt – dass man mit solch einer Mühle überhaupt noch fahren durfte in Zeiten, in denen der rußige Diesel immer mehr in Verruf geriet!

Zu Grabskys Bedauern hatte sie nicht gesehen, wer am Steuer gesessen war – sie hatte wegen des Babys auf ihrem Schoß nicht aufstehen können, und selbst wenn, dann hätte die funzelige Straßenbeleuchtung hier bei aller Neugier nicht weitergeholfen. Aber die Hirmer-Aufschrift hatte sie vom Stuhl aus zweifelsfrei gelesen. Sie hatte sich ein wenig gewundert, als erneut ein Fahrzeug durchs Dorf gefahren war – aber da war sie gerade damit beschäftigt gewesen, die kleine Annabelle durch die Küche zu tragen und ihr dabei mit rhythmischem Klopfen auf den Rücken ein Bäuerchen abzuringen.

Ein Bäuerchen, das dann ein ziemlich kräftiger Rülpser gewesen sei, wie die junge Mutter ihrer Besucherin zufrieden berichtete. Die Frau Kommissarin werde eines Tages nämlich gewiss noch selbst erfahren, dass ohne diese gezielte »Entlüftung« des Magens ein Baby nicht mehr in den Schlaf finde. Jedenfalls habe sie das zweite Fahrzeug dann nur noch von hinten gesehen.

»Was für ein Fahrzeug war das?«, fragte Grabsky, deren Interesse an den Raffinessen der Säuglingspflege weit weniger ausgeprägt war, als die Frau in der Haustür es vermutete.

»Ein Motorrad. Es war ein Motorrad. Ich habe aber nur noch das Rücklicht gesehen.«

Grabsky machte sich Notizen auf einem kleinen Block. »Ist Ihnen etwas aufgefallen an diesem Motorrad? Das ist wirklich wichtig für uns.«

»Na ja, es ist ziemlich langsam gefahren, und es war ziemlich laut.«

»Was meinen Sie mit ›laut‹?«

»Es hat so gemacht: bumbumbumbumbum.«

»Bumbumbumbum?«, machte Antonia Grabsky und kam sich dabei ziemlich dämlich vor.

»Genau. Bumbumbumbum.«

»Mal sehen, ob uns das weiterhilft.« Grabsky notierte sich Namen und Telefonnummer ihrer Zeugin und verabschiedete sich.

Hecht und Morgenstern waren mit ihren Touren bereits fertig und saßen im Auto, als Grabsky kam. Die Befragung hatte nur noch einen einzigen weiteren Hinweis erbracht: Die Zeitungsausträgerin hatte ebenfalls ein lautes Motorrad gehört, war aber gerade in einer anderen Ecke des Dörfchens unterwegs gewesen.

Die Frau, eine rüstige Rentnerin, die sich durch den Verteiler-Job ein Zubrot verdiente, hatte, was Fahrzeuge in ihrem Heimatort betraf, so etwas wie das absolute Gehör – und hätte in alten Zeiten damit vielleicht in der TV-Show »Wetten, dass..?« ein Millionenpublikum überraschen können. Sie erkannte nämlich fast jedes Auto, jeden Traktor und jedes Motorrad am Klang und konnte es seinem lokalen Besitzer zuordnen, dank langjähriger Übung und weil das bei den nächtlichen Runden durch die Straßen eine schöne Abwechslung war. Ihr privates Rate-Quiz sozusagen. Bei den modernen Autos sei das leider immer schwieriger geworden – »Die klingen ja alle gleich, und dann schauen sie auch noch gleich aus« –, aber bei den Traktoren und Mopeds kenne sie sich immer noch aus. Kurzum: Dieses Motorrad sei ganz bestimmt keines aus dem Dorf gewesen.

»Ein fremdes also?«, hatte Morgenstern gefragt.

»Ein auswärtiges«, hatte die Zeitungsausträgerin, treue Garantin der journalistischen Grundversorgung in Attenfeld, bestätigt. »Das hat sich schon bald wie ein Bulldog angehört. Weil wir haben daheim noch einen alten Eicher, und der klingt manchmal auch so. Mein Sohn fährt mit dem auf Oldtimer-Treffen.«

Niemand hatte das Motorrad ein zweites Mal im Dorf gehört, also auf der eventuellen Rückfahrt. Die Ermittler schlossen daraus, dass der Fahrer sicherheitshalber einen anderen Weg gewählt hatte, um sich nicht verdächtig zu machen. Das war allerdings gar nicht so einfach. Es musste irgendwie »hintenrum« über den Wallfahrtsort Bergen gegangen sein. Wohin auch immer die Reise dann geführt hatte. Und warum bloß hatte sie überhaupt an diesen entlegenen Ort, zur Willibaldsruh, geführt?

* * *

Sie waren auf dem Weg zurück nach Ingolstadt, als Antonia Grabskys Handy klingelte. Das tat es zwar ziemlich oft, denn die junge Kollegin war permanent mit irgendwem in Kontakt, tippte unablässig Nachrichten in ihr Smartphone, »checkte« die Flut der einlaufenden und ausschließlich privaten Informationen – aber dieses Mal war es dienstlich. So dienstlich, dass Hecht, der Fahrer, nach kurzer Zeit den Wagen am Straßenrand parkte, um ebenso wie Morgenstern konzentriert zuhören zu können.

Am Apparat war ein Landwirt aus Oberdolling, nur ein kleines Stück östlich von Kösching, dem die Kriminalkommissarin Grabsky erst vor zwei Wochen einen Besuch abgestattet hatte. Der Mann, Max Schneider, war im Auftrag des Maschinen- und Betriebshilfsrings Eichstätt als sogenannter Lohndrescher im Einsatz. Er hatte sich in den vergangenen Jahren mehrere große und äußerst effektive Maschinen gekauft – zwei Mähdrescher und zwei Maishäcksler – und erledigte damit auf Stundenbasis die Ernte von Berufskollegen in der näheren und auch weiteren Umgebung. Max Schneider war es gewesen, der auf den Köschinger Feldern so furchtbar Schiffbruch erlitten hatte. Den Häcksler hatte damals allerdings ein Mitarbeiter gefahren.

Antonia Grabsky hatte Schneider zu dem ganzen Vorfall befragt – und sie hatte durchaus Phantasie genug bewiesen, um auch einen besonders waghalsigen Fall von Versicherungsbetrug ins Auge zu fassen. Das hatte sie Morgenstern und Hecht vor zwei Tagen berichtet, worauf Morgenstern ausführlich erzählte, wie erst im Frühsommer eine gewaltige Gewitterwolke wie eine Walze über Eichstätt gezogen sei, ein Hagelsturm, der eine Spur der Verwüstung hinterlassen habe. Auch der Morgenstern'sche Landrover, mangels Garage auf offener Straße geparkt, habe wohl hundert winzige, kaum sichtbare Dellen abbekommen – und die Versicherung habe doch tatsächlich über dreitausend Euro als Ausgleich bezahlt. »Dreitausend Euro!«, hatte Morgenstern wiederholt.

»Dann steht dir ja Amerika jetzt offen, du Glückspilz«, hatte Kollege Hecht lakonisch hinzugefügt.

Antonia Grabsky hatte jedenfalls auf dem Hof von Lohndrescher Max Schneider keinerlei glückliche Menschen angetroffen, sondern ausschließlich Zorn, Sorge und Verzweiflung, sodass sie die Sache mit dem versuchten Betrug nicht ernsthaft weiterverfolgte. Sie war allerdings gründlich genug gewesen, um bei der Versicherung selbst nachzufragen, ob Schneider schon früher durch größere Schadensfälle aufgefallen sei. Nein, Schneider war, wenn man so wollte, ein mustergültiger Klient gewesen – bis zu dem Tag, an dem sich sein Maishäcksler an einer Stange aus V2A-Stahl übernahm.

Nun also war ebendieser Schneider am Telefon, denn Grabsky hatte ihm ihre Handynummer überlassen, falls ihm noch etwas einfallen sollte – und jetzt war es so weit. Im Brustton der Entrüstung berichtete der Landwirt, dass er soeben, also vor knapp einer halben Stunde, in seiner Werkstatt, in den Schraubstock eingespannt, ein Stück einer Stahlstange gefunden habe, grob abgesägt und an einer Stelle durchgebohrt. Genau solch eine Stange, wie die im Maisfeld vom Bauern Bieber und dessen Köschinger Nachbarn.

»Ich hab sofort meinen Junior an der Arbeit angerufen, ob er damit etwas zu tun hat«, berichtete er. »Der arbeitet nämlich bei uns im Dorf in der Kartoffelfabrik. Aber der weiß von nichts. Und passen Sie auf, was ich mir jetzt überlegt habe: Wenn die Stange nicht von uns ist, dann hat sie mir einer da hingelegt. Mit voller Absicht.«

»Rühren Sie nichts an«, sagte Grabsky, »ich komme sofort.«

»Ich habe die Stange leider schon angelangt, da sind jetzt überall meine Tapper drauf«, sagte Schneider etwas zerknirscht ob seiner eigenen Dummheit.

»Schade drum«, sagte Grabsky. »Aber ab sofort lassen Sie alles schön an seinem Platz. Wir sind in zwanzig Minuten bei Ihnen.«

»Das wird ja immer schöner«, sagte Morgenstern. »Jetzt tauchen die Dinger sozusagen im Dutzend auf. Erst bei Professor Stiller. Jetzt beim Lohndrescher. Wer weiß, wer noch eine bei sich entdeckt.«

»Da spielt einer den Osterhasen«, folgerte Hecht.

Woraufhin Morgenstern spontan zu singen anfing, ein Lied, das seine Kinder im Kindergarten in Nürnberg gelernt hatten: »Stups, der kleine Osterhase, fällt andauernd auf die Nase …«

Antonia Grabsky sah ihren Kollegen irritiert an. Dann rief sie im Labor des Präsidiums an, denn die Stangen seien schließlich ihr Thema, verkündete sie. Das Stahlstück aus Carsten Stillers Nobelgarage dürfte inzwischen doch wohl gründlich analysiert worden sein.

So war es auch. Und das Ergebnis war nicht einmal besonders überraschend, fand Morgenstern. Es fanden sich keinerlei Spuren auf der Metallstange – gar keine. »Nichts – nada – nothing«, wie der Labortechniker bemerkte. Wer immer mit diesem Ding hantiert hatte, er hatte sich richtig Mühe gegeben und Handschuhe getragen.

Das war der Moment, als Peter Hecht einen Fahrerwechsel beantragte, denn er selbst müsse jetzt dringend etwas überprüfen. Also setzte sich Morgenstern ans Steuer, während Hecht auf dem Beifahrersitz seine Aktentasche öffnete und seinen kleinen Fotoapparat herausfischte. Konzentriert starrte er auf den winzigen Bildschirm und sah sich die letzten Fotos an, die er aufgenommen hatte. Er hatte als Erinnerungsstütze am Morgen an der Waldkapelle fotografiert. Aber das war es nicht, was er suchte.

»Da hab ich's!«, rief er schließlich. »Ich habe in der Garage vom Stiller geknipst.«

»Und?«, fragte Morgenstern. »Was gibt es da zu sehen, was ich nicht schon mit eigenen Augen gesehen habe?«

»Holzauge, sei wachsam! Auf die Details kommt es an, werter Herr Kollege«, sagte Hecht im Ton des Triumphators.

»Könnten mir die Herren vielleicht erklären, um was es geht?«, klinkte sich Grabsky von der Rückbank ein.

Hecht reichte ihr die winzige, aber für den Alltagsgebrauch vollauf ausreichende Kamera nach hinten. »Fällt Ihnen da etwas auf?«

Grabsky legte die Stirn in Falten und »blätterte« in Hechts Fotos hin und her. »Ehrlich gesagt nein. Da liegt diese Stange auf der Fensterbank. Das ist alles.«

»Und das Fenster?«, fragte Hecht und konnte nicht vermeiden, dass er dabei reichlich oberlehrerhaft klang.

»Das ist zu«, sagte Grabsky. »Einfach zu.«

»Falsch«, sagte der Oberlehrer auf dem Beifahrersitz. »Sehen Sie sich den Fensterhebel mal ganz genau an. Wie ist die Position? Nord, Ost, West oder Süd?«

Grabsky seufzte ergeben. »Nord, Herr Kapitän«, sagte sie.

»Und was lernen wir daraus?«

»Sie werden es mir bestimmt gleich sagen.«

Ehe Kriminaloberkommissar Peter Hecht seinen Triumph gänzlich auskosten konnte – oder die Sache gar noch weiter in die Länge zog –, sagte Mike Morgenstern in aller Ruhe: »Das heißt, das verdammte Fenster war eigentlich in Kippstellung. Und wer immer sich da zu schaffen gemacht hat, hatte leichtes Spiel. Das Fenster war gekippt, da konnte man die schmale Stange von oben locker durchschieben und aufs Fensterbrett fallen lassen. Und dann hat er das Fenster nur vorsichtig zugezogen, damit man glaubte, es wäre verriegelt gewesen. Und wir haben das nicht gemerkt.«

»Wir haben es eben doch gemerkt«, freute sich Antonia Grabsky – und vor lauter Begeisterung, sie war wirklich eine emotionale Frau, fing sie ihrerseits zu singen an, Rolf Zuckowskis nervensägenden Kinderhit: »Stups, der kleine Osterhase …«

Hecht schüttelte den Kopf. »Wo bin ich hier bloß hingeraten?«

Es war unter diesen Vorzeichen unverkennbar, dass die Sache System hatte. In die Stahlstangen-Affäre war Bewegung gekommen. Wie auch immer man sich das genau vorzustellen hatte. Und der Zeitpunkt ließ sich ziemlich genau ausmachen: Der Stahl war wieder Thema, seit die Ermittler dem Bauunternehmer Berthold Hirmer auf die Spur gekommen waren. Einem Mann, der inzwischen leider keine Auskunft mehr erteilen konnte.

Wer dafür umso auskunftsfreudiger war, war Max Schneider, das wackere Maschinenring-Mitglied aus Oberdolling. Als die Kommissare gleich zu dritt auf seinem Hof anrückten, war er zuerst einigermaßen beeindruckt. Aber seine Sorge, dass ihm trotz seiner »Selbstanzeige« nun ein Strick gedreht werden könnte, war im Nu zerstreut. Die Besucher wollten vor allem wissen, wann und wie dieses Ding auf seinen Hof, um genau zu sein, in seinen Schraubstock gekommen war.

»Es kann eigentlich bloß in der letzten Nacht gewesen sein«, bekundete Schneider nach ausführlicher Gewissenserforschung. Denn der Sohn habe noch am Nachmittag eine stumpf gewordene Motorsäge geschärft – und fürs Feilen müsse man die gesamte Säge am Blatt in den Schraubstock klemmen. Also habe »dieses Ding«, wie er das Stahlstück nannte, erst später seinen Platz an der Werkbank gefunden.

»Seit wir keinen Hund mehr haben, kann hier ja jeder rein«, sagte der Landwirt bedauernd. »Da hätte sich früher mal einer nachts reinschleichen sollen, da wäre der Teufel los gewesen.«

»Aber wer immer das war, er ist ein großes Risiko eingegangen«, gab Morgenstern zu bedenken.

»Wenn ich den erwischt hätte!«, sagte Schneider. Und das war der Augenblick, als sich Hecht, Grabsky und Morgenstern ansahen.

»Was, denken Sie, wäre dann passiert?«, fragte Hecht vorsichtig.

»Das will ich jetzt so vor der Polizei lieber nicht sagen.«
Schneider blickte finster. »So ein Sauhund, so ein elendiger.«

»Ein paar Watschen hätte er sich also mindestens eingefangen?«, vermutete Hecht.

»So macht man das auf dem Dorf«, bestätigte Schneider grimmig und ballte seine beeindruckend großen, etwas von Maschinenöl verschmierten Fäuste, die von jahrzehntelanger harter Arbeit kündeten.

In Oberdolling und vergleichbaren Dörfern galt, wie Morgenstern folgerte, nach wie vor das Wort von der »bayerischen Art des Hinlangens«, wie es einmal ein Ministerpräsident in aller Unschuld formuliert hatte. Da war es um die besonders rüde Behandlung von Demonstranten durch die Polizei des Freistaats gegangen, und der Landesvater hatte das hinterher als Sonderform der weiß-blauen Folklore gerechtfertigt. So sei das halt in Bayern. Max Schneider, der Mann vom Maschinenring, war gewiss jemand, der das ganz ähnlich sah.

Morgenstern dachte kurz an die Auseinandersetzung zwischen den Köschingern und den Gaimersheimern, die dem gleichen Prinzip geschuldet war – eine Massenschlägerei, hart an der Grenze zum Landfriedensbruch, firmierte bei diesen Burschen ganz locker als »zünftige Rauferei«, also irgendwie höchstens als Fall fürs »Königlich Bayerische Amtsgericht«.

»Sie haben gestern Nacht nichts Auffälliges gehört oder gesehen? Ein fremdes Fahrzeug, einen fremden Menschen, der die Straße rauf- und runtergeht?«, fragte Grabsky. »Vielleicht den Schein einer Taschenlampe?«

»Nein, wir haben alle einen gesegneten Schlaf«, sagte Schneider.

»Ein äußerst vorsichtiger Osterhase«, stellte Morgenstern fest, und Schneider sah ihn irritiert an. »Aber irgendwann hat ihn sein Glück verlassen. Ich würde zu gerne wissen, wo das war. Wer es war, ist mir dagegen ziemlich klar. Herr Schneider: Sagt Ihnen eigentlich der Name Berthold Hirmer etwas? Hirmer Bau, Kipfenberg?«

Ganz vage hatte Max Schneider den Namen schon gehört,

aber das bedeutete nichts, denn der Erntespezialist kam mit seinen Maschinen weit herum im Landkreis. Geschäftlich hatte er noch nie mit dieser Firma zu tun gehabt, da gab es beim besten Willen keine Berührungspunkte.

Die Kommissare hinterließen ihre Telefonnummern und trollten sich von Schneiders Hof samt Fuhrpark. Die Stahlstange hatte Antonia Grabsky sorgfältig eingetütet, und Hecht hatte noch ein paar Fotos gemacht. Das sollte in diesem Fall reichen.

»Wir sollten mal mit dem alten Bieber reden«, schlug Morgenstern vor, als sie wieder im Auto saßen. »Mich würde interessieren, ob er Hirmer gekannt hat. Irgendeine Beziehung muss es da gegeben haben, von der wir noch nichts wissen.«

Hecht maulte ein bisschen herum, ihm war das Programm für den heutigen Tag schon viel zu viel geworden, und das Gleiche galt für Antonia Grabsky. Am Ende gondelten sie gemeinsam zum Polizeipräsidium – und Morgenstern fuhr mit seinem alten Landrover allein nach Kösching, um von dort aus dann auch gleich nach Hause zu fahren.

Auf dem Bieber-Hof aber traf er niemanden an, keine Menschenseele.

Er stand ratlos auf dem Hof, als eine Frau mit dem Fahrrad vorbeikam. Auf dem Gepäckträger klemmte eine Gießkanne aus grünem Plastik, daneben eine Hacke mit langem Stiel.

»Suchen Sie den Simon?«, rief sie Morgenstern zu. »Der ist auf dem Friedhof, da komme ich gerade her. Das Grab herrichten, gießen, hacken. Und jetzt fahre ich noch ein bisschen herum.«

Morgenstern nickte. »Ja, dann muss ich wohl zum Friedhof.«

Er ließ sich beschreiben, wo der Köschinger Gottesacker zu finden war, etwas nördlich vom Dorfkern nämlich, weil auf dem kleinen Kirchhof mitten im Dorf nicht genug Platz für die Toten war.

Die Frau nahm die Gelegenheit für einen kleinen Plausch

dankbar an. Sie blickte erst auf Morgensterns verschrammten Geländewagen, dann auf seine Kleidung, und daraus destillierte sie folgende Einschätzung: »Sie sind gewiss ein Viehhändler?«

Morgenstern schaute sie entsetzt an. Auf die Idee musste man erst einmal kommen. Nein, sagte er, und ließ ganz gegen seine sonstige Zurückhaltung die Katze aus dem Sack: »Ich bin von der Kriminalpolizei. Kriminaloberkommissar.«

»Da wäre ich jetzt nicht draufgekommen«, sagte die Grabpflegerin in aller Unschuld. »Sie sind wirklich von der Polizei?«, hakte sie sicherheitshalber nach.

»Wenn ich's Ihnen doch sage.« Morgenstern kramte als Zeichen seines guten Willens tatsächlich nach seinem Ausweis und hielt ihn der Frau, die etwa fünfundsechzig Jahre alt sein mochte, unter die Nase.

Jetzt stellte sie endgültig ihr Fahrrad ab. »Soso, von der Polizei«, wiederholte sie murmelnd. »Ich kenne den Simon ja gut.« Sie wischte sich mit dem Armrücken über die Stirn, denn die Sonne hatte in diesen Herbsttagen noch überraschend viel Kraft. »Er ist ein bisschen älter wie ich. Aber in uralten Zeiten haben wir zusammen Theater gespielt.«

»Ach ja?«, fragte Morgenstern interessiert, aber er musste gar nicht viel nachbohren. Die Frau war zweifelsfrei von Herzen froh um jede kleine Abwechslung in ihrem Alltag und begann in aller Ausführlichkeit, die Bieber'schen Familienverhältnisse auszubreiten.

»Er ist ja so ein guter Mann, der Simon«, schilderte sie, »aber er hat es wirklich nicht immer leicht gehabt. Mit seiner Rosa.«

»Aha«, sagte Morgenstern.

»Die hat hier auf dem Hof die Hosen angehabt, und sie war es auch, die sich darum gekümmert hat, dass der Hof ausgesiedelt ist. Die waren ja früher mitten im Dorf. Aber kaum hat sie den Simon geheiratet, da haben sie hier draußen alles neu gebaut. Und der Simon hat das alles mitgemacht. Ich hätte das nicht für möglich gehalten. Was will denn der hier draußen?«

»Inzwischen hat er ja genug Nachbarschaft«, sagte Morgenstern mit Verweis auf die herangerückte Neubausiedlung.

»Ein Bauer gehört ins Dorf, sage ich immer«, beharrte die Informantin, deren Gesprächsfluss, wie Morgenstern allmählich feststellte, jeden Wundergurkenhobel-Verkäufer zum maulfaulen Eigenbrötler degradieren konnte. »Was hat denn der Simon mit diesen fremden Leuten da zu schaffen, das sind ja lauter Auswärtige, sogar Preußen. Aber die Rosa hat halt nicht lockergelassen – und der Simon hat immer genau getan, was sie gewollt hat. Ich habe die Rosa gut gekannt, wir waren ja zusammen auf der Haushaltungsschule in Ingolstadt, lang, lang ist's her. Wir sind da immer zusammen mit dem Zug hingefahren. Gibt's ja alles heute nicht mehr, den Zug nach Ingolstadt. Dabei wäre das so vernünftig, wenn die Leute nicht mit dem Auto zu Audi fahren müssten.

»Jaja«, murmelte Morgenstern.

»Die Rosa hat gleich am Anfang die Marga bekommen und dann die beiden Buben, erst den Willi und später dann den – wie heißt er gleich wieder?«

»Conan«, sagte Morgenstern, »äh, Conny. Konrad.«

»Genau, den Konrad, der ist jetzt ja wieder in der Gegend, haben sie erzählt, im August, als wir mit der Pfarrei Kräuterbüschel gebunden haben zum Großen Frauentag, unser Patrozinium.«

Morgenstern verstand zwar bloß Bahnhof, ließ der Frau aber weiter freie Fahrt. Sie erinnerte ihn zunehmend an jene Quadrat-Ratschen, die Bayerns Kleinkunstbühnen im Sturm eroberten, denen auf dem Münchner Viktualienmarkt bronzene Standmale aufgestellt wurden und die er persönlich immer für rein künstliche Wesen gehalten hatte. Jetzt war er einem solchen Exemplar leibhaftig begegnet.

»Der Simon ist ja ein herzensguter Mann, aber er ist halt schon auch ein Lapp«, stellte die Frau klar, und ihrem Zuhörer blieb kaum Zeit für die Nachfrage, was denn der Begriff »Lapp« wohl bedeuten mochte – vermutlich etwas, das in den Bereich der gutmütigen Trottelhaftigkeit reichte –, denn schon ging's weiter.

Jedenfalls gehe im Dorf doch schon seit einiger Zeit das Gerückt um, der ältere Sohn, der nun so unglücklich verstorbene Willibald, Gott sei seiner Seele gnädig, könnte möglicherweise einen anderen Vater gehabt haben als den Simon. Aber das wisse nun wirklich keiner ganz genau, am wenigsten der Simon selbst, weil der eben ein Lapp sei. Aber spekulieren habe man schon dürfen, weil die zwei Buben gar so unterschiedlich geraten seien, und die Rosa sei schon in ihrer Jugend kein Kind von Traurigkeit gewesen und keine Kostverächterin, wenn der Herr Kommissar verstehe, was sie meine.

»Auf jeden Fall ist es, schon bevor der Willi dann auf die Welt gekommen ist, mit der Ehe von der Rosa und dem Simon nicht zum Besten gestanden«, sagte die Gewährsfrau mit der Gießkanne. »Deswegen ist der Simon damals auch viel beim Amberger gehockt.«

»Beim Wirt?«

»Genau. Schon am Vormittag. Und daheim hat er die Zügel schleifen lassen.«

»Und die Frau war dann mit den Kindern und der vielen Arbeit allein«, folgerte Morgenstern.

»Das war bestimmt nicht gut. Es ist nicht gut, wenn der Bauer das Feld nicht bestellt« – zu dieser Aussage gab es gratis ein vielsagendes Augenzwinkern.

Aber der Bieber-Hof hier draußen habe floriert, mit einem Stall voller Milchkühe und den modernsten Maschinen und einem Haufen Arbeit – und der Bieber habe früher immer einen Mercedes gefahren, weil das die Rosa nämlich so wollte. »Das hätte ich mal meinem Mann sagen müssen, dass ich einen Mercedes will!«

Dann hätten die beiden den Hof auf den Willibald überschrieben, und bald darauf sei die Rosa krank geworden, kein Doktor habe der armen Frau helfen können, und jetzt liege sie schon fünf Jahre draußen auf dem Friedhof. Der Willibald aber habe den Hof komplett umgekrempelt, so wie er sich das vorgestellt hatte. Ohne Kühe – »dafür brauchst du eine Bäuerin, aber die hat er ja nicht. Und ob er jemals eine gekriegt hätte, das weiß jetzt nur noch der liebe Gott.«

»Amen«, sagte Morgenstern fromm. Und fügte an: »Aber wenn er die Kühe behalten hätte, dann hätte er erst recht keine bekommen.«

»Mit den Schweinen aber auch nicht«, gab die Gewährsfrau zurück. »Ich sag's immer: Das wird nichts mehr mit der Landwirtschaft. Das Gescheiteste wäre, wenn der Bieber alles verkauft. Gibt doch genug Interessenten.«

Weil Morgenstern dazu nichts weiter beizusteuern hatte und das Gespräch verebbte, packte die Frau ihre Sachen, setzte sich nicht ohne Ächzen auf ihr Fahrrad und radelte ihrer Wege. Morgenstern aber kletterte in seinen Landrover und machte sich auf zum Köschinger Friedhof.

Es dauerte lange, bis er sich im Klaren war, dass er Simon Bieber verpasst hatte. Auf dem Gottesacker herrschte durchaus noch ein bisschen Betrieb, und Morgenstern fragte eine Frau, die gerade Astern einpflanzte, eigens nach der Bieber'schen Familiengrablege. Die befand sich, wenn man so wollte, in »bester Lage«, gleich beim Eingang.

Ein großer schwarzer Granitstein thronte über dem Grab, in dem die Mitglieder des alteingesessenen Bauern-Clans ihre letzte Ruhe gefunden hatten. In wenigen Tagen würde hier auch Willibald Bieber liegen, in hoffnungsvoller Erwartung der Auferstehung am Jüngsten Tag. Morgenstern stand etwas unbeholfen vor dem frisch gegossenen Grab, in dem Simon Biebers Eltern schon lange, seine Gattin Rosa aber erst seit wenigen Jahren ruhten.

Mühsam errechnete Morgenstern Rosa Biebers Alter: Sie war gerade mal fünfundfünfzig Jahre alt geworden, eine indiskutabel kurze Lebensspanne. Da brauchte man sich nicht zu wundern, wenn Simon Bieber mit seinem Leben und wohl auch mit seinem Gott haderte, mit dem er deswegen am besagten Jüngsten Tag ganz gewiss noch ein Hühnchen zu rupfen haben würde.

Woran war Rosa Bieber eigentlich gestorben?, sinnierte Morgenstern. Es fiel ihm nicht ein, oder war das vielleicht noch gar kein Thema gewesen? Er erinnerte sich, dass es wohl rasch gegangen war, eine Sache von wenigen Tagen. Man hatte sie in die Köschinger Klinik eingewiesen, und da war sie dann gestorben. Was konnte das gewesen sein?

Er starrte auf die Inschrift auf dem polierten schwarzen indischen Marmor-Grabstein, der in der Sonne glänzte. Ein Herzinfarkt? Eine Lungenembolie? Ein Schlaganfall? Tatsache war, dass der Tod von Rosa Bieber das Leben auf ihrem Bauernhof von einem Tag auf den anderen verändert hatte. Willibald Bieber hatte, wenn man so wollte, keinen Stein auf dem anderen gelassen, hatte die Schweinemast aufgebaut, die Biogasanlage errichtet, die Milchviehhaltung eingestellt. Der Leichnam von »Königinmutter« war wohl noch kaum erkaltet gewesen, da hatte der Sohn sein Reich bereits ganz nach seinem Geschmack neu gestaltet. Der Weg für ihn war frei gewesen – wahrscheinlich zum ersten Mal in seinem Leben.

Wenn Morgenstern bisher alle Andeutungen richtig verstanden hatte, dann hatte im Hause Bieber die Mutter das Sagen gehabt. Das Regiment hatte jedenfalls nicht der Vater geführt. Simon Bieber hatte sich im Zweifelsfall grummelnd zum Stammtisch im Gasthof Amberger verkrümelt, wenn ihm daheim etwas nicht passte. Oder er war auf die Jagd gegangen und nächtelang verschwunden, denn wie Hecht und Morgenstern ganz beiläufig von Bürgermeister Franz Eichler erfahren hatten, war Simon Bieber auch Jäger gewesen.

Weitergetragen von Generation zu Generation, gehörte die Jägerei auf dem Bieber-Hof seit Menschengedenken zum »Markenkern«. Bloß der Sohn Willibald war in der Vergangenheit bereits zwei Mal an der hundsföttisch schweren bayerischen Jägerprüfung gescheitert – da hatte wohl das letzte Quäntchen Glück gefehlt und ein klein wenig auch die intellektuellen Grundvoraussetzungen, wie der Bürgermeister spitz bemerkt hatte. Der alte Bieber jedenfalls war begeisterter Jäger mit eigenem Revier, in dem er sich aber von diversen Kollegen aushelfen ließ, gut situierten Männern aus dem nahen Ingolstadt, die zwischen Golfplatz und Managerbüro auch noch der

Jagdleidenschaft frönten, ohne sich groß um organisatorische Details kümmern zu müssen.

Rosa Bieber musste die Hof- und Stallarbeit oft genug allein gestemmt haben, und es war ihr vermutlich recht gewesen. Bis mit einem Mal das Schicksal zugeschlagen hatte.

Morgenstern sah, dass das fünf Jahre alte Sterbebildchen, einlaminiert hinter Glas in einem dauerhaften Rahmen aus Edelstahl, neben der brennenden Grablaterne in der Erde steckte. Er beugte sich tief hinab, um die Daten und die Schrift lesen zu können. Rosa Bieber war in Hepberg geboren und einen Steinwurf weit davon entfernt in Kösching gestorben. Als Gedenkspruch hatten sich die Hinterbliebenen ein Wort aus der Bibel herausgesucht: »Es gibt eine Zeit zu säen und eine Zeit zu ernten.«

Morgenstern kannte den Spruch, wenn auch eher aus der Popmusik: In den sechziger Jahren hatte es da einmal diesen Song gegeben, der als Text nichts anderes als diese Bibelstelle verwendet hatte: »For everything, turn, turn, turn, there is a season …«, alles hat seine Zeit. Ein Hit von den Byrds. Und schon hatte sich Morgenstern einen vermaledeiten Ohrwurm eingefangen, den er wie unter Hypnose leise zu summen anfing, als wäre er Hardcore-Fan des Radiosenders Bayern 1. Der hatte sich in den letzten Jahren von einem für Morgenstern kaum erträglichen Volksmusik- und Schlager-Schnulzen-Programm zu einer »Hitmaschine« der sechziger, siebziger und achtziger Jahre gewandelt. Für alles gibt es eine Zeit, dachte er. Eine Zeit zum Lachen und eine Zeit zum Weinen, eine Zeit zum Aufbauen und eine Zeit zum Abreißen, eine Zeit zum Leben und eine Zeit zum Sterben.

Und wie er noch so dastand am Grab, spürte er, dass er jetzt sofort der Frage nachgehen wollte, woran Rosa Bieber vor fünf Jahren bloß gestorben war. Sie war in Kösching gestorben und nicht etwa ein paar Kilometer weiter im großen Klinikum Ingolstadt. Das hiesige Krankenhaus musste also die Unterlagen haben, ganz simpel im Computer, ohne dass man tief in irgendein staubiges Kellerarchiv hinabsteigen musste.

Er verließ mit eiligen Schritten den Friedhof, kurbelte sich mit seinem Landrover einmal um den Markt herum und stand auch schon auf dem Parkplatz der Klinik Kösching. Er marschierte geradewegs zum Empfang, zeigte seinen Kriminaler-Ausweis, den eine Mitarbeiterin mit größter Sorgfalt studierte – worauf sie ihn an den Verwaltungsdirektor verwies. Da gehe es um Datenschutz.

Natürlich hätte Morgenstern auch selbst darauf kommen können, dass er nicht so einfach fremder Menschen Totenschein präsentiert bekommen würde, aber in seinem Tatendrang hatte er das irgendwie nicht ernst genommen. Eigentlich war es ziemlich unwahrscheinlich, dass der Verwaltungsdirektor so sensible Daten herausrücken würde.

Morgenstern stieg gerade in den Aufzug, um zum Büro des Klinikmanagers zu gelangen, und war dabei, sich eine halbwegs plausible Argumentation zusammenzureimen, als der Fahrstuhl im ersten Stock stoppte, um einen weiteren Passagier aufzunehmen. Es war Dr. Stiller, in weißem Kittel, mit weißen Birkenstock-Schuhen.

»Welch unerfreuliche Überraschung«, sagte Stiller. »Wenn Sie mich stalken wollen, dann können Sie mir das ruhig sagen.«

»Niemand verfolgt Sie, Herr Professor Dr. Stiller«, sagte Morgenstern unter eifriger Verwendung des korrekten Titels. Denn in exakt diesem Moment wusste er, dass er diesen Mann, immerhin Chefarzt, brauchen konnte. »Aber in der Tat wollte ich gerade zu Ihnen.«

»Was wollen Sie denn von mir wissen?«

Der Aufzug hielt im dritten Stock. Beide stiegen aus. »Ich will Sie um einen Gefallen bitten«, sagte Morgenstern kurz entschlossen.

»Einen Gefallen.« Von Stiller fiel erkennbar eine Last ab – möglicherweise, der Mann war schließlich Nephrologe, war es auch ein Nierenstein. »Ich dachte schon, Sie wollen mich wegen diesem Stahlstück ins Verhör nehmen.«

»Das kann noch kommen, aber im Augenblick sieht es nicht

schlecht für Sie aus. Ich bin wegen einer anderen Sache hier. Haben Sie eigentlich Zugriff auf alle Krankenakten?«

Wenig später saßen Morgenstern und Stiller in trauter Eintracht im Büro des Chefarztes. Stiller tippte schweigend an seinem Computer herum, bis er gefunden hatte, wonach Morgenstern suchte.

»Rosa Bieber«, sagte er. »Ja, die war damals hier bei uns. Ist alles da. Eingeliefert vom Roten Kreuz, BRK-Bereitschaft Kösching. Mit Verdacht auf Leberzirrhose. Das hat sich dann auch schnell bestätigt.«

Morgenstern zog eine Augenbraue hoch. »Das ist doch so eine Säuferkrankheit.«

Jetzt war es Stiller, der tadelnd eine Braue hochzog. »Das ist es auch, aber doch nicht in allen Fällen. Und schon gar nicht bei einer Frau wie dieser Bäuerin. Ich habe sie noch kurz kennengelernt, über den Gartenzaun hinweg, wir hatten gerade gebaut. Ich kann Ihnen versichern: Diese Frau hatte kein Alkoholproblem. Für solche Dinge habe ich einen Blick.«

»Was war es dann?«, fragte Morgenstern.

Stiller las sich die Akte auf seinem Bildschirm noch einmal in aller Ruhe durch. »Das ist damals nicht weiterverfolgt worden. Die Leber hat nicht mehr mitgespielt, das könnte Ihnen und mir auch passieren.«

Er sah sein Gegenüber prüfend an, und dann geschah etwas, womit Morgenstern nie und nimmer gerechnet hätte: Chefarzt Professor Dr. Carsten Stiller lächelte. »Also, eher Ihnen als mir könnte das passieren, nicht wahr, Herr Oberkommissar?« Dazu wackelte er mahnend mit dem Zeigefinger.

Morgenstern errötete. »Also, äh …«, stopselte er herum. »Wie kommen Sie darauf?«

»Erfahrung, Intuition«, sagte Stiller. »Aber seien Sie unbesorgt, ein Gläschen Rotwein am Abend, von mir aus auch zwei, werden Sie schon noch eine Weile überleben.«

Dann wurde er wieder ernst, und jetzt war es fast, als hätte Morgenstern einen Mitstreiter gewonnen. Rein professionell gesehen war das freilich indiskutabel, denn der Chefarzt stand unter Verdacht. Seine überraschende Freundlichkeit konnte auch eine besonders perfide Volte sein, um den Oberkommissar positiv zu stimmen und einzulullen. Aber Morgenstern ließ es darauf ankommen und dachte lieber nicht darüber nach, was Kriminaldirektor Adam Schneidt über seine eigenmächtigen Ermittlungen in der Klinik Kösching und die Fraternisierung mit dem eitlen Herrn Professor denken mochte.

»Gab es denn damals eine Obduktion?«

»Ja, ein Kollege hat sie durchgeführt. Aber anscheinend ziemlich oberflächlich, so wie sich das hier liest.« Er schüttelte missbilligend den Kopf. »Der hat sich wohl nicht viel dabei gedacht. Warum auch? Was denken eigentlich Sie, Herr Morgenstern?«

Morgenstern hatte bisher selbst nicht gewusst, was er dachte. »Da könnte etwas faul sein«, sagte er.

»Und wie kommen Sie darauf?«

Jetzt lächelte auch Morgenstern, denn er nahm genau Carsten Stillers Worte von eben auf: »Erfahrung, Intuition.«

Stiller sah ihn nachdenklich an. »Etwas ist faul im Staate Dänemark«, deklamierte er mit raunender Stimme.

»Leberversagen«, raunte Morgenstern, und sie beide klangen nun wie zwei durchgeknallte Verschwörungstheoretiker. »Was außer Alkohol führt zu Leberversagen?«

Stiller wandte sich von seinem Bildschirm ab und drehte sich zu einem Bücherregal um, das direkt hinter seinem Bürostuhl aufragte. Da war, soweit Morgenstern das abschätzen konnte, allerhand in Leinen gebundene medizinische Angeberliteratur dabei, eine ganze Reihe von Werken, die überwiegend der Dekoration dienten und vor allem den Zweck hatten, ahnungslose Patienten und frisch von der Universität kommende Assistenzärzte einzuschüchtern. Fraglich war, ob diese Lexika auch wirklich verwendet wurden.

Das dicke grüne Buch, das Carsten Stiller aus dem Regal zog, war dagegen abgegriffen und offenbar in ständiger Benutzung. Es war der simple »Pschyrembel«, 261. Auflage, das klinische Wörterbuch, Standardwerk aller Mediziner, seit eh und je das unverzichtbare Nachschlage-Lexikon für alle Lebenslagen, und mochte man es auch zum Professor der Humanmedizin gebracht haben.

Carsten Stiller blätterte ein wenig in dem Werk, dessen Seiten mit eingeklebten bunten Textstellenmarkern übersät waren. Passagenweise waren quer durchs Buch entscheidende Stellen angestrichen.

Stiller murmelte etwas, während er konzentriert blätterte.

»Wie bitte, das habe ich jetzt rein akustisch nicht verstanden?«

»Vergiftungen. Ich sagte ›Vergiftungen‹«, sagte der Chefarzt. »Das ist jetzt einfach bloß mal eine Hypothese, wir müssen exakt wissenschaftlich an diese Frage herangehen.«

»Vergiftungen?«, wiederholte Morgenstern.

»Warum nicht?«, fragte Stiller zurück. »Wäre doch eine Möglichkeit. Nur theoretisch, meine ich. Nageln Sie mich bloß nicht fest.«

Er blätterte und blätterte, verglich dabei immer wieder mit den Symptomen, die ihm aus der Patientenakte der Frau bekannt waren. Am Ende machte er »Hmmm« und wiegte den Kopf.

»Was heißt das, ›hmmm‹?«, drängelte Morgenstern und beugte sich seinerseits über das Medizinlexikon. »Bothriocephalus«, buchstabierte er mühsam zusammen, einschließlich der Erklärung, es handle sich dabei um eine »Bandwurmgattung, die im Darm von Menschen und Tieren lebt«. Morgenstern sah den Arzt fragend an. »War es das? Frau Bieber hatte Bandwürmer? Ist das tödlich?«

»Was weiß ich?«, gab Stiller zurück. »Ich meine *das* hier.« Er tippte auf den Eintrag gleich darunter: »Botulismus«.

Morgenstern las selbst: »Nahrungsmittelvergiftung durch Botulinustoxin.«

Carsten Stiller zog das Buch zu sich heran und rezitierte nun seinerseits mit lauter Stimme: »Botulinustoxin spaltet Proteine, die im synaptischen Spalt an der Verschmelzung der postsynaptischen Membran und der Vesikelmembran beteiligt sind;

damit wird die Transmitterausschüttung verhindert, was zum Beispiel zu schlaffer Lähmung der Atemmuskulatur führt.«

Morgenstern drängte Stiller zur Seite und las den knappen Eintrag weiter. Demnach kam es vierundzwanzig bis sechsunddreißig Stunden nach der Aufnahme des Giftes zu einer Störung der Augenmuskeln, danach zu Schluck- oder Sprachstörungen und schließlich zu Atemlähmung und Tod.

»Und was ist das für ein Gift?«, fragte Morgenstern. »Wo kriegt man so ein teuflisches Zeug her? So was fällt doch unters Chemiewaffengesetz, oder nicht?«

Stiller schaute den Kommissar mit der Eitelkeit des promovierten, ach was, habilitierten Besserwissers, der er schließlich immer noch war, an: »Ganz einfach: Dieses Gift entsteht, wenn Fleisch- oder Wurstkonserven nicht ordnungsgemäß erhitzt worden sind.«

»Eine Wurstdose?«, fragte Morgenstern ungläubig. »Eine simple Dose mit Bratwurst oder Leberkäse oder Lyoner?«

»Genau so ist das. Sie müssen die verschlossenen Dosen auf mindestens siebzig Grad erhitzen, und zwar eine ganze Weile lang. Wenn Sie unter fünfzig Grad bleiben, wird es lebensgefährlich. Dann entsteht eines der gefährlichsten Gifte der Welt.«

»Gefährlicher als ein Knollenblätterpilz?«

»Ich bin da kein Experte«, räumte Stiller ein. »Aber beide spielen bestimmt in der Champions League der lebensgefährlichen Gifte.« Stiller druckte sich Rosa Biebers Akte aus. »Die Frau hatte alle Symptome. Man hätte sie damals schleunigst in eine Spezialklinik bringen müssen, vielleicht nach Regensburg. Aber es hat keiner die richtige Diagnose gestellt. Und bei der Obduktion ist auch nichts aufgefallen.«

»Wer hat sie damals eigentlich ins Krankenhaus gebracht? Wen hat man befragt?«, wollte Morgenstern wissen.

»Hier steht, dass die Informationen von ihrem Mann und von ihrem Sohn sind. Die waren beide mit dabei. Sie hatten wegen der Lähmungserscheinungen zuerst den Verdacht, dass es ein Schlaganfall sein könnte. Die Frau ist am frühen Morgen eingeliefert worden, aber da war sie schon bewusstlos. Sie ist nicht mehr aufgewacht.«

Morgenstern erschauerte.

»Ich lehne mich mal ganz weit aus dem Fenster – aber nur Ihnen gegenüber«, sagte der Chefarzt. »Ich behaupte: Frau Bieber ist an einer Botulinusvergiftung gestorben. Mein Kollege, er ist inzwischen im Ruhestand, hat es nicht gemerkt. Und die beiden Männer im Hause Bieber hatten sowieso keine Ahnung von Tuten und Blasen.«

»Ein Kunstfehler also«, sagte Morgenstern. »Wenn das aufkommt, kriegt Ihre Klinik Ärger.«

»Es ist schon aufgekommen«, sagte Stiller und drückte demonstrativ den Rücken durch. Er stand vom Bürostuhl auf, schob das dicke Lexikon zur Seite und sah Morgenstern lange an. »Sie sind hier dabei, Sie haben meine Meinung gehört, damit ist die Sache jetzt in der Öffentlichkeit, in der Welt. Ich bin nicht der Typ, der solche Dinge unter den Teppich kehrt, nur um den eigenen Stall sauber zu halten.«

»Sie sind sehr korrekt«, präzisierte Morgenstern. »Aber Sie können sich in Teufels Küche bringen.«

»Dann soll es so sein. Ich will auch in Zukunft noch morgens in meinen Spiegel blicken können. Diese Frau ist an einer Vergiftung gestorben, und wer etwas anderes behauptet, ist ein Schlamper.«

Noch während er redete, suchte Chefarzt Professor Dr. Carsten Stiller auf seinem Smartphone eine Telefonnummer heraus und tippte drauf. Es dauerte ein paar Augenblicke, dann fragte er, immer noch steif wie ein Wachsoldat des Preußenkönigs Friedrich der Große: »Bin ich hier richtig bei der Landesärztekammer Bayern?«

***

Verwirrt fuhr Mike Morgenstern nach Hause. Die Fülle an Informationen, die an diesem Tag über ihn hereingebrochen war, war mehr, als er verarbeiten konnte. Morgen musste er versuchen, aus allen Puzzleteilen ein überschaubares Bild zu machen. Eines dieser Teile war im Übrigen auch der Eifer, den Carsten Stiller in seinem Büro an den Tag gelegt hatte.

Es tat seiner Stimmung nicht wirklich gut, dass ausgerechnet jetzt im Autoradio auf Bayern 1 »Turn, turn, turn« lief, der gute alte Evergreen, direkt aus dem biblischen Buch Kohelet, der mit seiner Binsenweisheit, dass eben alles im Leben seine Zeit habe, den Weg in die weltweiten Hitparaden gefunden hatte. Rosa Bieber hatte sterben müssen, und er, Oberkommissar Morgenstern, musste nun herausfinden, ob das zu der vom Schicksal vorbestimmten Zeit gewesen war oder ob da vielleicht jemand dem Rad des Lebens in die Speichen gegriffen hatte. Denn giftige Wurstdosen, so viel hatte Chefarzt Stiller zum Abschied noch betont, könne man sich heutzutage nirgendwo mehr einfangen. Botulismus sei in Westeuropa nur noch ein höchst exotischer Fall für Medizinvorlesungen, in der Praxis aber irrelevant.

Gedankenschwer kam Morgenstern zu Hause in Eichstätt an. Es war – wieder einmal – später geworden, als er geplant hatte. Er freute sich auf ein ruhiges, gemütliches Bier auf dem Balkon, eine Brotzeit, garantiert ohne Dosenwurst, und einen kleinen Plausch mit Fiona. Und zum Abschluss am besten eine möglichst sinnfreie Fernsehsendung mit jungen »Nachwuchstalenten«, die sich vor bundesweitem Publikum gemäß den Vorgaben des Regisseurs blamierten.

Doch es kam wieder einmal gänzlich anders. Als Morgenstern die Haustür öffnete, hörte er bereits eine sonore Männerstimme im Gespräch mit Fiona, dazwischen die Stimmen von Bastian und Marius. Und der Groschen fiel erst, als er die Wohnzimmertür aufmachte. Auf dem Sofa saß ein Herr in schwarzem Anzug mit weißem Priesterkragen: der Dompfarrer.

Verdammt, fluchte Morgenstern, zum Glück für ihn nur innerlich. Den seit Tagen angekündigten Besuch hatte er komplett vergessen, obwohl Fiona ihn mindestens dreimal daran erinnert und ihm zugleich aufgetragen hatte, irgendwo ein möglichst simples Kruzifix zu besorgen, mit dem sich ihre Wohnstube als grundsolides christkatholisches bayerisches Heim dekorieren ließe. Er hatte es ein ums andere Mal vergessen, wer wollte ihm das in diesen unruhigen Tagen nicht nachsehen?

Nun sah er, dass Fiona anscheinend in letzter Minute selbst zur Tat geschritten war. Über dem Esstisch, hinter einem schlichten Glasrahmen, waren zwei bunte Stoffstreifen, die Morgenstern fatal an eines seiner ausrangierten Hawaiihemden erinnerten, zu einem Pluszeichen oder eben zu einem Kreuz zusammengefügt worden. Künstlerisch wertvoll, daraus ließe sich ein Geschäftsmodell aufbauen, dachte er. Ein Start-up von wahrhaftem Eichstätter Kaliber.

Dann sah er Fionas Blick und erkannte, dass sie in Nöten war und ihn schon sehnsüchtig erwartete. Morgenstern ließ alle Hoffnung auf einen ruhigen, gemütlichen Abend fahren, drückte in bester Carsten-Stiller-Manier den Rücken durch und reichte dem Pfarrer die Hand.

Der war sofort aufgesprungen und nahm Morgensterns Entschuldigung huldvoll an. »Die liebe Arbeit«, sagte er. »Was machen Sie denn beruflich, Herr Morgenstern?«

»Ich bin Beamter, bei der Polizei«, sagte er und versuchte, dabei möglichst seriös und staatstragend zu klingen. »Kriminalpolizei«, präzisierte er, ganz gegen seine Art.

»Dann haben Sie wohl viel zu tun?«

»Das kann man wohl sagen.« Und weil es so gut zum geistlichen Besucher passte, rückte er gleich mit dem aktuellen Fall heraus: »Ich war eben erst bei der Willibaldsruh.«

»Ach, das ist ja interessant«, sagte der Pfarrer, und dann verebbte das Gespräch irgendwie. Denn der Pfarrer hatte zu dem Thema wider Erwarten nicht mehr beizusteuern, und Morgenstern verkniff es sich, weitere Erläuterungen zu den Verwicklungen rund um den Köschinger Bieber-Hof zu geben. Ein unbehaglicher Moment der Stille setzte ein, bis Morgenstern auf die Idee kam, dem Besucher ein Glas Wein anzubieten – und das vor allem aus dem Grund, weil er selbst nun auch gern eines trinken würde, wie er ganz offen einräumte.

»Da sage ich nicht Nein«, meinte der Gast, und Fiona sprang eilends auf, um sich darum zu kümmern, heilfroh, dass sie den Staffelstab in Sachen Erstkommunion nun an ihren Ehemann weiterreichen konnte.

Der Pfarrer blätterte derweil in einem Buch, das vor ihm auf dem Couchtisch lag. »Hier haben wir die Lesung, die Sie vortragen werden, Herr Morgenstern.«

»Was war das gleich wieder?«, fragte Morgenstern, der sich beim besten Willen nicht mehr erinnern konnte, was ihm damals beim Einführungsabend unter die Nase gehalten worden war.

»Das Buch Kohelet«, sagte der Pfarrer. »Die Lesung über die Zeit. ›Alles hat seine Zeit‹.«

Morgenstern spürte, wie er eine Gänsehaut bekam, und der Schauer war so überdeutlich, dass ihn sogar der Besucher bemerkte.

»Was haben Sie denn?«, fragte er.

»Ach, nichts«, log Morgenstern, den die Erinnerung an Rosa Biebers Grab für eine Schrecksekunde übermannt hatte. Und um seine Bibelfestigkeit zu demonstrieren, zitierte er die Worte von ihrem Sterbebildchen: »Es gibt eine Zeit zu säen und eine Zeit zu ernten.«

»So ist es«, sagte der Pfarrer.

Fiona kam mit der Flasche und den Gläsern, und ein paar gesalzene Erdnüsschen hatte sie auch mitgebracht. Das sollte dann wohl bis auf Weiteres Mike Morgensterns Abendessen sein.

Er schenkte allen ein, man stieß auf das schöne, familiäre Treffen an und auf die Familie Morgenstern, deren Vorstand von der Willbaldsruh bis zum Buche Kohelet offenkundig mit allen katholischen Wassern gewaschen war.

Beim Evangelium, so berichtete der Pfarrer, habe er sich inzwischen festgelegt: Er habe das Gleichnis vom verlorenen Sohn ausgewählt, nachdem er erst im vergangenen Jahr das Gleichnis vom guten Hirten verwendet habe. Der verlorene Sohn, der von Herzen gerne vom Vater empfangen werde, das sei doch nun wirklich ein beeindruckendes Bild für die Menschengüte Gottes, der alle an seinen Tisch lade.

»Na ja, fast alle«, sagte Morgenstern. »Sie müssen halt katholisch sein. Sonst wird das nichts.«

Der Pfarrer schaute pikiert. »Das sind Dinge, Herr Morgenstern, die Sie und ich nicht festlegen können.«

»Und der Vatikan auch nicht?«, fragte Morgenstern und nahm einen großen Schluck aus seinem Glas.

Der Pfarrer ruderte eilig zum biblischen Text zurück und betrieb ein bisschen Exegese über den verlorenen Sohn und den guten Vater, der eigens das Mastkalb geschlachtet hatte, »das muss man sich mal vorstellen. Denn zuvor hat der arme Sohn nicht einmal das Schweinefutter essen dürfen, draußen in der Fremde.«

Morgenstern dachte aus naheliegenden Gründen schon wieder an die Familie Bieber und ihren Schweinemastbetrieb. Er konnte sich heute einfach nicht konzentrieren. Er dachte an den Silomais, den die Tiere tagein, tagaus zu fressen bekamen, an Weizenschrot und brasilianisches Soja. Wer will davon essen?, dachte er, und weil ihm nichts Besseres einfiel, fragte er genau das den Pfarrer.

Siehe da, der Kleriker kannte sich mit der Materie bestens aus, weil er von einem Bauernhof irgendwo in der Oberpfalz stammte. Morgenstern hatte den Eindruck, dass hier in der Gegend jedermann letzten Endes irgendwie bäuerliche Wurzeln hatte: Man brauchte bloß ein bisschen an der Oberfläche zu kratzen, in die letzte, vorletzte Generation zurückzugehen, und schon stand man mitten auf steiniger Scholle hinterm Pflug samt Ochsengespann, quasi im Steinacker Gottes.

Fiona traute ihren Ohren kaum. Die beiden Männer fachsimpelten über die Landwirtschaft und ihre modernen Abgründe, Morgenstern kannte sich da neuerdings ein wenig aus. Der Pfarrer wurde immer leutseliger, es dauerte nicht lange, da hatte Fiona eine zweite Flasche zu entkorken.

Morgenstern band Hochwürden unterdessen als Experten für Menschliches und Allzumenschliches geradewegs in seine

Ermittlungen ein. Die Geschichte vom verlorenen Sohn hatte ihn nämlich in Gedanken nach Rieshofen geführt, zu Konrad Bieber. Die Parallele, so führte er nun aus, sei doch unübersehbar, und dass er so direkt wurde, begründete er damit, dass sie beide Männer seien, die ein Geheimnis für sich behalten könnten, der Pfarrer das Beichtgeheimnis und er, Morgenstern, seine bisherigen Ermittlungsergebnisse.

Fiona sah das etwas weniger entspannt, aber sie stand auf verlorenem Posten angesichts der Tatsache, dass sich die beiden Herren bestens unterhielten. Mit Erstkommunion hatte das freilich rein gar nichts zu tun, und so hatte sie die Kinder ohnehin bereits in ihre Betten verfrachtet und zog sich nun auch selbst zurück. Sicherheitshalber hatte sie noch eine dritte Flasche Wein hervorgesucht, hoffte aber, dass diese unangetastet bliebe.

Der Geistliche machte allerdings keinerlei Anstalten, das gastliche Haus zu verlassen, sondern freute sich sehr über die herzliche Aufnahme und das offene Gespräch, wie er mehr als einmal betonte, und Morgenstern fragte sich, ob das an der berufsbedingten Einsamkeit lag, mit der ein katholischer Kleriker geschlagen war, eine Verlassenheit, die Abend für Abend über ihn geworfen wurde, wie man wohl ein schwarzes Tuch über einen Papageienkäfig legte. Viel lieber, als ins Pfarrhaus zurückzukehren – wo er übrigens erst vor Kurzem eingezogen war –, betätigte er sich als Dr. Watson an der Seite von Sherlock Holmes.

Immer tiefer gruben sich Morgenstern und sein Gast in die Psyche des verlorenen Sohnes ein. Wofür hatte der Pfarrer einst an der Katholischen Universität Eichstätt Homiletik studiert? Und immer auffälliger schienen ihnen die Parallelen.

Hatte sich nicht Konrad Bieber von seinen Eltern den Pflichtteil ausbezahlen lassen (»Bestimmt nicht unter achtzigtausend Euro«, tippte Hochwürden)? Und hatte er nicht in der Ferne sein Vermögen »durchgebracht«, wie es im Evangelium hieß, mit falschen Freunden und leichten Mädchen, woraufhin Morgenstern schon wieder das abgedroschene Schlagwort von

»Sex & Drugs & Rock'n'Roll« bemühte, was der Pfarrer mit einem missbilligenden Kopfschütteln quittierte? Und wer wusste, was da am Ende in Berlin alles passiert war, bis Conny Bieber ins Altmühltal zurückkehrte? »Reumütig«, sagte der Pfarrer, der aber einräumen musste, dass er sich das jetzt zusammengereimt habe. »Aber so wird's schon gewesen sein.«

Morgenstern dachte an Jessica, die Pferdefrau aus Bielefeld, und an die Harley-Davidson im Hof und war sich einen Moment lang nicht mehr ganz sicher, ob das wirklich alles zusammenpasste. Conny Bieber hätte wahrscheinlich mit Jessica auch in eines der in jeder Hinsicht gottverlassenen Dörfer nordöstlich von Berlin ziehen können, in Brandenburg oder Vorpommern. Aber bei näherer Betrachtung und unter Hinzuziehung des letzten Funkens gesunden Menschenverstands musste einem Burschen wie ihm das Altmühltal als viel bessere Alternative erschienen sein.

Wie Morgenstern erfahren hatte – von der Gießkannen-Frau in Kösching –, war Conny Bieber nicht zur Beerdigung seiner Mutter erschienen. Aber das musste nicht heißen, dass alle Brücken in die alte Heimat abgebrochen waren.

Während Morgenstern sich in der Küche mit dem Korkenzieher abmühte, um die dritte, die verbotene Flasche zu öffnen, trug der Pfarrer noch einmal mit feierlicher Stimme das gesamte Gleichnis vor, aus einer kleinen Bibel mit blauem Plastikeinband, die er anscheinend wie ein treuer Soldat Gottes immer am Mann trug.

Der jüngere Sohn war also nach Hause zurückgekehrt, der Vater hatte ihn wieder ins Herz geschlossen, aber der ältere Bruder, der den Hof führte, der war alles andere als begeistert und machte dem Vater Vorwürfe, dass er den Taugenichts mit offenen Armen wieder empfangen hatte.

Morgenstern kam mit der entkorkten Nummer drei ins Wohnzimmer und stellte mit Bedauern fest: »Leider sagt uns Ihre Bibel nicht, wie die Sache weitergegangen ist. Für mich klingt das jedenfalls nicht nach einem Happy End.«

»Für mich auch nicht«, sagte der Pfarrer. »Wenn Sie mich

fragen, dann hat es zwischen den beiden Brüdern hinterher noch richtig gekracht. Das kann mir keiner weismachen, dass die zwei sich in geschwisterlicher Freundschaft wieder versöhnt haben.«

Und plötzlich fiel es Morgenstern wie Schuppen von den Augen. Er sagte nur drei Wörter: »Kain und Abel!«

»Kain und Abel«, wiederholte der Pfarrer und lächelte. »Sie haben recht, Herr Morgenstern. Das ist es.« Und eilig begann er, in seiner kleinen Bibel zu blättern.

Er musste fast bis zum Anfang zurück, kurz nach dem Urknall, der Erschaffung der Welt in sechs Tagen zuzüglich Ruhetag, gefolgt von der Vertreibung von Adam und Eva in das Land jenseits von Eden, wo ihnen dann zwei Söhne geboren wurden, die unterschiedlicher nicht sein konnten. Kain und Abel. Und auch wenn seine kräftige Stimme allmählich rotweinbedingt etwas unsicher wurde – zwischendurch entfuhr ihm sogar ein kleines »Hicks!« –, so ließ der Pfarrer es sich doch nicht nehmen, die ganze Passage vorzulesen, dicht über die mit kleinster Schrifttype bedruckten Seiten seiner Bibel gebeugt.

Kain und Abel hatten demnach beide versucht, ihrem Vater Adam zu gefallen, der eine mit Ackerbau, der andere mit Viehzucht. Am Ende hatte Kain seinen Bruder ermordet und sich ahnungslos gestellt, bis Gott, der himmlische Chefermittler höchstselbst, ihm sein Verbrechen nachwies und ihn für Zeit und Ewigkeit verfluchte. So ungefähr war das damals gewesen.

Der Pfarrer hatte rote Backen bekommen von der Aufregung und vom Wein, und Morgenstern war drauf und dran, Peter Hecht in Schrobenhausen jetzt sofort am Telefon aus dem Schlaf zu klingeln, um ihn mit seiner brandaktuellen, biblisch untermauerten Hypothese zum Mordfall Bieber zu konfrontieren. Er ließ es aber dann doch bleiben. Stattdessen brachte er den Pfarrer zur Wohnungstür, wo die beiden aber in aufgeräumtester Stimmung noch so lange lautstark weiter debattierten, bis sich im Stockwerk darüber eine Tür öffnete und eine wütende Männerstimme nachfragte, ob die beiden Herren allmählich Feierabend machen könnten. Es gebe nämlich Menschen, die am nächsten Morgen zur Frühschicht in die örtliche Glühbirnenfabrik müssten.

So musste der Pfarrer denn unter vielfachen Dankesbekundungen seiner Wege ziehen, noch ein kurzes Stück begleitet von seinem Gastgeber. Denn Morgenstern, völlig überdreht wegen der überraschenden Verbrüderung mit dem Ortsgeistlichen und dessen quasi göttlichen Eingebungen, verfügte sich noch in den urgemütlichen irischen Pub des Städtchens. Den wollte der Geistliche aus prinzipiellen Gründen nicht betreten, um nicht für Unruhe zu sorgen. Denn zu dieser späten Stunde war der Pub Heimstatt der fröhlichen Nachtschwärmer, aber auch rettende Insel der Mühseligen und Beladenen.

ACHT

Am nächsten Morgen gehörte Mike Morgenstern definitiv zur Gruppe der Mühseligen und Beladenen. Mühsam und graugesichtig war er aus dem Bett gekrochen. An Autofahren war wegen des Restalkohols (konnte von »Rest-« denn die Rede sein?) nicht zu denken. Also fuhr er mit dem Zug zum Präsidium nach Ingolstadt.

Hecht war schon da und nahm seinen Kollegen fürsorglich unter die Fittiche. »Was ist denn mit dir los?«

»Ich habe mich mit dem Pfarrer besoffen.« Morgenstern konnte selbst kaum glauben, was er da sagte.

Hecht ließ das einfach mal so im Raum stehen. »Du schaust jedenfalls aus wie das Leiden Christi.«

Morgenstern erzählte, was er in den letzten Stunden alles erfahren oder auch nur gedacht hatte. Vom Botulismus bis zum Bibelstudium.

Hecht hörte aufmerksam zu, während Morgenstern eine Tasse Kaffee nach der anderen trank.

Dann rief Hecht beim Landeskriminalamt in München an und ließ sich mit einem Chemiker verbinden. Der hatte schlechte Nachrichten. Eine Botulismusvergiftung sei nach fünf Jahren ganz gewiss nicht mehr nachweisbar. Eine Exhumierung der sterblichen Überreste von Rosa Bieber am Köschinger Friedhof mache deswegen keinen Sinn. Anders wäre es bei chemischen Giften wie Arsen oder Quecksilber gewesen, erläuterte er. Bei Bakterien sehe er da keine Chance. Man möge aber gern noch bei der Rechtsmedizin in München eine zweite Meinung einholen.

Interessiert war der Chemiker dann doch. Botulismus beim Menschen sei außerordentlich selten. Nicht einmal ein Dutzend Fälle gebe es jährlich in Deutschland, sagte er. Bei Haustieren komme das dagegen häufiger vor, es gebe da auch verschiedene Erscheinungsformen. Morgenstern hatte zu diesem Zeitpunkt des Gesprächs allerdings schon gewisse Konzentrationsschwierigkeiten, die gleichfalls von einer kräftigen Vergiftung herrührten. Einer selbst verschuldeten Intoxikation mit dem allseits bekannten Wirkstoff Ethanol, vulgo Alkohol.

Ein Glück, dass Peter Hecht sehr viel geistesgegenwärtiger war, denn er ließ sich die Sache ausführlich erklären. Frau Bieber müsse, wenn Dr. Stiller recht hatte, von einer verdorbenen, mangelhaft erhitzten Fleischkonserve gegessen haben. Solche Dosen erkenne man in der Regel daran, dass sich ihr Deckel verdächtig aufwölbe – da gelte dann Alarmstufe Rot. Aber eigentlich könne so etwas heute nicht mehr passieren. Keiner produziere selbst noch Konserven für den Eigenbedarf – und falls doch, hätten die Hausmetzger selbstverständlich alles unter bester Kontrolle. »Da passiert nix, sonst wäre das schon lange verboten. Wir sind schließlich in der EU, wenn du weißt, was ich meine.«

Hecht und auch Morgenstern verstanden. Man lebte in einer Welt voller Reglementierungen. Da blieb kein Platz für lebensgefährlich leichtsinnigen Umgang bei der Lebensmittelproduktion. Außer … Hecht kam ein Gedanke. »Ob die Familie Bieber wohl regelmäßig selbst ein Schwein geschlachtet hat?«

Morgenstern, der Mann aus der Großstadt, musste passen. Aber Hecht war bereits drauf und dran, im Geiste das Bieber'sche Anwesen zu scannen – und er hatte tatsächlich eine entscheidende Erinnerung: »Irgendwo in der Maschinenhalle habe ich einen Sautrog lehnen sehen.«

»Einen Sautrog?«

»Ja, so eine hölzerne Wanne, in der die tote Sau mit kochendem Wasser gebrüht wird, damit man die Borsten abschaben kann. Das heißt, dass der alte Bieber auf jeden Fall noch selbst schlachtet. Oder das zumindest bis vor einiger Zeit getan hat. Und das bedeutet, dass sie wahrscheinlich auch Wurstkonserven gemacht haben. Das kenne ich von meiner Schwester. Da habe ich schon mal mitgeholfen.«

Morgenstern war zwar noch immer etwas schwer von Begriff, aber allmählich wurde ihm klar, wohin Hechts Gedanken führten: Wenn auf dem Bieber-Hof ein Hausmetzger Fleisch und Wurst in Konservendosen abpackte, dann gab es keine letzte Kontrolle darüber, wie lange die Dosen im heißen Wasser eines holzbefeuerten »Wurstkessels« siedeten. Und wenn einer der tüchtigen Helfer im jeweiligen Haushalt die nötige kriminelle Energie und vor allem Phantasie aufbrachte, konnte der sich unauffällig ein paar Dosen weit vor der Zeit zur Seite schaffen. Als potenziell tödliche Bakterienbombe, einsetzbar zu beliebiger Zeit, erkennbar höchstens an einem verdächtig gewölbten Deckel.

Die beiden Kommissare sahen sich an – und hatten gleichzeitig dieselbe Idee. Sie mussten wieder nach Kösching, auf den Bieber-Hof. Vielleicht lagerte irgendwo, ein wenig versteckt, noch eine solche Dose. »Die eiserne Portion«, sagte Hecht – und spielte damit direkt auf die Notversorgung der Soldaten im Ersten Weltkrieg mittels gut verschlossener Konservendosen an.

Die beiden beschlossen, vorerst ohne Hausdurchsuchungsbefehl auszukommen. Die ganze Sache war doch ziemlich spekulativ. Sie würden versuchen, vom Vater und Ehemann Simon Bieber durch gutes Zureden den Segen für eine kleine, unverbindliche Hausbesichtigung zu bekommen. Und so fuhren sie, wieder in Begleitung von Antonia Grabsky, nach Kösching. »Sechs Augen sehen mehr als vier«, hatte Hecht gesagt, nachdem er sich telefonisch erkundigt hatte, ob Simon Bieber zu Hause war.

Der Vater machte – ebenso überraschend wie erfreulich – keine großen Umstände wegen seiner drei Besucher. Sie könnten sich ganz nach Belieben in Haus und Hof umsehen, beschied er ihnen, nachdem Morgenstern vage angekündigt hatte, sie wollten sich noch einmal »einen Überblick verschaffen«.

Er selbst hatte allerdings keinerlei Bedürfnis, die Ermittler zu begleiten. Er setzte sich vielmehr schweigend auf eine simple hölzerne Gartenbank, die an der Außenmauer seines Bungalows stand, und zündete sich eine Zigarette an.

»Die Bank ist noch von unserem alten Haus drinnen im Dorf«, sagte er, und es klang wehmütig. »Das meiste haben wir dringelassen oder weggeschmissen. Das Haus ist schon lang vermietet.«

Die Kommissare machten sich auf die Suche – vor allem in den verschiedenen Räumen im Keller, wo üblicherweise die Vorräte aufbewahrt wurden.

Willibald und Simon Bieber in ihrer Zweier-Wohngemeinschaft hatten keine besonders hohen Ansprüche gestellt, wie rasch festzustellen war. Man trank tatsächlich das günstigste Massenbier, das der bayerische Getränkehandel im Angebot hatte, ein Kasten Helles und ein Kasten Weißbier standen im Keller, wohl nur für besondere Gäste waren ein paar einzelne Flaschen Hofmühl-Hell und Gutmann-Weizen bevorratet. In den Regalen türmten sich volle Einmachgläser aus grauer Vorzeit, mit Marmelade und eingeweckten Zwetschgen, der verblassten Beschriftung nach hatte eine Frau, ziemlich sicher Rosa Bieber, all diese Viktualien noch eingelagert.

Und tatsächlich fanden sich auch jede Menge Wurstkonserven aus eigener Herstellung. Goldglänzende Dosen, die laut Aufschrift Jagdwurst und »Leoni« enthielten – Morgenstern musste erst von Hecht aufgeklärt werden, dass das die oberbayerische Ausdrucksweise für die gute alte Lyoner sei. Auch ein paar Stangen hausgemachter Salami baumelten an etlichen Nägeln am hölzernen Regal.

Die Wurstdosen waren an Harmlosigkeit kaum zu überbieten, wie eine rasche Nachschau ergab. Da wölbte sich kein Deckel, und im Unterschied zur Marmelade stammten die Dosen aus dem laufenden Jahr. Die beiden Bieber-Männer hatten bei ihrer Ernährung klare Präferenzen gehabt: viel Fleisch (in einer schier überquellenden Tiefkühltruhe), viel Wurst, viel Brot – wenig Gemüse und Obst.

Irgendwann fragte sich Morgenstern, ob es vielleicht eine Schnapsidee gewesen war, hierherzukommen und einer Chimäre nachzujagen. War es nicht ausgesprochen naiv zu glauben, dass hier jemand einen Gift-Cocktail, wenn es denn überhaupt einen gegeben hatte, einfach im Keller herumliegen ließ? Eine alberne Vorstellung.

Frustriert kramte er in den anderen Räumen im Kellergeschoss herum. In einer unaufgeräumten Waschküche, in der sich die Schmutzwäsche türmte, in einem weiteren gekachelten Raum, der exklusiv für die Hausschlachtungen freigehalten wurde und in dessen Ecke ein holzbeheizter Waschkessel stand. Nichts. In einem dritten Raum lagerten Kartons voller Krimskrams – angefangen vom Christbaumschmuck bis zu uraltem Spielzeug und ausgemusterter Kleidung, deren Entsorgung niemand übers Herz gebracht oder für nötig befunden hatte. Platz war ja da, auch wenn dem Bungalow ein richtiger Speicher fehlte, in dem derlei Dinge für die Nachwelt aufbewahrt wurden. Eine Nachwelt, die den ganzen Plunder dann üblicherweise ungerührt einem Entsorgungsunternehmen anvertraute.

Morgenstern rief Hecht zu Hilfe, und die beiden wühlten sich durch Stapel von Pappkartons des Bananenproduzenten Chiquita und kamen sich vor wie zwei heillos überforderte Umzugshelfer. Hecht war es schließlich beschieden, den allerletzten Karton, ganz unten, hinten links, hervorzuziehen und den Deckel abzuheben. In der Schachtel lagen ein paar alte, verschlissene Handtücher. Doch Peter Hecht hatte bereits am Gewicht gespürt, dass das keine reine Textil-Kiste war, die aus Nachlässigkeit den Weg zur Caritas-Sammlung verpasst hatte.

Er hob vorsichtig die Handtücher weg. Dann rief er Morgenstern und Grabsky herbei. Am Boden der Kiste lagen fünf wie Messing schimmernde Fünfhundert-Gramm-Wurstdosen. Nicht beschriftet – und jede mit deutlich gewölbtem Deckel.

»Pscht!«, machte Morgenstern und legte den Finger auf den Mund, damit die Kollegen sich im Flüsterton berieten und nicht etwa so lauthals herausplatzten, dass Simon Bieber oben auf seiner Gartenbank etwas von diesem brisanten Fund mitbekam.

Hecht holte seinen kleinen Fotoapparat heraus und machte Aufnahmen, Antonia Grabsky machte das Gleiche auch noch mit ihrem Smartphone. Sie hatte als Einzige ein brauchbares Behältnis dabei, einen kleinen Rucksack – und darin sogar in mustergültiger Manier ein paar Einweghandschuhe. Damit fischte sie die Dosen aus dem Karton, steckte sie in den Rucksack und kleidete das Ganze, damit es nicht verdächtig klappern konnte, mit einem der Handtücher aus. Die anderen Handtücher drapierte sie wieder so im Karton, dass das Fehlen der Dosen nicht auf Anhieb zu erkennen war – wenn sich tatsächlich jemand die Mühe machen sollte, nach dem Rechten zu sehen. Es schien nicht so, als sei die Bananenschachtel in jüngerer Zeit einmal bewegt worden, sie war ziemlich eingestaubt.

Damit hatten sie die Nadel im Heuhaufen gefunden. Sie stellten alle Kartons wieder so ordentlich – genauer gesagt, so unordentlich – hin, wie sie sie vorgefunden hatten. Dann stromerten sie ein wenig durchs ganze Haus, ohne jedoch noch ernsthaft Ausschau zu halten.

Morgenstern konzentrierte sich allerdings – wie immer – auf die diversen Familienbilder, die an den Wänden hingen, und bat Grabsky, das eine oder andere mit ihrem Handy zu fotografieren. Ihm fiel auf, dass es kaum ein Bild gab, auf dem die gesamte Familie Bieber gemeinsam zu sehen war. Fünf Personen, das dürfte doch eigentlich kein großer Aufwand gewesen sein, dachte er. Vorausgesetzt, dass alle Lust daran hatten, sich gemeinsam, wie es so hieß, »dem Fotografen zu stellen«.

Rosa Bieber schaute grundsätzlich mit verkniffener Miene in die Kamera, Simon Bieber hingegen lächelte meistens. Die älteste Tochter, Marga, war ihrer Mutter optisch sehr ähnlich. Auch sie war schwarzhaarig, groß gewachsen, mit hohen Wangenknochen, und blickte mit dunklen Augen ernst in die Kamera. Willibald Bieber hingegen schien von Anfang an in sich geruht zu haben – selbstbewusst, die Finger in die Träger seiner Lederhose eingehakt. Conny Bieber war bloß einmal vertreten: als Kommunionkind, die große Kerze in der Hand, im Hintergrund der Turm der Köschinger Pfarrkirche Mariä Himmelfahrt.

Simon Bieber hatte sich nicht von der Stelle gerührt. Er saß immer noch auf der Bank. »Haben Sie etwas gefunden, was Ihnen weiterhilft?«, fragte er.

Morgenstern schüttelte den Kopf. »Nein, wir wollten uns bloß einen Eindruck verschaffen. Aber es ist gut möglich, dass wir wiederkommen.«

Er dachte einen Moment daran, dass sie noch die Fingerabdrücke der Familienmitglieder brauchten, und ihm fiel ein, dass von Willibald Bieber, so makaber das klingen mochte, ein Arm vollständig erhalten war. Außerdem mussten sich auf der Wildkamera jede Menge seiner Abdrücke finden lassen, denn es stand außer Frage, dass der Sohn den Apparat aufgehängt und betreut hatte.

Was aber, wenn sich Vater Biebers Abdrücke auf den Dosen fanden? Möglich wäre es. Morgensterns pragmatische Lösung ergab sich, als Simon Bieber kurz in die Werkstatt ging, um etwas zu holen, was er den Kommissaren gern zeigen wollte. Morgenstern bückte sich nach einer leeren Bierflasche – »Oettinger Hell« –, die auf dem geschotterten Boden neben der Gartenbank lehnte, hob sie auf und steckte sie rasch in Grabskys Rucksack.

Schon kehrte Simon Bieber zurück. In der Hand hielt er das kurze Stück einer Edelstahlstange. An einer Seite war es mit einer Öse versehen. »Ich denke mir, dass Sie das vielleicht interessieren könnte. Von mir ist das jedenfalls nicht. Es war im Schraubstock eingespannt.«

***

Im Labor des Polizeipräsidiums herrschte angespannte Ruhe: Alle drei Kommissare umringten den Arbeitsplatz des Technikers, der sich die Fingerabdrücke vornahm. Eine der Dosen hatten sie bereits umgehend per Kurier zum Landeskriminalamt geschickt. Die dortigen Experten sollten sie öffnen und sich des Inhalts vergewissern. War das Zeug tatsächlich so giftig, wie sie vermuteten? War diese Dose eine heimtückische Waffe, würdig eines Baschar al-Assad oder eines Saddam Hussein oder eines anderen internationalen Oberschurken, der sich nicht scheute, in seiner Kriegsführung chemische oder biologische Waffen einzusetzen?

Der Ingolstädter Laborant jedenfalls hatte seine Aufgabe erstaunlich rasch erledigt. Auf den – ungeöffneten – Wurstdosen fanden sich durchwegs die Fingerabdrücke von zwei Personen. Verwaschen und undeutlich die der einen Person, klar und sauber die der anderen.

Hecht wusste sofort, was das zu bedeuten hatte. Die verwaschenen Abdrücke mussten vom Hausmetzger stammen, der mit fettigen Fingern die Dosen gefüllt und verschlossen und wahrscheinlich auch persönlich in den siedenden Wasserkessel befördert hatte, wo die Spuren zum Teil verloren gingen. Die klaren Abdrücke aber stammten von der Person, die die Dosen viel zu früh aus dem Kessel gefischt und heimlich beiseitegeschafft hatte. Auch wenn es Jahre her war: Die Abdrücke waren bestens erhalten.

Noch eines wurde dank modernster Computertechnik sofort deutlich: Es waren nicht die Finger von Simon Bieber gewesen. Die Oettinger-Flasche war da unbestechlich.

Jetzt hieß es warten, denn zuvor war noch niemand auf die Idee gekommen, Willibald Biebers Fingerabdrücke aufzunehmen. Und die sterblichen Reste des Hoferben lagen immer noch gut gekühlt in der Rechtsmedizin in München. Hecht und Morgenstern saßen in ihrem Büro wie auf heißen Kohlen, als sie auf die Nachricht aus der Landeshauptstadt warteten. Das Landeskriminalamt war eingeschaltet worden und kümmerte sich um die Abdrücke.

Ungeduldig goss Hecht zum wiederholten Mal den ungeliebten Ficus Benjaminus, der am Fenster vor sich hin verkümmerte. Morgenstern ging, die Hände hinterm Rücken verschränkt, im Büro auf und ab.

Endlich, endlich läutete das Telefon. Morgenstern nahm ab, Hecht quetschte sich mit dem Stuhl neben ihn, um alles mitzubekommen.

»Identisch«, wiederholte Morgenstern die Worte des Kollegen aus München. »Die Abdrücke auf den Wurstdosen stammen von Willibald Bieber. Eindeutig.«

»Dann hat der Kerl seine eigene Mutter auf dem Gewissen«,

folgerte Hecht – und die Fassungslosigkeit war ihm ins Gesicht geschrieben. »Was ist das bloß für eine Familie?«

»Eine schrecklich nette Familie«, sagte Morgenstern. »Da tun sich Abgründe auf.«

Er erinnerte sich an Antonia Grabskys Einschätzung des bayerischen Dorflebens, auch sie hatte vor Kurzem von »Abgründen« gesprochen. Aber was sich hier vor ihnen auftat, das war in seiner ganzen finsteren Eiseskälte eine familiäre Gletscherspalte. Wer da hineinstürzte, der war verloren.

Das Telefon klingelte erneut, und dieses Mal war es der Laborant aus dem eigenen Haus – den hatten sie für einen Moment schon vergessen.

»Ich habe gerade dieses Stahlstück untersucht, das ihr mir gegeben habt. Es sind dieselben Fingerabdrücke drauf, die wir auch auf der Bierflasche haben.«

»Keine weiteren, bist du dir sicher?«

»Willst du mich beleidigen?« Der Techniker legte auf.

»Unser fleißiger Osterhase«, sagte Morgenstern. »Ich glaube, wir müssen noch einmal nach Kipfenberg. Heute Nachmittag. Ich bin mir sicher, dass Berthold Hirmer die Stangen bei sämtlichen Leuten platziert hat, die ihm als Verdächtige eingefallen sind. Der wollte Verwirrung stiften, damit er seinen Kopf aus der Schlinge ziehen kann. Und deswegen war er auch auf dem Bieber-Hof. In seinem alten Parka. Der Unbekannte, den die Wildkamera geknipst hat.«

»Wir müssen das überprüfen«, sagte Hecht. »Und heute Mittag?«

»Gehen wir noch einmal aufs Herbstfest. Ich habe Hunger.«

»Mir ist gerade der Appetit vergangen. Ich sage nur: Dosenwurst.«

»Sei doch nicht so sensibel. Ich hab's noch mal nachgelesen. Das Risiko, dass du dir eine Botulismus-Vergiftung einfängst, ist viel niedriger, als vom Blitz erschlagen zu werden. Oder im Lotto zu gewinnen.«

»Ich spiel kein Lotto. Und was den Blitz angeht: Bei Gewitter mache ich um alle Bäume einen weiten Bogen, seien es Eichen oder Buchen.«

Sie gingen dann doch noch aufs Herbstfest, und zwar gemeinsam mit Antonia Grabsky, was deplatzierte Witze über die »Wilde Maus« selbstverständlich verbot. Ihr Weg führte fast schon gewohnheitsmäßig ins Herrnbräu-Zelt, wo es an diesem Mittag ruhig und beschaulich zuging. Die Menschen kamen zum Essen, und beim Trinken hielten sich alle zurück. Dennoch waren wieder etliche Tische ganz vorne schon von jungen Burschen reserviert. Es stand wohl wieder ein Show-Abend bevor.

Morgenstern ging nach vorne und sah sich die Jugendlichen an. Tatsächlich erkannte er einen von ihnen auf Anhieb wieder. Es war unzweifelhaft einer der Gaimersheimer Raufbolde.

Auch der andere schien zu wissen, wer ihm da unvermutet gegenüberstand und nun so unerfreulich finster dreinschaute. Der junge Mann versuchte sich an einem Lächeln. »So sieht man sich wieder«, sagte er.

»Unverhofft kommt oft«, sagte Hecht, der nun ebenfalls dazugekommen war.

Antonia Grabsky ließ sich ebenfalls nicht bitten und gesellte sich zu der kleinen Runde. »Man kennt sich?«, fragte sie überrascht.

»Vage«, sagte Morgenstern. »Der Herr war ein Bekannter von Willi Bieber aus Kösching.«

»Und woher kennen Sie sich?«

»Das wollen Sie gar nicht wissen, Frau Grabsky.«

Aber dann rückte Hecht doch mit der Wahrheit heraus, und schließlich stellte er sich selbst und seine beiden Kollegen als Kriminalbeamte vor, woraufhin dem Gaimersheimer und dessen Freund die Kinnladen herunterfielen. Erst recht, als sich das Trio ohne groß zu bitten an ihren Tisch setzte. Die Brotzeit wurde auf diese Weise kurzerhand zum Arbeitsessen umfunktioniert. Und der Gaimersheimer Bursche, ein gut zwanzigjähriger Lederhosenträger, musste den Überraschungsgästen von der Kriminalpolizei Rede und Antwort stehen.

»Freilich haben wir es an diesem Abend drauf angelegt, dass es zu einer Rauferei kommt«, räumte er freimütig ein. »Tut mir wirklich leid, dass wir Sie da mit reingezogen haben.«

»Uns auch«, sagte Hecht. »Aber warum macht man so was?«

»Weil's eine Gaudi ist. Wir kennen uns alle von der Berufsschule und vom Weggehen. Und wenn der Willi dabei war, hat es noch jedes Mal gescheppert. Sie können sich gar nicht vorstellen, wo der schon überall Hausverbot gehabt hat.«

»Und warum war das so?«, fragte Morgenstern einigermaßen ratlos.

»Der Willi war halt noch einer vom alten Schlag – auch wenn er erst fünfunddreißig war. ›Ein Volksfest ohne Rauferei, das darf's nicht geben‹, hat er immer gesagt.«

Morgenstern hatte solche Vorstellungen bisher nur von fehlgeleiteten Fußballfans gekannt – von Hooligans. Die tickten wohl so ähnlich wie der Jungbauer aus Kösching. Und so wie sich die Ultras zweier Fußballvereine beim Lokalderby in die Haare gerieten, so hatte sich Willi Bieber auch die Koexistenz zwischen jungen Burschen aus zwei Nachbardörfern vorgestellt.

»Nichts Ernstes«, stellte der Gaimersheimer klar. »Solange keiner ins Krankenhaus muss.«

»Sehen das alle so locker?«

»Natürlich nicht. Aber wer da nicht mitmachen will, hält einfach Abstand. So einfach ist das.«

Morgenstern sah Hecht an. »Wir waren zu nah dran.«

»Selbst schuld«, mischte sich Grabsky ein.

Hecht bohrte nach: »Gibt es jemanden aus Ihrem Kreis, der Willi Bieber ernsthaft Böses gewollt hätte? Einer, der noch eine Rechnung mit ihm offen hatte?«

Der Gaimersheimer dachte einen Moment nach. Dann schüttelte er den Kopf. »Nein. Alle haben ihn gekannt, jeder hat gewusst, wie der tickt. Das war schon in Ordnung. Ich glaube, dass wir heute Abend alle auf ihn anstoßen.«

Und das taten dann auch die Ermittler mit ihren Gaimersheimer Gewährsleuten. Man prostete sich zu – und irgendwie

klang es so, als wollte man die gute alte Zeit heraufbeschwö-
ren. So war es Peter Hecht, der an die alte ZDF-Fernsehserie
»Königlich Bayerisches Amtsgericht« erinnerte und versonnen
deren berühmte Eingangsworte zitierte: »Das Bier war noch
dunkel, die Menschen war'n typisch, die Burschen schneidig,
die Dirndl sittsam und die Honoratioren ein bisserl vornehm
und ein bisserl leger.«

Morgenstern war da nicht so im Bilde und blickte fragend in
die Runde. Aber zu aller Überraschung entpuppte sich Antonia
Grabsky als Fan dieser Serie. Und so fügte sie feierlich hinzu:
»Denn für Ordnung und Ruhe sorgte die Gendarmerie und für
die Gerechtigkeit das Königliche Amtsgericht.«

»Hoffen wir's«, sagte Morgenstern.

* * *

Sie hatten sich in Kipfenberg angemeldet, bei Gabriele Hirmer,
der Witwe des Bauunternehmers, die nun sehen musste, wie es
ohne den Chef mit der Firma irgendwie weiterging.

Gabi Hirmer trat vor die Tür, als Hecht und Morgenstern
auf den Hof fuhren. »Kommen Sie herein ins Haus«, sagte sie.

Die Besucher schüttelten ihr die Hand und sprachen ihr Beileid zum Tod ihres Mannes aus. Dann aber wollten sie als Erstes
einen Blick in die Werkstatt werfen.

»Wenn Sie meinen«, sagte Gabi Hirmer und wirkte nicht
sehr überrascht.

Überrascht waren aber dann die Ermittler, als sie die Tür zu
der kleinen Werkstattkammer öffneten. Es sah ganz anders aus
als noch vor wenigen Tagen: Alles war picobello aufgeräumt.
Morgenstern fühlte sich ein wenig an Professor Carsten Stillers Dreifachgarage erinnert, so penibel war hier für Ordnung
gesorgt worden. Der Boden war gefegt, Eisenspäne und ölige
Putzlappen entsorgt. Die Schraubenschlüssel hingen – sorgfältig der Größe nach angeordnet – in ihren Halterungen an
der Wand. Gipfel der Säuberungsaktion: Über die Hirmer'sche
Werkstatt war sogar ein calvinistischer Bildersturm hinweg-

gefegt: Das Poster mit dem barbusigen Pin-up-Girl war verschwunden. An seiner Stelle hing nun in aller Unschuld ein farbiger Druck, die Reproduktion eines Gemäldes, das eine verträumte Altmühllandschaft mit Burgruine und Felspartie zeigte.

»Was ist denn das?«, fragte Hecht und meinte damit erst einmal nur das Gemälde.

»Das ist ein Bild von C. O. Müller«, erklärte Gabi Hirmer. »Ein berühmter Kipfenberger Künstler. Längst verstorben. Man hat ihn den ›Cézanne des Altmühltals‹ genannt. Gefällt's Ihnen?«

»Na ja, schon. Und was zeigt es?«

»Die Arnsberger Leiten, gleich hier ein paar Kilometer altmühlaufwärts. Aber deswegen werden Sie nicht gekommen sein, nehme ich an?«

»Nein, ganz bestimmt nicht«, sagte Morgenstern. »Offen gestanden wäre es mir lieber, wenn da noch die nackte Blondine vom letzten Mal gehangen wäre. Wer hat denn hier so gründlich aufgeräumt? Sie etwa?«

Gabi Hirmer nickte. »Das war hier ja ein Verhau sondergleichen. Eine Zumutung.«

Morgenstern tat so, als hätte er Verständnis. »Wo haben Sie den ganzen Müll hingebracht?«

»Der ist schon weg. Gestern ist die Restmülltonne geleert worden.«

»Sie wissen, warum wir das alles wissen wollen?«

Gabi Hirmer zog die Schultern hoch und schaute Morgenstern fragend an. »Nein«, sagte sie dann.

»Hat Ihr Mann nicht mit Ihnen darüber gesprochen, nachdem wir letztes Mal hier waren?«

Erneut zog sie die Schultern hoch, anscheinend eine Marotte. »Worüber soll er mit mir geredet haben?«

»Über die Sabotage in den Maisäckern bei Kösching. Sie werden davon in der Zeitung gelesen haben.«

Die Frau zog die Stirn kraus und nickte dann. »Ich erinnere mich wieder. Schlimm, was den Leuten alles einfällt.«

Morgenstern hatte die Nase voll von dieser schlecht gespielten, miserabel geheuchelten Ahnungslosigkeit, mit der Witwe Hirmer hier auftrat. Deswegen änderte er den Ton: »Frau Hirmer, das glauben Sie alles doch selbst nicht. Ich sage Ihnen jetzt, was hier los ist. Ihr Mann hat in letzter Zeit in dieser Werkstatt die Stahlstangen vorbereitet, mit denen in Kösching die Maisernte sabotiert worden ist.« Er blickte finster. »Ich kann Ihnen versichern: Die Beweislast ist erdrückend.«

Hirmer zog schon wieder die Schultern hoch, aber nun wirkte sie dabei wie eine Schnecke, die versucht, sich in ihr schützendes Haus zurückzuziehen. »Wenn ich doch nichts weiß …«, jammerte sie.

»Und dann sind plötzlich bei allen möglichen Leuten, die theoretisch ebenfalls für die Sabotage in Frage kommen könnten, präparierte Stahlstücke aufgetaucht. »Wie aus dem Nichts, aus heiterem Himmel. Und immer so, dass wir, also die Polizei, sie ganz rasch finden können.«

»Davon weiß ich nichts«, flüsterte die Frau. »Lassen Sie mich doch bitte einfach in Frieden. Mein Mann ist gestorben, Berthold ist tot. Und über die Toten soll man nur Gutes sagen, keine unbewiesenen Gemeinheiten, wie Sie das tun.«

Morgenstern blieb unerbittlich. »In der Nacht, als er gestorben ist, wo war er da? Und tischen Sie mir nicht wieder irgendwelche Lügengeschichten auf wie neulich am Telefon. War Ihr Mann mit seinem alten VW-Transporter im halben Landkreis Eichstätt unterwegs, die Tasche voll mit präparierten Stahlstücken, die er am Abend hier in der Werkstatt angefertigt hat? Und dann hat er sie ausgelegt, heimlich wie der Osterhase?«

Die Frau blickte mit glasigen Augen in die Ferne und antwortete nicht. Doch dann kehrte das Leben in ihre Gesichtszüge zurück. Ihre Augen wurden mit einem Mal hart, sie reckte sich und fragte: »Wo haben Sie diese Stahlstücke überall gefunden? Bei wem waren Sie?«

Jetzt war es Morgenstern, der die Schultern hochzog. »Das können wir Ihnen leider nicht sagen, Frau Hirmer. Es waren jedenfalls mehrere.«

»Wo?«, wiederholte sie hartnäckig.

»Haben Sie eine Vorstellung davon, wo Ihr Mann in dieser Nacht überall hinwollte?«

Die Frau schwieg.

»Geben Sie sich einen Ruck, Frau Hirmer. Sie wollen doch auch wissen, was in dieser Nacht passiert ist.«

»Ich sage jetzt gar nichts mehr«, entschied sie. »Ich muss meinen Mann nicht belasten, das wissen Sie ganz genau. Und außerdem weiß ich nichts.«

»Und Sie wissen auch nicht, was Ihr Mann gegen Willibald Andreas Bieber aus Kösching hatte?«

»Ich weiß von nichts.«

»Haben Sie eine Idee, welchen Zusammenhang es zwischen Ihrem Mann und dieser Kapelle in Attenfeld, kurz vor Neuburg, gibt, der Willibaldsruh?«

»Nein«, sagte die Frau. »Allerdings war mein Mann ein großer Verehrer des heiligen Willibald. Er hat auch jedes Jahr bei der Dekanatswallfahrt zum Dom nach Eichstätt mitgemacht, ans Grab des heiligen Willibald. Aber mehr fällt mir dazu nicht ein.«

Morgenstern glaubte ihr kein Wort, aber er ließ es dabei bewenden.

Gemeinsam gingen sie aus der Lagerhalle über den Hof.

»Was wird jetzt aus Ihrer Firma?«, fragte Hecht.

»Das wird sich dann schon herausstellen«, sagte Gabi Hirmer. »Momentan läuft alles weiter wie gewohnt. Wir haben genügend Aufträge. Ich werde mich ab sofort stärker engagieren. Berthold hat in den letzten Jahren zu viel schleifen lassen. Wir müssen wieder ins Geschäft kommen, müssen uns an die modernen Zeiten anpassen.«

»Zeiten ohne Playboy-Poster?«, vermutete Morgenstern.

»Das auch. Wir ziehen jetzt andere Saiten auf. Hirmer Bau kommt wieder in die Spur.«

»Vielleicht sogar mit einem neuen Wahlspruch?«

»Genau. Den habe ich mir schon ausgedacht.«

Morgenstern spitzte die Ohren. »Wie soll der heißen?«

Gabi Hirmer, die frischgebackene Chefin, die Frau, die soeben die Zügel in die Hand genommen hatte, sagte feierlich: »Hirmer Bau – dann passt's genau!«

»Ihr Wort in Gottes Ohr«, sagte Morgenstern.

Dann fuhren sie los, und zwar, ohne das zuvor vereinbart zu haben, talaufwärts, wie schon vor wenigen Tagen. Nach Rieshofen, zum Pferdehof am Hungerturm.

Auf dem Weg zu Jessica und Konrad Bieber erzählte Morgenstern seinem Kollegen Hecht noch einmal im Detail, welche Idee ihm gemeinsam mit dem Pfarrer gekommen war. »Kain und Abel im Altmühltal«, sagte er. »Ein tödlicher Zwist unter Brüdern.«

»Von denen der eine die Mutter auf dem Gewissen hat«, fügte Hecht hinzu. »Das hat mindestens die Fallhöhe einer griechischen Tragödie. Ödipus und solche Sachen.«

Mike Morgenstern konnte nicht wirklich folgen. Zum einen, weil er vollauf damit beschäftigt war, waghalsig überholenden Motorradfahrern an diesem sonnigen Herbsttag durch besonders vorausschauende Fahrweise das Leben zu retten. Die Strecke, auf der sie unterwegs waren, galt als Eldorado für Biker jeden Kalibers. Zum anderen wusste er nicht besonders viel, eher gar nichts, über griechische Tragödien. Hecht erklärte es ihm und berichtete von ihren seltsamen Verwicklungen, bei denen am Ende die gesamte Szenerie in Blut, Schuld und Tränen versank – unter dem höhnischen Gelächter menschenfeindlicher Götter, die einen Heidenspaß daran hatten, wenn die Protagonisten versuchten, ihrem Schicksal zu entkommen, und sich gerade dadurch immer mehr im tödlichen Netz der Vorsehung verhedderten.

Draußen strahlte das Laub der Buchenmischwälder an den Altmühlhängen, auf der Nordseite des Tals war die Gungoldinger Wacholderheide zu sehen, mit ihrem nach einem langen, trockenen Sommer dürr gewordenen Magerrasen. Die uralten Wacholderbüsche standen wie stramme Soldaten in der wärmenden Sonne und warfen lange Schatten.

Als sie in Rieshofen auf den kleinen Hof von Conny Bieber

fuhren, stand wie schon beim letzten Mal die Harley vor der Haustür, aber auch noch ein weiteres schweres Motorrad: eine Moto Guzzi.

»Das muss ein Freund vom Conny sein«, sagte Morgenstern. »Das passt mir jetzt gar nicht.«

»Den schicken wir halt weiter«, meinte Hecht.

Doch als sie an der Tür läuteten, traten nicht nur Conny und Jessica, sondern auch Simon Bieber heraus.

»Treffen wir uns jetzt täglich?«, fragte der alte Bieber zur Begrüßung. »Ich habe den beiden gerade von Ihrem seltsamen Besuch gestern erzählt.«

Morgenstern warf erst einen Blick auf den Senior, dann auf die schwarze Moto Guzzi, dann erneut auf den Senior. Der sah die Skepsis und sagte: »Da schauen Sie, gell? Das ist meine.«

»Sie fahren Motorrad?«, fragte Morgenstern und konnte nicht verhindern, dass er dabei reichlich blöd klang.

»Ja, schon lang. Eigentlich schon immer. Aber die Guzzi habe ich erst seit fünf Jahren.«

»Also seit Ihre Frau verstorben ist«, folgerte Morgenstern. »Schöne Maschine.« Er wandte sich Konrad Bieber zu. »Können wir reinkommen?«

»Aber sicher doch, kommen Sie.«

»Ich würde mich gerne entschuldigen«, sagte Jessica, »ich habe hinten auf der Koppel zu tun. Es kommt gleich ein Reitkind. Da muss alles vorbereitet sein.«

Hecht nickte, auch wenn er die junge Frau gern mit dabeigehabt hätte.

Sie gingen durch einen breiten, aber niedrigen Flur, ausgelegt mit quadratischen Solnhofer Platten, in eine geräumige Wohnküche. Behaglich, doch wegen der kleinen Fenster etwas dunkel. Morgenstern glaubte den Duft eines erst kürzlich gerauchten Joints erschnuppern zu können. Aber sicher war er sich nicht, und das tat hier auch nichts zur Sache.

Der Raum war mit modernen, aber preiswerten Möbeln eingerichtet, als hätten die Bewohner einen ganzen Samstag lang bei Ikea einen großen Laster vollgeladen.

Der Vater ging zum Sofa, wo er eine alte, abgewetzte Lederjacke abgelegt hatte, und schlüpfte hinein. »Ich fahre dann wohl besser«, sagte er, nickte seinem Sohn zu und ging hinaus. Draußen unterhielt er sich mit Jessica, die es mit ihrem Gang zur Koppel wohl doch nicht so eilig gehabt hatte. Morgenstern konnte nichts verstehen, aber Bieber redete intensiv auf sie ein.

»Die beiden verstehen sich gut?«, fragte Morgenstern und deutete beiläufig mit dem Daumen Richtung Hoffenster.

»Ja, zum Glück«, sagte Conny Bieber. »Die Jessica hat sich mit meinem Vater überraschend schnell angefreundet. Er ist eigentlich nicht der Typ, der schnell Freundschaften schließt. Aber für Jessica hat er sich immer interessiert. Vielleicht, weil sie aus einem ganz anderen Milieu kommt.«

»Aus Bielefeld«, erinnerte sich Morgenstern.

»Richtig. Und wenn nicht die Sache mit den Pferden wäre, dann wären wir immer noch in Berlin.«

Morgenstern sah sich im Raum um. Bilder von Jessica mit verschiedenen Pferden hingen an einer Wand, mal war sie hoch zu Ross, mal hielt sie einem Tier grinsend eine Mohrrübe vor die Nüstern. Konrad Bieber hingegen war mit seinem Motorrad verewigt. Und ein Foto zeigte Conny, Jessica und Simon Bieber – eindeutig in Berlin. Sie hatten ein klassisches Touristenfoto vor dem Brandenburger Tor geschossen.

»Ihr Vater hat Sie in Berlin besucht?«, fragte Morgenstern.

»Zwei- oder dreimal. Für ein paar Tage.«

»Ich dachte, Sie wären so früh wie möglich daheim ausgezogen, damit Sie wegkommen aus Kösching und Umgebung«, klinkte sich Peter Hecht ein.

»Ja, das war die Idee. Das war auch richtig so.«

»Aber jetzt sind Sie wieder da«, stellte Hecht fest. »Zurück im Auenland.«

»Wie bitte?«

»Ach, nichts«, sagte Hecht rasch. »Wenn ich hier in Rieshofen bin, muss ich immer an die Hobbits denken.«

»Ich verstehe. Ja, ich bin zurück. Jessica wollte das so.« Er lächelte verlegen, erstmals, wie Morgenstern feststellte. »Ich bin

Wachs in ihren Händen. Sie wollte einen kleinen Hof haben –
und ehe ich bis drei zählen konnte, hat sie hier dieses Anwesen
entdeckt. Das ist ja heute alles nicht so schwierig. Sie hatte
schon länger den Immobilienmarkt im Internet verfolgt. Und
mein Vater hat von Kösching aus die Augen offen gehalten. Er
kennt hier in der Gegend alle Leute und die Bauern sowieso.«
Conny Bieber krempelte die Ärmel seines rot-schwarz karierten Holzfällerhemds auf. Dicke Tätowierungen kamen zum
Vorschein, Ranken, die sich um den Arm schlangen.

»Dann war das mit Rieshofen gar nicht auf Ihrem Mist gewachsen?«, folgerte Morgenstern.

»Nein, das hat letzten Endes alles mein Vater eingefädelt.«

»Er hat Sie zurückgeholt.«

»Er hat, glaube ich, vor allem Jessica hierhergeholt.«

Morgenstern ließ diesen Satz ganz langsam sacken. Schließlich fragte er vorsichtig: »Und Sie? Hat er Sie auch gerne aus
Berlin zurückgeholt?«

»Wie meinen Sie das?«

»So wie ich es sage. Was für ein Verhältnis haben Sie zu Ihrem Vater?«

Konrad Bieber wurde unwirsch. »Wird das hier jetzt eine
Familientherapie, oder was? Was geht die Polizei das Verhältnis
zu meinem Vater an?«

»Viel, wenn ein Familienmitglied unter seltsamen Umständen zu Tode gekommen ist. Und erst recht, wenn es noch weitere sonderbare Dinge gibt.« Morgenstern machte eine lange,
künstliche Pause. Bieber schaute immer noch empört.

»Herr Bieber, ich habe jetzt eine ganz konkrete Frage an Sie,
und die hat nichts mit Ihrem Vater zu tun: Haben Sie hier in
Rieshofen in den letzten beiden Tagen ein seltsames Metallstück
gefunden? Den Abschnitt einer Stahlstange, zehn bis zwanzig
Zentimeter lang, mit einem Loch? Abgelegt an einem auffälli-
gen Ort?«

»Mein Vater hat mir schon davon erzählt. Er hat bei sich
auf dem Hof so was gefunden.« Konrad Bieber schüttelte den
Kopf. »Ich weiß nicht, wie Sie darauf kommen, aber nein: Ich

habe hier bei mir auf dem Anwesen nichts entdeckt. Das würde ich wissen. Aber wenn Sie wollen, dürfen Sie sich gerne umsehen. Wir haben keine Geheimnisse.«

»Außer ein bisschen Marihuana in einer alten Zuckerdose«, sagte Morgenstern und zwinkerte Konrad Bieber zu. »Aber das soll nicht unsere Sorge sein.«

»Dann ist's ja gut«, gab Bieber zurück.

Draußen im Hof fuhr ein Auto vor, ein metallicbrauner SUV vom selben Kaliber, wie ihn auch das Köschinger Ehepaar Stiller in seiner Garage stehen hatte. Eine gepflegt wirkende Frau stieg aus, gefolgt von einem etwa zehnjährigen Mädchen – das Kind, auf das Jessica gewartet hatte. Die beiden gingen ohne Zögern durch den Stadel in Richtung Koppel, zur Reittherapie, wobei sich Morgenstern fragte, wer von beiden die psychologisch-pädagogische Hilfe wohl nötiger hatte.

Während er und Konrad Bieber aus dem Fenster sahen, hatte sich Peter Hecht einen Stapel Zeitschriften vorgenommen, der auf der Eckbank gelegen hatte. Aus reiner Neugier sah er sich die Magazine an. Etliche hatten mit dem Reiten zu tun, eines mit Techno und Hip-Hop. Und nicht zuletzt fanden sich mehrere Ausgaben der Zeitschrift »Ökologie & Landbau«. Interessiert blätterte Hecht im Öko-Blatt und stellte fest, dass mehrere Artikel ziemlich gründlich gelesen worden waren – in einer Intensität, die dem betreffenden Journalisten wahrscheinlich vor Stolz die Wangen gerötet hätte, wenn er es hätte sehen können. Ganze Passagen waren mit Textmarker gekennzeichnet.

Es ging zu Hechts Überraschung nicht etwa um Pferdehaltung und Pferdefutter oder was immer sonst mit Jessicas Beruf und Leidenschaft zu tun haben mochte. Es ging um Freiland-Rinderhaltung.

»Waren Sie da so ein fleißiger Leser?«, fragte Hecht sicherheitshalber den Hausherrn.

Aber der winkte ab. »Nein, das war die Jessica, die hatte kurzfristig mal einen kleinen Spleen. Zusammen mit einer Freundin hier aus dem Dorf, die Sabine, die einen Bio-Bauernhof hat. Die beiden haben sich überlegt, was man da noch alles anstellen könnte, und da haben die zweimal einen Abend lang ein bisschen herumgesponnen. Die Zeitschriften hat die Sabine dann hier liegen lassen. Die liegen da schon ewig.«

»Ach so«, sagte Hecht. »Ich dachte schon, Ihre Partnerin will sich plötzlich ein paar Kühe anschaffen, weil ihr Pferde und Esel nicht mehr reichen.«

Conny Bieber lachte nur.

Und doch hatte Morgenstern noch eine Frage an ihn, der Vollständigkeit halber. Wo, so wollte er in aller Unschuld wissen, war Konrad Bieber in jener Nacht gewesen, in der Bauunternehmer Berthold Hirmer das Zeitliche gesegnet hatte?

Der junge Mann dachte nur kurz nach, und anstelle einer überraschten Rückfrage, was denn das nun zu bedeuten habe, kam die Antwort: »Da habe ich in Ingolstadt aufgelegt. Im ›Suxul‹. Die ganze Nacht. Ich bin erst in der Früh um sieben heimgekommen. Wenn Sie die Telefonnummer vom Betreiber haben wollen …«

»Schon in Ordnung«, sagte Hecht.

»Habe ich was verpasst?«, fragte Bieber nun doch zurück.

»Nicht dass wir wüssten.«

In diesem Moment meldete sich Morgensterns Telefon mit der üblichen wagnerianischen Fanfare. Eine unbekannte Handynummer. Morgenstern ging ran – und als Erstes hörte er nur Schluchzen, das sich aber zum Glück legte. Es war Annika Stiller, die Chefarztgattin aus Kösching.

»Wo haben Sie denn meine Nummer her?«, fragte Morgenstern.

»Die haben mir Ihre Kollegen aus Ingolstadt gegeben«, schniefte die Frau. »Ich muss ganz dringend mit Ihnen sprechen.«

»Um was geht es denn?«

»Ich will eine Aussage machen.«

Morgenstern konnte sein Glück kaum fassen. Das waren die Anrufe, von denen ein Kriminalbeamter träumte. Menschen, die von sich aus ihrem Herzen Luft machen wollten. Leider dünn gesät, wie seine jahrelange Ermittlererfahrung lehrte.

»Eine Aussage?«, wiederholte Morgenstern denn auch ungläubig. Und sicherheitshalber stand er auf und ging mit seinem Handy hinaus auf den Hof. Es musste nun wirklich nicht sein, dass Konrad Bieber hier hochgeheime Details mithörte.

»Also, Frau Stiller, mein Kollege und ich kommen sofort. Wo finden wir Sie denn? Sind Sie zu Hause in Kösching?«

Die Frau schniefte. »Nein, ich bin mit meinen Kindern in Eichstätt. Wir sind für die nächsten Tage in einem Gästehaus untergekommen. Im Gästehaus des Klosters St. Walburg.«

»Warum denn das? Warum sind Sie nicht daheim?«

»Das sage ich Ihnen, wenn wir uns treffen.«

»Wo?«, fragte Morgenstern.

»Im Hofgarten, beim großen Muschelpavillon. Kennen Sie den?«

Morgenstern überlegte kurz, dann entsann er sich. Der ehemalige fürstbischöfliche Hofgarten schloss sich an die Sommerresidenz an, ein Park mit uralten Bäumen, aber auch einem barocken Teil voller sorgfältig beschnittener Buchsbäume und Buchenhecken. Er gehörte zum Campus der Katholischen Universität, ein grünes Juwel mitten in der Stadt. Und die Klinik Eichstätt befand sich ganz in der Nähe. Der städtische Friedhof übrigens auch.

»Wollen Sie mir nicht verraten, was los ist?«, fragte Morgenstern noch einmal.

»Kommen Sie einfach«, sagte die Frau.

Morgenstern blickte auf die Uhr. »In dreißig Minuten sind wir da.«

Seine Gedanken fuhren Achterbahn, während er in die Wohnstube zurückkehrte, um den Kollegen Hecht abzuholen. Conny Bieber hätte natürlich zu gern gewusst, was da gerade so dringend war, aber da war nichts zu erfahren. Sie hätten in Eichstätt zu tun, so viel ließ sich Morgenstern immerhin entlocken, und dann stiegen sie auch schon ins Auto.

In der Scheune hörten sie die beiden Schweine grunzen, und wie auf Kommando meldete sich auch noch der Esel mit einem furiosen »I-ah!« als Abschiedsgruß. Konrad Bieber sah ihnen nach und machte einen etwas ratlosen Eindruck. Kein Zweifel: Aus diesem Besuch war er nicht schlau geworden. Morgenstern hatte schließlich selbst nicht so genau gewusst, was das nun sollte. Am ehesten lief das noch unter der Rubrik »Nach dem Rechten sehen«.

Professionell geht anders, dachte er, als sie talaufwärts nach Walting fuhren und von dort auf schnellstem Weg nach Eichstätt.

NEUN

Morgenstern war mit Fiona in den Sommermonaten schon mehrmals im Hofgarten gewesen, war mit ihr auf einer der weißen Parkbänke gesessen und hatte dem Plätschern von zwei Springbrunnen gelauscht. Der eine befand sich direkt am Eingang der Sommerresidenz, in der die Zentralverwaltung der kleinen Eichstätter Universität standesgemäß untergebracht war, der andere lag auf der Südseite des Parks, wo drei barocke Pavillons den Abschluss der historischen Gartenanlage bildeten. Der mittlere und größte dieser Pavillons überwölbte ein Wasserbassin, in dessen Mitte ein steinernes Fabelwesen lag, eine Mischung aus Pferd und Fisch, auf dem ein frecher Putto ritt. Senkrecht fuhr eine kleine Wasserfontäne aus dem Maul in die Höhe. Gleich daneben befand sich ein Kinderspielplatz mit Schaukeln, Wippe, großem Sandkasten und Rutsche. Das war wohl einer der Gründe, warum Annika Stiller diesen lauschigen Ort für das Treffen ausgewählt hatte, denn ihre beiden Kinder hatte sie sicher mitgebracht.

Hecht und Morgenstern hatten den Wagen vor dem schmiedeeisernen Tor zum Hofgarten abgestellt und gingen gemessenen Schrittes zum mittleren Pavillon. Sie brauchten eine Weile, bis sie Annika Stiller entdeckten, denn sie hatte etwas abseits auf einer der Bänke Platz genommen.

Morgenstern sah sofort, dass mit der zierlichen, sportlichen Frau etwas nicht stimmte. Sie trug ein Kopftuch, wenn auch ein ziemlich edles einer Modemarke, deren Luxusladen in der Münchner Maximilianstraße Menschen vom Schlage eines Mike Morgenstern noch nicht einmal durch die Eingangstür gelassen hätte. Vor allem aber hatte sie sich eine riesige Sonnenbrille aufgesetzt, deren Dimension dem eher herbstlichen Wetter Hohn sprach. Morgenstern setzte sich ohne viel Aufhebens rechts von ihr auf die Bank, Hecht links. Auf dem Spielplatz hörten sie die Kinder krakeelen.

»Da wären wir«, sagte Morgenstern überflüssigerweise.

»Gut, dass Sie gekommen sind«, gab Annika Stiller zurück und sah erst Hecht, dann Morgenstern durch die undurchdringlichen Gläser ihrer Sonnenbrille an.

Morgenstern konnte es nicht leiden, wenn er die Augen seines Gegenübers nicht sehen konnte, er glaubte, dann nicht »lesen« zu können, was der andere im Schilde führte. Aber dieses Problem klärte sich von ganz allein. Denn langsam, sehr vorsichtig, nahm die Frau nun die Brille ab, klappte die Bügel zusammen und legte sie sich auf den Schoß.

Hecht atmete mit einem überdeutlichen Pusten aus, und auch Morgenstern ballte sich der Magen zusammen. Annika Stiller, die gut aussehende, gepflegte Chefarztgattin, hatte ein dick geschwollenes, von einem dunkelvioletten Veilchen verschattetes linkes Auge.

Vorsichtig streifte sie nun auch das Kopftuch nach hinten. Morgenstern hatte sich schon gewundert, dass sie das Tuch relativ unelegant im Stile einer russischen Babuschka umgebunden hatte. In einer Weise, die jedem iranischen Revolutions- und Sittenwächter bei seiner Patrouille durch den Basar von Teheran Freude gemacht hätte. Jetzt zeigte sich, dass auch das aus gutem Grund geschehen war. Die Frau hatte mehrere Blutergüsse im Gesicht.

Hecht und Morgenstern, die sich seit wenigen Tagen aus eigener leidvoller Erfahrung mit solchen Dingen auskannten, sahen sofort, dass das ein deutlich anderes Kaliber war als die Schläge, die sie beide beim Herbstfest hatten einstecken müssen. Bei ihnen waren das ein paar Zufallstreffer gewesen. Aber Annika Stiller war brutal verprügelt worden. Die Unterlippe war dick geschwollen, und Morgenstern hatte bei näherer Betrachtung den Eindruck, dass ihr auch ein paar Büschel Haare ausgerissen worden waren.

»Mein Gott«, sagte er. »Was ist denn mit Ihnen passiert?«

»Mein Mann«, sagte die Frau und versuchte sich tapfer an einem Lächeln. »Carsten. Heute Nacht. Ich habe geglaubt, er bringt mich um.«

Genau jetzt, im unpassendsten Augenblick, kamen die beiden Kinder angesaust, um ihrer Mutter eine Handvoll frisch gesammelter Kastanien zu präsentieren. »Mama, da machen wir Kastanienmännchen draus.« Betroffen hielten sie inne, als sie die beiden Männer sahen, von denen einer, Peter Hecht, der Frau mit einem Papiertaschentuch aushalf.

Die Mutter tupfte sich erst die Augen, dann putzte sie sich umständlich die Nase – die, fast wie durch ein Wunder, bei der häuslichen Gewaltexplosion heil geblieben war. Die Kinder trollten sich wieder zum Spielplatz.

»Carsten«, wiederholte die Frau. »Ihm ist in letzter Zeit klar geworden, was zwischen mir und Willibald Bieber gelaufen ist. Er hat mich gestern Nacht im Bett damit konfrontiert. Er hat mich immer und immer wieder gefragt. Und am Ende habe ich alles zugegeben.« Sie schniefte. »Sie wissen ja schon, was das für eine Beziehung war.«

Morgenstern zuckte mit den Schultern. »Wir sind nicht die Sittenpolizei. Aber hat Ihr Mann denn nie Verdacht geschöpft?«

»Ach was, der ist so mit sich selbst und mit seinem Beruf beschäftigt – der war auf beiden Augen blind.«

Morgenstern fand diese Aussage etwas sonderbar, wenn er nun das verschwollene Auge von Annika Stiller sah.

»Ich habe ihm alles erzählt und gesagt: ›Schwamm drüber, der Willi ist tot.‹«

»Aber er hat das nicht so locker sehen wollen«, vermutete Morgenstern.

»Nein. Überhaupt nicht. Er hat mich an den Haaren durchs Zimmer gezogen und hat gebrüllt und hat auf mich eingeschlagen, wieder und wieder, am Schluss sogar mit seinem Gürtel. Irgendwann hat er dann von mir abgelassen, und ich habe mich ins Bad geflüchtet und dort eingesperrt. Heute früh ist er einfach aus dem Haus gegangen, zur Arbeit nehme ich an. Dann habe ich ein paar Sachen zusammengepackt, die Kinder eingesammelt und mir eine Unterkunft gesucht. Ich brauche jetzt Sicherheit – für mich und für die Kinder.«

Sie sah Morgenstern tief in die Augen. Dann sagte sie: »Der

Mann bringt mich um. So wie er zuvor schon den Willibald umgebracht hat.«

Die Kommissare zuckten zusammen. Vom Spielplatz tönten fröhliche Stimmen, vor ihnen plätscherte die Fontäne des Brunnens, ein Schmetterling, ein Pfauenauge, taumelte wie besoffen durchs Panorama, ein freches Eichhörnchen huschte über den gekiesten Weg und erklomm den Stamm einer dicken Eiche. Selten war Idylle so trügerisch wie jetzt, dachte Morgenstern, während er dem Falter nachblickte.

Hecht hatte währenddessen mit einer möglichst beiläufigen Bewegung Notizbuch und Füllfederhalter hervorgezaubert. »So, Frau Stiller. Jetzt noch mal zum Mitschreiben«, sagte er. »Ihr Mann hat sie zusammengeschlagen. Das ist die eine Sache. Aber wenn wir Sie gerade richtig verstanden haben, dann hat Ihr Mann Willibald Bieber getötet. Das müssen Sie uns erklären.«

Annika Stiller atmete tief durch. »Ich habe Herrn Morgenstern schon am Telefon gesagt, dass ich eine Aussage machen will. Ja, ich sage gegen meinen Mann aus. Wir alle wissen, dass ich das nicht müsste.«

»Nein, natürlich nicht«, beeilte sich Morgenstern sicherzustellen, dass der Frau ihre Rechte auch wirklich klar waren. »Keine Ehefrau muss gegen Ihren Gatten aussagen.«

»Ich will aber. Jetzt will ich. Oh mein Gott, wie ich das will!«

»Dann sollten wir nicht mehr länger warten«, sagte Hecht, und zu Morgensterns Überraschung hatte er sogar noch ein kleines Tonbandgerät dabei, für den völlig unwahrscheinlichen Fall, dass »Spargel« mit seinen altbewährten und völlig aus der Mode gekommenen Stenografie-Kenntnissen an seine Grenzen stoßen würde. Und dieses Gerät brachte er jetzt auf der Parkbank neben sich in Position.

Annika Stiller nahm die Sonnenbrille von ihrem Schoß und setzte sie auf. Auch das Kopftuch streifte sie sich wieder über die Wangen. Morgenstern war es, als wollte sich die Frau eine Rüstung anlegen für den Kampf, in den sie nun zog.

»Ich habe Ihnen erzählt, dass ich an dem Morgen, als Willi ums Leben kam, bei ihm drüben war. Wieder einmal war ich drüben. Mein Mann ist schon zeitig in die Klinik gefahren. Ein Katzensprung, wie Sie wissen. Und die Kinder haben noch geschlafen.«

»Ich erinnere mich«, sagte Morgenstern.

»Und ich hab's aufgeschrieben«, hielt Peter Hecht nicht ohne Selbstzufriedenheit fest.

»Wir haben es an der Silomauer gemacht, im Stehen. Eine ganz schnelle Sache. Und dann bin ich wieder zurück auf meine Seite vom Garten. Das hat keine fünf Minuten gedauert. Ich war mir sicher, dass mich niemand gesehen hat.«

»Und dann?«, fragte Morgenstern.

»Nichts ›und dann‹. Es war alles so, wie ich es Ihnen neulich gesagt habe. Ich habe die Kinder versorgt und sie in den Kindergarten gebracht. Und als ich zurückgekommen bin, war drüben die Hölle los.«

»Und Ihr Mann?«, fragte Morgenstern ungeduldig.

»Ich habe Ihnen gesagt, dass er an der Arbeit war.«

»Das hat er uns in der Vernehmung auch gesagt«, pflichtete Hecht bei.

»Aber das war nicht die Wahrheit. Ich hatte bloß geglaubt, dass er an der Arbeit war. Aber ich habe einfach Pech gehabt. Er ist noch mal zurückgekommen. Carsten hat sein Handy daheim vergessen. Und er hat es erst an der Arbeit bemerkt. Kein Handy, das geht natürlich überhaupt nicht! Also ist er zurückgefahren. Er ist hoch ins Schlafzimmer, da liegt es nämlich immer auf dem Nachttisch zum Laden. Und dann hat er den entscheidenden Fehler gemacht.«

Das Wasser plätscherte, aber jetzt wirkte das steinerne Fisch-Pferd-Wesen mit seiner Fontäne auf Morgenstern nicht mehr fröhlich. Er hatte plötzlich den Eindruck, das Tier müsse sich unablässig übergeben, während ihm ein feister, dickbackiger Engel-Bengel das Leben schwer machte. »Ihr Mann hat aus dem Fenster geschaut, hinüber zum Bieber-Hof«, sagte er. »Und was er da gesehen hat, hat ihm nicht gefallen. War es so?«

Die Frau nickte. »Er hat uns auf frischer Tat ertappt. In flagranti, wie man so sagt.«

»Scheiße!«, entfuhr es Morgenstern. »Und dann?«

»Ich weiß nur das, was er mir letzte Nacht in seiner Wut an den Kopf geworfen hat.«

»Nur zu«, ermunterte Hecht sie.

»Er ist wie in Trance aus dem Schlafzimmer geschlichen, ist ganz leise aus dem Haus gegangen und weggefahren.«

»Er hat Sie also nicht abgepasst?«

»Nein. Eben nicht. Er ist nicht in den Garten. Er ist wohl mit dem Auto einmal um den Block gefahren, bis er fast automatisch im Bieber-Hof war. Dort hat er den Wagen hinter einer Halle abgestellt, ist ausgestiegen und zum Silo gelaufen. Carsten hat Willibald angetroffen, als der gerade den Mais für die Biogasanlage eingefüllt hat. Und da ist es zur Auseinandersetzung gekommen. Er hat ihn in die Anlage gestoßen. Und das war es dann. So hat er mir das erzählt.«

»Und jetzt hat er Sie zusammengeschlagen. Als Strafe.«

Die Frau nickte. »Es war nicht das erste Mal. Aber so schlimm wie dieses Mal war es noch nie. Sie müssen ihn einsperren. Er wird mich auch noch umbringen. Sie müssen uns vor ihm schützen. Denken Sie an die Kinder!«

»Das machen wir. Verlassen Sie sich auf uns«, versprach Morgenstern und kam sich dabei unwahrscheinlich ritterlich vor. Mike Lanzelot an der Tafelrunde von König Artus.

Auch Hecht wirkte von Annika Stillers Bericht ziemlich mitgenommen. Mitfühlend tätschelte er ihren Arm. »Waren Sie denn schon beim Arzt?«, fragte er.

»Nein, ich glaube, das geht so.«

»Aber wir brauchen Fotos von Ihnen und eine Diagnose und alle diese Dinge«, stellte Hecht klar.

»Dann mache ich das«, versprach Stiller. »Aber das Wichtigste ist, dass mich Carsten jetzt nicht findet. Ich glaube, er ist völlig überrascht, dass ich geflüchtet bin.« Sie kicherte nun sogar ein wenig. »Wissen Sie, er hat immer gedacht, er hat mich völlig in der Hand, dass er mit mir machen kann, was er will. Aber: Hier irrt Herr Stiller. Man kann mich nicht herumschubsen. Ich mache, was ich will. Ich bringe ihn hinter Gitter.«

»Eines würde mich schon interessieren«, sagte Morgenstern. »Warum, glauben Sie, hat Ihr Mann Ihnen das erzählt?«

»Was?«

»Warum hat er Ihnen erzählt, dass er Willibald Bieber umgebracht hat? Seinen Nebenbuhler, der ihm Hörner aufgesetzt hat. Was bringt ihm das?«

Die Frau dachte eine Weile nach. »Ich habe mir auch schon meine Gedanken darüber gemacht. So wie ich ihn kenne, wollte er mich mit diesem Geständnis schlicht und ergreifend einschüchtern. Er will mich in Panik versetzen, in grenzenlose und dauerhafte Angst. Ich glaube, Carsten ist ein Psychopath. Er will, dass ich mich schuldig fühle. Schuldig am Tod von Willi. Weil ich das ausgelöst habe.«

Sie begann unvermittelt wieder zu weinen. Ein älteres Ehepaar, das flanierend des Weges kam, schaute irritiert und bot dann seine Hilfe an. Aber sie alle drei lehnten eifrig ab. Danke, sie kämen schon klar.

Auch die Kinder kamen nun wieder, inzwischen hatten sie jede Menge Blätter verschiedenster Bäume eingesammelt, einen ganzen Strauß, den sie nun fast feierlich ihrer Mutter übergaben. Morgenstern war seinerseits beinahe zu Tränen gerührt. Das war mehr, als ein Familienvater ertragen mochte. Peter Hecht streichelte den Kindern unbeholfen über die Köpfe – etwa so, wie man einen braven Hund tätschelt. Dann beschlossen sie, Annika Stiller und ihre Kinder durch die Altstadt zu ihrer Unterkunft zu begleiten.

»Wie sind Sie eigentlich auf Eichstätt gekommen?«, fragte Morgenstern.

»Wir sind oft in Eichstätt. Mein Mann operiert immer wieder hier im Krankenhaus, gleich da drüben.« Sie wies quer durch den Park in Richtung Ostenstraße, wo die Klinik Eichstätt lag. »Als mein Mann seine Stelle angenommen hat, wollten wir eigentlich nach Eichstätt ziehen. Aber wir haben keinen passenden Bauplatz gefunden und auch kein Haus zum Kaufen. Der Immobilienmarkt hier ist wie leer gefegt. Deswegen haben wir dann in Kösching bauen lassen.«

»In der Ingolstädter Suburbia«, sagte Morgenstern.

»Sie sagen es. Ich denke, die Vorstadt war in unserem Fall keine so gute Idee.«

Sie verließen den Hofgarten über die Westseite und gingen auf einer schmalen Straße stadteinwärts, vorbei am Gerätehaus der Freiwilligen Feuerwehr. Zwei Feuerwehrautos, darunter der Wagen mit der großen Drehleiter, standen vor den weit geöffneten Toren. Die Stiller-Kinder waren begeistert.

Sie gingen weiter über eine Stafette von Plätzen, den Leonrodplatz, den Domplatz und den Marktplatz, bis sie schließlich über schmale Gassen den Hof des Benediktinerinnenklosters St. Walburg erreichten. Die gewaltige Klosterkirche und das Hauptgebäude des Klosters selbst mit Pforte und Klosterladen lagen direkt vor ihnen. Rechter Hand befand sich eine städtische Grundschule, zwei Gebäude auf der linken Seite waren für Touristen ausgebaut worden. So sicherte sich das Kloster eine solide Einnahme und konnte zugleich Werbung für seine Sache machen.

Hier also hatte sich Annika Stiller mit ihren Kindern einquartiert. In einem Doppelzimmer mit einem großen Bett, in dem alle drei leicht Platz finden konnten. Morgenstern und Hecht bestaunten das schlichte, sehr gepflegte Ambiente mit antiken Möbeln, glänzend polierten Steinböden und gedrechselten Treppengeländern. Im Zimmer standen ein eilig gepackter großer Hartschalenkoffer und zwei kleine bunte Rucksäcke, in denen die Kinder ihre wertvollsten Dinge – Spielzeug und Teddybären – verstaut hatten.

»Hat Ihr Mann eine Idee, wo Sie sein könnten?«, fragte Hecht.

»Nein, ich glaube nicht.«

»Waren Sie denn schon einmal gemeinsam hier?«

»Das ist schon eine Ewigkeit her. Gleich am Anfang, als mein Mann hier die Stelle bei den Kliniken im Naturpark Altmühltal bekommen sollte und sich erst einmal einen Eindruck verschafft hat. Da haben wir ein verlängertes Wochenende hier gewohnt.« Sie schaute aus dem Fenster hinaus in den Klosterhof. »Das war schön damals.«

Die Kinder hatten inzwischen damit begonnen, ohne Schuhe auf dem frisch gemachten Bett herumzuhüpfen, als wäre es eines dieser Trampolins, ohne die seit einigen Jahren keine Familie mehr auszukommen schien. Das Quietschen der Spannfedern gehörte den ganzen Sommer über zur Geräuschkulisse jeder Siedlung wie das Brummen der Elektrorasenmäher.

»Ist das Ihr Auto da drunten?«, fragte Morgenstern und deutete auf einen dicken Audi SUV mit Eichstätter Kennzeichen. Er glaubte sich daran zu erinnern, dass er diesen Wagen in der Stiller'schen Dreifachgarage gesehen hatte, wobei Autos dieses Kalibers in den Straßen Mittelbayerns längst zum Standard gehörten.

»Ja, das ist meiner«, sagte Annika Stiller.

»Ich würde ihn nicht hier stehen lassen«, empfahl Morgenstern. »Ich könnte mir vorstellen, dass Ihr Mann Sie bald sucht. Wie ich ihn kennengelernt habe, ist Ihr Gatte ein Mensch, der zwei und zwei zusammenzählen kann.«

Morgenstern konnte Stillers Augen hinter der dicken Sonnenbrille nicht sehen, aber er hätte wetten können, dass sie nun ängstlich flackerten. »Das Kloster hat gleich um die Ecke einen abgeschlossenen Parkplatz für seine Gäste. Da stelle ich den Wagen ab. Sie glauben, Carsten sucht die Gegend nach mir ab?«

»Was denn sonst?«, gab Morgenstern zurück. »Ich habe mal eine Weile bei der Fahndung gearbeitet und kenne mich mit solchen Sachen ein bisschen aus. Als Erstes ruft er bei Ihrer Mutter an, wenn er nicht gleich hinfährt.«

»Das glaube ich nicht. Das ist in der Nähe von Bremen. In Delmenhorst.«

»Delmenhorst«, sagte Morgenstern und fing ganz unvermittelt zu summen an. »›Ich bin jetzt immer da, wo du nicht bist – und das ist immer Delmenhorst.‹ Das ist von Element of Crime.«

Annika Stiller lächelte säuerlich. Sie kannte das Lied offenbar auch – eine Schmähung auf ihre Heimatstadt weit oben im Norden.

»Er wird da auf jeden Fall anrufen«, stellte Morgenstern klar. »Und danach sucht er die Orte ab, die ihm sonst noch einfallen. Die Wohnungen von ein paar Freunden, dann ein paar alte Wohlfühlorte. Und schon steht er hier im Klosterhof.«

»Sie machen mir Angst«, sagte Stiller.

»Nein, ich will Ihnen nur die Augen für die Realität öffnen. Also schaffen Sie das Auto von der Straße. Machen Sie den Nonnen klar, dass Sie offiziell nicht hier im Gästehaus sind, falls jemand nach Ihnen fragen sollte. Und um den Rest kümmern wir uns.«

»Ich bin Ihnen so dankbar«, sagte Annika Stiller, und sie flüsterte dabei. Mehr denn je wirkte sie auf Morgenstern wie ein angeschossenes Reh. Ein Bambi, das Mitleid erheischte.

Sie vergewisserten sich noch, dass sie die gegenseitigen Handynummern hatten, dann verabschiedeten sich die Kommissare.

Annika Stiller nahm nun doch einmal die Sonnenbrille ab und schlug auch das Seidenhalstuch von Hermès zurück, sodass ihre Gäste noch einen Blick auf ihre Verletzungen werfen konnten. Es sah nach wie vor ziemlich übel aus. »Ich glaube, ein Schneidezahn wackelt auch«, sagte sie und fasste sich an den Mund mit der geschwollenen Lippe.

»Gute Besserung«, war das Einzige, was Morgenstern dazu einfiel.

Ihr Wagen stand immer noch am Hofgarten, und beim Zurücklaufen hatten Hecht und Morgenstern ausreichend Zeit, sich über die unerwartete Zuspitzung der Ereignisse ihre Gedanken zu machen.

»Der Halbgott in Weiß«, sagte Morgenstern und schleckte dabei ein Eis, das er sich an der Eisdiele Dolomiti am Marktplatz gekauft hatte – zwei Kugeln, Vanille und Schokolade, in dieser Hinsicht entsprach er exakt dem Durchschnitt der deutschen Männer, und das war es auch, was er Hecht erzählte. Der wiederum hatte sich drei (!) Kugeln Zitroneneis gekauft, für die Jahreszeit eigentlich etwas zu erfrischend, wie er einräumte, aber er wolle damit seine heiß gelaufenen Hirnwindungen herunterkühlen.

»Dein Hirn ist ein Atomkraftwerk?«, fragte Morgenstern.

»Etwas in dieser Art.« Hecht grinste breit. Er schien gerade sehr zufrieden mit sich zu sein. Ein gutes Gefühl, wenn sich ein schwieriger Fall seiner Lösung näherte.

Sie schlenderten Richtung Domplatz, irgendwie hatten sie nun alle Zeit der Welt, dachten sie. Sie mussten ihre Gedanken sammeln, wenn sie vielleicht schon in einer Stunde Professor Dr. Carsten Stiller aus dem Operationssaal oder seinem noblen Büro herausbitten würden, um ihn mit den grausamen Realitäten zu konfrontieren. Da war es wichtig, zuvor noch einmal durchzuatmen, zu entspannen.

Morgenstern schaute, entspannt wie er war, in die Auslage eines Uhrmachers am Domplatz. Hinter dem Schaufenster glänzten Eheringe, Schmucksteine, Kettchen aus Silber oder Gold. Die Preise waren staunenswert – der Goldpreis war offenbar in den letzten Jahren in Phantasiesphären entflogen, nachdem jedermann versuchte, seine sauer verdienten Ersparnisse in einigermaßen greifbare Werte anzulegen und nach Möglichkeit nicht in hochkomplizierte »Finanzprodukte« mit Immobilienbeteiligungen in Übersee. Das Bistum Eichstätt hatte sich auf diesem Markt vor einiger Zeit eine blutige Nase geholt und landesweit Hohn und Spott geerntet. Da musste man sich nicht wundern, wenn Krethi und Plethi sich lieber mit Gold behängten, dachte Morgenstern.

Er warf einen Blick auf die Uhren, die der Goldschmiedemeister drapiert hatte – und dabei war er so abgelenkt, dass ihm seine komplette Kugel Schokoladeneis aus der Waffel purzelte. Die Kugel, dieses Meisterwerk des norditalienischen Eismacherhandwerks, landete nicht etwa in der Gosse, das hätte Morgenstern noch akzeptieren können. Es war – gefühlt – ein Streifschuss, der sich von der Jeansjacke über die Hose zog und punktgenau auf einer Spitze seiner Cowboystiefel landete. Deutlich gesagt: Mike Morgenstern hatte sich komplett eingesaut.

Peter Hecht amüsierte sich prächtig. Er hatte gut reden, wählte er doch traditionell sein Eis im Becher, was das immanente Titanic-Risiko der Hörnchenwaffel – »Eisberg voraus!« – erheblich minimierte.

Knurrend zog Morgenstern weiter – und hatte über seinem verständlichen Groll vergessen, was ihm da gerade eben durch den Kopf gegangen war.

Zum Glück sprudelte am Pater-Philipp-Jeningen-Platz Wasser: Aus drei winzigen Düsen spritzte das kühle Nass im kleinen Bogen in einen tiefen, aus hellen Kalksteinen gemauerten Brunnen. Einer von der Sorte, in dem im Märchen eine dümmliche Prinzessin ihren goldenen Ball verlor, woraufhin der Froschkönig hervorkroch. Mit diesem Wasser konnte sich Mike Morgenstern wenigstens einigermaßen säubern – allerdings kam Hecht, der aktuell in etwas alberner Stimmung war, auf die Idee, auf zwei der drei Düsen den Daumen zu legen. Prompt verwandelte sich die verbleibende dritte durch den erhöhten Wasserdruck zu einer weitreichenden Fontäne. Ehe Morgenstern zurückweichen konnte, war er von dem dünnen, aber kräftigen Strahl bereits eingenässt. Im direkten Gegenzug stürzte er sich seinerseits auf zwei der Düsen und versuchte, Peter Hecht zu erwischen, was ihm tatsächlich gelang.

Am Ende jedenfalls waren beide Kommissare ziemlich nass, bestaunt von etlichen kopfschüttelnden Passanten. Und nur ein letzter Rest von Berufsehre verhinderte, dass sie zweihundert Meter weiter, am Leonrodplatz, irgendwelchen Unfug am Wittelsbacher Brunnen trieben. Ein Brunnen, dessen großes, flaches Becken von einer großen steinernen Muttergottesfigur mit Kind begrenzt war.

Morgenstern dachte für einen winzigen Moment an Annika Stiller und ihre Kinder – und dann war er wieder ganz bei sich. »Wir müssen sofort in die Klinik Kösching«, sagte er.

»Gut erkannt, Kollege«, pflichtete Hecht mit ironischem Unterton bei. »Brauchen wir Verstärkung?«

»Das schaffen wir alleine«, entschied Morgenstern. Sie hatten schließlich, auch wenn das bei ihrer törichten Spritzerei eben niemand auch nur im Entferntesten ahnen konnte, ihre Dienstpistolen am Mann. Und im Dienstwagen, dem dunkelblauen Audi, waren Handschellen, Schlagstöcke und alles andere, was das Polizistenherz begehrte.

Nass, wie sie waren, fuhren sie in Richtung Ingolstadt, bogen vor Eitensheim von der B 13 auf die Nordumfahrung von Gaimersheim, überquerten die A 9 bei Hepberg, kamen beim unverwechselbaren Köschinger Gewerbegebietskreisel an, umrundeten den historischen Markt und standen schließlich auf dem Parkplatz der Klinik Kösching.

Professor Dr. Carsten Stiller war da. Das sahen sie auf den ersten Blick. Denn in allerbester Lage, auf einem sorgfältig ausgewiesenen und reservierten Prominentenparkplatz, auf dem ein Blech-Autokennzeichen mit der Prägung »Professor Dr. Stiller« auf einem hölzernen Pfahl montiert war, stand der bekannte silberne Mercedes der Luxusklasse.

Morgenstern sah sich den Wagen an und überlegte, wie diese Limousine wohl hinter der Maschinenhalle des Bieber-Hofs gewirkt hatte. Auf jeden Fall deplatziert, wie abholbereit für eine unvorhergesehene längere Reise in Gebiete weit jenseits der Oder-Neiße-Linie. Anscheinend aber hatte niemand den Wagen gesehen. Und falls ihn doch jemand im Vorbeifahren entdeckt hatte, hatte er womöglich vermutet, ein örtlicher Tierarzt habe es durch lange, harte Arbeit auf den hiesigen Bauernhöfen zu größerem Reichtum gebracht. Das wäre dann in jeder Hinsicht eine Fehleinschätzung gewesen.

Hecht und Morgenstern beratschlagten kurz, ob sie Carsten Stillers Nobelhobel irgendwie lahmlegen sollten, falls der Chefarzt auf die Idee verfallen sollte, die Flucht zu ergreifen, Dienstpistolen hin oder her. Dabei, das sollte Stiller in diesem Falle doch unbedingt bedenken, hatten die Kommissare bereits das neue Modell SFP9 von Heckler & Koch, das die gute, aber doch ziemlich in die Jahre gekommene P7 aus derselben Waffenschmiede abgelöst hatte. Kurzum: Mit diesen beiden Besuchern war nicht zu spaßen, mochten sie im Moment auch eingenässt und schokoladeneisbekleckert sein. Sie würden sich schon Respekt verschaffen.

Dr. Stiller war unglücklicherweise unabkömmlich – das wurde den beiden Besuchern rasch klargemacht. Stiller führte nämlich gerade eine komplizierte Operation durch. Das teilte ihnen zuerst eine Mitarbeiterin am Empfang, dann ein Oberarzt und zuallerletzt auch noch der Betriebsdirektor der Klinik mit. Nein, nein und nochmals nein. Die Herren von der Polizei müssten sich gedulden.

Der Betriebsdirektor bot ihnen dann zumindest einen Kaffee an. Natürlich hätte er zu gern gewusst, um was es da konkret ging. Die Polizei in seinem Hause – das war selbstverständlich eine hochheikle Angelegenheit. Anders war die Lage, wenn da zur Nachtzeit ein stockbetrunkener Autofahrer zum unabwendbaren Bluttest von den Vertretern der Staatsgewalt in die Notaufnahme eskortiert wurde – aber hier ging es um ein Mitglied des Unternehmens, und das Krankenhaus hatte einen Ruf zu verlieren.

Wieder und wieder beschwor der Direktor die Herren von der Kriminalpolizei, nur ja nicht zu viel Aufsehen zu erregen, worum auch immer es gehen möge. Man befinde sich schließlich im permanenten Wettbewerb mit den Kliniken der näheren und weiteren Umgebung, wenn Herr Morgenstern, Herr Hecht verstünden. Das Klinikum Ingolstadt sei quasi nur einen Steinwurf weit entfernt, aber die unglaubliche Entwicklung der Mobilität mache es möglich, dass auch noch das älteste Mütterchen bei der Wahl seines Oberschenkelhalsbruch-Operateurs penibel die Möglichkeiten analysiere und plötzlich von den Qualitäten im Münchner Klinikum rechts der Isar schwärme – eine Universitätsklinik wohlgemerkt. Das alles bitte er zu berücksichtigen. Und am liebsten, daraus machte der Verwaltungschef keinen Hehl, wäre es ihm, wenn die Herren Polizeibeamten einfach wieder gehen und den Herrn Professor Dr. Stiller bei sich zu Hause in Empfang nehmen würden. Man werde ihm ganz gewiss nichts davon sagen. Großes Ehrenwort!

Zum Glück, wenigstens das, waren die beiden Kommissare nicht auf den ersten, nicht einmal auf den zweiten Blick als Vertreter der bayerischen Exekutive zu identifizieren. Morgenstern mit Stiefeln und Jeansjacke, Hecht mit Rautenpullunder und frisch geflicktem Sakko. Also warteten sie auf dem Flur vor dem Operationssaal, hingelümmelt auf zwei unbequeme Stühle.

Die Minuten verrannen, die Zeit vertröpfelte. Morgenstern reckte den Kopf nach hinten und begann nach kurzer Zeit gleichmäßig zu schnarchen, staunend beäugt von seinem Kollegen, der tagsüber völlig außerstande war, ein Nickerchen einzulegen, und sei es noch so klein.

Morgenstern erwachte, als Hecht ihn vorsichtig an der linken Schulter berührte. »Er ist fertig«, sagte er leise. »Es wird ernst.«

Die Schiebetür zum Operationssaal öffnete sich, zwei Krankenpfleger schoben ein Bett mit dem Patienten hinaus. Über dem Bett baumelte der Tropf. Morgenstern erkannte ein blasses Gesicht und wünschte sich selbst sicherheitshalber Gesundheit und ein langes Leben. Dann stand er auf und ging in den OP-Saal, gefolgt von Peter Hecht. Vermutlich die unsterilsten Personen im Umkreis von zehn Kilometern.

Zwei Krankenschwestern und ein weiterer Arzt umringten Carsten Stiller. Morgenstern und Hecht erkannten ihn sofort, obwohl er wie die anderen einen Mundschutz und eine Kopfbedeckung trug. Denn nur einer hier im Raum konnte eine solche Frage in die Runde werfen: »Wie war ich?«

Von den anderen kam zustimmendes Gemurmel. Aber dann hatte sich Morgenstern bereits in die Gruppe gedrängt. »Ich hoffe, gut«, sagte er.

Stillers Augen funkelten ihn an. »Was machen Sie denn hier?«, polterte er hinter seinem Mundschutz, und weil das notgedrungen etwas verwaschen klang, zog sich der Mediziner mit einer geübten Handbewegung die sterile Abdeckung vom Gesicht: »Was haben Sie beide hier im Operationssaal zu suchen?«

»Sie«, sagte Morgenstern. »Wir suchen Sie, Herr Stiller.«

Es wurde ganz leise im Raum. Von den anderen wagte niemand, etwas zu sagen. Sie konnten sich auf die beiden Eindringlinge keinen Reim machen.

»Ich habe in einer halben Stunde eine weitere Operation«, stellte Stiller klar.

»Dann sagen Sie sie ab. Herr Stiller, wir müssen Sie bitten, uns zu folgen. Es geht unter anderem um Ihre Frau. Wir haben mit ihr gesprochen.«

Fassungslos sahen die anderen, wie der Chefarzt kurz mit den Schultern zuckte – aber sich dann ohne weitere Widerrede in sein Schicksal fügte. Hecht und Morgenstern nahmen ihn in die Mitte und verließen den Raum. »Wir fahren nach Ingolstadt, ins Präsidium«, bestimmte Morgenstern.

»Ganz wie Sie meinen«, sagte Stiller.

Auf dem ganzen Weg nach Ingolstadt herrschte im Dienstwagen eisiges Schweigen. Stiller machte zwar mehrmals den Versuch, den beiden Kommissaren etwas zu entlocken, aber da war nichts zu machen. Am Ende drehte Morgenstern sogar das Radiogerät an. Programm Bayern 2, eine Talksendung. Niemand hörte richtig zu, aber es war besser, als die bleierne Stille zu ertragen. Und auf Bayern 1 kam Abba.

Erst im Vernehmungszimmer in der Zentrale in Ingolstadt ließen die Kommissare die Katze aus dem Sack.

»Wir haben mit Ihrer Frau gesprochen«, wiederholte Morgenstern den Satz aus dem Operationssaal.

»Mit Annika, ja, das haben Sie mir schon gesagt. Hat sie sich bei Ihnen ausgeheult?«

Die Frage war kalt wie ein Eisberg, fand Morgenstern. »Ausgeheult?«, fragte er ungläubig zurück. »Wir haben gesehen, wie Sie Ihre Frau zugerichtet haben, Herr Professor. Da würden Sie auch, wenn ich das so sagen darf, heulen. Sie haben eine wehrlose Frau zusammengeschlagen.«

Carsten Stiller schaute Morgenstern in die Augen. »Hat sie Ihnen auch gesagt, warum sie sich von mir ein paar gefangen hat?«

Morgenstern missfiel die ganze Art, wie Stiller sprach. Aber er wollte sich nicht provozieren lassen. »Ja. Sie hatte ein Verhältnis mit Ihrem Nachbarn Willibald Bieber, mit Ihrem Erzfeind. Und Sie sind ihr auf die Schliche gekommen.«

»Richtig. Dann wissen Sie ja alles. Sie hat mich mit dieser Drecksau betrogen. Ausgerechnet mit diesem Proleten. Mit diesem Schweinehirten. Wie hätten Sie denn da reagiert? Was hätten Sie an meiner Stelle getan?«

»Ich hätte sie verlassen«, schlug Hecht vor. »Das geht einfacher, als Männer gemeinhin glauben.«

Morgenstern allein spürte die Bitterkeit in den Worten seines Kollegen – Hecht war geschieden, und in schwachen Stunden, von denen es immer wieder welche gab, trauerte er »seiner« Angelika nach. Morgenstern allerdings hatte für sich längst beschlossen, dass »Spargel« Hecht ohne sie besser dran war.

»Sie haben Ihre Frau übel zugerichtet, und es war ja nicht das erste Mal«, sagte Morgenstern. »Sie haben Ihre Aggressionen nicht im Griff, Herr Stiller. Das ist Ihr Problem. Sie sind gewalttätig, und in Ihrer Egozentrik konnten Sie nicht dulden, dass Ihre Frau Sie mit dem nächstbesten Nachbarn hintergeht.«

»Nun versuchen Sie sich hier mal nicht in Küchenpsychologie«, warf Stiller ein. »Sie hat gekriegt, was sie verdient. Das war schon lange mal wieder fällig. Ich gebe zu, dass es dieses Mal ein bisschen heftig ausgefallen ist. Aber das wird schon wieder. Sie werden sehen: Annika zieht die Anzeige zurück. Das hat sie bisher noch jedes Mal getan, egal, wo wir waren, egal, wann das war.«

»Ach, das ist ja interessant«, sagte Hecht, dem nun erst dämmerte, dass die Gewalttätigkeit im Hause Stiller seit Langem System hatte. »Dann gibt es also schon eine ganze Akte über Sie.«

»Nein, da können Sie lange suchen, Herr Hecht. Es gibt nichts. Sie wissen selbst am besten, dass zurückgezogene Anzeigen nicht archiviert werden dürfen. Schon mal was von Datenschutz gehört?«

»Aber selbstverständlich. Den saugen wir hier in Bayern praktisch mit der Muttermilch auf. Ehrensache. Ihre Daten sind bei uns sicher wie in Abrahams Wurstkessel.«

Carsten Stiller schaute Hecht an, als hätte nicht er selbst eventuell ein psychisches Problem, sondern der Herr Kriminaloberkommissar. »Wo ist überhaupt meine Frau?«, fragte er schließlich. »Ist sie zu Hause?«

»Nein. Sie ist vor Ihnen geflohen, und die Kinder hat sie mitgenommen«, sagte Morgenstern.

»Ins Frauenhaus von Ingolstadt?«

»Dazu werden wir Ihnen nichts sagen. Ich gehe davon aus, dass Sie als Arzt Mittel und Wege hätten, die Adresse herauszukriegen. Das muss ja nicht sein.«

Stiller seufzte demonstrativ. »Die kommt schon wieder angekrochen. So war es bisher immer. Glauben Sie mir: Das ist ein Sturm im Wasserglas, mehr nicht. Und Sie fallen drauf rein.«

Hecht und Morgenstern sahen ihn verständnislos an, woraufhin Stiller noch einmal seufzte. »Sie sollten ihr nicht über den Weg trauen. Sie ist eine große Theaterspielerin. Soll ich Ihnen mal was sagen? Die ist in der Lage und schminkt sich extra für Sie die Augenringe dunkel. Dazu ist die in der Lage.«

Morgenstern glaubte ihm kein Wort – und außerdem ging es für ihn nur am Rande um Annika Stiller. Es war an der Zeit, den Mediziner mit den wirklich wichtigen Fakten zu konfrontieren.

»So, Herr Stiller, jetzt haben wir genug gehört von den sonderbaren Familienverhältnissen in Ihrer ach so hübschen Villa. Ihre Verschwörungstheorien aus Tausendundeiner Nacht können Sie von mir aus gegen Geld auf dem Jahrmarkt von Marrakesch vortragen. Ihre Frau hat uns noch etwas anderes gesagt, und das interessiert uns viel mehr als ein blaues Auge, ein paar ausgerissene Haare oder ein wackelnder Schneidezahn.«

Morgenstern beobachtete Carsten Stiller genau: Er wirkte angespannt, aber nicht panisch. Er wippte auf seinem Stuhl hin und her. Das war alles. Irgendetwas stimmte da nicht.

»Welche Geschichte hat sie Ihnen aufgetischt?«, fragte er.

Morgenstern wurde mit einem Mal unsicher. Er hatte sich so auf diesen Moment gefreut. Richtig, er hatte sich gefreut. Das war wohl der Jagdinstinkt, der in solchen Momenten bei ihm durchbrach, wenn ein Beschuldigter in der Falle saß. Aber dieser Mann wirkte definitiv nicht wie ein Opfer. Er war in der Klemme, das schon – aber er war ohne Angst. Seltsam.

»Äh, also …« Morgenstern warf einen Blick auf Hecht, dass

dieser ihm beispringen möge. Aber dann gab er sich einen Ruck und ließ die Bombe platzen.

»Herr Stiller, Sie waren am Morgen, als Willibald Bieber in seiner Biogasanlage ums Leben kam, auf dem Grundstück Ihres Nachbarn. Sie haben zufällig gesehen, dass er ein Treffen mit Ihrer Frau hatte, die Details erspare ich uns und Ihnen. Und daraufhin sind Sie heimlich auf seinen Hof gefahren und haben Ihren Nebenbuhler getötet. Anschließend sind Sie in die Klinik zurückgekehrt, wo Sie niemand in den letzten zwanzig Minuten vermisst hatte.«

»War das so?«, fragte Hecht und warf sicherheitshalber einen Blick auf sein Aufnahmegerät, das brav die Sekunden des aufgezeichneten Gesprächs zählte.

Carsten Stiller hörte auf, mit seinem Stuhl zu wippen. Dann beugte er sich am Tisch weit nach vorne, ehe er zischte: »Dieses Mal übertreibt sie es!«

»War es so oder war es nicht so, Herr Stiller?«, setzte Morgenstern nach. »Haben Sie an diesem Morgen Ihre Frau und Willibald Bieber an der Silowand ertappt?«

Stiller presste die Lippen zusammen. Er schien zu überlegen, was er sagen konnte, was er sagen wollte. »Eigentlich bräuchte ich jetzt wohl einen Anwalt«, meinte er.

»Das liegt ganz bei Ihnen.«

»Ach was. Ich kann für mich alleine sprechen. Also gut, ich habe Annika und diesen Bieber gesehen. Ich war aus der Klinik zurückgekommen.«

»Weil Sie etwas vergessen hatten«, bestärkte ihn Morgenstern. »Ihr Handy?«

»Quatsch. Das habe ich Annika so erzählt. Aber das entsprach nicht der Wahrheit. Kein Mensch vergisst heutzutage sein Handy. Das ist, als würde man gleichzeitig Geldbörse, Uhr und Autoschlüssel liegen lassen. Das passiert einfach nicht.«

Morgenstern überlegte, wie oft er selbst schon sein betagtes Mobiltelefon, das mit dem Walkürenritt, daheim verschlampt hatte. Aber er war da wahrscheinlich wirklich nicht repräsentativ. Man musste sich nur die jungen Leute ansehen, die ungefähr alle zwanzig Sekunden auf ihr Smartphone starrten, um nicht etwa irgendwelche sensationellen Benachrichtigungen zu verpassen.

»Sie sind also nicht zufällig noch mal zurückgekehrt?«, vergewisserte sich Hecht.

»Nein. Das war kein Zufall. Das war ein … nennen wir es einen kleinen Kontrollbesuch.« Stiller zeigte jetzt sogar ein kleines zynisches Grinsen.

»Ich hatte Annika schon länger in Verdacht, dass Sie mit diesem Typen was hat. Ich kenne sie lange, ich kenne sie gut. Ich spüre das, wenn die niederen Triebe mit ihr durchgehen. Also hatte ich in letzter Zeit ein besonderes Auge auf sie.«

»Und was ist danach passiert?«, fragte Morgenstern. »Sie haben sich das alles angesehen, und dann sind Sie weggeschlichen, rüber zum Bieber-Hof, klare Verhältnisse schaffen.«

»Falsch«, sagte Stiller. »Wenn ich alle die Typen, mit denen Annika schon was hatte, persönlich angreifen würde, dann wäre ich längst in Teufels Küche.« Er schaute erst Morgenstern, dann Hecht lange an. »Dieser Willibald Bieber war für mich nicht satisfaktionsfähig.«

»Wie bitte?«, fragte Morgenstern. »Was soll das heißen, ›satisfaktionsfähig‹?«

Peter Hecht erklärte es ihm, noch ehe Carsten Stiller Luft holte. »Das kommt aus der Welt der schlagenden Studentenverbindungen. Man duelliert sich nur mit jemandem, der sich auf Augenhöhe befindet. Wer einem niedrigeren Stand angehört, ist das Duell nicht wert.«

»Aha. Für den gilt dann das alte bayerische Wort: Den ignorieren wir nicht einmal«, fasste Morgenstern zusammen.

»So ungefähr war das«, pflichtete ihm Professor Stiller bei. »Dieser Mann, dieser Bieber, ist unter meiner Ehre.«

»Aber eine Frau zu verprügeln, das ist mit Ihrem Ehrenkodex vereinbar?«, fragte Morgenstern spitz zurück.

»Darum geht es jetzt doch gar nicht. Sie behaupten, ich hätte Willibald Bieber auf dem Gewissen – und ich sage: nein. Alles, was ich in dieser Sache zu klären hatte, mache ich allein mit meiner Ehefrau aus. Das regeln wir intern – so haben wir das immer gehalten.«

»Ihrer Frau haben Sie aber gesagt, dass Sie drüben waren bei den Biebers, dass Sie ihn in die Förderschnecke gestoßen haben. Sie haben sich selbst belastet. Warum sollten wir das nicht glauben?«

»Das war im Nachhinein betrachtet eine Dummheit. Ich wollte Annika Angst machen, das ist alles. Sie hat keinen Respekt vor mir. Also habe ich ihr diese Geschichte erzählt. Um sie einzuschüchtern. Ich darf Ihnen versichern: Annika war dieses Mal sehr beeindruckt. Sehr viel mehr als bei allen Seitensprüngen, die sie mir in der Vergangenheit zugemutet hat.«

Morgenstern schüttelte ungläubig den Kopf. Was Carsten Stiller hier verzapfte, war so hanebüchen, dass es wehtat. Wer kam denn bitte schön auf die Schnapsidee, sich selbst eines Mordes zu bezichtigen, sozusagen aus pädagogischen Gründen, um eine renitente Ehefrau in die Schranken zu weisen?

»Quatsch mit Soße«, sagte er deswegen. »Herr Stiller, wir glauben Ihnen kein Wort. Sie haben sich gegenüber Ihrer armen Frau um Kopf und Kragen geredet, und jetzt wollen Sie sich hier bei uns rauswinden. Das wird Ihnen aber nicht gelingen. Alles, was wir wissen, passt perfekt zusammen: Sie liegen in Dauerfehde mit Ihrem Nachbarn, Sie machen Stimmung gegen seinen Schweinestall. Allein der tägliche Ammoniakgestank macht Sie aggressiv. Und wir wissen – aktuell von Ihrer Frau –, dass Sie ein sehr aggressiver Mensch sein können.«

Hecht übernahm und wurde dabei geradezu poetisch. »Das Fass Ihres Zornes ist von Tag zu Tag voller geworden, Herr Stiller. Und am Ende hat Ihre Frau es zum Überlaufen gebracht.«

»Das war der Tropfen auf den heißen Stein«, wollte Morgenstern ähnlich bildreich nachlegen, aber er merkte gleich, dass er sich in der Metapher vertan hatte. Also schob er nach: »Die Lunte an Ihrem Pulverfass hat schon lange gebrannt, aber jetzt war es Zeit für die große Explosion.«

»Eine Strafexpedition«, sagte Hecht. »Sie haben Rache genommen.«

»Nein«, wiederholte Stiller. »Sie irren sich.«

Natürlich ließen es Hecht und Morgenstern nicht dabei bewenden. Wieder und wieder konfrontierten sie den zunehmend erschöpften Carsten Stiller mit der Version der Dinge, die er seiner Frau erzählt hatte. Stiller, der an diesem Tag schon zwei schwierige Operationen hinter sich hatte, reagierte zunehmend gereizt. Aber von einem Geständnis war er am Ende der Vernehmung weiter entfernt denn je.

»Sie können mir nichts beweisen«, sagte er ein ums andere Mal. Und für die Kommissare war diese Formulierung nur umso mehr Anlass, den Mediziner in die Zange zu nehmen. Zwischendurch ließen die beiden Stiller allein im Raum zurück, ausgestattet mit einer Käsesemmel, die sie aus einem Brotzeitautomaten gezogen hatten, einem Hanuta und auf besonderen Wunsch mit einem stillen Wasser der Marke »Ingolstädter Jesuitenquelle«.

Sie selbst zogen sich kurz in ihr Büro zurück, um am Computer noch einmal – zum wievielten Mal wohl schon? – die geheimen Aufzeichnungen der Wildkamera aus Willibald Biebers Vogelkasten zu studieren. Der rätselhafte Besucher mit dem Bundeswehrparka, das konnte der verzweifelte Bauunternehmer Berthold Hirmer gewesen sein. Aber genauso kam jetzt Carsten Stiller in Frage. Die zeitliche Abfolge, wie Annika Stiller sie geschildert hatte, passte perfekt. Und wenn irgendjemand ein plausibles Motiv hatte, dann war das Carsten Stiller, Satisfaktionsfähigkeit hin oder her. Stiller war nicht der Mann, der seine Feinde ganz lässig ignorierte. Schon gar nicht, wenn einer dieser Feinde ihm Hörner aufsetzte. Aber was sollte Stiller mit dem ermordeten Bauunternehmer Berthold Hirmer in Kipfenberg zu tun gehabt haben?

Die Sache blieb verworren, und so kam es am Ende, dass sich an diesem Abend kein Richter fand, der einen Chefarzt der Kliniken im Naturpark Altmühltal, Honorarprofessor der Katholischen Universität Eichstätt-Ingolstadt, ehrenwertes Mitglied des Lions Club Ingolstadt und ebensolches der Deutschen Gesellschaft für Nephrologie, so mir nichts, dir nichts in Untersuchungshaft gesteckt hätte.

Hecht und Morgenstern hatten zuletzt noch auf die erheblichen Verletzungen von Annika Stiller hingewiesen, zum Glück hatte Hecht mit seiner kleinen Kamera sogar ein mitleiderregendes Bild von ihrem lädierten Gesicht gemacht. Aber auch das konnte den Richter nicht beeindrucken. Zumal sich die beiden Kommissare, als sie das Foto auf ihrem Computer noch einmal in seiner ganzen Scheußlichkeit bis zum letzten Pixel hochgezogen hatten, nicht mehr ganz sicher waren, ob Frau Stiller nicht tatsächlich mit etwas Lidschatten nachgeholfen hatte. Da hatte Carsten Stiller in der Tat einen bösen Zweifel gesät. Der Sache sollten sie noch nachgehen.

Der Chefarzt jedenfalls verließ das Polizeipräsidium nach zweieinhalb Stunden als freier Mann – »vorerst«, wie Morgenstern ihm versicherte, um zumindest ein wenig das Gesicht zu wahren. Er stellte sich dabei die Frage, ob er, Mike Morgenstern, in den Augen des hochmütigen Stiller wohl als »satisfaktionsfähig« galt.

Er und Hecht saßen an diesem Abend noch lange ratlos in ihrem Büro. Sie waren so dicht dran. Aber ohne hieb- und stichfeste Beweise, das hatte ihnen auch der Richter deutlich gemacht, war nichts zu machen. Und von Carsten Stiller gehe keine Gefahr aus: Der Richter sah keine Fluchtgefahr, keine Verdunkelungsgefahr – und im Übrigen auch keine Gefahr für Annika Stiller. Das sei ein leider nicht völlig abwegiger Fall von häuslicher Gewalt. Der werde bei gegebener Zeit ein juristisches Nachspiel haben – gesetzt den Fall, Frau Stiller erhalte ihre Anzeige aufrecht.

»Ich muss ein Auge auf diese Frau halten«, sagte Morgenstern, als er schließlich ziemlich frustriert in Richtung Eichstätt aufbrach. »Ich hoffe, die verhält sich jetzt ruhig. Bei diesem Stiller will ich für nichts garantieren. Der Bursche ist eiskalt.«

Doch es blieb eine ruhige Nacht. Keine besonderen Vorkommnisse.

ZEHN

Das Päckchen, das Morgenstern am nächsten Morgen auf seinem Schreibtisch vorfand, war unscheinbar. Eigentlich war es gar kein richtiges Päckchen, sondern nur ein dickes Kuvert, eines von der Sorte, die innen mit durchsichtigem Weichplastik voller Lufteinschlüsse gepolstert ist.

Diese Dinger, so dachte Morgenstern beim Öffnen, halten auch einen Schlag mit dem Hammer aus – aber nicht unbedingt die rüden Methoden, die bei den Paketdiensten mit ihren miserabel bezahlten Helferheerscharen an der Tagesordnung sind. Das Päckchen war allerdings mit der Hauspost gekommen, mit dem Kurierservice des Präsidiums, und Morgenstern wusste gleich, was drin war: die Uhr aus Willibald Biebers Maissilage-Depot.

Hecht saß gelangweilt an seinem Schreibtisch und nippte an seiner Tasse mit Kamillentee, als Morgenstern das Kuvert öffnete. Der Kollege aus München hatte nur einen simplen Zettel dazugesteckt. »Zurück zu treuen Händen!«, stand drauf. Und zu allem Überfluss hatte er noch einen Smiley draufgemalt – das Symbol für quietschvergnügte Freude und allseits gute Laune.

Morgenstern schüttelte Biebers Uhr wenig rücksichtsvoll aus der Verpackung, überraschend laut plumpste sie auf seinen Schreibtisch. Das Ding war schwerer, als er gedacht hatte. Interessiert hob er sie hoch: »Das nenn ich mal eine Zwiebel«, sagte er und las dann erst den Namen des Herstellers auf dem Zifferblatt. »Breitling«, sagte er laut. »Spargel, kennst du eine Firma Breitling?«

Hecht nickte. »Ein Nobelhersteller, ganz was Feines. Natürlich aus der Schweiz. Lass mal sehen.«

Morgenstern nahm die Uhr und warf sie Hecht lässig zu. Der fing sie mit Müh und Not auf. »Sag mal, spinnst du? Hast du eine Ahnung, wie teuer die Dinger sein können?«

»Nein«, sagte Morgenstern frohgemut. »Aber erstens ist das

Edelstahlarmband sowieso schon kaputt. Und zweitens: Wenn diese Dinger so toll sind, dann werden die es wohl aushalten, mal zu Boden zu gehen.«

Hecht konnte über so viel Banausentum nur den Kopf schütteln. Es stellte sich heraus, dass er selbst sich in vergangenen Jahren schon mal mit solchen Chronometern auseinandergesetzt hatte. Es war allerdings bei der grauen Theorie geblieben, denn die Vermögens- und wohl auch die Machtverhältnisse im Hause Hecht hatten größere Investments immer verhindert. So trug Hecht zu seinem Leidwesen am linken Handgelenk eine ebenso schlichte wie preiswerte Uhr, die er vor Jahren in einem Geschäft in der Schrobenhausener Lenbachstraße erstanden hatte.

Schon war Hecht im Internet: »Das Ding hier kostet mindestens zweitausend Euro«, stellte er fest. »Da hat es der junge Bieber aber sauber krachen lassen.«

Er legte seine eigene Uhr ab, überprüfte kurz, ob Biebers Uhr nicht vielleicht mit Blut verschmiert war – was nicht der Fall war –, und legte sie sich dann aufs eigene Handgelenk. »Schaut doch gut aus«, sagte er und klang dabei etwas wehmütig. »Läuft immer noch tadellos. Dabei dürfte sich keiner beschweren, wenn sie stehen geblieben wäre. Bei dem, was da in Kösching passiert ist. Das gerissene Armband ist gar kein Problem. Ein winziger Stahlstift mit Feder, und schon ist unsere Breitling wieder startklar.«

»Unsere Breitling?«, fragte Morgenstern irritiert. »Dir ist schon klar, dass wir die abgeben müssen?«

»Jaja«, maulte Hecht. »Damit man sie dem Willibald Bieber mit ins Grab legen kann oder so. Vielleicht macht sie der Bestatter ja an den Arm dran, du weißt schon …«

»Jetzt werd hier nicht unappetitlich. Tatsache ist, dass wir die Uhr bei den Biebers abgeben. Basta.« Und in Erinnerung an die Eingangsszene des Filmklassikers »Blues Brothers« imitierte Mike Morgenstern den Gefängnisaufseher, der dem Galgenvogel Jake Blues bei dessen Haftentlassung die kümmerlichen Habseligkeiten zurückgibt.

»Schwarze Anzughose. Eine schwarze Sonnenbrille. Eine

zerbrochene Armbanduhr.« Morgenstern hatte sogar den abschließenden Gag in seinem komödiantischen Repertoire: »Ein unbenutztes Präservativ.« Er fummelte nach einem Kugelschreiber an seinem Schreibtisch, stocherte damit an einem Blatt Papier herum, verzog das Gesicht säuerlich und sagte: »Ein benutztes.«

»Sehr witzig«, meinte Hecht – und machte immer noch keine Anstalten, die Uhr zurückzulegen. Er fingerte an dem Stahlarmband herum und machte schließlich »Hummmmm«.

»Was heißt ›Hummmmm‹?«

»Schau mal, Mike. Ich habe doch wirklich keine besonders dicken Handgelenke, oder doch?«

»Willst du jetzt eine Maniküre-Beratung von mir? Dafür bin ich definitiv der falsche Mann.«

»Nein, ich meine das ernst. Ich habe einen relativ dünnen Arm.«

»Das kommt davon, wenn man den ganzen Tag bloß am Schreibtisch sitzt.«

»Quatsch, da kann man nichts dafür. Das ist angeboren. Du kannst doch dein Gelenk und deine Knochen nicht dicker machen. Da ist kein Muskel oder so was, was man trainieren und aufpumpen könnte.«

»Würdest du mir bitte sagen, auf was du hinauswillst, verehrter Kollege?«

»Es geht um diese Uhr hier.« Hecht hob die Breitling so hoch, dass sie lang gestreckt wie eine tote Blindschleiche in der Luft baumelte. »Selbst wenn ich sie behalten wollte – was ich wohlgemerkt nicht will, denn unrecht Gut gedeiht nicht ...« Nach diesem Kalenderspruch aus seinem schier unerschöpflichen Schatzkästlein der Volksweisheiten machte Hecht eine kurze künstlerische Pause.

»Was wäre dann?«, half ihm Morgenstern geduldig nach.

»Selbst wenn ich wollte, würde sie mir nicht passen.«

Morgenstern verstand immer noch nur Bahnhof. »Ich brauche jetzt erst einmal einen Kaffee«, seufzte er und schenkte sich umständlich eine Tasse ein.

Er schaute aus dem Fenster hinab auf den Zentralen Omnibusbahnhof der Stadt Ingolstadt, wo unablässig die Busse in verschiedenste Richtungen abfuhren, um das Stadtzentrum mit der Peripherie zu verbinden, das wuchernde Land an die City anzukoppeln oder die Weltreisenden per Airport-Express stündlich an den Münchner Flughafen zu verfrachten. Eben im Moment fuhr ein Bus hinaus nach Kösching. Soweit er von oben sehen konnte, war das Fahrzeug leer. Eine Geisterfahrt, niemand wollte am Morgen in diese Richtung.

Hecht war aufgestanden und hatte sich neben Morgenstern gestellt. Wie ein Hypnotiseur ließ er die Breitling vor dem Gesicht des Kollegen hin- und herbaumeln. »Dieses Armband ist zu kurz für mich. Du darfst es gerne ausprobieren: Es ist auch zu kurz für dich.«

»Was lernen wir daraus?«, fragte Morgenstern, der immer noch auf der Leitung stand.

»Hast du Willibald Bieber vor Augen?«

»Quasi rund um die Uhr«, sagte Morgenstern.

»Ein Brocken von einem Mann. Ein Mann mit riesigen Pratzen.«

Jetzt endlich fiel bei Morgenstern der Groschen. »Du meinst, das ist gar nicht seine Uhr. Weil sie ihm nicht gepasst hätte.«

»Genau. Nie und nimmer.«

Morgenstern suchte, jetzt plötzlich hektisch geworden, nach der Fotografie, dem Porträtbild von Willibald Bieber, das ihm der Vater ausgehändigt hatte. Er fand es schließlich mitten in einem Aktenstapel auf seinem Schreibtisch.

Hecht hatte bereits aus einer Schublade allen Ernstes eine große Lupe gezaubert. Eine Lupe! Morgenstern kam es vor, als wäre er mit Sherlock Holmes zu einem Ermittlerteam zusammengespannt worden. Aber mit der Vergrößerung war es wirklich einfach zu erkennen: Der rotbackige Jungbauer, der da unter dicken schwarzen Augenbrauen in die Kamera blickte, in Lederhose und hochgestülptem rot-weiß kariertem Hemd, hatte Arme wie ein amerikanischer Wrestler – und die dazu passenden Handgelenke. Eine Uhr trug er auch – aber seine hatte ein dunkelbraunes breites Lederarmband, und wie Hecht auf den ersten Blick analysierte, handelte es sich wohl um ein Billigding.

»Die hat er wahrscheinlich beim letzten Barthelmarkt in Oberstimm beim fliegenden Händler gekauft«, stellte er missbilligend fest. »Damit ist aber auch klar, dass dieser Willibald Bieber nie und nimmer unsere Breitling hier getragen hat. Spätestens beim Fotografen hätte er sie angelegt. Aber sie hätte ihm, wie wir jetzt wissen, sowieso nicht gepasst.«

»Hummm«, machte nun Morgenstern so, wie erst kurz zuvor Kollege Hecht getönt hatte. »Und was machen wir jetzt?«

»Nachdenken?«, schlug Hecht vor. »Mein Tipp ist – wieder mal – Professor Dr. Carsten Stiller. Das ist ein Mensch, der Wert auf Stil und Etikette legt. Wenn irgendjemand in der Umgebung von Willibald Bieber mit einer Luxusuhr herumläuft, dann ist das unser Chefarzt mit der tiefergelegten Aggressionsschwelle.«

Morgenstern versuchte, sich Carsten Biebers Chirurgenhände vorzustellen. Waren die besonders schmal gewesen? Ihm war nichts aufgefallen. Höchste Zeit, dachte er, dass die Datenbanken der Polizei aufgerüstet wurden mit Informationen, von denen man nie wusste, wann man sie als Nächstes brauchen würde. Die Schuhgröße zum Beispiel. Und natürlich die DNA-Struktur bis zur letzten Gen-Sequenz.

»Weißt du, wie mir das jetzt vorkommt?«, sagte er zu Hecht. »Wie im Märchen vom Aschenputtel. Wir beide sind die Prinzen, und wir suchen das Mädchen der letzten Nacht, das beim Morgengrauen seinen Schuh verloren hat.«

Peter Hecht, der Freund der Balladen und sämtlicher Grimm'scher Hausmärchen, nahm den Ball freudig auf: »Rucke di guh, Blut ist im Schuh!« Er grinste triumphierend: »Wem die Uhr gehört, der ist unser Mann. Das ist doch der Hammer!«

Sie stellten sich gemeinsam vor ihre liebevoll gemalte Kriminalanalyse-Tafel und sinnierten.

»Wer immer Willibald Bieber an diesem Morgen in die Förderschnecken gestoßen hat«, sagte Morgenstern, »es kam wohl nicht ganz so überraschend, wie er gehofft hatte. Es muss zumindest eine kleine Rangelei gegeben haben.«

»Ein Breitling-Armband reißt nicht so einfach ab. Das ist Eins-a-Qualität«, fügte Hecht hinzu. »Für mich stellt sich das so dar: Der Angreifer schafft es nicht auf Anhieb, den Bauern in die Anlage zu schubsen. Der Kerl kann sich noch irgendwie abfangen, dreht sich um, rudert mit den Armen. Er packt den anderen am Handgelenk, erwischt die Uhr. Das Armband reißt ab. Noch ein massiver Schubs. Bieber torkelt nach hinten und fällt in die Anlage.«

»Und die Uhr auch«, sagte Morgenstern. »So muss es gewesen sein. Und der Mörder kann natürlich unter keinen Umständen die Uhr zurückholen. Die Maschine läuft, die Uhr versinkt im Silomais. Ganz egal, denkt der Mörder, die ist weg für immer und ewig, die findet kein Mensch mehr.«

»Aber wir haben sie gefunden.«

»Der Pechvogel-Fotograf hat sie gefunden«, präzisierte Morgenstern. »Eines ist auf jeden Fall klar: Es ist eine Herrenuhr.«

»Falsch«, sagte Hecht. »Wer sagt denn so was?«

»Das sieht man doch!«

»Eben nicht. Wir leben in seltsamen Zeiten. Bei solchen Uhren wie der hier kann man da nicht mehr sicher sein. Die ist zwar ziemlich dick, aber so etwas ist inzwischen auch bei Frauen im Trend. Unisex heißt das Zauberwort.«

»Was du alles weißt«, sagte Morgenstern und hegte weiterhin Zweifel. Aber nachdenklich war er doch geworden. »Ich darf davon ausgehen, dass das Alter des Trägers bei Uhren dieses Kalibers ebenfalls keine Rolle spielt.«

»Du sagst es. Die Dinger sind sehr weit weg von kurzlebigen Modetrends. Das sind Uhren für die Ewigkeit.«

»Mann, du solltest dich mal selbst hören. Du klingst wie so ein öliger Juwelier in der Münchner Maximilianstraße. Oder besser in der Nürnberger Karolinenstraße«, korrigierte sich Morgenstern, der Franke aus Überzeugung. »Und jetzt wollen

wir mal sehen, was sich auf die Schnelle herauskriegen lässt.«
Er nahm sein Handy und tippte auf eine Nummer.

Annika Stiller meldete sich fast sofort. »Ach, Sie sind es.«

»Ich habe eine etwas spezielle Frage, Frau Stiller. Sie sind doch eine Frau mit viel modischem Geschmack. Wissen Sie zufällig, welche Uhr Ihr Mann trägt.«

Annika Stiller brauchte keine drei Sekunden: »Er hat eine einzige Uhr, und die hat er sich selbst zu seinem fünfunddreißigsten Geburtstag geschenkt. Es ist eine Rolex AirKing.«

Morgenstern hatte den Ton auf laut gestellt, Hecht hörte mit, und Morgenstern konnte sehen, wie er die Luft durch die Zähne zog.

»Die kostet Minimum fünftausend Euro«, flüsterte er und tippte sich dabei an die Stirn. Es sah so aus, als ob Hechts Uhrenbegeisterung angesichts solcher neureicher Mitbewerber langsam schwand.

»Und hat er sonst noch eine Uhr?«

»Nur einen Wecker auf dem Nachttisch«, sagte die Gattin. »Nein, Carsten trägt ausschließlich seine Rolex. Seit seinem fünfunddreißigsten Geburtstag hat er keine andere mehr. Er sagt, er will sie mal vererben. An Emil.«

»Und wenn der Emil lieber eine andere Uhr hätte, zum Beispiel, nur um mal eine Marke zu nennen, eine Breitling?«, legte Morgenstern vorsichtig nach. Eine Frage wie eine Leimrute.

»Dann werden wir ihm eine kaufen«, sagte Annika Stiller mit klarer Stimme.

»Es liegt also nicht zufällig eine bei Ihnen rum, irgendwo in der Schublade?«

»Nein. Definitiv nicht. Darf ich fragen, warum Sie das alles wissen wollen, Herr Morgenstern?«

»Sie dürfen fragen, aber Sie dürfen nicht mit einer Antwort rechnen. Keine Sorge, Sie werden es noch früh genug erfahren.«
Sicherheitshalber bohrte er noch ein weiteres Mal nach. »Apropos Breitling – wissen Sie zufällig, ob Willibald Bieber eine teure Armbanduhr hatte?«

Die Frau lachte gekünstelt auf. »Die Uhr war bestimmt das

Letzte, was mich bei unseren kurzen Treffen interessiert hat. Aber es wäre mir irgendwann aufgefallen, wenn er in irgendeiner Art und Weise Stil gehabt hätte. Hatte er nämlich nicht. Ich könnte Ihnen Dinge über seine Unterwäsche sagen …«

»Verschonen Sie mich. Bitte«, sagte Morgenstern kurz und konnte dennoch nicht verhindern, dass seine Phantasie mit ihm durchging. Das hatte er nun von seiner vielen Fragerei – die Vorstellung von einem dicklichen Burschen in praktischer, bis fünfundachtzig Grad waschbarer weißer Netzunterwäsche, gewechselt nur in hygienisch bedenklichen Intervallen.

Damit konnten sie jedenfalls Carsten Stiller von der Liste streichen, befanden Hecht und Morgenstern nach diesem Telefonat. Annika Stiller hatte keinen Anlass, sich schützend hinter ihren prügelnden Gatten zu stellen – und wenn im Hause Stiller außer der Rolex irgendetwas tickte, dann handelte es sich wohl um eine Zeitbombe, die das nach außen hin so traute Eheleben endgültig in die Luft jagen würde.

Die Bürotür öffnete sich, und ohne anzuklopfen kam Kommissarin Antonia Grabsky herein, um sich nach dem Lauf der Dinge zu erkundigen.

Peter Hecht erzählte ihr umständlich von der ominösen Uhr aus dem Silo und ließ es sich dabei nicht nehmen, der Kollegin das gute Stück ums Handgelenk zu legen. Ihr hätte es gerade so gepasst, stellte er fest.

Antonia Grabsky sah sich die Breitling lange an. »Früher wäre das gar kein Problem gewesen – bevor sich der Handel ins Internet verlagert hat, meine ich. Da hätte ich hier in Ingolstadt bei den zwei maßgeblichen Uhrenhändlern angerufen, meinen Charme spielen lassen, und schon hätte ich einen Blick in die Kundendatei werfen dürfen. Aber die Zeiten sind vorbei.«

Sie dachte lange nach und spielte dabei mit der Uhr, ließ das Armband wieder und wieder durch die Finger gleiten. Schließlich setzte sie sich an den Computer und ging ins Internet. »Wusstet ihr, dass ich gestern auf der Piste war?«

Die beiden Kollegen wussten es nicht. Aber sie hatten natürlich schon die Vorstellung, dass ihre junge Kollegin abends nicht brav zu Hause saß, zumal sie anscheinend Single war. Jedenfalls war von einem Mann an ihrer Seite bisher nie die Rede gewesen.

»Wo waren Sie denn?«, fragte Hecht mehr der Höflichkeit wegen. Die Wahrscheinlichkeit, dass er die Örtlichkeit kennen könnte, schien ihm gering. Da gab es zwischen Antonia Grabsky und Peter Hecht nur eine ziemlich geringe Schnittmenge, etwa in Gestalt des Ingolstädter Viktualienmarktes.

»Ich war im ›Suxul‹. Ratet mal, wer da aufgelegt hat.«

Ohne wirklich eine Antwort abzuwarten, tippte Grabsky den Namen der Diskothek ein. Hecht und Morgenstern stellten sich hinter sie und schauten ihr über die Schultern. »Wäre doch gelacht, wenn wir da kein Foto von ihm hätten«, sagte sie leise und klickte sich durch eine ganze Galerie von Bildern.

»Ich sehe nur schwitzende, tanzende junge Menschen«, sagte Morgenstern und kam sich dabei ziemlich alt vor. »Machen die auch mal eine Ü-30-Party?«

»Sie meinen wohl eine Ü-40-Party?«, korrigierte ihn Grabsky. »Nein, machen sie nicht. Das ist ja keine Dorfdisco.«

Sie klickte weiter. »So, jetzt kommen wir der Sache schon näher.« Sie hatte ein Foto gefunden, das den Discjockey – oder wie immer das in modernen Zeiten hieß – in vollem Einsatz zeigte. Morgenstern erinnerte sich wieder – der korrekte Begriff lautete inzwischen wohl »Master of Ceremony«. Und der Zeremonienmeister, nach dem die Kollegin gesucht hatte, der Mann hinter Reglern und Plattentellern, war in vollem Einsatz: MC Conan, im bürgerlichen Leben Konrad Bieber.

Bieber trug ein schwarzes T-Shirt, um den Hals hatte er einen gewaltigen Kopfhörer als deutliches Attribut seines Berufsstandes gelegt. Am linken Handgelenk trug er ein weißes Einlassbändchen, das ihm vermutlich auch beim begriffsstutzigsten Aushilfsbarkeeper die ganze Nacht hindurch Freigetränke sicherte. An diesem Bändchen, das sich pflichtgemäß eng ans Handgelenk schmiegte, zeigte sich überdeutlich, was Antonia Grabsky fast instinktiv gesucht hatte: Konrad Bieber, der Discjockey und Harley-Fahrer, der Motorsägenschnitzer und Gelegenheitscowboy, hatte lächerlich dünne Handgelenke. Waren seine Oberarme auch respektabel trainiert – und zu allem Überfluss mit Tätowierungen versehen –, seine Gelenke waren geradezu mädchenhaft.

»Schade«, sagte Antonia Grabsky ehrlich enttäuscht. »Mir hat er immer gefallen.«

»Sie dürfen nicht auf Äußerlichkeiten gehen, junge Kollegin«, erwiderte Morgenstern in unbewusst altväterlichem Ton. »Man kann in die Menschen nicht hineinschauen.«

»Vielen Dank für den tollen Rat«, keilte Grabsky zurück.

Aber Morgenstern war nicht zu bremsen, sondern verfiel nun in die Rolle des Predigers, der dem einfachen Volk Gottes Wort deutet. Er ärgerte sich darüber, dass er seine biblische Mordanalyse, im Geiste nannte er das die »Kain-und-Abel-Spur«, aus den Augen verloren hatte. Und nun ergab sich alles fast wie von selbst. Sie mussten nur noch die Breitling-Uhr aus dem Silo im übertragenen Sinne an Conny Biebers Handgelenk befestigen – und schon würde sich das Edelstahlarmband in eine Handschelle verwandeln.

Kein Zweifel: MC Conan hatte in Berlin gewiss ein Milieu vorgefunden, in dem eine Breitling als Statussymbol Eindruck machte. Mit solcherlei Luxuskram hatte er sein Erbe durchgebracht. »Wer weiß – am Ende hat er in Berlin sogar einen Lamborghini gefahren, mit dem er in tiefer Nacht über die Stadtautobahn gebrettert ist«, mutmaßte Morgenstern.

Die Fotos aus dem »Suxul« gaben in Sachen Uhr leider nichts weiter her: MC Conan arbeitete am Mischpult grundsätzlich ohne Zeitmesser, was wahrscheinlich daran lag, dass er sich ohnehin inmitten der tanzenden Menge als Herr der Zeit fühlte. Das war nicht der Ort, wo man als Chef-Impresario verstohlen auf die Uhr blickte. Nein, dachte Morgenstern mit etwas Bitterkeit, in solchen Nächten, in solcher Gesellschaft wurde man nicht müde – nicht zuletzt mit freundlicher Unterstützung illegaler chemischer Helferlein.

Morgenstern brauchte keine pharmazeutische Hilfe, um jetzt, endlich, ganz klar die Zusammenhänge zu erkennen, und den beiden Kollegen ging es genauso. Diese Geschichte entfaltete nun vor ihren Augen ihre ganze, geradezu biblische Wucht. Gemeinsam standen sie vor ihrem »Netzwerk« und konnten sich endlich einen Reim auf die Vorgänge rund um den Bieber-Hof machen.

Ihre Theorie ging so: Konrad Bieber war in Berlin böse auf die Nase gefallen und mit Unterstützung seines Vaters in die alte Heimat zurückgekehrt, gemeinsam mit seiner Freundin. Der Vater hatte den beiden einen kleinen, alten Hof gekauft, von seinem eigenen Geld, das er sich bei der Übergabe seines Köschinger Hofs an den älteren Sohn Willibald zurückbehalten hatte. Der Vater hatte sich also nicht gescheut, wie es im Gleichnis heißt, das Mastkalb zu schlachten.

Der ältere Sohn dürfte das mit Groll verfolgt haben. Die Rückkehr des Taugenichts, dessen Freundin sich sofort an den alten Herren heranwanzte, mit welchen Absichten auch immer. Doch finanziell waren die beiden immer noch klamm – das therapeutische Reiten warf viel zu wenig Geld ab, und als Discjockey war für Konrad Bieber in der Provinz kein Blumentopf zu gewinnen. So entwickelte sich langsam die Idee, sich erneut am Bieber-Hof zu bedienen – bloß hatte der Vater inzwischen kaum noch eigenes Geld.

Was also tun? Morgenstern sagte es in aller Schonungslosigkeit: »Konrad Bieber ist klar geworden, dass alle Probleme gelöst sind, wenn er seinen Bruder aus dem Weg räumt. Er hat ihn nie leiden können.«

»Und die Stahlstangen im Mais?«, fragte Antonia Grabsky.

»Die hat bestimmt auch der Conny reingesteckt«, spekulierte Morgenstern. »Er hat auf dem Hof für Unruhe gesorgt. Er wollte für alle Fälle eine falsche Fährte legen. Er konnte ja nicht sicher wissen, ob der Brudermord reibungslos funktioniert. Ich meine, so reibungslos, dass es als Unfall durchgeht.«

»Das klingt plausibel«, schloss sich Hecht an.

»Aber was ist mit unserem Baustoffhändler aus Kipfenberg?«

»Was weiß ich?«, sagte Morgenstern ungeduldig. »Vielleicht

haben die beiden gemeinsame Sache gemacht. Die kannten sich von ihrer kleinen Baustelle. Berthold Hirmer kümmert sich um die Maisäcker, und im Gegenzug …«

Morgenstern wusste einen Moment nicht mehr weiter. Aber jetzt war es Antonia Grabsky, die den Faden weiterspann. »Im Gegenzug hat er ihm Bauland in Kösching versprochen. Den exklusiven Zugriff auf Grundstücke, wo Bau Hirmer dann ein halbes Dutzend Vierspänner bauen darf. Dann wäre Bau Hirmer saniert und wieder im Geschäft.«

»Die beiden hatten einen Deal«, fasste Hecht zusammen. »Aber für Berthold Hirmer ist die Sache tödlich ausgegangen.«

»Ein Pakt mit dem Teufel«, ergänzte Morgenstern melodramatisch.

»Ein teuflischer Plan«, sagte auch Grabsky kopfschüttelnd. »Ich glaube, dieser MC Conan hat im Laufe der Jahre ein paar Drogen zu viel erwischt.«

»Aber es waren zwei, die den toten Berthold Hirmer an der Willibaldsruh in Attenfeld abgelegt haben«, meinte Hecht. »Wer war der zweite Mann?«

»Oder die zweite Frau.« Antonia Grabsky hatte eine klare Vorstellung: »Jessica hat ihrem Freund geholfen. Es kann gar nicht anders gewesen sein. Sie hat den alten Hirmer-Bus nach Attenfeld gefahren, und hinterher sind sie und Conny auf der Harley heimgebrettert. Das gibt doch Sinn. Die beiden hängen da gemeinsam drin. Glaubt mir: Ich verstehe was von Frauen.«

»Eine saubere Familie«, fasste Morgenstern zusammen. »Mord und Totschlag auf dem Lande.«

»Wenn's um Millionen geht …«, sagte Hecht nachdenklich. »Ich erinnere mich noch genau an die Flurkarte, die der Köschinger Bürgermeister ausgerollt hat. Die sind alle schon in den Startlöchern. Und Geld spielt da keine große Rolle.«

»Was machen wir jetzt?«, fragte Grabsky schließlich. »Fahren wir nach Rieshofen?«

»Aber mit Blaulicht und Tatütata«, empfahl Morgenstern.

»Echt jetzt?«

»Nein, wollen wir mal nichts übertreiben. Aber wir lassen

uns von einem Streifenwagen aus Eichstätt unterstützen. Das macht gleich ein bisschen Eindruck. Die wichtigste Frage ist: Ist Konrad Bieber zu Hause?«

»Aber sicher«, meinte Partygängerin Grabsky. »Der hat bis heute früh um fünf Uhr aufgelegt. Der schläft bestimmt den ganzen Tag.«

»Bis wir ihn aus dem Bett holen«, sagte Hecht mit unverkennbarer Vorfreude. Dann packte er die Breitling-Armbanduhr und steckte sie in das gepolsterte Kuvert. »Der wird Augen machen, wenn wir ihm seine Uhr zurückbringen.«

Er lächelte, weil ihm gerade eine besonders intellektuelle Assoziation kam: »Auf der Suche nach der verlorenen Zeit«, sagte er. »Marcel Proust.«

Seine Kollegen zuckten, ganz wie Hecht sicherlich vermutet hatte, ratlos die Schultern. Diese Banausen wussten nichts vom Hauptwerk der französischen Romanliteratur des zwanzigsten Jahrhunderts. Die hatten höchstens simple Krimis im Kopf.

Morgenstern wählte die Nummer des Eichstätter Polizeiinspektionsleiters Manfred Huber, um Verstärkung zu erbitten. Sie verständigten sich darauf, sich an einem Parkplatz neben der Staatsstraße bei Walting zu treffen, um dann gemeinsam in Connys Pferderanch »einzureiten«.

So geschah es denn auch. Nach einer kurzen Lagebesprechung auf dem Parkplatz fuhren Manfred Huber und ein Kollege mit ihrem wie aus dem Ei gepellten Streifenwagen voreweg, Hecht, Morgenstern und Grabsky rollten im neutralen Kripo-Dienstwagen hinterher. Bewaffnet waren sie alle – man konnte nicht wissen, wie sich die Sache entwickeln würde. Würde Conny Bieber die Flucht ergreifen, sobald er sah, dass es die Staatsgewalt auf ihn abgesehen hatte? Würde er über Wiesen und Felder türmen? Würde er sich auf seine Harley schwingen und gemeinsam mit der ahnungslosen Jessica im Stil von Bonnie und Clyde entwischen?

Nichts von alledem geschah. Die beiden Wagen fuhren auf dem Hof vor. Und noch ehe Inspektionsleiter Huber in aller offiziellen Amtlichkeit an der Haustür läuten konnte, öffnete sich im ersten Stock bereits ein Fenster. Konrad Biebers Kopf mit verwuschelter Frisur schob sich heraus.

»Öha«, sagte er. »Einen Moment, ich komme gleich.«

Manfred Huber hatte in weiser Voraussicht bereits den Hintereingang von seinem Kollegen absichern lassen. Doch das stellte sich als überflüssig heraus. Bieber machte ganz einfach die grün gestrichene rustikale Haustür auf, um die unerwarteten Gäste hereinzubitten. Dass er mit nichts anderem bekleidet war als einer dünnen gestreiften Schlafanzughose und einem labbrigen weißen Schlaf-T-Shirt, schien ihn dabei nicht zu stören.

Mit vom Schlaf noch verkniffenen Augen blickte er in die Runde. »Kommen Sie ruhig herein. Mögen Sie einen Kaffee?« Und ohne die Antwort abzuwarten, schlurfte er dem Grüppchen voraus in die Küche, um die Kaffeemaschine anzuwerfen. »Hab heute die ganze Nacht gearbeitet«, murmelte er zur Erklärung.

»Haben Sie etwas über meinen Bruder herausbekommen?«, fragte er schließlich die Herren, die etwas ratlos in der Wohnküche herumstanden. »Sie haben so was Amtliches.« Konrad Bieber deutete dabei auf Manfred Huber in seiner blauen Galauniform mit den modischen Breitstreifen an den beiden Hosenbeinen – seit einiger Zeit die neue Dienstkleidung der bayerischen Polizisten.

Huber lief vor Ärger rot an – er verkraftete Biebers despektierlichen Ton sichtlich schlecht. »Sie haben hier überhaupt nichts zu fragen«, gab er zurück. »Die Fragen stellen wir, genauer gesagt die Kollegen von der Kriminalpolizei.«

»Von mir aus«, sagte Bieber und setzte sich auf die Eckbank. »Also schießen Sie los.«

Morgenstern wusste nicht recht, ob sie sich nun gleichfalls um die Eckbank scharen sollten, als wären sie am Stammtisch einer besonders zünftigen Dorfwirtschaft. Er blieb stehen, und so taten es ihm die anderen gleich.

»Herr Bieber, wir haben inzwischen eine ziemlich klare

Vorstellung, was mit Ihrem Bruder Willibald passiert ist. Und das Gleiche gilt für den Bauunternehmer Berthold Hirmer aus Kipfenberg.«

»Das ist schön«, sagte Bieber. »Ich meine, dass Sie etwas herausgefunden haben.«

»Machen Sie sich etwa über uns lustig?«

»Ich? Wie käme ich darauf? Nie im Leben. Ich habe Respekt vor der Polizei. Immer schon gehabt.«

»Dann quatschen Sie hier nicht blöd rum – und vor allem: Stellen Sie sich nicht absichtlich doof.«

Morgenstern hatte entschieden, die Daumenschrauben anzuziehen und Bieber von Anfang an klarzumachen, wer hier das Heft in der Hand hielt. Er deutete zu Peter Hecht und nickte ihm zu. »Kollege, könntest du mal unser Corpus Delicti präsentieren?«

Hecht kramte absichtlich umständlich in seiner Aktentasche, zog das dicke Kuvert heraus und hielt schließlich die Uhr mit dem zerrissenen Armband in der flachen Hand. Er hielt sie Bieber vor die Nase.

Morgenstern übernahm weiterhin das Reden. »Herr Bieber, wenn Sie die Güte hätten, uns kurz Ihre linke Hand zu zeigen?«

Konrad Bieber wirkte nun definitiv unsicher, verwirrt, fand Morgenstern. Er hatte natürlich längst gesehen, dass die Handgelenke des jüngsten Bieber-Sprosses tatsächlich schmal wie Stecken waren. Bieber präsentierte brav seine Hand, sein Blick aber war ein einziges Fragezeichen. Denn bisher hatte er sich die Breitling noch nicht ernsthaft angesehen.

»Sie haben auffällig schmale Handgelenke«, sagte Morgenstern schließlich. »Damit kann nicht jeder dienen. Vielleicht haben Sie ja Lust, kurz diese Uhr hier anzuprobieren. Das Armband ist zwar gerissen, aber ich würde gerne mit eigenen Augen sehen, wie gut sie Ihnen passt.«

Alle im Raum hielten den Atem an, als Bieber die Breitling bedächtig von Peter Hecht entgegennahm. Er sah die Uhr lange an. Dann legte er sie sich vorsichtig ums Handgelenk. Soweit es für Morgenstern zu erkennen war, passte sie tadellos.

Morgenstern fühlte sich nun endgültig wie der Prinz im Märchen, der das arme Aschenputtel nach langer Suche mit Hilfe ihres verloren gegangenen Schuhs identifiziert hat. Nur dass in diesem Fall definitiv keine royale Traumhochzeit ins Haus stand.

»Nun«, sagte er und schlug einen zynischen Ton an. »Freuen Sie sich, dass wir Ihnen Ihre Uhr wiederbeschafft haben, Herr Bieber?«

»Ist ja auch ein wertvolles Stück«, pflichtete Hecht bei und streckte die Hand aus, um es wieder zurückzufordern.

Klaglos reichte Bieber ihm die Uhr.

»Eine Breitling«, stellte Hecht fest. »Ein schönes Teil. Wollen Sie denn nicht wissen, wo wir sie gefunden haben?«

Das Gespräch wuchs sich zum Küchen-Kreuzverhör aus. Bloß mit dem Schönheitsfehler, dass Konrad Bieber nicht richtig mitmachte. Er stand vielmehr auf und holte sich erst einmal einen Kaffee. »Will noch jemand einen?«, fragte er.

Alle lehnten ab. Es war wirklich nicht der Moment für derartige Verbrüderungen. Im Normalfall waren es außerdem die Amtsträger, die bei einer Vernehmung großzügig ein Getränk anbieten würden, damit dem Verdächtigen nicht die Zunge im Mund verdorrte.

Bieber zuckte mit den Schultern, dann kehrte er mit seinem vollen Kaffeebecher zurück und nahm vorsichtig einen Schluck. »Also gut: Sagen Sie mir, woher Sie diese Uhr haben.«

»Tun wir nicht. Der Eigentümer dieser Uhr weiß, wo er sie verloren hat und wie das geschehen ist. Und wir wissen es natürlich auch«, sagte Morgenstern. »Ihre schöne Breitling muss leider zurück in die Asservatenkammer. Wir brauchen sie für die Gerichtsverhandlung.«

Konrad Bieber atmete schwer durch. Er trank noch einmal aus seinem Becher. Er schien mit sich zu ringen.

Morgenstern kannte das aus vielen früheren Fällen. So war das immer, wenn man einen Täter mit der ganzen bitteren Wahrheit konfrontierte. Wenn ihm bewusst wurde, dass er in der Falle saß, und verzweifelt überlegte, ob es nicht doch noch irgendeine allerletzte Fluchtmöglichkeit gab, und mochten die Chancen noch so schlecht stehen. Jetzt war der Moment, wo sie achtgeben mussten, dass Konrad Bieber nicht mit einem Mal vom Platz aufsprang und sich durchs Fenster hinaus ins Freie stürzte. Oder würde er einfach auf seiner Eckbank einknicken, voll Verzweiflung über das, was nun mit ihm geschehen mochte? Was gab es denn jetzt immer noch zu überlegen und zu erwägen?, fragte er sich.

»Los, machen Sie Ihrem Herzen Luft, Herr Bieber!«

Bieber rang noch immer sichtlich um Worte. Er strich mit beiden Händen sein zerknittertes T-Shirt glatt, wischte sich mit dem Arm über den Mund. Seine Finger schienen zu zittern.

»Diese Uhr«, sagte er. »Diese Uhr da, die gehört mir nicht.«

Morgenstern gab sich unendlich enttäuscht. »So ungefähr haben wir das erwartet, Herr Bieber. Sie sind offensichtlich ein Mann, der nicht bereit ist, unangenehmen Realitäten ins Auge zu sehen. Sie wissen doch, dass es für uns ein Leichtes ist, die Besitzverhältnisse zu klären. Sie kommen aus dieser Nummer nicht raus. Es sei denn, Ihnen fällt etwas wesentlich Besseres ein als Ihr lächerliches ›Gehört mir nicht‹.«

Konrad Bieber zitterte nun eindeutig. Als er die Kaffeetasse hochhob, hatte er Mühe, nichts zu verschütten.

Hecht verschränkte die Arme vor der Brust. »Wenn diese Uhr nicht Ihnen gehört, dann dürfen wir wohl davon ausgehen, dass Sie nicht wissen, wem sie andernfalls gehören würde?« Er sah zu Morgenstern hinüber. »Hab ich die Frage jetzt zu kompliziert gestellt?«

»Er hat dich schon verstanden«, murmelte Morgenstern.

»Also, Herr Bieber. Es wird nicht viele Menschen geben, denen diese Uhr so gut passt wie Ihnen.« Er blieb auf der zynischen Schiene: »Herr Bieber, Zeit läuft!«

Konrad Bieber schüttelte lange den Kopf. Dann stand er auf und kam hinter der Eckbank vor. Er ging zu aller Überraschung auf Antonia Grabsky zu, von der bis zu diesem Zeitpunkt noch kein einziges Wort gekommen war. Er winkte sie mit dem rechten Zeigefinger zu sich – und es war unübersehbar, dass Grabsky Angst bekam. Was wollte MC Conan von ihr?

»Ich habe Sie doch erst gestern Nacht im ›Suxul‹ gesehen, oder täusche ich mich?«, sagte er.

»Doch, doch, das war ich«, sagte die junge Beamtin.

»Dann habe ich Vertrauen zu Ihnen. Sie sollen es zuerst hören.« Und er ging mit seinem jetzt aschfahlen Gesicht ganz dicht an ihr rechtes Ohr und flüsterte ein paar Worte. So leise, dass die anderen keine Chance hatten, etwas zu verstehen.

Dann stellte er sich an eines der kleinen Fenster und blickte starr hinaus auf den Hof. Ohne sich umzuwenden, sagte er: »Wenn Sie wollen, können Sie es jetzt den anderen sagen.«

Antonia Grabsky atmete schwer. Dann verkündete sie, als wäre sie Konrad Biebers Herold, die Nachricht: »Die Uhr gehört seinem Vater. Simon Bieber. Er hat sie schon seit Ewigkeiten. Und er hat dieselben schmalen Handgelenke wie Conny. Ich meine, wie Herr Bieber junior.«

Noch wusste Konrad Bieber nicht definitiv, wo die Uhr seines Vaters gefunden worden war. Aber er konnte es sich denken.

»War die Uhr in der Biogasanlage?«, fragte er Morgenstern geradewegs.

Morgenstern nickte. »Und Sie? Sie haben nichts davon gewusst?««

»Er hat den Willi in die Anlage gestoßen?«, fragte Conny, ohne auf Morgensterns Frage einzugehen.

»So war's dann wohl«, bestätigte Hecht. »Der Vater opfert seinen Erstgeborenen. Es könnte gut sein, dass Sie davon profitieren.«

Für einen Moment sah es so aus, als ob Konrad Bieber jeden Moment handgreiflich werden würde. Aber dann riss er sich zusammen und schüttelte nur den Kopf. »Ich habe von alledem nichts geahnt. Ich will damit nichts zu tun haben. Die haben alle einen Schlag. Ich habe schon gewusst, warum ich nach Berlin abgehauen bin.«

In Begleitung von Manfred Huber ging er nach oben ins Schlafzimmer, um sich anzukleiden. In Jeans, Holzfällerhemd und Cowboystiefeln kehrte er zurück. Er wandte sich an Morgenstern. »Als ich Sie das erste Mal getroffen habe, habe ich mich wohl ziemlich seltsam verhalten.«

»Das kann man so sagen. Ich hatte den Eindruck, Sie spielen mir ein Theater vor. Das klang alles unecht.«

»Ich kann es Ihnen erklären. Ich habe Angst gehabt, dass Jessica etwas mit dem Tod meines Bruders zu tun hat. Ich wollte sie unter allen Umständen schützen.«

»Und haben sich dabei selbst verdächtig gemacht.«

Morgenstern hatte inzwischen gründlich jenes Foto in der Wohnküche studiert, das ihm schon beim letzten Mal aufgefallen war: Simon Bieber bei seinem Besuch in Berlin, am Brandenburger Tor, flankiert von Conny und Jessica. Simon Bieber trug – das war ziemlich eindeutig – die Breitling.

»Wo ist eigentlich Ihre Freundin Jessica?«, fragte Morgenstern.

»Unterwegs«, gab Konrad Bieber wortkarg zurück. Er schien erneut mit sich zu ringen, wie viel er über seinen Vater preisgeben durfte, ob er nicht besser hätte schweigen sollen.

»›Unterwegs‹ ist etwas unspezifisch. Wo ist sie?«

»Rinder anschauen.«

»Rinder? Wofür denn das?«

Bieber presste die Lippen zusammen. Dann murmelte er: »Sie ist mit meinem Vater zusammen losgefahren. Sie wollen ein paar Kühe kaufen. Für Kösching. Papa plant eine Freilandherde, und Jessica soll ihm dabei helfen. Das wollte er schon lange haben. Frei, wie im Wilden Westen.«

»Extensive Landwirtschaft«, sagte Hecht.

»Alles bio und artgerecht«, fügte Grabsky hinzu.

»Und wohin sind sie gefahren?«, fragte Inspektionsleiter Huber.

»Ins Schuttertal. Bei Nassenfels. Aber ich habe damit nichts zu tun. Ich schwör's. Ich werde mein Leben lang kein Bauer.«

»Nichts wie hin«, entschied Morgenstern.

»Ich denke, ich weiß, wo wir hinmüssen«, sagte Huber. »Ich fahre vorneweg.«

»Und Sie kommen mit«, legte Morgenstern an Bieber gewandt fest. »Ich lasse Sie hier nicht alleine. Wer weiß, was Ihnen
alles einfällt.«

***

Über kürzeste Schleichwege fuhren sie vom Altmühltal nach
Südwesten, durch Pfünz, Tauberfeld, Buxheim und Wolkertshofen. Vor ihnen erstreckte sich schließlich das moorige Tal
der Schutter, eine Ebene mit schwarzem Boden, durchflossen
von kleinen Kanälen, durchsetzt mit Teichen und geheimnisvollen glasklaren Tümpeln. Eine Gegend voll mit Sagen von
Irrlichtern und Wanderern, die sich hier in der Nacht heillos
verirrten, wenn ihnen nicht die Glocke der Nassenfelser Kirche
St. Nikolaus den rechten Weg auf festen Grund wies.

Zwischen Wolkertshofen und Nassenfels, wo die Kreisstraße
am Hang entlangführte, sahen sie schon von Weitem mitten in
dieser geheimnisvollen Landschaft eine große Rinderherde. Ein
friedliches Bild, fand Morgenstern. Ein Bild, das man vielleicht
in Osteuropa erwarten würde, vielleicht auch auf den Almen
der bayerischen Alpen. Hier, im Herzen Bayerns aber, hatten Kühe, die auf freiem Feld grasen durften, Seltenheitswert.
Schade, fand Morgenstern. Und das war der Moment, als er eine
Vorstellung davon bekam, was Simon Bieber angetrieben haben
könnte: Nostalgie. Der Versuch, das Rad zurückzudrehen.

Ein schmales Sträßchen zweigte von der Kreisstraße ab, hinunter ins Schuttermoos, hin zur Rinderherde. Inspektionsleiter
Manfred Huber bog ab, und Hecht, der am Steuer des Dienst-
wagens saß, folgte ihm.

Sie waren schon fast bei der Herde angekommen, als sie drei
Menschen sahen. Ein Auto, ein Motorrad. Sie waren richtig.
Simon Bieber und Jessica waren mit der Moto Guzzi ins Schut-
tertal gefahren. Das Auto gehörte wohl dem Landwirt, der die
Freilandherde hielt.

Die drei standen an einem unauffälligen Elektrozaun und
waren gerade dabei, die Tiere zu begutachten, aber jetzt dreh-

ten sie sich neugierig nach den unerwarteten Besuchern um. Ein Polizeiauto auf einem Feldweg sorgte hier auf dem Land jederzeit für Aufsehen, und auf diesem Sträßchen erst recht.

Die Polizeibeamten parkten die Autos am Straßenrand und stiegen aus. Konrad Bieber erhielt die Weisung, im Streifenwagen sitzen zu bleiben. Langsam gingen sie auf die drei am Weidezaun zu, neugierig bestaunt nun auch von den Rindern, die so viel Besuch gewiss nicht gewohnt waren. Gefleckte Kühe, gelbliche Kühe. Schöne, souveräne Tiere, fand Morgenstern.

»Herr Bieber, wir müssen mit Ihnen sprechen«, sagte er anstelle einer Begrüßung. Er sah den Landwirt an, dem die Herde gehörte, und nickte dem Mann zu.

Der verstand den Wink. »Mich brauchen Sie ja wohl dann nicht. Simon, ich fahr rüber zum Hof. Du weißt ja, wo du mich findest.« Er stieg in sein Auto und machte sich davon. Was immer es hier zu besprechen gab, es war nicht für seine Ohren bestimmt.

Erst als der Bauer verschwunden war, kam Morgenstern zur Sache. »Wir kommen gerade aus Rieshofen, von Ihrem Sohn.« Er nickte Jessica zu. »Von Ihrem Freund. Er sitzt drüben im Auto. Wir haben ihn aus dem Bett geholt, weil uns ein paar wichtige Dinge klar geworden sind.« Er sagte nichts von der Fehleinschätzung, dass Konrad Bieber seinen Bruder auf dem Gewissen hatte. »Herr Bieber, wir haben Ihnen etwas mitgebracht – und wir wüssten gerne ihre Meinung dazu.«

Wieder kramte Peter Hecht in seiner Aktentasche, als wäre er ein kriminalpolizeilicher Buchhalter. Er zog das Kuvert heraus und entnahm ihm die Uhr. »Ist das Ihre Uhr?«

Simon Bieber warf nur einen ganz kurzen Blick darauf. Dann nickte er.

»Sie wissen, wo wir sie gefunden haben?«, fragte Morgenstern.

Wieder nickte Bieber. Er, der Austragsbauer, trug eine schwarze Lederjacke – er war schließlich mit dem Motorrad gekommen. Auf Morgensterns Bitte zog er die Jacke aus. Seine Handgelenke waren genauso schmal wie die seines Sohnes Konrad. Morgenstern sah sich die linke Hand genauer an. Dort, wo Bieber jahrein, jahraus seine Breitling getragen hatte, war die ansonsten von der Feldarbeit gebräunte Haut blass, fast schon weiß. Und Bieber hatte genau hier eine verschorfte kleine Wunde.

»Da ist Ihnen die Uhr abgerissen«, sagte Morgenstern, und es war weniger eine Frage als eine Feststellung.

Bieber nickte und schüttelte zugleich den Kopf, als könne er nicht glauben, was hier geschah. Eine Kuh streckte den Kopf über den Weidezaun und zupfte ihn sanft am Ellbogen. Er wandte sich ihr zu und strich ihr fast zärtlich über den Kopf, wieder und wieder.

Jessica stand dabei und machte große Augen. Aber sie wagte anscheinend nicht zu fragen, worum es hier denn ging.

Morgenstern wandte sich ihr zu. »Jessica, wir werden Herrn Bieber senior festnehmen wegen der Tötung seines ältesten Sohnes Willibald Andreas Bieber. Und wir haben Grund zu der Annahme, dass er auch den Bauunternehmer Berthold Hirmer getötet hat.«

Die junge Frau schaute Morgenstern überrascht an. »Das habe ich nicht gewusst«, sagte sie rasch. »Das mit dem Willibald habe ich nicht gewusst.«

Simon Bieber warf der Lebensgefährtin seines Sohnes, die für ihn wohl eine echte Schwiegertochter war, einen flehenden Blick zu. »Sie wusste es wirklich nicht«, sagte er stockend.

Jessica holte tief Luft. »Aber ich weiß, was mit Berthold Hirmer passiert ist. Das war nicht der Simon.«

»Wer war es dann?«, fragte Morgenstern scharf.

»Ich. Ich war es.« Die junge Frau tippte dabei auf ihre Brust. »Aber es war keine Absicht. Es war so etwas wie Notwehr.«

»Das müssen Sie mir erklären.«

Die junge Frau begann stockend zu erzählen. »Es war dieser Abend, als Conny in Ingolstadt aufgelegt hat. Ich war alleine zu Hause und habe gelesen. Ich wollte gerade ins Bett gehen. Plötzlich habe ich gehört, dass die Tiere hinten im Stall unruhig werden. Der Esel hat sich gemeldet, die Schweine haben gegrunzt.«

»Und dann?«, fragte Morgenstern, und er fühlte sich an jene Filmszenen erinnert, die in schlechten Hollywood-Filmen unter der Rubrik »Idiot auf dem Speicher« firmieren: Die Uhr schlägt Mitternacht, ein Gewitter grollt, Blitze zucken, oben auf dem Dachboden beginnt es zu rumoren, und eine Frau im Nachthemd erhebt sich von ihrem Nachtlager und geht nur mit einer Kerze in der Hand die knarzende Speichertreppe hinauf, um oben mal ein bisschen nach dem Rechten zu sehen. So war das dann wohl auch in Rieshofen gewesen, gleich neben dem gruseligen Hungerturm.

»Ich dachte mir, dass das vielleicht dieser Pferdeschlitzer ist, der in der Gegend sein Unwesen treibt, dass er sich von der Wiese her in den Stall schleicht«, erklärte Jessica. »Deswegen bin ich rausgegangen.« Als sie Morgensterns ungläubigen Blick sah, fügte sie eilig hinzu: »Ich weiß mir schon zu helfen. Ich hatte eine Taschenlampe und einen kurzen Holzprügel, der im Hof gelehnt hat.«

Morgenstern nickte, weniger als Zustimmung zu dieser Schnapsidee, sich in Gefahr zu bringen, als vielmehr, um die Frau zum Weitersprechen zu bewegen. »Tatsächlich war da ein Mann im Stadel. Noch bevor er mich gesehen hat, habe ich ihm mit dem Prügel einen Schlag auf den Kopf verpasst. Ich war sicher, dass es der irre Pferdequäler ist.«

Ihre Stimme zitterte jetzt leicht. »Der Mann ist zusammengebrochen, und dann erst habe ich die Taschenlampe angemacht und gesehen, wer es war. Es war der Maurermeister Hirmer aus Kipfenberg. Er hatte so ein kurzes Stahlstück dabei. Es ist ihm aus der Hand gefallen. Simon hat mir dann später erklärt, was das bedeutet hat.«

»Sie hätten die Polizei rufen müssen«, sagte Morgenstern. »Stattdessen haben Sie anscheinend Ihren künftigen Schwiegervater alarmiert.«

»Was hätte ich denn tun sollen? Conny war nicht da und wäre erst am Morgen gekommen, und gleich um die Ecke, an einem Feldweg auf der anderen Seite von der Altmühl, hat der Bus vom Hirmer gestanden.«

»Die Polizei hätte Ihnen geholfen. Hirmer ist bei Ihnen eingebrochen.«

»Aber ich habe ihn erschlagen. Das ist mir schnell klar geworden. Er hat am Anfang noch gestöhnt, aber dann ist sein Atem immer leiser geworden, und am Ende war er ganz still. Da habe ich in Kösching beim Simon angerufen, was ich denn tun soll.«

»Es wäre Ihnen gar nichts passiert«, sagte Morgenstern. »Wir sind zwar nicht in Amerika, wo jeder mit einem Einbrecher machen darf, was er will. Aber Sie dürfen Ihr Hab und Gut schützen.«

Simon Bieber mischte sich ein. »Ich habe das anders gesehen. Und deswegen bin ich sofort von Kösching nach Rieshofen gefahren, mit dem Motorrad. Jessica war fix und fertig mit den Nerven. Ich habe dann die Idee gehabt, den Hirmer möglichst weit wegzuschaffen. Erst dachte ich, wir versenken ihn mitsamt seinem Auto irgendwo in der Altmühl – aber die ist fast nirgends tief genug. Ihn mit dem Auto einen Steinbruch runterstürzen zu lassen, drunten in der Nähe von Kinding, haben wir dann auch verworfen. Und am Ende ist die Jessica auf die Idee mit der Willibaldsruh gekommen. Er hat ihr irgendwann beim Stallbau davon erzählt, dass er da so gerne ist. Dass er den heiligen Willibald verehrt.«

Wieder zupfte eine Kuh an Simon Biebers Ärmel, und erneut streichelte er sie. »Das war die Lösung. Dass der Hirmer sich an einem seiner Lieblingsorte umbringt, weil er nicht mehr ein noch aus weiß. Ein Ort, der weit weg ist von Rieshofen. Wir haben ihn dann in seinen Bus gehoben. Jessica ist gefahren, und ich kam mit dem Motorrad hinterher. So war das. Ich wollte Jessica helfen. Wir hatten doch große Pläne.«

»Vor allem du hast große Pläne gehabt«, stellte die junge Frau klar. Sie deutete über die friedlich grasende Rinderherde, mit Kühen und Kälbern, friedlich vereint. »Du hast davon geträumt, deinen ganzen Hof umzukrempeln. Weg von der Schweinemast und vom Mais. Zurück zu den Wurzeln.«

»Das war auch der richtige Weg«, sagte der Mann. »Ich habe

einen schweren Fehler gemacht, als ich den Hof an den Willibald übergeben habe. Das habe ich bald gemerkt. Früher, als die Rosa noch gelebt hat, da waren wir ein richtig schöner, ganz normaler Bauernhof. Aber der Willibald hat es gar nicht erwarten können, dass alles ihm zufällt. Der Konrad war weg – und meine Frau und ich, wir sind dem Willibald im Weg gestanden. Er wollte alles ganz modern machen. Biogas, Mais, Schweinemast – ohne Rücksicht auf Verluste.«

»Wie war das mit Ihrer Frau?«, fragte Morgenstern vorsichtig nach.

Bieber seufzte. »Solange die Rosa gelebt hat, hat sich der Willibald nicht getraut, alles umzustellen. Sie hat ihm klipp und klar gesagt, dass sie davon nichts hält. Sie war da sehr resolut. Aber dann ist sie plötzlich gestorben.«

»Ja, sie ist sehr unerwartet gestorben«, sagte Morgenstern. »In den Todesanzeigen heißt es dann immer: ›plötzlich und unerwartet‹. Ist Ihnen das nicht seltsam vorgekommen?«

Der Bauer schüttelte den Kopf.

»Uns schon. Wir haben das überprüft. Wir sind inzwischen sicher, dass Ihre Frau ermordet worden ist – vergiftet mit verdorbener Dosenwurst. Lyoner-Hausmacherwurst, um exakt zu sein.«

Noch immer schüttelte Bieber den Kopf – aber jetzt so, als wolle er das alles nicht mehr hören. »Das habe ich nicht gewusst«, sagte er. »Aber es war ihm zuzutrauen, dem Willi. Und ich Rindvieh habe ihm den Hof übergeben, damit der Betrieb weitergeht. Er hat alles auf den Kopf gestellt, und ich war nicht viel mehr als sein Knecht.« Er seufzte und wischte sich mit dem Ärmel über die Augen.

»Können Sie sich vorstellen, wie das ist, wenn man auf dem Altenteil ist und nichts mehr mitbestimmen darf? Wenn man nicht mehr gefragt wird? Nein, das kann sich keiner vorstellen. Für mich war das die Hölle.«

»Aber er war immerhin Ihr Sohn«, sagte Morgenstern.

»Sehen Sie, damit fängt es ja schon an. Irgendwann habe ich Zweifel bekommen, ob das wirklich so ist. Allein schon der

Name: Willibald. So heißt bei uns eigentlich keiner. Meine Frau hat sich den Namen gewünscht. Sie hat darauf bestanden. Ich habe dann immerhin noch den Zweitnamen Andreas durchgesetzt.« Er atmete schwer. »Willibald. In Eichstätt drüben, da kommt das öfter vor. Aber wir sind hier im Bistum Regensburg. Da gibt's keinen Willibald. Wenn doch mal einer Willi heißt, dann ist er ein Wilhelm.«

Morgenstern kam ein Verdacht, aber er behielt ihn für sich. Er kannte nur einen einzigen Mann im passenden Alter, der als großer Verehrer des heiligen Willibald gegolten hatte – Berthold Hirmer aus Kipfenberg. War das denkbar?

Simon Bieber sprach stockend weiter. »Der Willibald, er war so ganz anders als ich. Sehen Sie sich den Konrad an: Der ist mein Sohn, ohne Wenn und Aber. Aber der Willibald? Ich habe das dann klären lassen.«

»Sie haben einen Vaterschaftstest machen lassen?«, fragte Morgenstern. »Einen heimlichen Test?«

»Ja, bei einem Labor in Holland. Das ist verboten, ich weiß. Aber dann habe ich endlich Klarheit gehabt. Der Willibald war nicht von mir. Er war ein Kuckuckskind, das mir die Rosa untergeschoben hat. Ab diesem Moment war er für mich wie ein Fremder.«

»Und dann haben Sie ihn in die Biogasanlage gestoßen«, sagte Hecht.

»Es hat eine Weile gedauert, bis mir klar geworden ist, dass es so nicht weitergehen kann. Erst als die Jessica nach Rieshofen gekommen ist, mit dem Konrad, ist mir das klar geworden. Die Jessica hat sich gleich für Biolandwirtschaft und artgerechte Tierhaltung interessiert. Und irgendwann war die Lösung für mich auf der Hand gelegen: Der Willi muss weg!«

»Genauso wie die Schweine wegmussten«, sagte Morgenstern – und er klang dabei so gnadenlos wie der alte Bauer.

»Genau so. Und wer weiß: Wenn ich ihn nicht aus dem Weg geräumt hätte, dann hätte es vielleicht eines Tages mich erwischt.«

»So ist es Ihrer Frau ergangen«, sagte Morgenstern.

»Er hat ja auch danach mit so vielen Leuten Streit gehabt. Der Hof war nicht groß genug für uns beide.«

»Wussten Sie eigentlich, dass Willibald ein Verhältnis mit Ihrer Nachbarin hatte?«, fragte Hecht. »Mit Annika Stiller.«

»Das war noch das Tüpfelchen auf dem i«, gab der Vater zurück. »Ich habe die beiden ein paarmal gesehen, und das hat mir endgültig gezeigt, wie verkommen der Willibald war. Keine Prinzipien. Keine Skrupel. Auf keinen Fall mein Fleisch und Blut.«

»Und so haben Sie ihn in den Tod geschubst.«

»So war das. Ich habe gesehen, dass die Frau Stiller an diesem Morgen schon wieder bei uns war, hinterm Silo. Und das war der Moment, an dem ich beschlossen habe, dass es jetzt genug ist. Ich hatte das nicht genau geplant, es hat sich einfach ergeben. Er war arglos, er hat mir das nicht zugetraut. Zum Glück, sage ich, sonst würde ziemlich sicher ich jetzt in der Biogasanlage liegen.«

»Eine Frage am Rande, Herr Bieber. Welche Jacke haben Sie an diesem Morgen getragen? Das ist wichtig für uns.«

Bieber überlegte einen Moment. »Es war ziemlich kühl an diesem Morgen. Ich hab einen alten Parka angehabt. Von der Bundeswehr. Den habe ich schon seit Ewigkeiten. Warum fragen Sie?«

»Und wir haben gedacht, Ihr Nachbar wäre es gewesen«, sagte Morgenstern. »Carsten Stiller hätte genug Gründe gehabt.«

»Ach, der Professor Stiller«, sagte der Bauer nur. »Dem wäre es auf jeden Fall zuzutrauen gewesen. Wegen seiner Frau – und überhaupt. Ich habe später gehofft, dass der Verdacht auf ihn fällt. Aber die Rechnung ist nicht aufgegangen.«

»Solche Rechnungen gehen nie auf. Es gibt keinen perfekten Mord. Nicht, solange wir hier was zu sagen haben«, sagte Morgenstern. »Noch eine letzte Frage: Kannten Sie Berthold Hirmer eigentlich? Wir sind uns inzwischen sicher, dass er es war, der die Stangen in die Maisfelder gebracht hat.«

Simon Bieber gab sich einen letzten Ruck. »Ja. Aber nicht

besonders gut. Er war vor vielen Jahren oft in Kösching, und er hat sogar an unserem Haus mitgebaut. Aber das ist lange her.«

Er schaute in die Ferne, über die Ebene des Schuttertals. »Meine Rosa hat sich gut mit ihm verstanden. Die hat den ganzen Bau gemanagt.« Er kaute an seiner Unterlippe. »Sehr gut verstanden«, bekräftigte er den letzten Satz. Das war der Moment, als Morgenstern klar wurde, dass dem Bauern bewusst war, wer der wirkliche Vater seines Sohnes war – und welcher Kreis sich in den vergangenen Tagen so dramatisch geschlossen hatte.

»Wusste Hirmer, wo Ihre Felder sind?«

»Im Detail wahrscheinlich nicht, aber so ungefähr.«

Morgenstern dachte nach. »Dann war es wohl so, dass die anderen beiden Bauern einfach Pech hatten, dass es ihre Maisäcker erwischt hat. Ein Kollateralschaden.«

Bieber seufzte. »Der Hirmer. Ich hab's in dem Moment gewusst, als ich in Rieshofen angekommen bin und die Stange gesehen habe. Er hat versucht, alle, die ihm nur irgendwie eingefallen sind, zu Verdächtigen zu machen, einschließlich mich. Jetzt ist er da, wo er hingehört.«

Morgenstern hakte den Bauern am Ellbogen unter. »Kommen Sie, wir bringen Sie ins Präsidium.«

ELF

Der Ermittlungserfolg wurde noch am Spätnachmittag im Regionalradio gemeldet – und am späten Abend klingelte Morgensterns Handy. Annika Stiller war dran. »Wo sind Sie?«, war seine erste besorgte Frage.

»Ich bin zu Hause, in Kösching.« Und dann setzte sie die modisch-lässige Formulierung nach: »Alles gut.«

Morgenstern traute seinen Ohren nicht. »Alles gut? Das glauben Sie doch selbst nicht.«

Die Frau räusperte sich und setzte dann zu einer fast schon amtlich klingenden Erklärung an. »Ich möchte, dass Sie mich und meinen Mann in Zukunft in Frieden lassen. Wir haben uns versöhnt, und ich ziehe meine Anzeige gegen ihn zurück. Das war ein harmloser häuslicher Streit, wie es ihn in allen Familien gibt. Nicht wahr?«

»Eine reine Privatangelegenheit also?« Morgenstern dachte an den verängstigten Eindruck, den Annika Stiller im Eichstätter Hofgarten auf ihn gemacht hatte, an ihr blaues Auge, die ausgerissenen Haare.

»Rein privat«, bestätigte sie. »Wir haben uns ausgesprochen. Die Familie Stiller bleibt zusammen.«

Morgenstern zuckte mit den Schultern. »Wenn Sie meinen. Dann wünsche ich Ihnen für die Zukunft alles Gute. Und grüßen Sie Ihren Mann von mir.«

»Mache ich. Er steht neben mir.«

»Trautes Heim, Glück allein«, sagte Morgenstern. Dann legte er auf.

***

Am nächsten Vormittag fand sich der Kommissar auf dem Kipfenberger Friedhof ein. Wenigstens einer von ihnen, so hatte das Ermittlertrio entschieden, sollte an der Beisetzung von Berthold Hirmer teilnehmen. Weil keiner wollte, hatten sie es mit »Schnick, Schnack, Schnuck – Schere, Stein, Papier« ausgeknobelt, und Morgenstern, der hartnäckig auf den harten Stein gesetzt hatte, war wiederholt vom weichen Papier eingewickelt worden.

So hatte er sich in seinen schwarzen Anzug gezwängt, den er sich für genau solche Fälle vor einiger Zeit zugelegt hatte, dazu trug er – nicht ganz passend – seine Cowboystiefel und eine schwarze Ray-Ban-Wayfarer-Sonnenbrille. Mit seiner schmalen schwarzen Krawatte sah er nun aus wie eine Mischung aus Tommy Lee Jones in »Men in Black« und Dan Aykroyd in »Blues Brothers«.

Er hielt Abstand von der etwa hundertköpfigen Trauergemeinde, die sich am Grab versammelt hatte, samt Abordnungen der Freiwilligen Feuerwehr und des Kriegervereins. Die Vereinsvorstände legten am Ende Kränze nieder, und auch ein Vertreter der Bauinnung hielt eine kurze Ansprache und platzierte eine Blumenschale an Hirmers letzter Ruhestätte. Gabi Hirmer stand die gesamte Trauerfeier wie erstarrt durch, flankiert von ihren Kindern und etlichen Verwandten.

Am Ende defilierten sämtliche Teilnehmer am Grab vorbei, sprengten Weihwasser auf Berthold Hirmers Sarg und drückten der Witwe und den engsten Angehörigen danach die Hand. Jeder Einzelne. Gabi Hirmer hatte es so gewollt – andernfalls hätte sie in der Todesanzeige den Standardsatz abdrucken lassen: »Von Beileidsbekundungen am Grabe bitten wir Abstand zu nehmen.«

Morgenstern hielt sich zurück und beobachtete die lange Menschenschlange, die sich ganz geräuschlos gebildet hatte. Zeit zu gehen, dachte er und wollte sich bereits abwenden – da fiel ihm etwas auf, was er während der gesamten Trauerfeier übersehen hatte: In der Reihe der Verwandten stand eine ihm unbekannte Frau, die Gabi Hirmer sehr ähnlich sah. Bestimmt ihre Schwester. Hinter ihr aber, ganz bescheiden und zurückhaltend in der zweiten Reihe, war ein Mann im schwarzen Anzug. Morgenstern musste nicht lange grübeln, was diese fast schon protokollarische Rangordnung zu bedeuten hatte: Dieser Mann war angeheiratete Verwandtschaft. Gabriele Hirmers Schwager. Es war Franz Eichler, Bürgermeister der Marktgemeinde Kösching.

Morgenstern schob seine Sonnenbrille in die Haare, um sich endgültige Sicherheit zu verschaffen. Er bemerkte, dass Eichler zu ihm hinsah – und sich fast im selben Moment etwas abwandte, als wolle er nicht erkannt werden. Doch Morgenstern nickte ihm mit einem vielsagenden Blick zu. Eichler blieb nichts anderes übrig, als seinerseits zurückzunicken. Und das tat er auch, als Morgenstern mit einer kleinen Pendelbewegung des Zeigefingers zwischen seiner Brust und dem trauernden Gemeindeoberhaupt klarmachte, sie beide hätten unmittelbar im Anschluss an diese Trauerfeier noch zu reden. Der Bürgermeister machte zwar noch als Alternative mit kleinem Finger und ausgestrecktem Daumen am Ohr den Vorschlag, man könne doch auch telefonieren, aber der Oberkommissar schüttelte den Kopf.

Die beiden Männer trafen sich am Kriegerdenkmal, einer Säule, auf der ein martialischer heiliger Georg auf dem Pferd mit einem souveränen Lanzenstich einen bösen Drachen ins Jenseits beförderte.

»Mein Beileid«, sagte Morgenstern als Erstes und drückte Franz Eichler die Hand. »Ich reime mir gerade zusammen, dass Sie Berthold Hirmers Schwager sind.«

»So ist das«, sagte Eichler. »Meine Frau, Eva, ist die Schwester von Gabi Hirmer. Sie stammen beide aus Attenfeld.«

»Aus dem kleinen Attenfeld«, sagte Morgenstern. »Von der Willibaldsruh.«

»Genau.«

»Und jetzt mussten Sie zur Beerdigung Ihres Schwagers.«

»Die letzte Ehre erweisen. Da kommt man nicht aus.«

»Dabei hätten Sie so viel Arbeit daheim im Köschinger Rathaus, nicht wahr? Neue Baugebiete vorbereiten für die stetig wachsende Bevölkerung. Ein Bürgermeister ist immer im Dienst.«

»Ich selbst hätte es nicht besser sagen können«, gab Eichler zurück.

»Sie wissen, was Ihr Schwager getan hat?«, fragte Morgenstern. »Sie wissen, dass er die Maisfelder im Norden von Kösching sabotiert hat?«

Eichler versuchte, überrascht zu wirken, aber es ging gründlich schief. Er brachte nur einen gequält-treuherzigen Dackelblick zustande und sagte schließlich eine Floskel, die in Bayern alles und nichts besagen konnte: »Ja mei!«

Morgenstern stellte darauf die klassische Frage aller Ermittler: »Und was, bitte schön, hätte Ihr Schwager davon gehabt?«

Eichler hob die Schultern. »Ich weiß auch nicht, was da in ihn gefahren ist.«

»Dann lassen Sie mich mal ein wenig spekulieren, Herr Bürgermeister. Ihr Schwager hat eine schlecht gehende Baufirma und bräuchte dringend einige ordentliche Aufträge, mit denen er sich sanieren kann. Ideal wäre, wenn er den Zuschlag für ein paar Mehrfamilienhäuser bekäme. Sozialer Wohnungsbau vielleicht, das wird ja heutzutage immer wichtiger, nicht wahr?«

Der Bürgermeister bot wieder sein gequältes Lächeln. »Phantasieren Sie ruhig weiter, Herr Morgenstern.«

»Ihr Schwager ist also in Not. Und Sie sind es auch, denn Sie wollen die anstehende Bürgermeisterwahl wieder gewinnen, was gar nicht so einfach ist, wenn einem ein Mann wie Professor Stiller im Nacken sitzt. Und da kommen Ihre Frauen, die beiden Schwestern, auf eine vermeintlich großartige Idee. Berthold Hirmer soll die Maisernte von Willibald Bieber in Kösching torpedieren und den Burschen damit mürbe machen. So mürbe, dass er schließlich Bauland an die Gemeinde verkauft.«

»Wir hätten auch anderswo Bauland bekommen«, sagte der Bürgermeister. »Außerdem war ich mit Willibald Bieber in Verhandlungen.«

»Die aber nicht besonders aussichtsreich waren.«

»Er hätte schon noch mitgemacht.«

»Er war ein Sturkopf. Und Sie hatten keine Zeit zu verlieren. Also haben Sie Ihren Schwager als Joker eingesetzt. Herr Eichler, was haben Sie ihm als Gegenleistung versprochen? Zugriff auf kommunale Baugrundstücke, nicht wahr? Den Zuschlag bei Ausschreibungen? Das hätten Sie in Ihrer Verwaltung leicht organisieren können.«

Jetzt erst ging Eichler in die Offensive über. Er pumpte sich auf wie ein Maikäfer vor dem Abflug, dann polterte er los, in der Art, wie man als Bürgermeister wohl hie und da auch renitente oppositionelle Gemeinderatsmitglieder in die Schranken wies.

»Das ist eine unverschämte Unterstellung! Wenn Sie das irgendwo öffentlich auch nur andeuten, Herr Morgenstern, verklage ich Sie wegen Verleumdung! Sie können nichts beweisen. Gar nichts. Damit kommen Sie nicht durch!«

Morgenstern wandte sich schon ab, mit einem Lächeln, das alles Mögliche sagen konnte, aber auf keinen Fall etwas Gutes. »Das weiß ich selbst, Herr Eichler, denn es wäre zum ersten Mal, dass es bei solchen Abmachungen etwas Schriftliches gäbe. Ich wollte Sie nur an meinen Überlegungen teilhaben lassen. Sie sollten wissen, dass ich weiß, was da geschehen ist. Ihr Schwager hatte einen dummen Deal mit Ihnen – aber jetzt ist er tot, und damit werden unsere Ermittlungen gegen ihn ohnehin eingestellt. Aber Sie, Herr Eichler, Sie leben – und wie Sie mit dieser Schuld weiterleben, das überlasse ich ganz Ihnen.«

Mit diesen Worten setzte Morgenstern seine Sonnenbrille auf und ging gemessenen Schrittes vom Friedhof. Würdig und souverän, wie er fand, und mindestens so cool wie Tommy Lee Jones oder Dan Aykroyd – zumindest bis zu dem Moment, als er mit seinen Cowboystiefeln strauchelte, weil er wegen der dunklen Brille eine Stufe übersehen hatte.

***

Viele Wochen später kam Morgenstern ins Polizeipräsidium, und Peter Hecht wedelte bereits mit der Zeitung. »Hast du das schon gelesen?«

Nein, hatte er nicht, denn Morgenstern hatte die Eichstätter

Lokalausgabe vom »Donaukurier« abonniert. In dieser Geschichte, die seinen Kollegen anscheinend elektrisiert hatte, ging es um eine der Ingolstädter Umlandgemeinden – und solche Informationen fanden sich zuallererst in der Ingolstädter Ausgabe und oft erst einen Tag später im »Eichstätter Kurier«.

Hecht breitete den Lokalteil auf dem Schreibtisch aus und tippte auf einen großen Beitrag, der mit einem Foto des Köschinger Rathauses illustriert war. Die Überschrift lautete: »Bürgermeister zieht sich zurück«, die Unterzeile: »Franz Eichler gibt sein Amt aus gesundheitlichen Gründen auf«.

Murmelnd las den Morgenstern den Text und erfuhr, dass Eichler in der jüngsten Gemeinderatssitzung »aus heiterem Himmel« und zum Erstaunen von Parteifreunden wie Opposition angekündigt habe, sein Büro im Rathaus umgehend zu räumen. »Auf Anraten seines Arztes«, wie es hieß. Eichler habe ausdrücklich betont, es gebe für seinen Amtsverzicht keinerlei politische oder anderweitige Gründe. Er werde sich nun ganz dem Privatleben und der Wiederherstellung seiner Gesundheit widmen.

Andeutungsweise war im Artikel von Burn-out die Rede, aber ganz genau wusste das im konsternierten Marktgemeinderat am Ende niemand. Bürgermeister Eichler jedenfalls habe bereits vor der Sitzung sein Büro ausgeräumt, um allen zu dokumentieren, dass dieser Schritt für ihn unumkehrbar sei.

In einem kurzen Kommentar zu diesen spektakulären Vorgängen zeigte der Redakteur Verständnis dafür, dass die Gesundheit Vorrang habe, und wies darauf hin, dass die Herausforderungen in der Lokalpolitik »heutzutage« immer größer würden, dass aber gerade in Kösching das Feld für einen Nachfolger hervorragend bereitet sei: Es sei dem Bürgermeister sozusagen als letzte Amtshandlung gelungen, in großem Umfang Bauland in bester Lage zu erwerben. Es habe sich nämlich herausgestellt, dass Willibald Bieber tatsächlich trotz seiner jungen Jahre ein Testament hinterlegt habe. Die Alleinerbin des Bieber-Hofs war demnach Marga Müller, geborene Bieber, Bäuerin in der Nähe von Donauwörth. Und diese sei bereit, ihrer ehemaligen Heimatgemeinde das gesamte Anwesen einschließlich sämtlicher »baulicher Anlagen« zu verkaufen und ebenso die nördlich daran angrenzenden Flächen. Der Markt Kösching habe nach dem Abriss des gesamten Bieber-Hofs die einmalige Gelegenheit zur Expansion.

»Marga Müller«, sagte Morgenstern. »Die Schwester hat den ganzen Kram gekriegt.«

»Und verkauft ihn ungerührt«, bestätigte Hecht.

»Steht eigentlich was drin, wer der Nachfolger von Bürgermeister Eichler wird?«

Hecht nickte. »Da hinten steht's: Die Amtsgeschäfte führt bis zur Neuwahl der stellvertretende Bürgermeister. Das ist irgendeiner von der SPD. Und er hat bereits angekündigt, dass es im neuen Baugebiet auch Platz für sozialen Wohnungsbau geben wird. Es gibt übrigens eine Bedingung, die Marga Müller gestellt hat.«

»Und die wäre?«

»Willibaldsruh.« Hecht sprach den Namen überdeutlich betont aus. »Das Neubaugebiet soll Willibaldsruh heißen. In Erinnerung an ihren toten Bruder. Der Gemeinderat hat sofort zugestimmt.«

Morgenstern schüttelte den Kopf. »Eine durch und durch sentimentale Familie.«

Richard Auer
VOGELWILD
Broschur, 256 Seiten
ISBN 978-3-89705-651-0

»*Richard Auer mischt nicht nur Bayern mit James Bond – die Handlung beruht auf Tatsachen: Ende der 1990er Jahre ist im Altmühltal tatsächlich ein Archäopteryx unter dubiosen Umständen verschwunden.*« Bayerischer Rundfunk

»*Eine spannende, witzige, kluge und fröhlich erzählte Geschichte.*«
Augsburger Allgemeine Zeitung

Richard Auer
WALBURGISÖL
Broschur, 224 Seiten
ISBN 978-3-89705-763-0

»*Morgensterns zweiter Fall ist ein echtes Lesevergnügen für jeden Krimifan und kann es locker mit einer guten ›Tatort‹-Folge aufnehmen.*« Weißenburger Tagblatt

www.emons-verlag.de

Richard Auer
HAUSBOCK
Broschur, 208 Seiten
ISBN 978-3-89705-958-0

»Auer ist ein spannender und höchst unterhaltsamer Roman gelungen. Mit überraschenden Wendungen, Lokalkolorit, Situationskomik und fein ausgearbeiteten Charakteren. Alles bestimmt und getragen von einem humorvollen wie hintersinnigen Blick auf das Geschehen und die Protagonisten.«   Donaukurier

Richard Auer
TEUFELSMAUER
Broschur, 256 Seiten
ISBN 978-3-95451-133-4

»›Teufelsmauer‹ ist ein spannender und unterhaltsamer Roman, der wie seine Vorgänger Kino im Kopf bietet – und damit vielleicht auch irgendwann Stoff für eine Verfilmung.«   Donaukurier

www.emons-verlag.de

Richard Auer
LAMMAUFTRIEB
Broschur, 240 Seiten
ISBN 978-3-95451-709-1

*»Auch der neueste Altmühltal-Krimi von Richard Auer kommt nie
ganz trocken oder todernst daher; immer ist eine Portion Humor und
Ironie darin versteckt. An Spannung und Emotion fehlt es dennoch
nicht.«* Bayern im Buch

Richard Auer
ALTMÜHLHEXEN
Broschur, 224 Seiten
ISBN 978-3-7408-0037-6

Beim »Hexenhammer« am ehemaligen Eichstätter Richtplatz wird
die verbrannte Leiche eines Politikers gefunden, der als letzter Nach-
fahre des einstigen Hexenjägers Fürstbischof Johann Christoph
von Westerstetten galt. Hat die Debatte um die Eichstätter Erin-
nerungskultur ein Todesopfer gefordert? Zusammen mit Kollege
Peter Hecht muss Kommissar Mike Morgenstern tief in eine finstere
Vergangenheit eintauchen, um den Fall zu lösen …

www.emons-verlag.de

111 ORTE IM ALTMÜHLTAL UND IN INGOLSTADT, DIE MAN GESEHEN HABEN MUSS

Broschur, 240 Seiten
ISBN 978-3-95451-616-2

»Die Autoren sind Spezialisten für kleine und große Geschichten, besondere Orte und Entdeckungen in Ingolstadt und der mittleren Region des Altmühltals. Es gibt vieles, was sich hier zu entdecken lohnt. Eine anregende Lektüre, um Ingolstadt und das mittlere Altmühltal zu erkunden.« Aus einer Amazon-Rezension

www.emons-verlag.de